Der Autor

William Boyd wurde 1952 als Sohn eines schottischen Arztes in Accra/Ghana geboren. Seine Kindheit verbrachte er abwechselnd in englischen Internaten und in Nigeria. Boyd studierte Anglistik in Oxford, lehrte am dortigen St. Hilda's College zeitgenössische Literatur und lebt heute als Schriftsteller in London. Nebenher arbeitet er als Literaturkritiker für verschiedene große Tageszeitungen und die BBC.

In der Reihe der rororo-Taschenbücher liegen ferner vor seine Romane: «Zum Nachtisch Krieg» (Nr. 12501), «Stars und Bars» (Nr. 12803), «Die neuen Bekenntnisse» (Nr. 12901), «Brazzaville Beach» (Nr. 13559) und «Unser Mann in Afrika» (Nr. 13459), der unter dem Titel «A Good Man In Africa» von Bruce Beresdorf verfilmt wurde mit Sean Connery, Colin Friends und Diana Rigg in den Hauptrollen.

William Boyd

Die blaue Stunde

Roman Deutsch von Matthias Müller

rororo

Rowohlt

Die Originalausgabe erschien 1993 unter dem Titel
«The Blue Afternoon» bei Sinclair-Stevenson
(Reed Consumer Books Ltd.), London

Umschlaggestaltung Walter Hellmann
(Foto: Amthor / Ifa-Bilderteam)

Deutsche Erstausgabe
Veröffentlicht im Rowohlt Taschenbuch Verlag GmbH,
Reinbek bei Hamburg, Oktober 1995

Satz Bembo (Linotronic 500)
Gesamtherstellung Clausen & Bosse, Leck
Printed in Germany
1490-ISBN 3 499 13725 9

Für Susan

Er wischte den Donner fort, dann die Wolken,
Dann die kolossale Illusion des Himmels. Und doch
War das Firmament blau. Er wollte Luft, die nicht
wahrnehmbar war.
Er wollte sehen. Das Auge sollte sehen
Und nicht berührt werden vom Blau ...

... Hätte er es sich besser vorstellen können:
Er säße auf einem Sofa auf einem Balkon
Über dem Mittelmeer, smaragd
Sich in Smaragde verwandelnd. Er sähe zu, wie die Palmen
Mit ihren grünen Ohren in der Hitze flattern. Er würde
Ein Glas goldenen Weins beobachten und eines Dampfers Spur
Und sagen: «Was ich summe, scheint
Der Rhythmus dieser himmlischen Pantomime zu sein.»

Wallace, *Landscape with Boat*

Prolog

Ich erinnere mich an diesen Nachmittag, noch am Anfang unserer Reise – wir saßen auf Deck in der milden Sonne des mittleren Atlantiks, der Tag war dunstig, der Himmel hing blaßblau über den Schiffsschornsteinen –, als ich meinen Vater fragte, was es für ein Gefühl sei, ein Messer in die Hand zu nehmen und in lebendes menschliches Fleisch zu schneiden. Er wurde ernst und dachte eine Weile nach, bevor er antwortete.

«Das kommt darauf an, wo man schneidet», sagte er. «Manchmal ist es so, als würde man mit einem Messer durch Lehm oder Modellierwachs schneiden. An manchen Tagen meint man, man würde in einen kalten Pudding schneiden, oder ... in ein kaltes, rohes Hühnchen.»

Er sann noch eine Weile nach, griff dann in seine Jackentasche und zog ein Skalpell heraus. Er entfernte das kleine Lederetui, das die Klinge schützte, und reichte mir das schmale Messer.

«Hier. Sieh selbst.»

Ich nahm das Skalpell. Es war klein wie ein Federhalter, aber viel schwerer, als ich es mir vorgestellt hatte. Er betrachtete die Überreste unseres Mittagessens auf dem Tisch: ein Stück Käse mit dicker gelber Rinde, eine Schale Obst, vier Äpfel und eine grüne Melone, ein paar Brötchen.

«Mach die Augen zu», sagte er. «Ich hab was für dich, was dir dieses Gefühl haargenau vermitteln kann.»

Ich schloß die Augen und nahm das Skalpell fest zwischen Daumen, Zeige- und Mittelfinger. Ich spürte seine Hand auf meiner, den sanften Druck seiner Finger. Dann hob er meine Hand, und ich fühlte, wie er sie nach vorn lenkte, bis die Klinge auf eine Oberfläche traf, die fest, aber gleichzeitig elastisch war.

«Mach einen Schnitt», sagte er. «Einen kleinen Schnitt. Du mußt drücken.»

Ich drückte. Was immer es sein mochte, in das ich schnitt, es gab leicht nach, und ich vollführte einen Schnitt von ein paar Zentimetern oder so, ruhig und ohne Hast.

«Laß die Augen zu ... Wie hat es sich angefühlt?»

Ich überlegte ein paar Sekunden, bevor ich antwortete. Meine Beschreibung sollte treffend und genau sein.

«Es hat sich angefühlt wie ... wie kalte Butter, aus dem Kühlschrank. Oder wie ein Lendensteak, wie wenn man ein zartes Steak durchschneidet.»

«Siehst du?» sagte er. «Da ist nichts Mysteriöses dran, nichts, wovor man erschrecken müßte.»

Ich öffnete die Augen und sah sein breites, kantiges Gesicht, das mich anlächelte, fast triumphierend, als habe er bei irgendeinem Disput recht behalten. Er hielt mir seinen entblößten linken Unterarm hin. Die Ärmel seines Jacketts und seines Hemds waren bis zum Ellbogen zurückgeschoben. Auf der Muskelwölbung, gut 15 Zentimeter oberhalb seines Handgelenks, war ein dünner 5 Zentimeter langer Schnitt, aus dem hellrote Blutstropfen hervorquollen.

«Siehst du», sagte er. «Es ist ganz leicht. Ein wunderschöner Schnitt. Gerade, mit gleichmäßigem Druck, und das bei geschlossenen Augen.»

Im gleichen Moment verwandelte sich der Ausdruck auf seinem Gesicht in eine Art Trauer, die mit Stolz vermischt war.

«Weißt du», sagte er, «aus dir wäre eine erstklassige Chirurgin geworden.»

Los Angeles, 1936

I

Ich bog vom Sunset Boulevard ab und fuhr den Micheltoreno hinauf zur Baustelle. Der Himmel war bewölkt, und ein böiger und penetranter Wind zerrte an den Blättern der kleinen Palmen, die der Bauunternehmer am Straßenrand angepflanzt hatte. Als ich am Bordstein vor der Nummer 2265 hielt, sah ich den alten Mann. Es war das erste Mal, daß er mir so richtig auffiel, aber gleichzeitig erinnerte ich mich aus irgendeinem Grund sogleich, daß ich ihn am Bauplatz hatte herumlungern sehen. Als er merkte, daß ich zu ihm hinüberstarrte, sah er erst auf seine Hände und dann – höchst eigenartig – auf seine Schuhsohlen, als sei er in einen Hundehaufen oder auf ein ausgespucktes Kaugummi getreten. Als er nichts entdecken konnte, drehte er sich um und marschierte eilig davon.

Ich schenkte dem nicht viel Beachtung. Er sah verlottert und unsicher aus, vielleicht jemand, der Arbeit suchte. Vielleicht war ihm auch nicht klar, daß ich die Architektin war. Das passierte ständig. Ich vergaß den Vorfall wieder, als ich meine Schuhe aus- und ein Paar Gummistiefel anzog. Das Haus war an einen Hang gebaut, und durch die Regenfälle der vergangenen Woche waren die nackte Erde und der Lehm um das Haus herum feucht und rutschig.

Dieses kleine, fast vollendete Haus auf dem steilen Grundstück war meine Zukunft, und welchen Ärger es mir in Zukunft auch noch bringen mochte, jedesmal wenn ich es sah, verspürte ich immer noch einen kleinen Schauer von ... von was? Von Liebe, nehme ich an, oder etwas Ähnlichem. Ich hatte dieses Haus erträumt, hatte es entworfen, leitete den Bau, und am Zaun hing der augenfällige Beweis dieser Tatsache – mein Schild. K. L. Fischer, Architektin. Die kleine blaue Tafel war allerdings ein bißchen verschandelt, weil der Name meines Expartners nicht gerade elegant entfernt worden war – nie mehr Eric Meyersen –, ein schlichter Strich mit schwarzer Farbe, und weg war er. Ich wünschte mir, ich könnte die Erinnerung an unsere Partnerschaft ebenso leicht entfernen: Meyersen und Fischer, fünf Jahre Lügen und Intrigen, Betrügereien und miese Tricks. Mein einziger Trost war, daß ich wußte, daß er eines Tages bekäme, was er verdiente.

Ich trat über die Schwelle in die dunkle Diele. Von oben kam das Geräusch von Hämmern und Sägen und der fröhliche Tenor von Larry Rugola, dem Vorarbeiter, der ‹If you was the only girl in the world› trällerte. Ich ging langsam zu den unteren Zimmern. Das Haus war klein, sein Grundriß war durch die Form des Grundstücks diktiert worden, und es hatte zwei Stockwerke. Der zweite Stock bestand aus zwei Schlafzimmern, einem Badezimmer, einer breiten Veranda und der erste aus einem großen Wohnzimmer, mit Eßzimmer, Küche und Hofgarten. Die Fassade zur Straße hin bestand aus einer Reihe von cremefarbenen gestaffelten Wänden, flache Rechtecke aus gestrichenem Beton, so angeordnet, daß Lücken blieben – aus Glas, aus Raum – oder sie sich leicht überlagerten, was aussah, als ob das Haus zurückwiche. Die strenge Geometrie dieser Komposition wurde durch die zwei Kiefern am Straßenrand, die ich hatte stehenlassen, betont und kontrapunktiert. Die Gegenüberstellung von sehnigen, knotigen Kiefernstämmen und glattem, sonnenüberflutetem Beton mit klaren, harten Schatten funktionierte außergewöhnlich gut. Die Talfassade war reiner Internationaler Stil: senkrechte Glasfronten mit harten Horizontalen und vereinzelten vertikalen Gipspaneelen. Die durch die Veranda gebildete Lücke sah aus, als sei ein gesamtes Segment des Gebäudes wie von Riesenhand entfernt worden, aber ihre räumliche Einheit, die durch die Eichenbalken des Spaliers gebildet wurde, blieb erhalten.

Im Innern war alles schlicht gehalten. Niedrige Decken, Schränke, Wandschränke und Täfelung aus Teakholz, die Wände entweder aus Glas – mit herrlicher Aussicht – oder aus glattem gelbbraunen Putz. Die Böden waren aus blassem buttergelben Eichenholz, und dort, wo ich dachte, ein weicheres Material würde die strengen Flächen ausbalancieren, hatte ich grobgewebten Teppichboden ausgelegt. All das wurde natürlich vor meinem geistigen Auge lebendig, während ich zwischen den Holzstapeln, blonden Holzspänen und herumliegendem Werkzeug stand, die Wände waren noch ungestrichen, Elektrokabel baumelten aus zukünftigen Steckdosen. Wir waren noch nicht ganz fertig.

«Ah, Mrs. Fischer.» Larry kam die Treppe heruntergepoltert, in der Hand einen Zimmermannshammer, den er kreisen ließ wie ein Straßenräuber seinen Revolver. «Wir haben die Paneele immer noch nicht. Die von der Holzfirma haben gesagt ...» Er grinste mich scheu, aber wissend an. «Sie haben gesagt, eine Bestellung von der Größenordnung könne nur gegen eine Baranzahlung erfolgen.»

«Aber wir haben bei denen doch ein Kreditkonto, verdammt noch mal!»

«Das hab ich denen auch gesagt. Aber der Typ hat gemeint, das Konto lautet auf Meyersen und Fischer. Von K. L. Fischer wüßte er nichts.»

Ich drehte mich abrupt um und ging zur verglasten Fensterfront. Ich betrachtete das Panorama: Silver Lake war der Phantasiename, den man dem Gebiet um den künstlichen See gegeben hatte, der im Einschnitt zwischen zwei Gebirgsketten lag, nördlich der Innenstadt und östlich von Hollywood. Zwischen Pfefferbäumen und Eichen schlängelten sich schmale Schotterstraßen an den Hängen entlang. Der Micheltoreno war eine der längsten, er begann am Sunset Boulevard und führte kurvenreich bergauf, bergab bis hin zum See. Von da oben konnte man nach Osten wie nach Westen blicken, und hier an den Steilhängen bot sich ein eindrucksvoller Ausblick auf die weitläufige Stadt, an manchen Stellen bis zum Ozean, dessen fischschuppiges Glitzern eine schimmernde Linie am Horizont bildete. Ich konzentrierte mich ganz auf das, was ich sah, registrierte das Gleißen der Sonne auf den Dächern der Autos, die den Sunset Boulevard entlangfuhren, sah einen kleinen Mann, der eine große mexikanische Decke auf die Leine hängte, eine Frau in einem kobaltblauen Bikini, die sich auf einem mit Teerpappe gedeckten Dach sonnte. Ich legte meine Fingerkuppen auf das warme Glas und spürte, wie die winzigen Schallvibrationen der Stadt durch die transparente Wand hindurchbebten. Die Frau auf dem Dach rieb sich den Bauch mit etwas ein, das wie Oleo-Margarine aussah. Als ich mich wieder beruhigt hatte, sagte ich Larry, daß ich selbst zur Holzhandlung fahren würde, um die Sache zu klären.

«Ach ja – dieser alte Knacker war schon wieder hier und hat nach Ihnen gefragt. Glaub jedenfalls, daß Sie gemeint waren.»

«Wie, welcher alte Knacker?»

«Er war gerade eben hier. Er hat mich gefragt, ob Sie ... lassen Sie mich überlegen ... ob Sie Carriscant heißen. Ja, Carriscant, glaube ich. Ob Sie Miss Carriscant sind.»

«Carriscant?»

«Ich hab ihm gesagt, er müsse sich irren. Es gebe eine Miss Fischer, aber keine Miss Soundso. Und die habe auch immer Fischer geheißen, soviel ich...» Er hielt inne und spähte – für Larrys Verhältnisse – wirklich besorgt in mein angespanntes Gesicht.

«Ich hoffe, ich hab nicht – ich meine –»

«Nein. Komisch, ich hab nur gerade ... Nein, alles in Ordnung. Kein Problem.»

2

Ich heiße Kay Fischer. Ich heiße Kay Fischer, und zu dem Zeitpunkt, wo diese Geschichte beginnt, war ich 32 Jahre alt, geschieden und von Beruf Architektin. Ich war einsachtundsechzig groß (das bin ich noch immer), brünett und hatte hellbraune Augen. Ich besaß ein hübsches rundes Gesicht und einen scharfen Verstand. Wie die meisten Leute, die wissen, daß sie intelligenter sind als die große Mehrheit der Mitmenschen, denen sie im Laufe ihres Lebens begegnen, veranlaßte mich meine Intelligenz manchmal, ein wenig grausam zu sein. In jener Zeit rauchte ich zuviel, und ich trank und aß auch zuviel, vermutlich, weil ich damals öfter traurig als glücklich war, mit dem Ergebnis, daß meine ehemals schlanke Figur mollig geworden war. Aber das war mir egal, ja wirklich, das war mir egal.

Ich kam von der Holzfirma zurück, wo ich, nach jahrelanger uneingeschränkter Kreditwürdigkeit, 200 Dollar in bar einzahlen mußte, um ein neues Konto zu eröffnen. Angestellte, mit denen ich seit Beginn meiner beruflichen Tätigkeit zu tun gehabt hatte, zitierten jetzt in bedauerndem Ton Vorschriften und Bestimmungen und verwiesen mich an den jungen Geschäftsführer in seinem gläsernen Büro. «Sie sehen das falsch», sagte ich dieser blinzelnden grauen Person. «Meyersen ist derjenige, der pleite ist. Jedenfalls wird er es sein, wenn ich mit ihm fertig bin.» Der Mut der Verzweiflung ließ meine Stimme dröhnen. Vorschriften seien eben Vorschriften, erwiderte der Geschäftsführer und wich geschickt meinem Blick aus. Schließlich legte ich kleinlaut das Geld auf den Tisch.

Ich bewohnte ein kleines Apartment in einer Seitenstraße der Laurel Avenue in West Hollywood in einem Apartmentblock, den man unter Berufung auf die kolonialspanischen Zeiten schamloserweise Escorial Apartments genannt hatte. Zu Hause angekommen, machte ich mir eine Kanne starken, sämigen Kaffee und grübelte wieder über Verrat und Eric Meyersen nach. Das Taylor-Haus in Pasadena, die Einkaufspassage in Burbank ... Drei Jahre Arbeit, drei Jahre meiner Arbeit gehörten jetzt Meyersen und seiner schicken neuen Firma. In plötzlicher unbändiger Wut rief ich meinen Anwalt George Fugal an, aber sein Telefondienst ließ mir ausrichten, er sei übers Wochenende nicht in der Stadt. Trotzdem schmeckte der brühheiße, aromatische Kaffee ausgezeichnet. Ich rauchte drei Picayunes hintereinander, um auf hundertachtzig zu bleiben, und lief rachsüchtig in meinem Zimmer auf und ab.

Viel hatte ich nicht gegen die derbe Funktionalität des Escorial ausrichten können. Ich hatte meinen Möbelbedarf auf ein Minimum reduziert und den unebenen Verputz der Innenwände glätten und weiß streichen lassen. Zwischen zwei Breuer-Sesseln aus Leder und Chrom stand ein niedriger Glastisch auf einem blau-gelben Teppich von Gertrud Arndt. Das einzige weitere Möbelstück im Raum war mein Zeichentisch. An den Wänden hingen keine Bilder, und meine Bücher hatte ich im Schlafzimmer. Ich fand, ich hatte damit das Höchstmaß an

Kargheit und Wohnlichkeit erreicht, das in einem Apartmentblock in Los Angeles zu verwirklichen war. Meine Losung stammte von Hannes Meyer: Nur das Nötigste, kein Luxus.

Die Escorial Apartments wurden 1963 von einem Grundstücksmakler abgerissen, und an ihre Stelle hatte man drei häßliche neue Häuser gesetzt. Als ich dort wohnte, umsäumten die edleren Apartments – meins gehörte nicht dazu – einen kleinen aquamarinblauen Swimmingpool. Wenn ich mich aus meinem Küchenfenster lehnte und um die Ecke schaute (was ich immer tat, wenn ich meine Kaffeekanne ausspülte), konnte ich gerade noch das hell leuchtende Dreieck seines flachen Endes erkennen. Die Nachmittagssonne erleuchtete die Ziegeldächer und den mandarinenfarbenen Putz der Bungalowwände und schickte Kaskaden von Lichtreflexen über die gläsernen Sichtblenden der Balkone. Ich hörte das Platschen von Wasser und das fröhliche, kehlige Lachen einer jungen Frau, und ich hatte plötzlich das dringende Bedürfnis, ebenfalls zu schwimmen, in das chlorgetränkte Blau einzutauchen, um mich von Meyersen und den kleinen bei der Holzfirma erlittenen Kränkungen zu reinigen. In meinem Schlafzimmer wählte ich einen Badeanzug aus und stieg aus meinem Kleid, aber als ich dann im Spiegel auf dem Kosmetiktisch meinen Hintern und meine Oberschenkel sah, entschied ich mich, doch lieber zu arbeiten. Die Vorstellung, mich vor den Bewohnern des Escorial zu entkleiden, war mir einfach zu peinlich.

Also setzte ich mich an mein Reißbrett, justierte die Arbeitsleuchte und rollte die Pläne für die Innengestaltung von Micheltoreno 2265 auf. Mein Credo als Architektin war denkbar einfach: Welchen Raum benötigte ich oder mein Kunde, und wie sollte er gestaltet werden? Die große Befreiung durch die neuen Materialien des zwanzigsten Jahrhunderts hatte die architektonischen Prioritäten verlagert: Der Raum ist wichtiger als das, was den Raum umschließt. Andere haben es beredter ausgedrückt als ich, aber für mich waren Fassaden aus Gips, Glasziegel und Stahlbeton, Bakelit und Chrom, Sperrholz und Aluminium ein Segen, solange sie dem Raum dienten, den sie umschließen sollten. Mein zweites Kriterium hieß Schlichtheit. Das Ziel war, den Raum zu gestalten und nur ein Minimum für dessen Konstruktion aufzuwenden. Das Haus am Micheltoreno war, wenn man so wollte, als ein Ensemble von Luftblöcken gedacht. Einige dieser Blöcke befanden sich zwischen Gipswänden, einige waren transparent durch Glaswände eingefaßt, andere durch Balken, Holzlatten und Balkonträger, und andere durch die organischen Formen der Bäume, die ich hatte stehenlassen, als das Gelände vorbereitet wurde.

Mein aktuelles Dilemma war, daß ich einen Einbauschrank im Schlafzimmer brauchte, was bedeutete, den Raum zu verkleinern. Zugegeben, es gibt ernstere Probleme in der Welt, aber wenn ich mich für den Einbauschrank entschied, würde das Schlafzimmer nicht mehr exakt dieselbe Quadratmetergröße besitzen wie die Veranda, die sich draußen anschloß, der Raum, den ich entworfen hatte, und die Harmonie, die mir vorschwebte, würden gestört sein. Ich spielte eine Weile in Gedanken mit den Dimensionen und machte einige Skizzen, bis sich schließlich eine Lösung ergab. Bau den Schrank ein, und laß ihn auf der Veranda dann eine Entsprechung durch zwei Holzpfeiler haben, zwei exzentrische «Stützen» für ein Spalier, das als Sonnenblende fungiert. Ihre Funktion wäre nur symbolisch, aber die Symmetrie bliebe erhalten, und die Veranda würde eine räumliche Wiederholung des angrenzenden Schlafzimmers bilden. So weit, so gut. Jetzt fragte ich mich, was ein Bett meinen leeren Luftblöcken antun würde ...

Der Portier rief vom Empfang aus an.

«Hier ist ein Herr für Sie, Mrs. Fischer.»

Ich sah auf meine Uhr: Philip Brockway, mein Exmann, war früh dran. Ich wußte, daß er von mir Geld leihen wollte. Ich hatte es ihm unterstellt, als er anrief, und er hatte es so heftig abgestritten, daß ich wußte, richtig gelegen zu haben. Er wolle mich nur besuchen, sagte er, und hatte noch irgendein lahmes Gewäsch von wegen ‹alten Zeiten› hinzugefügt.

Dennoch schlenderte ich den Weg entlang zum Empfang, ohne allzu hart mit Philip ins Gericht zu gehen. Er war so hübsch, mit seinem attraktiven, weichlichen Gesicht, seiner Klein-Mädchen-Nase und seinem dichten hellbraunen Haar. Ich würde eine Weile mit ihm spielen, ihn dazu bringen, mich auf einen Cocktail einzuladen, bevor ich schließlich nachgab und ihn dann dafür bezahlte, daß er mich wieder allein ließ.

Ich stieß die Schwingtüren zum Foyer auf und sah den Mann von der Baustelle, der nach Miss Carriscant gefragt hatte. Er war alt, grauhaarig, breitschultrig und untersetzt, und, wie beim letzten Mal, in Schwarz gekleidet. Er hielt seinen Homburg vor sich wie ein Lenkrad umklammert und kam drei Schritte auf mich zu, wobei er mich durchdringend anstarrte, als suche er nach einem Anzeichen von Wiedererkennen. Seine eigene offenkundige Unsicherheit machte es mir leicht.

«Was wollen Sie?» fragte ich. «Warum sind Sie ...»

«Miss Carriscant?»

«Nein. Nein, ich bin nicht Miss Carriscant.»

Er streckte die Hand aus und berührte meinen nackten Arm, flüchtig, als wolle er sich vergewissern. Seine Finger fühlten sich trocken und schwielig an.

Ich rief den Portier. «Peter, dieser Herr möchte gehen.»

«Sie sind Kay Carriscant.»

«Ich bin Kay Fischer. Sie gehen mir mit Ihrer penetranten Art, auf Ihrem Irrtum zu beharren, reichlich auf die Nerven, Mr. ...»

«Schon gut, schon gut. Sie waren einmal Kay Carriscant. Sie wurden am Nachmittag des 9. Januar geboren. Ich bin nämlich ...»

«Würden Sie mich jetzt bitte in Ruhe lassen, Mr. Wie-auch-immer-Sie-heißen? Allmählich wird mir dieser Unsinn zu ...»

«Ich heiße Carriscant. Salvador Carriscant. Wissen Sie, wer ich bin?»

«Natürlich nicht.»

Durch die scharfe Ablehnung in meiner Stimme, ihre eindeutige Gereiztheit veränderte sich sein Blick. Ein Schatten von Traurigkeit trat in seine Augen, und für einen Augenblick wurde ein tiefer Schmerz sichtbar. Aus irgendeinem Grund besänftigte mich das, und er tat mir leid wegen seiner hoffnungslosen Suche nach Miss Carriscant.

«Was wollen Sie?» sagte ich, wieder freundlicher. «Wer sind Sie?»

Sein Gesicht schien sich zu straffen und nach unten zu ziehen, als hätte er Schmerzen im Bauch. Er schloß kurz die Augen und schürzte die Lippen. Er seufzte.

«Ich bin Ihr Vater», sagte er.

3

Philip nahm die fünf Zehndollarscheine, die ich ihm gab, so beiläufig an, als handele es sich um Zigaretten. Er versuchte, nicht zu lächeln, und faltete sie in seine Brieftasche aus Kalbsleder.

«Danke, Kay. Ich stehe tief in deiner Schuld.»

«Das stimmt. Wir sind bei zweihundert, und es geht weiter...»

«Na ja, ist ja doch nur Geld.»

«Nur mein Geld», sagte ich lachend. Philip war heute abend richtig süß, auf seine unverwechselbare Art, und ich genoß es. Wir saßen in einer Piano-Bar namens ‹Mo-Jo's› in der Innenstadt, Ecke Broadway/Third Avenue, ein Schuppen, den Philip gut kannte und wo er Kredit hatte. Es war ein eigenartiger Laden, eine seltsame Mischung aus polynesischer Idylle und einem Fischerdorf auf Nantucket. Im Foyer mußte man durch einen Perlenvorhang und ging anschließend auf einer Holzbrücke über einen kleinen Bach. Dann stand man in einem schwachbeleuchteten Raum vor der Bar, die mit Signalfähnchen und Fischernetzen mit Korkschwimmern geschmückt war. Die Barkeeper trugen gestreifte Westen und dazu rote Halstücher. Üppige Haine aus Topfpalmen schirmten intime Nischen ab, die aus Holzkisten und Treibholz gestaltet waren. Geschnitzte und von hinten angestrahlte Wasserspeier dienten als Wandleuchter und warfen ein diffuses, rötlichgelbes Licht auf ein großes, mit Bambus eingerahmtes Wandgemälde eines aufgetakelten Segelschiffs, das vor einem eisigen Wind segelte. Es war die Antithese all dessen, woran ich als Architektin glaubte, und ich konnte nur darüber lachen. Philip und ich dachten uns aus, was Mo-Jo wohl seinem Designer gesagt haben mochte. «So im Stil:

Moby Dick trifft auf Paul Gauguin, verstehst du?» «Irgendwie heiß und dampfend, aber gleichzeitig nüchtern und schlicht.» «Nathaniel Hawthornes feuchter Traum.» Auf jedem Tisch stand eine vergoldete Klingel, mit der man eine der angebräunten Cocktail-Kellnerinnen – rückenfreies Top mit Nackenband über Bambusröcken, Blumen hinterm Ohr – rufen konnte, die sonst hinter der Bar saßen und mit Matrosen zankten. Als Philip hinüberlangte, um auf die Klingel zu drücken, berührte er wie zufällig meine Brüste.

«Du hast dich verändert, Kay. Irgendwie ... sind sie größer geworden. Gefällt mir. Äh, sie stehen dir gut.»

«Soll das ein Kompliment sein?»

«Okay. Wie wär's damit: Kann ich heute nacht mit zu dir?»

«Und was würde die kleine Miss Platinblond dazu sagen?»

«Das ist nicht fair. Das ist schon längst vorbei. Das weißt du ganz genau.»

«Nein.»

«Bitte ... »

«Nein, Philip. Nein.» Überdruß schlich sich in meinen Tonfall, die Erinnerung an alte Streitereien. Und er wußte, daß er besser daran tat, nicht weiter zu bohren.

Er stand auf. «Ich muß aufs Klo. Ich nehm noch mal dasselbe.»

Ich sah zu, wie er leichtfüßig zwischen den Tischen hindurchspazierte. Sein großer, schmaler Körper schlängelte sich zwischen Kellnerinnen und Gästen hindurch, mal die linke, mal die rechte Schulter vorschiebend, als tanze er. Wie dieser schottische Tanz, der eine Acht beschreibt. Wieso erinnerte es mich an einen schottischen Tanz? Ich lächelte, als ich mir Philips bleichen Körper vorstellte, fast unbehaart, und seine schlanken Fesseln, die Achillessehne gespannt und sichtbar wie bei einem Mannequin. Er war ein tüchtiger, aber egoistischer Liebhaber, den Kopf immer in der Beuge zwischen meinem Hals und meiner Schulter begraben, ohne auch nur einmal aufzublicken, mich anzugucken oder mir in die Augen zu sehen, bis zum Schluß.

Ich bestellte uns beiden noch einen Drink und dachte an diesen Mann, Salvador Carriscant, der behauptete, mein Vater zu sein.

Als Carriscant seine abwegige Behauptung aufgestellt hatte, erwiderte ich ihm sofort, daß mein Vater tot sei, aber das verwirrte ihn kein bißchen, sondern er packte meinen Unterarm nur noch fester und sagte leise und eindringlich: «Dein Vater steht hier jetzt vor dir. Lebendig und atmend. Ich weiß, daß ich dir Unrecht getan habe, aber jetzt brauche ich deine Vergebung. Deine Vergebung und deine Hilfe.»

Ich rief abermals nach Peter und riß meinen Arm aus Carriscants Klammergriff.

Peter tauchte schnell hinter ihm auf, packte seine Ellbogen und preßte sie zusammen. «Okay, Bruder. Raus.»

«Lassen Sie mich los», sagte Carriscant, und seine Stimme bebte plötzlich vor Zorn. «Rühren Sie mich nicht an. Ich warne Sie.»

Die besondere Nachdrücklichkeit in Carriscants Stimme veranlaßte Peter zu gehorchen. Carriscant ging rückwärts durch die schmiedeeisernen Eingangstore des ‹Escorial›, hielt aber immer noch seinen hartnäckigen, flehenden Blick auf mich gerichtet.

«Wir müssen uns nur unterhalten, Kay», sagte er. «Dann wird sich alles klären.» Das Wort ‹klären› sprach er affektiert aus, wie ein Engländer. Und zum ersten Mal fiel mir auf, daß er einen Akzent hatte. Irgendwie englisch, aber doch schwer zu orten, und durch diese leicht formelle Perfektion gekennzeichnet, die sich bei absolut zweisprachig aufgewachsenen Menschen feststellen läßt. «Bitte, Kay, mehr verlange ich ja nicht.» Seine Kiefermuskeln spannten sich, und sein breites, kantiges Gesicht schien zu erröten, als bringe die Anstrengung, sich mir zu erklären, ihn beinahe zum Platzen. Dann wandte er sich um und schritt, erstaunlich schwungvoll für einen alten Mann, davon, den Asphaltweg entlang und über die Straße.

Philip und unsere neuen Drinks trafen gleichzeitig ein. Er ging in die Knie und rutschte am Geländer entlang, bis sich unsre Oberschenkel berührten.

«Ich bin morgen bei einer Lunchparty am Strand eingeladen. Bei Lisa van Baker. Hast du Lust mitzukommen?»

«Geht leider nicht.»

«Aber es werden Filmstars anwesend sein», sagte er, die Hände gespreizt und die Augenbrauen hochgezogen in gespieltem Entsetzen über meine Gleichgültigkeit.

«Ich kann Filmstars nicht ausstehen.»

«Na schön, und was für eine Attraktion kannst du mir als Alternative anbieten?»

«Ein Essen bei mir.»

4

Ich sah zu, wie meine Mutter geschälte und entkernte Äpfel in eine Blechschüssel schnitt. Die scharfe, abgewetzte Klinge teilte das blaßgelbe Fruchtfleisch mühelos in dünne Scheiben, mit einem rutschenden, knirschenden Geräusch, wie vorsichtige Schritte auf verharschtem Schnee. Meine Mutter nahm es beim Scheibenschneiden sehr genau, alle Scheiben mußten exakt gleich sein, sie war ganz und gar bei der Sache. Sie war eine kleine Frau, schüchtern und bescheiden. Solange ich zurückdenken kann, trug sie ihr Haar immer auf dieselbe Weise – aus dem Gesicht gekämmt und zu einer Haarkrone hochgesteckt. Sie hatte keine bemerkenswerten Gesichtszüge. Erst wenn sie ihre Brille aufsetzte, bekam ihr Gesicht etwas Charakteristisches.

Sie lebte mit meinem Stiefvater Rudolf Fischer in einem kleinen Haus in Long Beach. Es war ein alter kanariengelber Bungalow aus Holz mit Schindeldach und einer später angebauten Garage für zwei Autos, die einen großen Teil dessen einnahm, was früher einmal eine ungleichmäßige Rasenfläche gewesen war. Eine Zypressenhecke trennte die Garage von einem flamingorosa gestrichenen Haus gleicher Bauart. Hier war ich aufgewachsen, aber nicht geboren. Mein Geburtsort war in der ehemaligen deutschen Kolonie auf Neuguinea. Es kam mir immer wieder wie einer der grausameren Widersprüche meines Lebens vor: geboren auf Neuguinea, aber aufgewachsen in Long Beach. An meinen leiblichen Vater hatte ich nicht die geringste Erinnerung. Rudolf – Pappi, wie meine Mutter und ich ihn nannten – war immer Teil meines Lebens gewesen, mit seinem grobschlächtigen rötlichen Gesicht, seiner Glatze, eingerahmt von den schütteren Haaren, und der eigentümlichen Warze unter dem rechten Mundwinkel, hart und glänzend wie ein abgelutschtes Bonbon, das dort klebengeblieben war. «Wie Oliver Cromwell», pflegte er zu sagen, «gibt's mich nur mit Warze.» Er war ein grobknochiger, freundlicher Mann, hinter dessen Liebenswürdigkeit sich ein schwacher Charakter verbarg. Das eigentliche Kraftzentrum im Haus war meine adrette, zurückhaltende Mutter, auch wenn Pappis polterndes Wesen das Gegenteil nahezulegen schien. Nur in der Familie wußte man Bescheid.

Pappi war Amerikaner, in zweiter Generation, Sohn westfälischer Einwanderer, die ganz bewußt aufgehört hatten, deutsch zu sprechen, kaum, daß sie die ersten englischen Sätze zustande bringen konnten. Um sich anzupassen, sorgten sie dafür, daß ihre Kinder einsprachig amerikanisch aufwuchsen. Meine Mutter hatte aufgehört, deutsch zu sprechen, als sie ihn heiratete, und sie behauptete von sich, daß sie inzwischen sogar auf englisch träume. Aber ich hörte sie immer noch, wenn sie sich unbeobachtet fühlte, ihre Lieblingslieder singen: ‹An die ferne Geliebte› und ‹Es war, als hätt' der Himmel›.

Ich blickte über meine Schulter ins Wohnzimmer. Pappi saß in einem Sessel und hörte Radio, mit offenem Mund, lachbereit. Meine Mutter verteilte die Apfelscheiben sorgfältig auf einem flachen Kuchenboden.

«Erzähl mir von Vater», sagte ich.

«Pappi? Oh, sein Bein ist immer noch wund. Ich habe ihm gesagt ...»

«Nein, ich meine, von meinem wirklichen Vater.»

Sie spülte sich nachdenklich die Hände unter laufendem Wasser ab und sah mich dann mit einem ihrer durchdringenden Blicke aufmerksam an. Es war in Augenblicken wie diesem – wenn ich sie überraschte –, daß ich ihre Härte erkannte und wußte, woher ich meine hatte.

«Hugh.» Sie sprach seinen Namen leise aus, wie einen Seufzer, schien ihn zu kosten wie eine unbekannte Frucht, ein exotisches Dessert. «Was soll ich sagen? Es ist schon so lange her.»

Hugh Paget, mein Vater, ein englischer Missionar und Lehrer, war meiner Mutter, Annaliese Leys, einer Lehrerin, 1903 in Deutsch-Neuguinea begegnet und hatte sie geheiratet. 1904 wurde ich geboren, und zwei Monate später war Hugh Paget schon tot, in einem Feuer zu Asche verbrannt. Zwei Jahre später wurden Mrs. Paget und ihr Kind unter die breiten Fittiche von Rudolf Fischer genommen, Witwer, Kaufmann und Coir- und Hanf-Importeur aus Los Angeles, USA. Seine Firma verkündete stolz, daß 17 % aller Fußmatten in Südkalifornien aus Coir von Fischer Coir hergestellt seien. Rudolf und Annaliese wurden 1907 getraut und ließen sich in Long Beach nieder.

«Und seine Eltern, seine Verwandten?» fragte ich beiläufig und suchte in meinen Taschen nach Zigaretten.

«Als ich ihn kennenlernte, waren seine Eltern schon tot. Es gab eine Schwester, Meredith, in Coventry. Oder vielleicht Ipswich. Sie sind viel umgezogen. Eine Zeitlang haben wir uns noch geschrieben, aber dann haben wir den Kontakt verloren.» Sie lächelte. «So ist das eben. Am Anfang gibt man sich alle Mühe, die Erinnerung am Leben zu halten. Es ist nicht leicht. Bei jedem geht das Leben eben in eine andere Richtung weiter, und nach einer Weile ...»

«Hast du noch ihre Briefe?»

«Das bezweifle ich. Warum auf einmal dieses Interesse?»

«Ich ... ich bin einfach nur neugierig. Man macht sich eben so seine Gedanken.»

«Sicher. Ich denke auch an ihn.» Sie sah traurig aus, während sie sich diesen Fremden – meinen Vater – ins Gedächtnis rief.

Ich zündete mir eine Zigarette an. «Darf ich das Foto sehen?»

«Natürlich. Wann?»

«Jetzt.»

Hugh Paget stand vor einem quadratischen Wellblechgebäude. Es hatte ein Dach aus Palmenblättern mit hölzernen Kreuzblumen an beiden Seiten. Er trug einen Mantel aus Drillich und eine Hose, die in Moskitostiefeln steckte, und seinen Hals umschloß das weiße, steife Kragenband des Geistlichen. Ich sah einen schlanken, großgewachsenen Mann mit unscharfen Gesichtszügen, und ich wußte, daß sich ein persönliches Gesicht nicht einmal mit einem Vergrößerungsglas zutage fördern lassen würde. Ein Windstoß hatte eine Haarlocke angehoben, und das Foto hatte diese momentane Unordentlichkeit für alle Zeiten so festgehalten. Es kam mir wie eine Art Anhaltspunkt vor, eine Gebärde, die auf sein Wesen hindeutete – etwas Jungenhaftes, Begeisterungsfähiges, Linkisches. Ich versuchte, in dieses wenig aussagekräftige Bild eine Persönlichkeit hineinzuinterpretieren, aber wie gewöhnlich ohne Erfolg.

Blonde Haare. Blonde Haare. Meine waren dunkel.

«Du hast doch bestimmt irgendwelche Hochzeitsfotos gehabt.»

«Ich hab dir doch gesagt, bei dem Brand haben wir alles verloren. Das hier lag in der Kapelle. Da habe ich Glück gehabt.»

Ich ließ es vorläufig dabei bewenden. Ich wußte, daß sie noch eine Weile bereitwillig weiterreden würde, aber dann würde sie sich bestimmt allmählich wundern, was mich zu diesen ganzen Fragen veranlaßte, und dann würde sie selbst welche stellen. Und was würde ich dann sagen? Eigentlich konnte ich mir nicht einmal selbst erklären, warum ich bezüglich meines Vaters plötzlich so neugierig war. Wieso reagierte ich auf die Andeutungen eines Fremden? Andeutungen, die ganz offensichtlich abwegig waren? Wer war Salvador Carriscant, und warum wollte er ausgerechnet in mir sein verschollenes Kind sehen? Los Angeles war voller Spinner, aber was mich bei Carriscant beunruhigte, war, daß er keineswegs gestört wirkte. Und wie war es möglich, daß er etwas über Hugh Paget wußte? Und wieso tauchte er jetzt auf, über dreißig Jahre nach dem Tod meines Vaters, um zu behaupten, daß dieser Mann ein Schwindler gewesen sei? Die ganze Vorstellung war lächerlich, sagte ich mir, und ich war drauf und dran, meiner Mutter von dem komischen Kerl zu erzählen, als meine Stiefschwester Bruna mit ihren beiden Töchtern Amy und Greta an der Haustür erschien und mich unterbrach. Pappis übertriebene Bezeugungen von Liebe und Zuneigung erfüllten das kleine Haus.

Meine Mutter schob den Kuchen in den Backofen und wischte sich die Hände sorgfältig an ihrer Schürze ab.

«Wann wurde ich geboren?» fragte ich. «Ich meine, zu welcher Tageszeit?»

«Oh, nachmittags gegen halb fünf. Warum?»

«Ach, nur so. Reine Neugier.»

«Dein Kostüm gefällt mir, Kay», sagte sie mit einem schwach angedeuteten Lächeln. «Du siehst schick aus. Steht dir gut.»

Damit war das Thema beendet. Ich bedankte mich und machte ihr im Gegenzug ein Kompliment wegen ihrer hübschen Brosche. Dann gingen wir hinüber ins Wohnzimmer.

5

Als ich den Schlüssel ins Schloß steckte, sah ich, daß die Ecke eines Briefumschlags unter meiner Eingangstür hervorlugte. Ich bückte mich, zog ihn hervor und steckte ihn in meine Tasche. Drinnen legte ich ihn auf den Zeichentisch und holte mir einen kleinen Whisky. Ich wußte, daß der Brief von Carriscant war, obwohl er keinen Absender trug.

Ich spürte sofort, daß ich mich an irgendeinem Wendepunkt befand. Wer kennt nicht das Gefühl, wenn man die verschiedenen Richtungen vor sich sieht, die das Leben nehmen kann? Den Moment, in dem man spürt, daß die nächste Entscheidung, die man fällt, möglicherweise endgültig ist, daß es kein Zurück mehr gibt? Daß nichts mehr so sein wird, wie es war? Ich konnte den Brief ungeöffnet zerreißen. Ich konnte den Mann in Zukunft ignorieren oder die Polizei rufen, wenn er nicht aufhörte, mich zu belästigen. Oder ich konnte den Brief öffnen, lesen, was der Mann zu sagen hatte, und mich so noch weiter in seine seltsame Welt ziehen lassen, in seine sonderbare Obsession, die um mich und unser Verhältnis kreiste.

Ich öffnete den Brief:

Meine liebe Kay,
ich weiß, Sie werden sich fragen, ob Sie es mit einem Verrückten zu tun haben. Glauben Sie mir, das ist nicht der Fall. Ich bin so normal wie Sie. Wir müssen uns nur in Ruhe aussprechen, ohne Angst vor Störungen. Ich werde Sie nicht weiter behelligen, sondern möchte Sie nur wissen lassen, daß ich in Olive Street 105 wohne. Nur noch die nächsten zehn Tage. Bitte setzen Sie sich mit mir in Verbindung. Es gibt soviel zu erzählen.

Dr. Salvador Carriscant

Ich hatte meine Entscheidung getroffen.

6

Ich kam aus dem Third-Street-Tunnel heraus und fuhr die Hill Street entlang, machte einen Bogen hinauf die Fifth hoch und dann weiter zur Olive Street, oben in Bunker Hill. Von dort aus konnte ich den Turm der neuen City Hall sehen, hoch und weiß, leuchtend im Kreuzlicht der Strahler. Zwischen den alten Häusern und über leere Grundstücke hinweg sah ich den Wilshire Boulevard aufblitzen, ein glühender Pfeil, der sich seine 16 Meilen nach Westen dem Ozean und dem zimtfarbenen Streifen der untergehenden Sonne entgegenbahnte.

Olive Street 105 war ein altes Anwesen im Queen-Anne-Stil, wahrscheinlich in den achtziger Jahren des vergangenen Jahrhunderts erbaut. Es war schön asymmetrisch und nicht so überladen wie andere, die ich schon gesehen hatte. Es hatte ein Dach aus Schindeln, die im Fischschuppenmuster aufgelegt waren, und einen großen Kuppelturm mit einem verbogenen Blitzableiter. Eine Veranda verlief um Dreiviertel des Hauses, und der kunstvoll gearbeitete Balkonfries war stellenweise schlimm mitgenommen, so daß er aussah wie der zerfranste Rand einer Papiertischdecke. Auf einem Gelände, das früher einmal Rasen gewesen sein mochte, stand ein staubiger Pfefferbaum, an dem ein Autoreifen hing. Das alte Herrenhaus verrichtete jetzt niedrige Dienste als Unterkunft für Gastarbeiter. Ein handbeschriebenes Schild im Fenster verkündete: ‹ZIMMER 1 $›. Auf der Vordertreppe saßen einige Männer und rauchten – kleine, braunhäutige Leute in billigen, aber sauberen Kleidern. Ich hielt sie für Japaner.

Ich fuhr an den Straßenrand und wartete. Aber auf was? Ich war mir nicht ganz sicher, hatte aber das Gefühl, ich müsse momentan die Initiative übernehmen. Selbst Carriscant heimlich beobachten, so wie er mich beobachtet hatte, bevor wir diese folgenschwere und von ihm mit so viel Ernst erflehte Verbindung aufnahmen.

Ungefähr vierzig Minuten später erschien Carriscant an der Haustür. Er trug eine enge blaue Jacke im Marinestil und hatte seinen Homburg auf. Ich stieg aus dem Wagen und folgte ihm zu der Seilbahn, die von Bunker Hill zur Hill Street hinunterfährt. Ich kam mir ziemlich unauffällig vor, beinahe männlich gekleidet. Ich trug eine Hose und einen Trenchcoat und hatte eine Baskenmütze tief in die Stirn gezogen.

Carriscant stieg in die kleine beigefarbene Drahtseilbahn-Kabine und ging ganz nach vorn, wo er sich setzte. Ich wartete, bis die Bahn im Begriff war loszufahren, schlüpfte im letzten Moment noch hinein und blieb an der Tür stehen. Es gab einen kleinen Ruck, und die Bahn begann ihre Abfahrt hinunter zu den verkehrsreichen Straßen. Es war ein klarer Abend, so klar, daß ich die Lichter von Huntingdon Park und Montebello erkennen konnte, und im Süden das Glühen der großen orangeroten Feuerfackeln auf den Dominguez-Ölfeldern bei Compton.

Ich folgte Carriscant, als er die Hill Street überquerte und Richtung Main Street ging. Hier war auf den Gehsteigen viel Betrieb. Auf beiden Seiten gab es Kinos, Varieté-Theater, Spielhallen, Schießbuden und Amüsier-Arkaden. Unter den Passanten waren viele Mexikaner und Gruppen von Matrosen aus dem Marinehafen von San Pedro. Carriscant blieb vor einem Buchantiquariat stehen und stöberte eine Weile in den Kästen, die vor dem Schaufenster aufgereiht waren. Ich drehte mich um, blickte ins Fenster eines Steakhauses und widmete meine Aufmerksamkeit den Fleischstücken, die auf dem Bett aus zerstoßenem Eis, auf dem sie aufgefächert lagen, unnatürlich rot wirkten, wie fette Spielkarten aus Gummi. Schließlich zog Carriscant weiter und betrat einen dieser gleißend hell erleuchteten Eßlokale, die die ganze Nacht geöffnet haben, und setzte sich ganz hinten in eine Ecke. Ich ging ein paarmal vor dem Fenster auf und ab und beobachtete, wie er seine Bestellung aufgab. Mir fiel auf, daß er seinen Hut nicht absetzte, und als ich mich ein drittes Mal auf einen Spähgang begab, sagte ich mir, daß jedes weitere Zögern albern wäre. Ich drückte die Glastür auf und ging zu ihm hinüber.

Er schien nicht im geringsten überrascht zu sein, mich zu sehen, worüber ich mich einen Augenblick lang ärgerte, und ich bedauerte schon meine Spontaneität. Er erhob sich halb von seinem Platz und tippte sich an den Hut. Diese förmliche Geste schien ihn daran zu erinnern, daß er das Ding überhaupt auf dem Kopf hatte. Er nahm den Hut behutsam ab und legte ihn auf den leeren Stuhl neben sich. Dann strich er sich die Haare mit zwei langsamen Bewegungen glatt. Er sah müde aus, viel älter plötzlich, und das helle Licht des Raums warf harte Schatten über sein Gesicht, wodurch die Falten auf einmal wie tiefe Wunden wirkten. Ich setzte mich ihm gegenüber.

«Ich würde Ihnen gern etwas zu essen anbieten ...», begann er.

«Nein, danke. Ich bin hier, um mit Ihnen zu sprechen. Ihr Brief ... Sie schreiben, daß Sie Hilfe brauchen.»

«Das tue ich, allerdings.» Er lächelte mich an. «Sind Sie mir hierher gefolgt?»

«Ja.»

Er lachte. «Liebe Kay.»

Das überging ich. «Sind Sie in Schwierigkeiten?»

«In Schwierigkeiten?» Er schien über das Wort nachzudenken, als betrachte er dessen Semantik. «Nicht wirklich, aber ich brauche Hilfe. Ich bin hier fremd, völlig fremd.»

Ein Kellner brachte ihm sein Essen, einen großen Teller mit einem dunklen Eintopfgericht und etwas, was nach Kartoffelbrei aussah. Er durchsuchte den Eintopf demonstrativ nach

Fleisch und schnitt dann die wenigen knorpeligen Streifen in kleine Würfel, bevor er zu essen begann.

«Am Schienbein eines Zaunkönigs ist mehr Fleisch dran», murmelte er zornig. «Was sie einem hier anbieten, ist eine Schande», sagte er. «Dafür gibt es keine Entschuldigung. Besonders nicht in diesem Land. Ich würde ja selbst kochen, aber in meiner Pension gibt es keine Möglichkeit dazu.»

«Kochen Sie gern?» Ich wußte, daß ich nur Konversation um der Konversation willen machte, und ärgerte mich deswegen über mich selbst. Aber ich fühlte mich in seiner Gegenwart seltsam befangen. Als hätte ich meinen Heimvorteil verloren, indem ich seiner Einladung nachgekommen war. Er wirkte im Gegensatz dazu sehr entspannt und lächelte mich geduldig an.

«Ich bin Koch. Ich koche für mein Leben gern.»

«Soll das heißen, daß das Ihr Beruf ist?»

«Ja. Zumindest war er es die letzten fünfzehn Jahre.»

«Ihren Brief haben Sie aber mit ‹Doktor› unterschrieben.»

«Zuerst war ich Arzt, dann wurde ich Koch.»

Er aß sein Essen mit verblüffender Geschwindigkeit, als fürchtete er, daß ihm jemand den Teller wegschnappen könnte. Seine Konzentration und seine Energie waren beinahe erschreckend. Als er fertig war, sagte er, er sei müde und wolle nicht weiter reden. Wir gingen zurück zur Seilbahn – dem ‹Angel Flight› –, die uns wieder hoch nach Bunker Hill bringen sollte. Er schwieg, aber ich bemerkte, daß er fast ängstlich die Stadt um sich herum betrachtete, eingeschüchtert von ihrer Ausdehnung und Geschäftigkeit, von ihrem Lärm und der Helligkeit. Im diffusen Licht der Straßenbeleuchtung nahm seine Haut einen deutlich dunklen Ton an, so daß man ihn für einen Mexikaner oder Latino hätte halten können. Ich dachte wieder an dieses Geschenk der Vaterschaft, das er mir so unverhofft gemacht hatte, und wie absurd all das war. Im Vergleich zu seiner Haut war meine blaß und matt. Daß wir beide dunkle Haare und braune Augen hatten, hätte in einem Vaterschaftsprozeß nur wenig Aussagekraft gehabt.

An der Tür seiner Pension verabredeten wir uns für den nächsten Tag. Die kleinen Männer saßen immer noch auf der Treppe zum Eingang, wo wir sie vor einer Stunde verlassen hatten. Sie starrten mich neugierig an, aber weder feindselig noch boshaft.

«Warum sind hier so viele Japaner?» fragte ich ihn leise.

Er drehte sich um und sprach die Männer in einer Sprache an, die ich nicht kannte. Sie lachten, herzlich amüsiert, wie es schien.

«Japaner?» sagte er tadelnd. «Diese Männer sind Filipinos.»

7

Ich saß mit Salvador Carriscant auf der Holzbank eines roten Straßenbahnwagens, der schaukelnd und ratternd bei Sawtelle den Pico überquerte und dann in westliche Richtung durch die Bohnenfelder nach Santa Monica fuhr. Hier und da war der Boulevard erweitert worden, und die kleinen niedrigen Läden waren großenteils abgerissen worden, um der neuen Straße Platz zu machen. Bald würde jedermann mit dem Auto zum Strand fahren können. Die Straßenbahn hielt an der Station Ocean Avenue, und Carriscant und ich wanderten hinunter zum Ocean Park. Wieder fiel mir auf, daß das Gedränge der Leute, der Lärm und die grellen Farben ihn gleichzeitig anzogen und hilflos machten. Wir blieben bei den japanischen Spielhallen stehen und sahen Frauen und Männer, die eher um Waren als um Geld spielten. Dann spazierten wir an den Beach Clubs und den vielen Piers, an der Achterbahn und den Karussells vorbei. Die Luft schwirrte von den Juchzern der Kinder und dem gereizten Summen der schnellen Boote, die Angler zu den Angelkähnen hinausbrachten, alte Schoner ohne Masten und hölzerne Klipper, die knapp hundert Meter vor dem Strand ankerten. Nur die Affenfarm schien ihn aufzuregen. Die Menge um die Käfige war 2 Meter breit, und als wir uns hindurchgedrängt hatten, um zu sehen, was sie so interessierte, sah ich, wie seine Miene von Neugier in Abscheu umschlug, als er die melancholischen Schimpansen und neurotischen, abgemagerten Gibbons betrachtete, die hinter engen Gitterstäben kauerten. Er faßte mich am Ellbogen und steuerte mich weg.

«Was ist denn?» fragte ich.

«Diese Affen in ihren Käfigen. Das gefällt mir nicht ... Sie erinnern mich an jemand.» Er wechselte das Thema. «Gehen wir was essen», sagte er. «Ich hab Lust auf Fisch.»

Wir gingen in eines der neuen Apartmenthotels, das ‹Sovereign›, das einen öffentlichen Speisesaal besaß. Carriscant bestellte gegrillte Spanische Makrele, die er mit seiner üblichen Konzentration aß. «Die ist frisch», sagte er, wenn auch widerstrebend. «Das Beste, was ich bis jetzt in Amerika gegessen habe.» Seine erfolgreiche Wahl von der Speisekarte vertrieb den Zorn, der von der Affenfarm verursacht worden war, und ich spürte, wie er sich wieder zunehmend wohler fühlte.

«Ich konnte nie genug Fisch bekommen», sagte er. «All die Jahre nicht, obwohl wir nicht weit von der Küste gewohnt haben. Wir mußten immer sämtliche Fische verkaufen, die wir gefangen haben.»

Ich drängte ihn nicht, noch fragte ich ihn, was ‹all die Jahre› heißen sollte, auf die er sich bezog. Es würde später noch Zeit genug sein, ihn zu befragen, und außerdem hatte ich das Gefühl, er werde mir sowieso alles von allein erzählen, wenn ich ihm nur die Zeit ließ. Mir wurde klar, daß dieser Ausflug ans Meer nur eine Hilfe für uns beide war, einander näherzukommen – ein Vater stellt seine Beziehung zu seiner lange verlorenen Tochter wieder her –, und mein Schweigen, meine Zurückhaltung verstärkten diesen Wunsch. Ich wußte, das würde ihm guttun.

Und dann fragte ich mich, warum ich ihm den Gefallen tun sollte, warum ich diese – diese Freundschaft, diese sich entwickelnde Beziehung ermutigen sollte. Er kannte mein Geburtsdatum. Aber was bewies das schon? Er wußte, zu welcher Tageszeit ich geboren war, aber das konnte auch eine genial geratene Vermutung, ein Zufallstreffer sein ... Aber in der Art, wie er mit mir umging, lag eine Zuversicht, die etwas anderes zu sein schien. Er wußte, was er wollte, und das mit einer Selbstverständlichkeit, die, das fühlte ich, kein Scharlatan vortäuschen konnte. Sein Verhalten war nicht aufgesetzt und nicht geschauspielert. Er wollte mich nicht beeindrucken. Im Gegenteil, er schien sich in meiner Gegenwart zu entspannen – als wolle er nichts anderes als sie –, und das wiederum entspannte auch mich.

Er sah jetzt von seinem Essen auf und schenkte mir ein knappes, herzliches Lächeln, wobei sich sein breites Gesicht kurz in Falten legte. Vielleicht, dachte ich, vielleicht weil Rudolf Fischer so eindeutig nicht mein Vater war und Hugh Paget nichts als ein Mythos, konzentrierte ich mich allzusehr auf diesen Kandidaten, weil er eben aus Fleisch und Blut und hier und jetzt bei mir war. Ich wußte, es war eine Art Versuchung, eine Art Verführung, und während ich diesen kräftigen, ansehnlichen alten Mann betrachtete, merkte ich auch, daß er jemand war, dem ich gar nicht so leicht widerstehen konnte, wie ich gedacht hatte.

Als ich ihn fragte, ob er noch einen Nachtisch wünsche, antwortete er, er würde lieber noch mal einen Fisch essen. Er bestellte ein Thunfischsteak und aß es langsam und mit andächtigem Genuß, während ich ein Eis aß und eine Zigarette rauchte. Nach seiner zweiten Portion Fisch bestellte er sich einen Cognac, den billigsten des Hauses. Er stocherte sich diskret mit einer Federkielspitze – er trug ein kleines Päckchen davon in der Tasche bei sich – in den Zähnen und spülte sich dann, wie es schien, mit dem Cognac den Mund aus.

Ich fing an – höchst untypisch für mich – zu plaudern, um die leichte Verlegenheit zu verbergen, die mich bei seiner Zahnpflege, dieser dentalen Toilette, überkam. Er hörte höflich zu, als ich ihm von Santa Monica, Venice und Malibu erzählte, wie ich sie im Laufe der Jahre kennengelernt hatte, aber dabei war ich mir die ganze Zeit bewußt, wie er an seinem Cognac nippte, und dann hörte ich sogar, wie der Alkohol in seinem Mund aufschäumte, nachdem er einen Schluck genommen hatte und die Flüssigkeit zwischen seine Zähne spülte.

«...und den Roosevelt Highway gab's damals noch gar nicht», sagte ich. «Ich meine, jetzt kann man auf ihm die ganze Küste entlang bis nach Oxnard fahren, aber ich erinnere mich, wie ich einmal mit Pappi hier runtergefahren bin – ich muß ungefähr zwölf gewesen sein ...»

«Zwölf?»

«Ja, ich ...»

Er runzelte die Stirn. «Das muß ungefähr 1916 gewesen sein.»

«Kann sein. Zwölf oder dreizehn, schätze ich. Pappi hatte diesen Kunden – es war J. W. Considine –, der am Malibu Beach ein Haus hatte, und wir mußten vom Santa-Monica-Pier mit dem Boot da rausfahren. Damals war es wirklich am Ende der ...»

«Kay –»

Ich hörte sofort auf zu reden. Mir wurde klar, daß er gar nicht zugehört hatte.

«Wenn ich in Kalifornien einen Mann suchen will», sagte er, «wie müßte ich da vorgehen?»

«Kommt drauf an ... Wissen Sie, wie er heißt?»

«Er heißt Paton Bobby. Ich weiß nur, daß er in Kalifornien lebt. Jedenfalls hat er das mal.»

Ich drückte meine Zigarette aus. «Paton Bobby? Wissen Sie sonst noch was über ihn?»

«Er ist etwas älter als ich. Und ich glaube, er war einmal Polizist.»

«Das könnte hilfreich sein. Sonst noch was?»

«Das war's.»

Ich sah ihn an. Ich wußte, daß unsere Gemeinsamkeit – als was sie sich auch immer erweisen mochte – jetzt begann. Unwiderruflich.

«Darf ich wissen, warum Sie ihn suchen?»

Er lächelte ein schwaches, traumverlorenes Lächeln. Seine Stimmung war umgeschlagen, seit ich meinen Kindheitsausflug nach Malibu, mein Alter und das Jahr erwähnt hatte. Ich hatte ihn auf eine Zeitreise geschickt, vielleicht sogar an einen Ort, wo er niemals Fisch zu essen bekommen konnte. Und seine Gedanken waren dort geblieben.

«Entschuldigen Sie, was haben Sie gesagt?»

«Warum müssen Sie diesen Paton Bobby finden?»

Er seufzte, blickte auf seinen leeren Teller, drehte seine Gabel, so daß die Zinken abwärts zeigten, und wandte dann seinen Blick wieder mir zu.

«Ich denke, man kann es so ausdrücken ...», erwiderte er, mit freundlicher Miene, die Augen unschuldig weit geöffnet. «Ich suche einen Killer.»

8

Philip füllte den Scheck mit offensichtlichem, aber lächerlich übertriebenem Stolz aus und überreichte ihn mir mit einer höfischen Verbeugung.

«Auszuzahlen an Mrs. Kay Fischer – zweihundert Dollar», sagte er mit einem Grinsen.

«Du hast also einen Job?» fragte ich.

«Und ein Bankkonto. Ich habe sechs Wochen Arbeit bei MGM. Ich bin der dritte Drehbuchautor für *Four Guns for Texas.*»

«Klingt wie ein Traumjob.»

«Klingt nach Geld.»

Wir saßen in meinem Büro am Hollywood Boulevard. Aus meinem Bürofenster konnte ich die drei obersten Stockwerke des Guaranty Building und die staubige Krone einer Palme sehen. Ich hatte drei Räume über dem Textilgroßhändler Tex-Style Imports Co. gemietet, der sich spezialisiert hatte auf Blue jeans, Arbeitshosen und Arbeitsstiefel, die für die petrochemische Industrie gedacht waren. Der Raum mit Blick auf den Boulevard war mein Büro, und von dort aus führte ein kleiner Korridor zu einer fensterlosen Kammer, in der mein einsamer Assistent Ivan Feinberg arbeitete. Mary Duveen, meine Sekretärin, hatte ihren Schreibtisch im Empfangsbereich am Flur, wo sie eingezwängt zwischen zwei Reihen von Aktenschränken saß. Es war alles ein bißchen schäbig und provisorisch, besonders verglichen mit dem, was ich bei Meyersen und Fischer gehabt hatte, aber seit dem großen Bruch und dem darauffolgenden Prozeß hatte ich lernen müssen, mit weniger zufrieden zu sein. Ich hatte von einem meiner früheren Kollegen gehört, daß Meyersen mein altes Büro bezogen hatte. Vielleicht war es das gewesen, was er die ganze Zeit gewollt hatte? …

Ich nahm Philips Scheck, faltete ihn und schob ihn in meine Brieftasche. Er hatte sich die Haare schneiden lassen und trug ein neues Sportsakko aus Leinen mit grünlichem Schottenmuster sowie eine weite eierschalenfarbene Hose. Ich fand, mit seinen kurzen Haaren wirkte er noch jünger, wie ein ewiger College-Boy. Einen Moment lang packte mich Selbstmitleid, denn ich dachte an unsere kurze Ehe zurück und an das, was ich verloren hatte, als ich ihn rausschmiß. Ich hatte das ‹Mrs.› beibehalten, nicht um meine Kunden zu beeindrucken, sondern weil es sie lockerer machte. Aber ich hatte meinen Mädchennamen wieder angenommen. Die Verbindung von beidem erschien mir wie eine ideale Darstellung meines gesellschaftlichen und privaten Status. Aber Philip hatte darauf beleidigt und verletzt reagiert: Ich würde mir mein Butterbrot auf beiden Seiten belegen, sagte er vorwurfsvoll. Aber geht es im Leben nicht gerade darum, hatte ich erwidert. Sei das nicht das Ziel, dem wir alle nachjagten? Es war nur ein kurzer Anfall von Selbstmitleid, der schnell überstanden war.

«Filme», sagte ich forsch-fröhlich. «Wirst du bei dem hier endlich deinen Namen auf der Leinwand sehen?»

«Die Chance besteht.»

Ich lachte. «So wie die, daß Elefanten eines Tages fliegen lernen, hm?» Ich stand auf. «Ich geh mit dir runter. Ich muß was essen.»

Als wir die beiden Stockwerke zur Straße hinuntergingen, fragte ich Philip, ob er eine Ahnung habe, wie man einen Mann namens Paton Bobby aufspüren könne, der Mitte Sechzig und möglicherweise einmal Polizist gewesen war.

«Schon mal das Telefonbuch probiert? Wer ist Paton Bobby?»

«Ein Freund von mir muß ihn finden. Ich dachte, du wüßtest vielleicht, wie.»

Er zuckte mit den Achseln. «Du könntest einen Privatdetektiv beauftragen, schätze ich ... Oder vielleicht könnte ich auch den Chef des Sicherheitsdienstes im Studio fragen –» Er grinste. «Hast du das mitbekommen? ‹Im Studio› – ich bin für den Erfolg geboren – ich kann ihm einfach nicht entgehen. Dieser Typ war früher mal Cop, vielleicht hat er eine Idee.»

Wir schlenderten den Bürgersteig entlang zu einem Straßenverkäufer. Die Sonne brannte mir heiß auf den Schädel, und ich öffnete den obersten Knopf meiner Bluse. Es war ein schöner Tag. Am babyblauen Himmel trudelten ein paar makellose Wolken dahin. Eine frische Brise spielte in den Kronen der neu angepflanzten Palmen, die noch kaum halb so hoch waren wie die Straßenlaternen, es hörte sich an wie das Knipsen von Nagelscheren oder wie Streichhölzer, die auf die Oberfläche eines Glastisches getippt werden. Das harte Licht reflektierte von den weißen Wänden der Gebäude auf der anderen Straßenseite, und ich setzte meine Sonnenbrille auf. Es gab inzwischen zuviel moderne Stromlinienarchitektur für meinen Geschmack. Geschwungene Wände, geschwungene Glasfassaden. Dazu Spiegelpaneele an jeder Ecke. Friese in Rot und Schwarz, um die horizontalen Linien zu betonen, Baldachine, die um die Ecken verliefen oder bei jeder Gelegenheit in Innenhöfe hinuntertauchten ... Was war hier los? Und alles wurde durch die Beschriftungen und Schilder zunichte gemacht, die in grellen Primärfarben an den Gebäuden hingen oder auf den Dächern auf hölzernen Plakatwänden angebracht waren, lauthals ihre Botschaft in die Welt hinausschrien: GUTES CHOW! HAM 'N EGGS, FOTO, GESCHENKE, PARKEN. Wir gingen durch eine stechende Duftschwade von gebratenen Zwiebeln, als wir an STEAKS VON HARROLDS HOLZKOHLE-GRILL vorbeikamen, und steuerten auf den silber glänzenden Imbißwagen zu. Ich bestellte einen Super-Chili-Dog mit Senf und einer Extraportion Zwiebeln.

Philip berührte meinen Arm. «Sag mal, Schatz, du hast doch nicht irgendwelchen Ärger, oder?» Er zeigte aufrichtige Anteilnahme. Mir war klar, daß ich immer noch an ihm hing.

«Nein, natürlich nicht», versicherte ich ihm. «Es geht um einen alten Mann, den ich kenne, und der muß irgend so einen Typ aufspüren.»

Philip blickte mich durchdringend an, nicht ganz überzeugt. Ich bekam meinen Chili-Dog und bezahlte. Ich sah Philip an, daß er sich fragte, wie viele ‹alte Männer› ich wohl kannte und warum ausgerechnet er dabei helfen sollte, wenn sie irgendwelche vermißten Personen aufspüren wollten.

«Sieh mich nicht so an. Du brauchst überhaupt nichts zu tun, wenn du nicht willst.»

«Nein, nein, ich werde sehen, was sich machen läßt.»

Ich hielt es nicht mehr aus. Ich biß heißhungrig in meinen

Chili-Dog, und die durchdringende Hitze stieg mir mit einem Schwall in die Nase. Mit einem Finger schob ich mir einen widerspenstigen Zwiebelring in den Mund. Ich kaute. Philip blickte mich leicht angewidert an. «Ich hatte eigentlich vor, dich zum Abendessen einzuladen, aber wenn ich sehe, was du so zum Mittagessen vertilgst, wirst du wahrscheinlich keinen Hunger haben.»

«Ha-ha. Ruf mich doch einfach später mal an. Vielleicht hast du ja Glück.»

Als ich in mein Büro zurückkam, wartete dort George Fugal auf mich, ein breites Grinsen auf seinem schmalen Gesicht. George war ein hochgewachsener, schlaksiger Vierzigjähriger von sprunghaftem, ruhelosen Wesen, das schwer in Einklang zu bringen war mit einem beruflichen Verhalten, das man nur als auf die Spitze getriebene Pedanterie beschreiben konnte. Er hatte braunes lichtes Haar, große wäßrige Augen, und sein fliehendes Kinn hatte stets einen blauen unrasierten Schimmer. Hätte ich nicht gewußt, daß er Anwalt war, hätte ich ihn als Kleinkriminellen auf Bewährung eingestuft oder als einen Schuldner auf der Flucht vor der Steuerfahndung. George blickte sich fortwährend um, egal, wo er sich befand. In Restaurants bestand er darauf, mit dem Rücken zur Tür zu sitzen, um mehr Anlaß zu haben, nervös auf seinem Platz herumzurutschen.

«Und wie lautet die frohe Botschaft?» fragte ich ihn.

«Wir haben einen Käufer für das Haus. Ganz sicher. Eine ...» Er schlug in seinem Notizbuch nach. «Eine Mrs. Luard Turner. Angenehme Dame. Ich habe ihr gerade alles gezeigt.»

«Ich muß es aber erst fertigstellen. Ich hoffe, das hast du ihr klargemacht», sagte ich mit leicht undankbarer Widerborstigkeit. Urplötzlich war ich traurig. Jemand wollte mein Haus kaufen. Jemand anders würde in meinen sorgfältig entworfenen Luftwürfeln wohnen.

«Das weiß sie, das weiß sie. Aber sie hat sich in das Haus verliebt. Hat Klasse, sagt sie. Allererste Klasse, sagt sie. Das sind ihre Worte, Kay, haargenau ihre Worte.»

Er schwatzte weiter drauflos, aufgeregt und voller Freude für mich, während sein Blick von mir zu Mary zur Bürotür und zum Abfalleimer wanderte. Wir waren auf den Verkauf angewiesen, um eben jenen Gewinn zu machen, der K. L. Fischer das Überleben sichern und der Firma ermöglichen sollte, größere und interessantere Aufgaben in Angriff zu nehmen. Aber dennoch traf mich mein Verlust hart.

«Wir haben es geschafft, Kay», sagte George Fugal. «Du bist wieder da.»

Ich lächelte ihn an. Irgendwie mochte ich nicht glauben, daß es so einfach sein konnte.

9

Wie für die Kunst, so gilt auch für die Architektur, daß alles um so genauer stimmen muß, je mehr man reduziert. Je mehr man sich des Überflusses entledigt und je mehr man eliminiert, desto größer werden der Druck auf das und die Bedeutung dessen, was übrigbleibt. Wenn ein Raum nur eine Tür und ein Fenster haben soll, dann müssen diese beiden Öffnungen exakt auf das Raumvolumen abgestimmt sein, das zwischen den vier Wänden, dem Boden und der Decke enthalten ist. Sie müssen mit äußerster Präzision geformt und gestaltet werden. Ein Inch, ja ein halber Inch, kann den entscheidenden Unterschied zwischen Perfektion und Pfusch ausmachen. Verzichtet man auf Ornamentik und Ablenkung, wird die Proportion zum entscheidenden Faktor.

Mein ästhetischer Mentor, meine Inspiration in alledem war der deutsche Architekt Oscar Kranewitter (1891–1929). Er war ein Freund von Gropius und, wie er, stark beeinflußt von den strengen Grundsätzen des Johannes Itten. Kranewitter selbst war eines der ersten Mitglieder des Deutschen Werkbunds und lehrte zwischen 1923 und 1925 gelegentlich am Bauhaus. (Nach einem wilden Streit mit Hannes Meyer – es kam zu Handgreiflichkeiten – verließ er das Bauhaus und kehrte nie wieder zurück.) Es gibt keinen Zweifel, daß man Kranewitter – wäre er nicht bei einem tragischen Autounfall ums Leben gekommen –

sicherlich zu den wichtigsten deutschen Architekten und Wegbereitern des Internationalen Stils gerechnet hätte. Wegen seines anspruchsvollen Wesens und der strengen Disziplin, die er sich und seinen Auftraggebern auferlegte, baute er letztlich nur wenig, und seine Veröffentlichungen beschränken sich auf einige wenige Artikel in so obskuren Fachzeitschriften wie *Metall* und *Neue Europäische Grafik.* Und in diesen stringenten Aufsätzen führte er das Konzept der *Armut* in die Architektur ein. Für Kranewitter hat dieses abstrakte Substantiv eine höchst komplexe Bedeutung: Für ihn verliert das Wort jegliche negative oder abwertende Konnotation, seine Überlegungen rücken es in die Nähe von ‹Reinheit›. Umgesetzt hat Kranewitter diese schwerverständliche Theorie in seinem Meisterwerk, dem Lothar-Haus (1924–1929) in Obertraubling bei Regensburg. Während der fünfjährigen Bauzeit nahm Kranewitters fanatische Detailbesessenheit legendäre Ausmaße an, und seine Vorstellung von *Armut* gewann plastische Form. Als das Haus so gut wie vollendet war, ließ er die gesamte Decke des Eßzimmers herausreißen und 4 Zentimeter höher setzen. Er entwarf alle Möbel selbst (Teak, Chrom und Leder waren die einzigen Materialien, die er benutzte), und es gab weder Teppiche noch Vorhänge. Die Böden waren aus poliertem dunklem Feuerstein. Die Farbe der Wände war weiß im Erdgeschoß und blaßgelb im ersten Stock (Gelb ist eine ‹hellere› Farbe als Weiß – so jedenfalls Kranewitter – und daher eher geeignet für Räume oberhalb ebener Erde). Sämtliche Türen waren aus Aluminium geschmiedet und ungestrichen, ebenso die massiven und eigens entworfenen Heizkörper, die zentral gespeist wurden. Die Räume wurden von nackten Glühbirnen beleuchtet. Während eines Luftangriffs auf Regensburg im Zweiten Weltkrieg wurde das Haus von einer verirrten Bombe zerstört.

Je mehr ich Kranewitter studierte, desto mehr mußte ich die Hingabe dieses Mannes und die unbeirrbare Geradlinigkeit seiner Ideen bewundern. Strenge, Klarheit und Genauigkeit erschienen mir als Eigenschaften, die es wert waren, angestrebt zu werden. Kranewitters *Armut* hat weder etwas Tristes noch etwas Armes, ganz im Gegenteil: Sie besitzt eine befreiende, reinigende Qualität. Je mehr das zwanzigste Jahrhundert fortschreitet und je komplizierter unser aller Leben ist, je stärker die hektischen Aufforderungen der Warengesellschaft – «Iß! – Kauf! – Spiel! – Konsumiere! – Hab Spaß!» – eingreifen und jede Sekunde unseres Lebens bestimmen, desto reizvoller kamen mir die Ruhe und Leere und das saubere, sich abschirmende und nicht korrumpierbare Wesen jener Welt vor, die Kranewitter zu schaffen versuchte.

Dies waren Ziele, die ich in meiner eigenen Arbeit verwirklichen wollte, und sie manifestierten sich in den beiden Gebäuden, die nach meinen Plänen realisiert wurden: dem Taylor-Haus in Pasadena und dem Einkaufszentrum in Burbank. Alles Unwesentliche ist entfernt. Die Innengestaltung ist kompromißlos schlicht, alle Linien sind entweder horizontal oder vertikal. Sogar in einem solchen Tempel zügelloser Konsumfreudigkeit wie einem Einkaufszentrum – der amerikanischen Antithese zu *Armut* – ist Kranewitters asketische Philosophie gegenwärtig. Und es funktioniert.

Es funktionierte so gut, daß es mich meinen Job kostete. Der Erfolg des Einkaufszentrums in Burbank hatte zur Folge, daß Meyersen und Fischer von der Ohman's Retail Group angesprochen wurden, deren neues Ladengeschäft und einen Restaurantkomplex am Wilshire Boulevard zu entwerfen. Ich machte die ersten Pläne und Zeichnungen und ließ dann ein Modell bauen. Kurz bevor die endgültigen Verträge unterzeichnet wurden, ließ mich Eric Meyersen in sein Büro rufen und verkündete, ich sei gefeuert. Als ich ihn fragte, wieso, antwortete er gleichmütig: «Kein besonderer Grund, meine Liebe. Ich mag einfach dein Gesicht hier nicht mehr sehen.» Meyersen hatte, um es einfach auszudrücken, von mir bekommen, was er wollte: fertiggestellte Projekte, einen noch nicht großen, aber wachsenden Ruf, einen eigenen Stil. Jetzt, nachdem das Ohman-Geschäft unter Dach und Fach war, meinte er wohl, allein weitermachen zu können. Fugal hatte sich den Partnerschaftsvertrag, den ich fünf Jahre zuvor so eilfertig unterschrieben hatte, genau angesehen und natürlich auch die Nebenklauseln entdeckt, die Meyersen diese einseitige Macht gaben. Ich beauftragte ihn, den Hundesohn trotzdem zu verklagen. Einstweilige Verfügungen wurden ausgestellt, als der Vertrag für Ohman's Building von Eric Meyersen Architects Inc. unterzeichnet wurde. Die Urkunden für das Taylor-Haus und das Einkaufszentrum in Burbank wurden entsprechend geändert. Mir blieb nichts anderes übrig, als mich auf eigene Füße zu stellen und der Welt zu beweisen, wer wirklich für diese Bauvorhaben verantwortlich gewesen war. Micheltoreno 2265 würde der erste Nagel zu Meyersens Sarg werden.

10

Philip hatte ein kleines Holzhäuschen in Venice gemietet, eine Straße direkt hinter der Strandpromenade. Ich ging die beiden Stufen zu seiner Veranda hoch, die von der Sonne pokkennarbig gebrannt war, klemmte mir die Flasche unter einen Arm, setzte die Tüte auf einem alten Schaukelstuhl ab und klopfte laut gegen den Rahmen der Fliegentür. Von drinnen hörte ich ein gequältes Husten, und dann erschien Philip in einem zerknitterten und schmuddeligen Morgenmantel, die Haare strähnig und fettig. Seine Augen hatten dunkle Ränder, sein Gesicht war eingefallen und teigig.

«Hallo, mein Sonnenschein», sagte ich. «Mama ist da.» Er hatte sich im Wohnzimmer ein Bett – eine Navajo-Decke und drei Kissen – auf einem Davenport-Sofa gemacht. Aus dem Radio des Nachbarn war ‹American Dreamer› zu hören, leise aber deutlich. Als ich die Suppe in eine Schüssel gefüllt hatte und sie ihm brachte, lag er schon wieder unter einer Decke auf seiner Couch, die Knie angezogen, das Gesicht zu einer Maske stoischen Leids erstarrt.

«Kartoffelsuppe und Kuchen, stimmt's? Ich hab dir ein Stück Pekannußkuchen, Zitronenkäsekuchen und vier verschiedene Teilchen mitgebracht.»

«Hab Dank.» Er nahm mir die Suppe ab und schlürfte sie gierig, wie ein hungernder Bauer. «Ich hab seit 48 Stunden nichts mehr zwischen den Zähnen gehabt.»

Ich hatte in der Küche die leere Bourbonflasche gesehen.

«Was ist denn los?»

«Bin gefeuert worden. Nach vier *Tagen* haben sie mich gefeuert, diese Ärsche.»

«Na ja, war doch auch ein Mistfilm –»

«– Es war Arbeit, Kay. Vierhundert-Dollar-die-Woche-Arbeit.» Seine Stimme klang schmollend und ertrank in Selbstmitleid. Ich setzte mich neben ihn und sah ihm zu, wie er die Suppe vertilgte und gleich danach nach dem Käsekuchen griff. Er biß ein zu großes Stück ab und tat sich schwer beim Schlukken. Er hustete Krümel auf seine Couch.

«Immer mit der Ruhe», sagte ich. «Niemand nimmt dir den Kuchen weg. Möchtest du Kaffee?»

«Ich glaube, ich hab einen Tumor im Hals. Könntest du mal nachsehen?»

Er riß den Mund auf und streckte ihn mir entgegen. Ich hielt sein hübsches mitgenommenes Gesicht zwischen meinen Händen und neigte es so, daß das Licht vom Fenster auf seine Speiseröhre fiel. Ich konnte nichts sehen außer einem pulsierenden rosa Zäpfchen und einer gewissen Menge Käsekuchen, aber ich kannte Philip in dieser Stimmung. Er brauchte einfach etwas, woran er sich festhalten konnte.

«Ich kann nicht viel erkennen ... Vielleicht ein bißchen rot.»

«Jesses ... Und meine Augen? Irgendeine gelbe Verfärbung?»

«Heute ist Rot deine Farbe, tut mir leid. Warum gelb?»

«Ich krieg öfter diese Rückenschmerzen. Ich hab Angst, daß meine Leber hin ist. Zirrhose oder so was. Vielleicht sogar Krebs.»

«Ich würde mal den Bourbon absetzen.» Ich stand auf. «Ich mach dir einen Kaffee.»

Ich ging in die kleine Kochnische und setzte Wasser auf. Ich sah mich nach gemahlenem Kaffee um. Ich hörte Philips schlurfende Schritte hinter mir, und ich fühlte, wie sich seine Arme um meine Taille legten. Er schmiegte sich an meinen Nacken und bedeckte ihn mit kleinen pickenden Küssen.

«Kay ... Kay, kann ich nicht für ein paar Tage bei dir wohnen? Ich hasse es, so allein zu sein.»

«Nein, Philip, du weißt, das würde nicht –»

«Ich komm einfach nicht zurecht. Ich muß nur –»

«– aufhören zu trinken. Du bist gefeuert worden. Deswegen bricht nicht gleich die Welt zusammen. In dieser Stadt gibt es jede Menge bescheuerte Filme, für die Autoren gesucht werden, und jede Menge gefeuerte Autoren, die bescheuerte Filme suchen.»

«Es war ein guter Job, Kay. Der beste.» Er trat zurück und rammte beide Fäuste tief in die Taschen seines Morgenmantels. «Sechs, acht Wochen, und ich wäre saniert gewesen.» Er kramte ein zerknülltes Stück Papier aus einer Tasche und betrachtete es nachdenklich. «Mann, das hab ich ja ganz vergessen ... Ist für dich.» Er gab es mir. «Die haben deinen – wie hieß er doch gleich? – Paton Bobby gefunden. McGuire im Studio ... Scheißstudio.»

Ich glättete den Zettel und las, was darauf stand. «Sheriff Paton Bobby, Los Feliz Ranch, White Lakes, Santa Fe.»

«Santa Fe?»

Philip sagte: «Er war noch nicht mal in Kalifornien. Gut, daß du mir gesagt hast, daß er ein Cop ist. Sonst hätten wir ihn nie gefunden.»

Ich drehte mich um und blickte aus dem Küchenfenster. Ich sah eine Zypresse, deren Spitze in der Länge von einem Meter abgebrochen war und herunterhing. Dahinter ein Maschendrahtzaun, der die Grenze zu den Gleisen der Electric Railway bildete. Paton Bobby war also Sheriff in Santa Fe, New Mexico. Was konnte Dr. Salvador Carriscant nur von ihm wollen?

«Besteht Aussicht auf Kaffee?» fragte Philip. «Mein Hals macht mich fertig.»

Ich traf Carriscant am frühen Morgen am Bahnhof von Pasadena. Er hatte mich gebeten, mit ihm nach Pasadena zu fahren, und aus irgendeinem Grund und zu meinem eigenen Erstaunen hatte ich auf der Stelle eingewilligt – ohne lange nachzudenken oder meinen Entschluß gar zu bedauern.

Er hatte gefragt, und ich hatte zugestimmt. Erst später war mir eingefallen, wie anmaßend es von ihm war und wie paradox von mir. Aber er hatte meine Phantasie geweckt, dieser Salvador Carriscant, und gegenüber seiner so selbstverständlichen Behauptung, daß eine enge Verbindung zwischen uns bestehe, verlor ich immer mehr die Vorbehalte. Aber ich lenkte meine Gedanken auf einen anderen Beweggrund, der mir annehmbarer, wenn auch weltfremd erschien. Dies war ein Abenteuer, eine faszinierende Suche, und ich würde es später bestimmt bedauern, wenn ich sie nicht wenigstens noch ein Stück des Weges mitgegangen wäre. Wir konnten in zwei Tagen zurück sein, und meine Neugier, was Carriscant und Paton Bobby betraf, war brennend. Außerdem war ich noch nie in New Mexico gewesen.

Der Wartesaal in Pasadena war sauber und roch nach Karbol. Die ersten Pendler tauchten auf, und an den Zeitungskiosken stapelten sich noch die unausgepackten neuen Tagezeitungen und Zeitschriften. Carriscant stand an unserem vereinbarten Treffpunkt am Eingang des Coffee Shops. Er sah unsicher und verloren aus. Das Lächeln, das in sein Gesicht trat, kam von Herzen. Er streckte mir zwei Fahrkarten entgegen.

«Ich habe Ihnen eine Fahrkarte gekauft», sagte er. «Brauchen Sie nicht zu bezahlen.»

«Keine Sorge», erwiderte ich. «Ich hab's mir nicht anders überlegt.»

«Ich bin Ihnen sehr dankbar dafür, daß Sie mich begleiten», sagte er, als wir zum Bahnsteig gingen, von wo der Express nach Santa Fe abfuhr. «Sie werden es vielleicht nicht für möglich halten, aber das letzte Mal bin ich 1897 mit dem Zug gefahren. Von Glasgow nach Liverpool.»

Paton Bobbys Ranch lag südlich von Santa Fe, ein paar Meilen außerhalb von White Lakes auf einem grasbewachsenen Hügel. Im Hintergrund erhoben sich massig und düster die Sangre-de-Cristo-Berge. Wir mieteten uns ein Taxi für den ganzen Tag (für unglaubliche 20 Dollar) und machten uns nach dem Frühstück von unserem Hotel in der Nähe des Bahnhofs auf den Weg. Ich fragte Carriscant, ob er Bobby vorsichtshalber telegrafisch von unserem Kommen informiert habe. Er sagte, er habe sich dagegen entschieden.

«Und wenn er nicht da ist?» fragte ich verärgert.

«Oh, ich habe mich schon überzeugt, daß er da ist. Ich wollte nur nicht, daß er weiß, daß ich komme.» Carriscants englischer Akzent brachte es mit sich, daß er manchmal unerträglich überheblich klang. Dies war so ein Fall.

«Wer ist Paton Bobby?» fragte ich. «Woher kennen Sie ihn?»

«Wir sind uns vor langer Zeit begegnet. Eine Weile waren wir recht eng befreundet.»

Ich drang absichtlich nicht weiter in ihn. Ich wollte ihm nicht die Befriedigung geben, mich noch weiter mit seinen Andeutungen abspeisen zu können. Was diese Suche betraf, war Carriscant wenig bereit, mir auch nur irgendwas zu erzählen. Informationen über seine Absichten und seine Vergangenheit waren nur spärlich aus ihm herauszubekommen – und wenn, dann eher unabsichtlich. Ab und zu präsentierte er einem einen Goldklumpen Information wie eine *amuse-gueule*, als wolle er einem Appetit machen, aber wenn man ausdrücklich um Informationen bat, zog er sich zurück. Ich war mir nicht sicher, ob er nicht ein Spielchen mit mir trieb, ob er völlig ohne Hintergedanken war – ein alter Mann, dessen Erinnerung zuweilen aufleuchtete – oder ob er einer der gewieftesten Lügner war, die mir je begegnet waren. Was sollte zum Beispiel der Hinweis auf eine Zugreise von Glasgow nach Liverpool im Jahr 1897? War es nur seine Unsicherheit, seine Verletzlichkeit, die sich darin zeigte, oder handelte es sich um ein Teilchen aus einem größeren Puzzle? Ich hatte es für den Augenblick aufgegeben, ihm irgendwelche Informationen zu entlocken. Auch ich konnte die Gleichgültige spielen und es mit jedem aufnehmen, wenn es darum ging, nichts rauszulassen.

Wir bogen von der Straße Albuquerque–Las Vegas ab und folgten den Schildern nach Clines Cors und Encino. In White Lakes gerieten wir auf eine weiße unbefestigte Straße, die durch eine weite Salbeibusch-Hochebene führte. Schließlich kamen wir an einen Zaun aus waagerechten Brettern und sahen auch bald das Tor mit der Aufschrift ‹Rancho Los Feliz›, die tief ins Holz gebrannt war.

«Was? ‹Ranch der Glücklichen›?» sagte Carriscant. «Es ist schon komisch, wie das Spanische den Worten das Vulgäre nimmt.» Das Lächeln auf seinem Gesicht erstarb. «Ich hätte mir nie vorgestellt, Paton Bobby an so einem Ort zu finden ...» Seine Gedanken verloren sich. Plötzlich wirkte er wie ein sorgenvoller Mann.

Wie vulgär ihr Name auch sein mochte, die Ranch wirkte gut geführt und sauber. Die großen Felsblöcke am Eingang waren frisch weiß getüncht, und die Doppelspur, die zum Ranchgebäude führte, war frei von Unkraut. Man hatte sogar die Grasnarbe in der Mitte kurzgeschnitten. Zu beiden Seiten grasten Pferde auf gut bewässerten Weiden. Das Alfalfa-Gras und die Manzanita-Bäume schienen Wohlstand und Ordnung auszustrahlen.

Ich sah wieder zu Carriscant. Er saß jetzt angespannt da und kaute selbstvergessen auf seiner Unterlippe. Er hatte seinen Blick in die Ferne gerichtet, sich seiner Umgebung kaum bewußt. Als habe er sich nie aus eigenem Antrieb zu dieser Reise entschieden, sondern sei auf irgendeine Weise hierhergeführt worden, wie ein Gefangener zum Schafott oder ein Zwangsrekrut aufs Schlachtfeld – passiv, machtlos, an dem, was auch immer auf ihn zukommen mochte, irgend etwas zu ändern. Er tat mir leid, und ich wollte ihn am liebsten beschützen, denn plötzlich wurde mir klar, wie hilflos er als Fremder in diesem großen Land war, und ich war froh, daß ich ihn begleitet hatte.

Hunde fingen an zu bellen, als wir vor dem Ranchgebäude vorfuhren. Das Haus war neu, mit Dachgiebeln aus Stein und einer langen schattigen Veranda, die mit bunten Blumen geschmückt war. Ich sagte einem mexikanischen Rancharbeiter, daß wir gekommen seien, um Mr. Bobby zu sprechen, und man führte uns zur Vordertür, von wo eine Hausangestellte uns in einen kleinen Vorraum geleitete. Gleich darauf erschien eine Frau, die kaum älter war als ich, und stellte sich als Estelle Bobby vor. Ich hatte sie schon für seine Tochter gehalten, aber es wurde bald deutlich, daß es sich um eine neue Ehefrau handelte. Sie war schüchtern und hübsch, hatte leicht hervortretende Augen und blondes Haar. Wenn Bobby schon in den Sechzigern war, dann war er seiner Frau gut dreißig Jahre voraus, soviel war klar.

Ich stellte mich und Carriscant vor, der inzwischen so kleinlaut wirkte, daß ich mir wie seine Gouvernante vorkam. Als ich seinen Namen nannte, schien sie damit nichts anfangen zu können.

Estelle Bobby geleitete uns zu Stühlen, als hätte sie ihre Manieren per Fernkurs gelernt.

«Mein Mann wird innerhalb der nächsten Stunde zurück sein», sagte sie. «Er ist auf einem Ausritt. Darf ich Sie fragen, was Sie zu uns führt?»

Ich wandte mich Carriscant zu.

«Ich, äh, bin ein alter Freund Ihres Mannes», murmelte er linkisch. «Ich habe ihn seit dreißig Jahren nicht mehr gesehen ...»

«Wir hatten geschäftlich in Santa Fe zu tun», improvisierte ich. «Mr. Carriscant meinte, es lohne sich, einfach auf gut Glück vorbeizuschauen.»

«Aber natürlich doch – Sie sind mehr als willkommen», sagte Mrs. Bobby und ging uns Kaffee holen, während wir warteten.

Zwei Tassen später, während sich Mrs. Bobby irgendwo anders im Haus beschäftigte, hörten wir Hufschläge und sahen einen hübschen Zweispänner im Hof vorfahren und dann hinterm Haus aus unserem Blickfeld verschwinden. Ich erblickte kurz einen stämmigen Mann an den Zügeln, mit Glatze und einem auffälligen breiten Schnurrbart. Wir hörten, wie die Hintertür geöffnet wurde. Dann ein Wortwechsel. Ich wandte mich an Carriscant. Er war bleich, sein Mund schlaff.

«Mir ist übel, Kay», sagte er heiser. «Ich glaube, ich muß mich übergeben.»

Er streckte eine zitternde Hand aus, und ohne lange zu überlegen, ergriff ich sie und drückte sie fest.

«Kommen Sie, trinken Sie etwas Kaffee. Dann wird es schon wieder gehen.»

«Ich glaube, wir sollten hier weg. Sofort.» In seinen Augen flackerte Panik auf.

«Seien Sie nicht albern. Wo wir schon die weite Reise gemacht haben. Was hat dieser Mann Ihnen denn bloß angetan?»

Carriscant schüttelte wortlos den Kopf. Um ihm Zeit zu geben, stand ich auf und ging hinaus in die Diele, die Salontür hinter mir schließend. Paton Bobby kam gerade aus der Küche. Unter seiner glatten glänzenden Glatze hatte er ein eckiges, faltiges Gesicht, freundliche Augen und einen breiten, sauber gestutzten grauen Schnurrbart, der sein Gesicht von Ohr zu Ohr teilte. Er war breitschultrig und trug seinen Bauch fast stolz vor sich her. Manchen Männern steht es, dick zu sein, und Paton Bobby zählte zu ihnen. Er schien sich in seiner Fettleibigkeit wohl zu fühlen, und sie machte ihn fast anziehend.

Er schüttelte mir die Hand. Ich stellte mich vor und entschuldigte mich dafür, unangemeldet aufgetaucht zu sein.

Er sah mich argwöhnisch an. «Meine Frau sagte mir, dieser Herr sei ein alter Freund von mir. Aber ich habe keine alten Freunde namens Tarrant.» Er sprach langsam, gelassen, und irgendwo hinten in seiner Kehle hallten härtere Töne nach. Ich bemerkte ein Zigarrenetui aus Leder, das wie eine Panflöte aus der Brusttasche seines Jacketts ragte.

«Nein», sagte ich behutsam und lächelte Mrs. Bobby kurz an. «Nicht Tarrant. Carriscant. Dr. Salvador Carriscant.»

Die joviale Neugier verflog urplötzlich aus Paton Bobbys Gesicht, verwandelte sich in einen Ausdruck des Erstaunens, der zu einer Cartoonfigur gepaßt hätte. Seine Brauen hoben sich, seine Augen weiteten sich, und sein Mund öffnete sich zu einem tonlosen ‹Was?›. Seine Lider zuckten.

«Salvador Carriscant?» wiederholte er. «Haben Sie den Verstand verloren?»

«Nein, Paton, hat sie nicht.»

Wir drehten uns um und sahen Carriscant, der im Geviert der Vorraumtür stand, gefaßt und mit klarem Blick. Paton Bobby trat einen halben Schritt zurück, als müsse er genauer hinsehen. Seine Stirn war noch immer gerunzelt.

«Mein Gott! Jesus», sagte er leise, fast furchtsam, seine Stimme brüchig vor Rührung. «Salvador.»

Im selben Moment fühlte ich Zorn in mir aufsteigen. Ich war

so ahnungslos, war so vorsätzlich in diesem Zustand gehalten worden, daß ich mich ausgenutzt und mißbraucht fühlte, jetzt den tiefen Schock dieser Wiederbegegnung und seine ganze melodramatische Wirkung miterleben zu müssen. Wie Carriscant mit aller Kraft und mit beiden Händen Bobbys angebotene Hand schüttelte, und beide Männer lautstark ihr Erstaunen bekundeten ... Dies war der vor Angst bibbernde Bursche, der eben noch angedroht hatte, sich übergeben zu müssen, der darauf angewiesen war, daß ich ihm ermutigend die Hand drückte. Ich stand da und sah zu, und ich nahm es diesem Mann extrem übel, daß er sich schon so weit in mein Leben eingeschlichen hatte. Und das mit solcher Leichtigkeit ... Was war ich ihm schuldig? Welche Macht hatte er über mich? Was für eine Verantwortung hatte ich ihm gegenüber? Keine, lautete die schnelle und einfache Antwort, und ich beschloß, nichts mehr mit ihm und seinen bizarren Plänen zu tun zu haben.

«Was geht hier vor?» sagte ich, reichlich abrupt. «Was ist da zwischen Ihnen beiden?»

Bobby drehte sich überrascht um. «Hat er es Ihnen nicht erzählt? Mein Gott, Salvador war –»

«– Später, Kay, bitte», unterbrach Carriscant höflich. «Wenn Sie nichts dagegen haben. Ich muß erst einmal mit Paton reden.»

«Schön. Ich bin im Auto. Lassen Sie mich wissen, wann wir fahren können.»

Zehn Minuten lang saß ich im Auto, stinksauer über mich selbst, bis mich das klebrige heiße Leder unter meinen Schenkeln wieder nach draußen trieb. Ich ging, eine Zigarette rauchend, auf und ab, mit nur geringer Neugier von unserem Taxifahrer beobachtet, einem schweigsamen alten Mann namens Arthur Clough, der ein großes unregelmäßiges Gebiß hatte und ständig schniefte. Von meinem Standort aus konnte ich Paton Bobbys Schädel sehen, der immer nur zu nicken schien. Ich fragte Arthur, ob er etwas über Bobby wisse.

«Sicher», sagte er. «Ich glaube, er war mal Sheriff von Los Alamos – und wollte er nicht mal Bürgermeister von Santa Fe werden? Nach seiner Zeit in der Army oder so. Hab mal sein Bild in der Zeitung gesehen, ist schon eine Weile her.»

Er nahm eine meiner Zigaretten an und rauchte sie affektiert, wie ein viktorianischer Dandy, zwischen Daumen und Zeigefinger, mit der Handfläche nach oben.

Carriscant und Bobby kamen etwa eine Stunde später an die Haustür. Ich mochte es zwar nicht beschwören, aber es sah so aus, als hätte Bobby geweint. Aber die Vorstellung schien so abwegig, daß ich nicht dran glauben mochte. Dennoch, er ging leicht gebeugt, und seine lässige, breitbeinige Selbstsicherheit schien jetzt gänzlich verschwunden. Und als sie ihre Abschiedsgrüße austauschten, hörte ich ihn deutlich sagen: «Ich hoffe, du kannst mir vergeben, Salvador.»

«Aber natürlich», sagte Carriscant, und es klang nach echtem Mitgefühl. «Ich habe dir nie irgendwelche Vorwürfe gemacht, Paton. Niemals. Du hast nur deine Arbeit gemacht, und –» er hielt inne – «es waren schwierige Zeiten.»

Carriscant stieg in den Wagen neben mich. Sein Gesicht war wie versteinert. Er lehnte sich in den Sitz zurück und schloß die Augen.

«Der arme Paton», sagte er.

«Was geht hier vor?» fragte ich, zornig und neugierig zugleich. «Sie können mir das alles nicht mehr länger verschweigen.»

«Oh, Kay, Kay. Lassen Sie mir einen Augenblick Zeit.»

Der Wagen entfernte sich vom Haus. Paton Bobby war nicht auf der Veranda stehengeblieben. Carriscant sah mich an und brachte ein kleines Lächeln zustande.

«Es tut mir leid, Kay ... Es ist nicht fair, Kay, das weiß ich, aber das hier war von entscheidender Bedeutung für mich. Meine liebe Kay, wenn Sie nur ...»

«Hören Sie endlich mit dem ständigen ‹Kay› auf, verdammt noch mal!»

Meine Heftigkeit schien ihn aus seiner überheblichen Selbstgefälligkeit, aus seinem Gefühl des Triumphs herauszureißen. Ich vermutete, daß es für ihn dort in dem Haus eine Art Sieg gegeben hatte, einen schon lange überfälligen Sieg, und er genoß ihn. Jedenfalls hörte er auf zu reden, griff in seine Jacke und zog eine kleine lederne Brieftasche heraus, die er öffnete. Sie enthielt eine zusammengefaltete Seite aus einer Illustrierten. Ich sah eine Anzeige für eine Biermarke, die ich nicht kannte, und einige Sätze auf spanisch, wie ich meinte. Ohne weitere Erklärung reichte Carriscant mir das Blatt, und ich breitete es auf meinen Knien aus. Es waren sechs Fotos mit Bildunterschriften zu sehen. Die Sprache war Portugiesisch, wie ich jetzt erkannte, und die Fotos schienen gesellschaftliche oder allgemein berichtenswerte Ereignisse abzubilden. Mein Blick fiel auf ein Hochzeitsfoto, einen Politiker mit Zylinder auf dem Kopf, den Arm schwenkend, eine herrschaftliche Villa mit Brandschäden. Carriscants Finger deutete auf das Foto ganz rechts unten. Ein Mann im Tennisdreß bekam von einer extravagant gekleideten jungen Frau mit breitkrempigem Hut und vielfach gewickelter Perlenkette eine riesige silberne Trophäe überreicht. Ich sah das Datum unten auf der Seite: 25. Mai 1927. Ich versuchte, die Bildunterschrift zu übersetzen. Ein Tennisturnier zu wohltätigen Zwekken ... Sieger Jean-Claude Riverain. Ich erinnerte mich an den berühmten Tennisspieler und betrachtete ihn jetzt neugierig, in seiner weiten staubigen Flanellhose, eine feuchte Haartolle auf der hohen gebräunten Stirn. Und Miss Carmencita Barrera, die gefeierte Filmschauspielerin, ganz in glitzernden Pailletten und Spitzen, das Gesicht weiß wie Kreide ...

«Die Schauspielerin?» fragte ich.

«Nein, die Frau zwei weiter.»

Ich schaute näher hin. Eine elegante Frau, vielleicht Anfang Fünfzig, noch immer attraktiv. Sie applaudierte, ein leichtes, doppeldeutiges Lächeln auf dem Gesicht. Das Foto war scharf. Ich konnte das Paisley-Motiv auf ihrem Kleid erkennen, aber es war nicht auszumachen, ob sie aus höflicher Langeweile oder höflicher Begeisterung lächelte. Zwischen ihr und der Schauspielerin stand ein weißhaariger älterer Mann in einem dunklen Anzug. Auf ihrer anderen Seite ein hochrangiger Marineoffizier, die anderen Personen waren verschwommen. Niemand außer dem Tennisstar und der Schauspielerin wurden namentlich erwähnt.

Carriscant nahm mir das Blatt wieder weg und faltete es sorgsam zusammen. «Das ist sie», sagte er ganz einfach und mit eigentümlicher Bestimmtheit. «Ich war mir nie sicher, nie wirklich sicher, und deswegen mußte ich Paton finden. Er war der einzige, der es bestätigen konnte.»

«Was bestätigen?»

«Daß sie die war – die ist –, für die ich sie hielt.»

«Und das hat er getan?»

«Ohne Zögern. Ohne einen Moment zu zögern.» Er atmete langsam, bebend durch. «Und jetzt weiß ich es. Sie können sich nicht vorstellen, was das bedeutet. Nach mehr als 33 Jahren.»

«Dr. Carriscant, Sie müssen mir erklären, wovon Sie sprechen. Es hat keinen Sinn, wenn ich nicht –»

Er hob eine Hand, um mir das Wort abzuschneiden, und atmete dann ein und aus, ein Dutzend Atemzüge, als müsse er sich stärken, als sei er aus einem langen Schlaf erwacht. Es war überaus verwirrend.

«All diese Zeit», begann er, «dachte ich, sie könnte tot sein, verstehen Sie? Ich dachte, ich würde nie erfahren, was geschehen war. Aber dann fand ich dieses Bild, durch eine ... eine wundersame, völlig unvorhergesehene Fügung des Schicksals. Und jetzt weiß ich, daß sie lebt.»

«Aber das Bild ist schon fast zehn Jahre alt.»

«Sie lebt. Sie sieht –» Tränen traten ihm in die Augen, und seine Stimme wurde schwer. «Ich weiß, sie wartet auf mich.» Er sagte das mit unverbrüchlicher Zuversicht und wandte sich dann mir zu.

«Wir werden sie suchen gehen.»

«*Wir?* Wovon reden Sie?»

«Sie und ich, Kay – liebe Kay. Wir werden nach Lissabon fahren und sie suchen.»

II

Es ist schwer, in Los Angeles einen kleinen Friedhof zu finden. Und ich war fest entschlossen gewesen, meinen Sohn an einem kleinen und intimen Ort begraben zu lassen, an dem nicht so viele Passanten vorbeikamen, an dem weniger teilnahmslose Blicke auf sein Grab fallen würden als in einer quadratkilometergroßen Nekropolis oder einem der weitläufigen, gartenarchitektonisch gestalteten Friedhofsparks, die in dieser Stadt die Regel sind.

Ich fand eine alte, teilweise wiedererbaute Mission am nördlichen Ende des San Fernando Valley, wo man mir – nach einer kräftigen Spende für den Renovierungsfonds – einen Platz in der Ecke eines schattigen Hains von Eukalyptusbäumen zur Verfügung stellte. Von Zeit zu Zeit fahre ich dorthin, ungefähr einmal im Monat, ob es mir schlecht geht oder gut. Ich versuche, kein Ritual aus diesen Friedhofsgängen zu machen, aber es läßt sich nicht vermeiden, daß dieser Ort Assoziationen weckt, obwohl ich keine wirkliche Erinnerung an meinen Sohn habe. Und jetzt sind es das Rascheln der trockenen Blätter, der nach Katzenurin riechende Eukalyptus, ja sogar das filigrane Schattenwerk der Sonnenstrahlen, die durch die Zweige fallen – sie alle verschwören sich, um Gedanken an meinen toten Sohn wach werden zu lassen.

Ich hatte mir auch lange überlegt, was auf dem Stein geschrieben stehen sollte. Was gibt es zu sagen, wenn ein Leben nur sechzehn Tage dauert? «Die Gott liebt ...?» «Eitelkeit der Eitelkeiten, spricht der Prediger, alles ist eitel?» Schließlich entschied ich mich für schlichten weißen Marmor und ließ Namen und Datum in Bronze einlegen. Coleman Brockway, 10. April 1930 – 26. April 1930. Im Laufe der Jahre, seit seinem Tod, ist der Grünspan der Bronzebuchstaben auf den Marmor übergegangen und hat ihn wie mit grünen Tränen benetzt. Grüne Tränen für mein blaues Baby. Coleman kam mit den denkbar schlechtesten Karten auf diese Welt – er hatte ein Loch im Herz.

12

Mrs. Luard Turner trug eine Weißfuchsstola zu ihrem aquamarinblauen Kostüm, obwohl es ein heißer Tag war und der Himmel von gleichbleibendem Blau. Sie war auch extrem stark geschminkt, wie eine Schauspielerin, fand ich, mit einer dicken Schicht Puder und Schminkstift auf einer Haut, die erste Anzeichen von Schlaffheit und Welkheit zeigte. Ich schloß die Tür des großen Wandschranks im Schlafzimmer.

«Sie werden feststellen, daß das Haus viele Wandschränke hat», sagte ich, «und daß viele davon doppelt so groß sind wie normal.»

«Was? Ja, das ist mir schon –»

«Wissen Sie, das hat den Sinn, Unordnung zu vermeiden. Alles kann verstaut werden.» Ich lächelte sie an. Ich begann, herrisch zu werden, das war mir klar, eine Gewohnheit, in die ich immer zurückfalle, wenn ich das Gefühl habe, daß jemand mir nicht richtig zuhört. «Ich kann die Leute nicht daran hindern, Besitz anzuhäufen, aber ich kann sie ermutigen, ihn außer Sichtweite zu verwahren.»

«Oh, sicher doch.» Sie lächelte zurück, ein wenig unsicher. «Ich, äh, ich hab es auch gern aufgeräumt.»

«In diesem Haus ist alles durchdacht, Mrs. Turner. Jede Proportion ist genau berechnet. Wo immer möglich, habe ich die Möbel eingebaut – wie in der Küche, wie dieses Ensemble von Schubladen und Regalen im Wohnzimmer –, weil man in einem Haus dieses Stils, das dieses ganz bestimmte konzeptionelle Ethos hat –»

«Wie bitte? Kon – was?»

«– nicht einfach normale Möbel hineinstellen kann, ganz gewöhnliche Sofas, Sessel und so fort.»

«Kann ich nicht?»

«Wenn Sie neue Möbel brauchen, würde ich Sie bitten – ja, Sie sogar inständig bitten –, zu ganz spezialisierten Möbeltischlern zu gehen. Bestellen Sie sich Stücke, die zum Haus passen, und Sie werden es nicht bereuen. Ich kann Ihnen ein halbes Dutzend Namen geben –»

«Mrs. Fischer ist sehr stolz auf ihr Haus», unterbrach George Fugal mit einem nervösen Lachen.

«Aber sicher doch», sagte Mrs. Turner und sah sich um. «Sagen Sie, funktioniert die Toilette schon?»

Ich zeigte ihr, wo sie war.

«Es ist so gut wie gelaufen», sagte George. «Sie ist ganz wild auf das Haus.»

«Da bin ich nicht so sicher. Ist irgendwas mit ihr? Sie kommt mir ein bißchen geistesabwesend vor. Hat sie –»

«Kay, sie hat bei mir zehn Prozent treuhänderisch hinterlegt. Sie meint es ernst.» Er blickte nervös über die Schulter und senkte die Stimme. «Kann ich hören, wenn sie spült? Ich meine, in diesem Zimmer?»

«Wahrscheinlich. Warum?»

«Können wir nach unten gehen? Es ist mir unangenehm, wenn sie dann wieder erscheint. Ich hasse diesen Augenblick.»

George und ich gingen die Treppe hinunter und machten dabei auf den nackten Brettern genügend Krach, so daß Mrs. Turner spülen konnte, ohne daß es ihr peinlich sein mußte.

«Ich finde, du hättest die Treppe ruhig ein bißchen breiter machen können.»

«George, ich berate dich auch nicht in Rechtsfragen.»

Im nächsten Moment erschien Mrs. Turner wieder, sichtlich zufrieden. Sie vergaß, danach zu fragen, aber ich gab ihr dennoch eine Liste mit Namen von Möbeltischlern mit, die sie mit Eßzimmertischen und Sesseln versehen konnten, die nicht die klaren Linien meiner perfekten Räume stören würden. Wir vereinbarten, daß die Verträge am nächsten Morgen um zehn in Fugals Büro unterschrieben werden sollten.

Ich fuhr den Sunset Boulevard Richtung Westen hinunter und dann den Normandie hinauf weiter nach Hollywood. Carriscant ging vor der Eingangstür des Hauses, wo ich mein Büro hatte, auf und ab. Seit unserer Reise nach Santa Fe waren fünf Tage vergangen, und ich hatte ihn in der Zwischenzeit nicht mehr zu Gesicht bekommen. Ich hatte alle meine Energien darauf gerichtet, den Verkauf abzuschließen. Die inzwischen zunehmend vertraute Mischung von Gefühlen stieg wieder in mir auf, als ich am Straßenrand hielt und ihn auf mich zueilen sah –

eine klebrige Masse aus Erstaunen, Neugier, Verdruß und Erschöpfung. Die Reise nach Santa Fe hatte mir eine etwas schwerverdauliche Überdosis Salvador Carriscant beschert. Im Moment konnte ich ihn nur in kleineren Portionen ertragen.

Carriscant folgte mir in mein Büro, dicht auf meinen Fersen, als befürchte er, ich könnte ihm davonlaufen. Ich spürte förmlich, wie sich die Luft um uns herum mit seiner Ungeduld und Erregung auflud, aber ich ließ mich nicht drängen, sondern nahm mir die Zeit, mit Mary die Nachrichten durchzusprechen, die für mich hinterlassen worden waren. Dann verbrachte ich noch fünf Minuten mit Ivan und begutachtete die Planungsskizzen, die er von einem neuen Gelände gemacht hatte, das wir in Silver Lake, ein paar Straßen nördlich von Micheltoreno, gefunden hatten.

Schließlich erlaubte ich Carriscant, in meinem Büro Platz zu nehmen, während ich mit Fugal sprach, um sicherzustellen, daß die Dinge ihren Lauf nahmen, was den Luard-Turner-Vertrag betraf. Es war alles in Ordnung. Ich legte den Hörer auf.

«Hören Sie, ich habe nicht viel Zeit für Sie», sagte ich. «Jetzt sind meine Bürostunden. Wenn Sie wüßten, wieviel ich zu –»

«Kay, das verstehe ich. Niemand versteht das besser als ich. Ich dachte nur, Sie wären gern die erste, die es erfährt.»

«Was?»

«Was ich über das Foto herausgefunden habe.» Er zog das Lederetui aus seiner Jackentasche. «Es ist erstaunlich, wieviel Information man in einer öffentlichen Bücherei ausgraben kann.»

«Nun legen Sie schon los.»

Carriscant erzählte mir, daß er mehr über das Tennisspiel herausgefunden hatte, auf das sich das Foto bezog. Es gehörte zu einer Reihe von Wohltätigkeitsveranstaltungen, die drei Tage lang gedauert hatten – Fahrradrennen, Boxkämpfe, eine Lotterie mit Geldpreisen – alles gesponsert durch die amerikanische Botschaft, das portugiesische Rote Kreuz und eine angloportugiesische Wohlfahrtsvereinigung namens ‹Ritter von 1147›, in Gedenken an das Jahr – wie Carriscant mich mit einer penetranten pädagogischen Attitüde belehrte –, als die englischen Kreuzritter halfen, Lissabon von den Mauren zu befreien. Das Fest hatte vom 20. bis zum 23. Mai gedauert, um das goldene Jubiläum der Ritter und den Besuch des leichten Kreuzers der US-Marine sowie einer britischen Zerstörerflotille in Lissabon zu feiern. Das Tennisspiel war der Höhepunkt der dreitägigen Feierlichkeiten gewesen, ein Freundschaftsspiel zwischen Riverain und Carlos Pelicet. «Riverain gewann 6:2, 6:4», informierte mich Carriscant. «Anscheinend waren die Spieler gleichwertiger, als das Ergebnis vermuten läßt.» Interessant sei, fuhr er fort, daß der Pokal nach der Frau des amerikanischen Gesandten benannt war – der Lilian-Aishlie-Cup.

«Und noch interessanter ist», sagte Carriscant, lehnte sich vor und stützte sich mit beiden Händen auf meinen Schreibtisch, «daß die Trophäe gar nicht von der Frau des Botschafters überreicht wurde.»

Ich vermutete, daß Carriscant mir zu gegebener Zeit noch eröffnen würde, warum dies ‹noch interessanter› sei.

«Ich weiß», sagte ich. «Diese Schauspielerin – wie hieß sie noch? – hat es getan.»

«Genau. Quod erat demonstrandum.»

«Ich kann Ihnen nicht folgen.»

«Die Frau des Botschafters konnte nicht teilnehmen.»

«Kann sein. Und?»

«Das bedeutet, die anderen Leute auf der Tribüne waren höchstwahrscheinlich Angehörige der Botschaft der USA.»

Langsam, aber sicher begann ich die verworrenen Linien seiner Gedanken zu durchschauen. «Also», sagte ich, «keine Frau des Botschafters, um ihre eigene Trophäe zu überreichen –»

«Man ruft eine Filmschauspielerin zur Hilfe. Aber dennoch muß jemand von der Botschaft dabeisein.»

«Warum nicht das Rote Kreuz oder die Ritter von Wer-weiß-wann?»

«Weil dies eine amerikanische Angelegenheit war.» Er holte seine kostbare Fotografie aus seiner Brieftasche und breitete sie auf meiner Schreibtischunterlage aus. Die Schauspielerin, der weißhaarige Mann im dunklen Anzug, Carriscants Dame mit ihrem mysteriösen Lächeln, der Marineoffizier.

«Der Ehrengast», sagte Carriscant und wies mit dem Zeigefinger (dessen Nagel einen Schmutzrand hatte, wie mir auffiel) auf Carmencita Barrera. Dann wanderte sein Finger zwei Gesichter weiter – «der Marineoffizier» – zurück zu dem weißhaarigen Mann – «der Gesandte» –, hielt inne, und – «der Gast des Gesandten oder die Frau des Marineoffiziers.»

Ich sah, daß die letzte Bezeichnung ihm zu schaffen machte. «Es klingt plausibel», sagte ich, «aber genau wissen können Sie es doch nicht.» Ich drehte das Blatt so, daß er es sehen konnte. «Alle diese Personen stehen zur Linken der hinreißenden Carmencita. Die wirklich wichtigen Leute könnten ja zu ihrer Rechten stehen.»

«Nein, auf keinen Fall. Pressefotografen achten immer darauf, daß die Prominenz aufs Bild kommt.»

Ich sah, daß er nicht in der Stimmung war, sich herumzustreiten. Er war überzeugt, besaß die intolerante Gewißheit eines Zeloten, und er würde sich nicht davon abbringen lassen.

«Sie behaupten also –», begann ich.

«Ich behaupte, daß diese Frau ...» In seiner Stimme schwang jetzt ein unüberhörbares Zittern mit, ein gefühlsgeladenes Vibrato. «Diese Frau war die Freundin oder Ehefrau eines Beamten der amerikanischen Botschaft in Lissabon im Jahr 1927.» Er setzte sich in seinem Stuhl zurück, und sein Gesicht verzerrte sich zu jener eigentümlichen Miene, ja fast Grimasse, eines Menschen, der gegen seine Tränen ankämpft. Er verschränkte die Arme fest über seiner Brust, als umarme er sich selbst.

«Und hier beginnt die Spur», sagte er. Seine Stimme klang heiser vor Triumph. «Hier muß sie beginnen.»

«Gut, dann wünsche ich Ihnen viel Glück.»

Er sah mich einen Augenblick lang ausdruckslos an, als hätte ich mich plötzlich einer fremden Sprache bedient.

«Nein, Kay, hier müssen *wir* beginnen. Sie und ich. Ohne Sie kann ich nicht dorthin fahren.»

«Ich habe Ihnen doch schon das letzte Mal gesagt, ich fahre nirgendwohin. Ich muß ein Haus entwerfen. Um Himmels willen! Ich hab hier mein eigenes Leben zu leben.»

«Es würde höchstens sechs bis acht Wochen dauern.»

Ich lachte. Aber es war eher ein ungläubiges Aufstöhnen als ein Lachen.

«Dr. Carriscant, das hier ist Ihre ... Ihre Obsession, nicht meine. Ich kenne Sie ja kaum. Ich kann nicht einfach –»

«Ich kann es mir nicht leisten, nach Lissabon zu fahren», sagte er jammernd, ja anklagend, als sei es meine Schuld. «Ich habe kein Geld.»

«Keiner von uns beiden hat Geld.»

«Sie haben doch gerade Ihr Haus verkauft.»

«Ja, *mein* Haus. Um ein neues zu bauen. Sehen Sie sich doch um. Wir arbeiten hier am Existenzminimum.»

Er senkte den Kopf, um auf seine Hände zu blicken, die er, locker zu Fäusten geballt, im Schoß hielt. Seine Schultern bewegten sich ein paarmal auf und ab, als befreie er sich von einem Schmerz, und als er wieder zu mir aufsah, rannen ihm Tränen aus den Augen.

«Kay, ich bitte Sie als meine Tochter –»

«Hören Sie damit auf, und zwar sofort –»

«– als Ihr Vater. Kommen Sie mit mir. Helfen Sie mir.»

«Sie sind nicht mein Vater», schrie ich ihn an. «Hugh Paget war mein Vater. Wie können Sie es wagen –»

«Nein, ich bin es, Kay!» schrie er zurück. «Ich bin es!»

Die inbrünstige Selbstsicherheit, mit der er diesen Anspruch verkündete, brachte mich aus der Fassung. Ich schwieg. Mir wurde bewußt, daß ich in Gesellschaft von Salvador Carriscant, auf unserer zweitägigen Reise nach Santa Fe, stillschweigend meine Zweifel beiseite gelassen hatte und es willfährig – vielleicht freiwillig – hatte geschehen lassen, daß die Behauptung, die er aufgestellt hatte, zwischen uns blieb, wie ein Geschenk, das angeboten worden war, wenn auch noch nicht angenommen. Jetzt war die Zeit gekommen, diese Annahme zu verweigern.

«Wenn Sie mein Vater sind», sagte ich, wieder gefaßt, «wer ist dann meine Mutter?»

«Na ja, natürlich Ihre Mutter. Annaliese.»

«Ihr geht es gut, und sie wohnt in Long Beach, Kalifornien, sollten Sie sie besuchen wollen.»

Er schüttelte traurig und wortlos den Kopf, schniefte und wischte die trocknenden Tränen von seinen Wangen. Nicht zum ersten Mal fragte ich mich, ob er ein unschuldiger Narr oder ganz einfach nur ein sehr schlechter Schauspieler war.

«Sie würde mich niemals empfangen», sagte er. «Sie würde niemals zugeben, daß sie mich überhaupt kennt.»

«Warum nicht?»

«Wegen dem, was ich ihr angetan habe.»

«Wie lange waren Sie mit ihr verheiratet?»

«Fünf Jahre.»

Ich versagte mir jede weitere Frage, obwohl sich Dutzende lautstark in meinem Kopf meldeten. An welchem Tag hatten sie geheiratet? Wie alt war ich, als die Ehe endete? ... Das Problem bestand darin, daß meine Fragen alle davon ausgingen, daß seine Version der Wahrheit entsprach, und ich erkannte, daß Salvador Carriscant mich auf diese Weise in seinen Bann zog, mich umgarnte und einlullte. Ich würde sein gefährliches Spiel nicht mehr länger mitspielen.

«Es tut mir leid, Dr. Carriscant», sagte ich barsch. «Ich kann Ihnen dabei nicht helfen. Nein.»

Er blickte mich starr und trotzig an. In seinen Augen standen Abneigung und Ressentiment. Und dann, urplötzlich, veränderte sich seine Stimmung, und seine Miene hellte sich wieder auf. Er atmete aus, ließ die Schultern sinken und lächelte schwach.

«Na gut», sagte er, als sei ihm ein Stein vom Herzen gefallen. «Was bleibt mir anderes übrig? Ich hoffe, Sie haben nichts dagegen, wenn ich versuche, Sie umzustimmen. Von Zeit zu Zeit.»

«Sie können es ja versuchen», sagte ich. «Aber es wird Ihnen nicht gelingen.»

13

Philips Schenkel lag noch warm an meinem. Zu warm. Ich rückte von ihm ab, ganz langsam, über die Matratze, bis ich spürte, wie die kalte Feuchtigkeit an meiner Hüfte trocknete. Kein Teil meines Körpers berührte ihn mehr. Die erwärmende Glut, die von ihm ausging, erhitzte mich nicht mehr. Hätte er nicht so erstaunlich laut geatmet, hätte ich gar nicht gemerkt, daß noch jemand neben mir im Bett lag. Ich streckte meine Finger aus, und ihre Spitzen berührten einen feuchten Fleck auf der Matratze – sein Samen, nahm ich an, und auf der Stelle wandten sich meine Gedanken den banalen Pflichten des Haushalts zu, darauf, daß ich jetzt schon wieder die Laken wechseln mußte, obwohl ich das Bett gerade frisch bezogen hatte ...

Es war ein Fehler gewesen, ihn einzuladen, die Nacht mit mir zu verbringen. Wir hatten uns geliebt, und das hatte ich natürlich auch gewollt, ein plötzliches und ganz einfaches Bedürfnis nach befriedigendem Sex – damit ich die unkomplizierten fleischlichen Freuden genießen konnte, ohne komplizierte Balzrituale und persönliche Nachspiele. Philip war der einzige Mensch, der mir das geben konnte, und das hatte er auch getan. Sogar mit einem für seine Verhältnisse ganz besonderen Vergnügen – immerhin hatten wir es auch seit einem Jahr nicht mehr getan. Aber dann war er eingeschlafen, buchstäblich eine Minute nachdem es vorüber war. Sein schwerer Kopf ruhte in der Höhlung zwischen meiner Schulter und meiner Brust, seine Beine berührten meine, eine Handfläche ruhte platt auf meinem Oberschenkel. Ich hatte zehn Minuten gebraucht, um mich mit kleinen geduldigen Bewegungen aus den verschiedenen Kontakten mit seinem Körper herauszumanövrieren, und jetzt lag ich bewegungslos und unberührt in meinem kleinen Bereich der Kühle, wünschend, er wäre bei sich zu Hause, und versuchte, mich nicht über mich selbst zu ärgern.

Ich hatte Philip 1928 auf dem Campus der UCLA kennengelernt, wo ich einen Abendkurs in Deutsch besuchte. Philip studierte ebenfalls Deutsch, mit der vagen Absicht, in Deutschland im Filmgeschäft zu arbeiten. Mir ging es darum, einige von Kranewitters Artikeln in *Metall* besser zu verstehen und zu übersetzen, während Philip nur einigermaßen fließend sprechen lernen wollte. Bei ihm war es nur eine seiner häufigen, schnell vergehenden Launen. In diesem Fall dauerte sie drei Wochen an, aber diese Begeisterung währte immerhin lange genug, daß wir einander bemerkten, uns attraktiv fanden und uns – so ganz beiläufig – miteinander verabredeten.

Wir gingen essen, wir trafen uns. Ich war damals viel schlanker und bestimmt auch eine viel angenehmere Gesellschaft. Ohne große Umstände begannen wir ein Verhältnis. Einige Wochen später, als Philip gerade umziehen mußte, übernachtete er in meinem kleinen Haus in Westwood Village, und auf seine typische diskrete Weise blieb er einfach wohnen. Bald danach, im Frühling 1929, heirateten wir. Ein Jahr später wurde Coleman geboren – blau angelaufen und verdammt –, und als er gestorben war, verließ uns das Glück. Wir ließen uns noch in jenem Sommer in Mexiko scheiden, und wir brauchten ein schwieriges Jahr, bis wir wieder Freunde wurden. Ich wußte, daß Philip sich immer noch von mir angezogen fühlte, aber ich hatte mich verändert und erkannte jetzt seine deutlichen Schwächen, wie sehr er mich auch amüsierte. Es dauerte lange, bis ich nachgab und wieder mit ihm schlief. Heute nacht war es das vierte Mal gewesen. Aber es wurde zunehmend weniger erfreulich.

Ich schlüpfte aus dem Bett, zog ihm aber trotzdem dabei die Bettdecke weg. Er rührte sich nicht. In dem schattigen Zwielicht des Zimmers konnte ich deutlich seinen langen dünnen Penis sehen, der auf der Wölbung seines Schenkels ruhte, sowie die schmale Spur seines Samens, der leicht schimmernd von seiner Penisspitze bis auf mein sauberes, aber zerknülltes Laken rann. Ich deckte ihn wieder zu und ging ins Badezimmer. Ich schloß die Tür hinter mir, bevor ich das Licht anmachte. Ich war immer wieder verblüfft, wenn ich die blasse, feste Gestalt der Frau im Spiegel sah, die weichen, ausladenden Brüste, den festen Bauch, der sich unter dem Nabel in Falten legte ... Mein geistiges Bild von mir selbst blieb im Jahr 1926 gefangen, als ich mein Architekturstudium am MIT abgeschlossen hatte und mich von da an ‹Architect and Engineer› nennen durfte. Ich schien niemals zu altern, war schlank und voller Lebenslust, hatte einen hoffnungsfrohen Blick unter dichten Wimpern. In Augenblicken wie diesem holte mich die harte Wirklichkeit wieder ein. Ich schaltete das Licht wieder aus, setzte mich und erledigte mein Geschäft im Dunkeln. Dabei dachte ich plötzlich und aus keinem besonderen Grund an den schlaksigen und nur verschwommen erinnerten Hugh Paget, meinen englischen Vater, und an diesen dunklen, irritierenden Fremden, der ihn so brüsk aus meinem Leben und meinen Erinnerungen tilgen wollte. Dr. Salvador Carriscant, klein und breitschultrig, heftig und emotional, für einen erwachsenen Mann lächerlich schnell zu Tränen gerührt, arrogant und ungeduldig, zielstrebig in der Wahrnehmung seiner bizarren Interessen ... Wie unangenehm und frustrierend es auch sein mochte, ich hatte immer mehr das Gefühl, ihn schon seit Jahren zu kennen.

14

Meine Mutter und ich aßen im ‹Spanish Kitchen› am Beverly Boulevard zu Mittag. Daß wir uns so trafen, war nicht weiter ungewöhnlich. Wir verabredeten uns etwa alle zwei Monate zum Lunch, oft auf ihren Vorschlag hin. Ich bin sicher, sie war neugierig, was mich und mein Leben betraf, aber sie war viel zu höflich, um direkte Fragen zu stellen. Aber oft merkte ich, daß sie mich prüfend anschaute, als ob winzige Veränderungen in meinem äußeren Erscheinungsbild – ein ungewohnter Lippenstift, eine neue Bluse, eine Welle in meinem Haar – ihr Hinweise darauf geben konnten, mit wem ich mich traf, ob ich zufrieden war oder nicht, wie das Leben im allgemeinen mich behandelte. Diese Treffen verliefen harmonisch, denn wir hatten einander sehr gern, und, wichtiger noch, wir respektierten einander. Hinzu kam, daß meine Mutter insgesamt lebhafter und eigenständiger war, wenn sie nicht im Schatten von Rudolfs überschäumender Liebenswürdigkeit stand. Wir verbrachten unsere zwei Stunden miteinander, ungezwungen und ohne übertrieben auf gute Manieren zu achten. Sie mochte gern scharf gewürzte Speisen – die Rudolf nicht vertrug und die sie deshalb nie daheim kochte –, und daher landeten wir immer wieder in spanischen oder mexikanischen Restaurants, wo sie mit sichtlichem Genuß *menudo* oder *chiles verdes rellenos* aß. Nicht zum ersten Mal fragte ich mich heute wieder, von wo sie diese Vorliebe hatte – vielleicht aus Asien? Außer ihrem Kind ein weiteres Vermächtnis aus ihrer kurzen Ehe mit Hugh Paget?

Gegen Ende unserer Mahlzeit fragte ich sie beiläufig, ob sie mir einen Gefallen tun könne – nichts Besonderes –, es ginge allerdings darum, ein, zwei Stunden mit mir im Auto zu verbringen. Ich blieb absichtlich vage.

«Aber sicher», sagte sie. «Hat es etwas mit deiner Gerichtssache zu tun?»

«Ja und nein», log ich halb. Ich hatte ihr beim Mittagessen alles über Meyersen und sein hinterhältiges Verhalten erzählt und dabei versucht, keinen allzu triumphierenden Ton in meiner Stimme mitschwingen zu lassen. George Fugal hatte mich an diesem Morgen um elf Uhr dreißig angerufen, um mir zu sagen, daß der Turner-Vertrag unterzeichnet und der Verkauf damit getätigt sei. K. L. Fischer Inc. hatte bei seinem ersten Immobiliengeschäft einen Betriebsgewinn von 21058 Dollar gemacht, und es wurden die ersten rechtlichen Vorbereitungen für die Erschließung des Grundstücks getroffen, das wir bei Silver Lake gefunden hatten. Es war zwei Morgen groß und konnte mit zwei Häusern oder einer Bungalowanlage bebaut werden. Ich fühlte schon meine Feindseligkeit gegenüber Meyersen schwinden. Bald würde sie ganz der Vergangenheit angehören.

Wir fuhren den Beverly wieder in Richtung Innenstadt und zum hohen weißen Turm der City Hall. Auf dem Olive parkte ich meinen Wagen schräg gegenüber von Carriscants Unterkunft, und meine Mutter und ich rauchten eine Picayune, während wir uns aufs Warten einrichteten.

Nach ungefähr einer halben Stunde sah ich Carriscant auf unserer Straßenseite aus der Richtung der Seilbahn den Olive herunterkommen. Er trug einen beigefarbenen Regenmantel, den ich noch nicht an ihm gesehen hatte, und unterm Arm hatte er ein braunes Päckchen. Ich wartete, bis er näher kam, und kurz bevor er die Straße überqueren mußte, sagte ich mit so beiläufiger Stimme wie nur möglich:

«Der Mann, der da über die Straße geht ... Hast du ihn schon mal gesehen?»

Ich ließ ihr Gesicht keine Sekunde aus den Augen.

Sie betrachtete ihn forschend.

Carriscant blieb auf den Eingangsstufen der Pension stehen, wo wie gewöhnlich eine Gruppe Filipinos herumsaß, und er nahm höflich seinen Hut ab, während er mit ihnen plauderte.

«Nein», sagte sie langsam. «Ich glaube nicht. Er sieht ein bißchen aus wie dieser ältere Schauspieler, du weißt schon, wer.»

Ich sah nichts, kein Muskelzucken, kein Blinzeln, keine Anspannung. Sie wandte sich wieder mir zu.

«Wer ist das?» fragte sie.

«Ich glaube, es könnte ein Privatdetektiv sein, den Meyersen angeheuert hat. Ich hab mich nur gefragt, ob er vielleicht auch schon bei dir aufgetaucht ist, geschnüffelt und irgendwelche Fragen gestellt hat ...»

«Nein, ganz bestimmt nicht.» Sie lächelte. «War's das? Läßt du mich bei Bullock's raus?»

15

Ich stehe im Micheltoreno 2265. Es ist jetzt im Prinzip fertig. Die Nachmittagssonne scheint schräg durch die Glaswände des westlichen Teils und wirft einen scharfen Schatten auf den glatten ockerfarbenen Putz. Ich spüre, wie die Form des Hauses mich zu umfangen beginnt, wie seine zusammengefügten und aufeinandergestapelten Lufträume durch ihre ureigenen Materialien bestimmt werden. Das einfache Spalier auf dem Hof, die Wandflächen aus Glas, die anschließenden Mauern aus Stuck, der Dachgarten, bestimmt durch seine beiden Eichenbalken, die Art, wie der Korridor in den Hofraum hinuntergleitet, der wiederum mittels einer Treppe in die Kiesterrasse unterhalb der Westfassade mündet: Ruhe und Ordnung, Abwesenheit von Durcheinander, eine kühle Welt klarer Abgrenzungen, exakter

Winkel, alles von mir ersonnen. Einen Augenblick lang stehe ich hier in dem leeren Raum, während mich Friede umfängt. Ich denke, näher kann ich zur Zeit dem Glück nicht kommen.

Meine Mutter hatte gut gelogen. Ja, fast brillant. Welch einen enormen Schock, welch überwältigende Rührung hatte sie unter einer Oberfläche totaler Gefaßtheit und Ruhe verborgen. Ihr einziger Fehler war, daß sie die natürliche Neugier vergessen hatte. Wenn eine Tochter ihre Mutter informiert, daß ein geschäftlicher Konkurrent eventuell einen Detektiv beauftragt hat, ihr nachzuspionieren, dann bittet die Mutter sie nicht gleich danach, sie bei einem Warenhaus abzusetzen. Die unnatürliche Unbeteiligtheit meiner Mutter bewirkte, daß ich auf einmal überzeugt war und akzeptierte, was ich zuvor nur instinktiv erahnt und vermutet hatte. Salvador Carriscants wilde und unglaubliche Behauptung nahm jetzt die Konturen einer unwiderlegbaren Tatsache an. Und ebenso mußte ich zugeben, daß mit einem Mal das, was bislang nur ein Verdacht gewesen war, jetzt zur biographischen Gewißheit wurde: Salvador Carriscant war mein Vater.

16

Larry Rugola, frisch, aber nachlässig rasiert – auf einem Schnitt unter seinem Ohr glänzte noch Blut –, holte mich um sieben Uhr von zu Hause ab, und wir fuhren hinauf zu dem neuen Grundstück am Silver Lake. Es war wieder eine Hanglage, denn noch konnte ich mir flaches Gelände nicht leisten. In der Ferne sah man den künstlichen See. Eine kurze Straße aus zwei Betonspuren war frisch angelegt worden, um diese Seite der Anhöhe zu erschließen, und an ihrem Fuß standen zwei Pfosten mit einer Kette aus Eisengliedern und einem Vorhängeschloß. Am Zaun waren schreiend grelle Plakate von Immobilienhändlern befestigt und priesen die Grundstücke zum Verkauf: ‹SEEBLICK› stand darauf in schwungvollem Schriftzug zu lesen. Es war nicht gelogen. Im klaren Morgenlicht konnte ich zwischen den Eichen und den Pfefferbäumen einen Streifen grauen Wassers erkennen. Larry schloß das Tor auf, und wir schritten die zwei Morgen mit unserem Plan und einem Maßstab ab. Ich drehte mich um und sah die Straße hinauf. Von ihr aus könnte man jederzeit das Dach eines einstöckigen Bungalows betreten, so steil war der Abhang.

Ich rief Larry zu, der konzentriert seine großen Schritte zählte: «Wir könnten ausgleichen, statt ausheben lassen.»

«Wird nicht billig.»

«Und was wäre mit einem Duplex? Duplex-Apartments, eine ganze Reihe, vielleicht drei oder vier?»

Larry kam auf mich zu, sein Maßband aufrollend. «Ist ein Gedanke», sagte er. «Dadurch könnte man den Steigungswinkel auffangen.»

«Wohnzimmer oben, Schlafzimmer unten. Mit Treppen hinunter zu einer Terrasse auf dem Dach des Schlafzimmers.»

«Sogar mit Seeblick.»

Wir machten uns wieder mit neuem Elan an die Meßarbeit. Das Gelände hatte eine seltsame Fächerform, wurde zum Fuß des Hügels breiter. Wir bahnten uns einen Weg durch das Salbeigestrüpp und die wilden Lorbeerbüsche bis hinunter zu der Stelle, wo ein fast überwucherter *Arroyo* begann. Die Grundstücke zu beiden Seiten waren noch leer, aber hinter einer Baumreihe zur Linken hallten Hammerschläge.

«Wir würden eine Menge zusätzliches Land nach vorne hin bekommen», sagte Larry.

«Das könnten wir zu Gärten machen und extra berechnen.»

«Hört sich gut an.»

Wir schlossen das Tor wieder ab und fuhren die angelegte Spur hinauf nach Ivanhoe.

«Hat unsere Straße schon einen Namen? Wie wär's mit Lakeview?» fragte Larry.

«‹Lago Vista› ist besser. Das ‹Lago Vista›-Gelände. Gefällt mir.» Ich tippte Larry auf die Schulter. Bieg hier rechts ab, Larry. Fahren wir zum Micheltoreno. Ich möchte das alte Haus sehen.»

Wir kurvten in westliche Richtung, bis wir auf den Angus trafen, und nahmen dann den Micheltoreno nach Süden. Ich fühlte ein angenehmes Kribbeln im Bauch, vertraut, aber doch ungewohnt – Glück, Aufregung. Die Benennung der Straße, daß ich «das alte Haus» hatte sagen können: Das kündete von Fortschritt, von der Entwicklung eines Arbeitsvolumens, von einer hoffnungsvollen Allee in die Zukunft.

Wir kamen über die Anhöhe, und dann war da schon Micheltoreno 2265. Ein schlanker Kran ragte über das Grundstück, und an seinem Arm hing ein flaches Stück Dach, das von einer Truppe Männer in grünen Overalls an die richtige Stelle bugsiert wurde. Ein grüner Bulldozer setzte, Dieseldämpfe spukkend, von dem völlig eingeebneten Verandabereich zurück. Weitere Männer sammelten die massiven Sparren ein, die vom First des überdachten Hofplatzes übriggeblieben waren. Am Bordstein standen zwei Müllwagen, auf deren Seiten ‹John-Dexter-Demo-Lition› zu lesen war.

«Verdammte Scheiße!» rief Larry Rugola aus und hielt an. In seinen Augen stand ungläubiges Entsetzen.

Wir rannten auf das Haus zu, wo ein Mann in grünem Overall uns zurückhalten wollte, als das Dachteil über unsere Köpfe zum Müllwagen schwang. Aus dem Innern des Hauses erschollen das fauchende Kreischen von Kettensägen und das berstende Krachen von nägelsprengenden Brechstangen, die voller Lust eingesetzt wurden. Dort, wo die Eingangstür gewesen war, erschienen zwei Männer, die die Badewanne trugen, und ihnen folgten drei Männer in Geschäftsanzügen und mit Schutzhelmen auf den Köpfen. Sie hielten sich Taschentücher gegen den Staub vor die Nase gepreßt. Einer der Männer nahm seinen Helm ab, und ein Schopf dünner blonder Haare wurde von einem Lufthauch erfaßt.

«Ach, Mrs. Fischer», sagte Eric Meyersen. «Immer ein wenig zu früh dran. Sie sollten eigentlich erst das leere Gelände zu Gesicht bekommen. Ich hatte vor, Sie anzurufen. Ich hoffe, Sie haben irgendwann mal ein Foto gemacht.»

Der Kran schwang aus, um ein weiteres Dachteil in seine Fänge zu nehmen.

«Wo ist Mrs. Luard Turner?» fragte ich. Ich starrte ihn an, bemüht, mich nicht weiter umzuschauen.

«Ich glaube, sie hat sich eine Rolle bei Metro Goldwyn verdient», sagte Meyersen. «Talentierte Dame. Und ist mit einer bescheidenen Gage zufrieden.»

In dem Moment machte ich einen Schritt vorwärts, um ihn zu schlagen, um ihm ein blasses Auge aus dem grinsenden Gesicht zu reißen, aber Larry Rugola hielt mich am Ellbogen fest.

«Kommen Sie, Mrs. Fischer. Lassen Sie den Hurensohn.»

Wir gingen schnell zum Wagen.

«Keine Bange», rief Meyersen mir nach. «Wir werden hier ein anderes Haus bauen. Nach einem sehr ähnlichen Entwurf. Nur ein anderer Architekt, weiter nichts.»

Wir fuhren den Micheltoreno hinab. Larry bedachte Meyersen wütend mit jedem erdenklichen Schimpfwort, das ihm in den Sinn kam. Seine unablässigen Flüche wurden durch ein dumpfes Dröhnen in meinen Ohren überdeckt. Es war wohl mein Blut, das kochte, eine aufschäumende rote Gischt, die meine Arterien aufheizte, meine inneren Organe in wütender Rage zum Glühen brachte. Das Dröhnen nahm schließlich ab oder wurde vom Straßenlärm überlagert, als wir den Sunset in westliche Richtung entlangfuhren und, ohne nachzudenken, einfach weiterfuhren, irgendwohin, dem fernen, sonnenüberfluteten Ozean entgegen.

17

Carriscant wandte sich vom Fenster ab. Durch das Oval konnte ich den silbernen Flügel mit seinen Nieten sehen, das Motorgehäuse und die Hälfte der verschwommenen Propellerscheibe, die uns durch die dünne Luft hier oben voranzog. Wir flogen im ‹Sky Chief› der Transcontinental and Western nach New York. Irgendwo unter uns war Montana. Wir hatten noch achtzehn Stunden vor uns.

«Es ist wirklich erstaunlich», sagte Carriscant. Er tätschelte seine Armlehnen und wies dann den Gang entlang auf die anderen Passagiere und die adrette Stewardeß, die Kaffee ausschenkte. «Hier sitzen wir in Sesseln und bekommen Getränke serviert … Wenn man bedenkt, daß das alles in so kurzer Zeit möglich geworden ist, hier oben in der Luft. Unglaublich. Ich komme mir vor, als hätte ich einen heftigen Ditsch auf den Kopf bekommen und sei in einer fremden Welt aufgewacht. Rip van Winkle ist in ihr nicht zu finden.»

«Ditsch? Was ist ein Ditsch?»

Er mußte lachen. Er war in guter Stimmung, das war nicht zu übersehen. «Bedeutet ‹Schlag›, ‹Hieb›. Mein Vater hat das Wort immer benutzt. In Schottland damals.»

Ich spürte, daß eine der seltenen Gelegenheiten für mich gekommen war: Er schien für ein paar Fragen zugänglich zu sein.

«Ihr Vater war Schotte?»

«Ja. Aus einer Stadt namens Dundee. Er hieß Archibald Carriscant.»

«Ist Carriscant also ein schottischer Name?»

«Es ist der Name eines kleinen Dorfes in Angus. Es gibt auch einen Fluß namens Carriscant. Ein Nebenfluß des Tweed.»

«Also sind Sie ursprünglich Schotte», sagte ich langsam, während ich das alles in mich aufnahm. Angus. Tweed.

Er betrachtete mich aufmerksam, ließ sich von meiner Naivität nicht täuschen. Er strich sich mit dem Mittelfinger über die Kerbe in seinem Kinn und überlegte, ob er mir antworten sollte. Ich hingegen fragte mich, ob er vielleicht wieder irgendeine ausgeklügelte falsche Spur ersann, auf die er mich locken konnte.

«Ich bin halb Schotte», sagte er. «Und zu einem Viertel Spanier, und zu einem weiteren Viertel Filipino.»

Ich verbarg mein Erstaunen über diese Neuigkeit. «Aha. Daher das Salvador.»

In gewisser Weise war es eine der leichtesten Entscheidungen meines Lebens gewesen – er war mein Vater, und er hatte mich gebeten –, in anderer Hinsicht jedoch eine der vorschnellsten und spontansten. Aber Eric Meyersen und seine verbrecherische und brutale Zerstörung meines Hauses waren ein kräftiger Ansporn gewesen. Als George Fugal mir sagte, ich könne nichts unternehmen, und Meyersen habe kein Gesetz gebrochen, wußte ich, daß ich die Stadt für eine Weile verlassen mußte, um der Schmach zu entfliehen, um das Ziel meines Zorns und meiner Bitterkeit hinter mir zu lassen. Ich brauchte vor allem Zeit.

Als mich Salvador Carriscant also wieder aufsuchte und mir abermals seinen jetzt verlockenden Vorschlag, eine Reise nach Europa zu unternehmen, unterbreitete, war ich verheult, schwach und leicht zu überreden. Er legte seine Arme um mich, tätschelte meinen Rücken und flüsterte tröstende Worte in mein Ohr. Ist ja gut, Kay, ist ja gut ... Mach dir keine Sorgen, das wird alles vorübergehen. Ich klammerte mich an ihn und platzte mit meinen Klagen heraus, erzählte ihm von Meyersens Verrat und meiner Machtlosigkeit. Komm mit mir, Kay, sagte er. Nur wir beide, du und ich. Lassen wir das alles hinter uns. Mach ein bißchen Urlaub, denk über alles gründlich nach, dann komm wieder und bring deine Welt wieder in Ordnung. Das war ausnahmsweise mal das, was ich hören wollte, und ausnahmsweise wollte ich, daß jemand anderes für eine Weile in meinem Leben das Ruder übernahm. Ich war müde, erschöpft, konnte nicht mehr auf meinen eigenen Beinen stehen ... Jeder kennt doch sicher das Gefühl, wie verletzlich man ist, wenn man sich danach sehnt, daß jemand anderes die Verantwortung übernimmt. Genau das tat mein Vater und bat mich, mit ihm fortzufahren. Und ich ging gerne. Was hätte ich sonst tun können?

Ich legte alle Pläne für die Lago-Vista-Apartments beiseite, sagte Larry Rugola, daß ich Urlaub machen wolle – er verstand –, und verwendete einiges von dem Verkaufserlös von 2265 für diese Suche. Wir sollten in zwei Tagen von New York nach Lissabon fahren, auf der SS *Herzog* der Hamburg-Amerika-Linie, freundlicherweise von Eric Meyersen zur Verfügung gestellt. Ich versuchte, daraus etwas Befriedigung zu ziehen, aber es gelang mir nicht. Ich war noch nie so niedergeschlagen gewesen wie in den Tagen nach der Zerstörung des Hauses. Carriscant dagegen hatte die Nachricht von unserer bevorstehenden Reise eindeutig verjüngt, er war fast unerträglich munter und gut gelaunt. Ich hatte nur eine einzige und unumstößliche Bedingung gestellt: Er mußte mir alles erzählen, worum es überhaupt ging, wer die Frau des Diplomaten war und welches Geheimnis in Lissabon enthüllt werden sollte, sollten wir sie tatsächlich dort finden. Ich erinnerte ihn jetzt an seine Verpflichtung.

«Oh, ich werde es dir erzählen», sagte er lebhaft. «Das ist eine Geschichte für sich. Wenn wir in Lissabon ankommen, weißt du genausoviel wie ich.»

«In Ordnung», sagte ich. «Fangen wir mit dem Familienstammbaum an.»

Er erzählte mir, daß Archibald Carriscant Ingenieur gewesen war, einer aus der weltweiten Diaspora schottischer Spezialisten. Er war Anfang Vierzig, als er 1863 auf den Philippinen eintraf, damals eine Kolonie Spaniens. Seine Firma, Melhuish & Cobb aus Hongkong, hatte ihn geschickt, um den Umbau des südlichen Wellenbrechers zu überwachen, der den Eingang zu Manilas Hafen bildete. Als diese Aufgabe erledigt war, wurde er zum Bau der Schmalspurbahn versetzt, die die Kais mit den Lagerhäusern hinter dem Zollhaus verband. Melhuish & Cobb erhielt auch den Auftrag für den Bau der Manila-Dagupan-Bahn vom englischen Syndikat, das sie finanzierte, und Archibald Carriscant verbrachte sein restliches Arbeitsleben damit, die Hunderte von Meilen, die zwischen der Bucht von Manila und dem Golf von Lingayen lagen, hin und her zu fahren und Kabeltunnel und Bahndämme, Durchstiche und Brücken zu planen. Archibald Carriscant, ein großgewachsener, blasser, scheuer Mann, glatzköpfig seit Anfang Zwanzig, hatte sich ohne großes Bedauern mit einem ewigen Junggesellenleben abgefunden. Aber während er gerade die Rangiergleise in Tarlac auslegte, freundete sich ein örtlicher *Mestizo*-Grundbesitzer mit ihm an, Don Carlos Ocampo. In dem Monat, den er auf Don Carlos' Sommergütern bei Tarlac verbrachte, entdeckte er zu seinem großen Erstaunen, daß sein schüchternes, fast unmerkliches Werben um Don Carlos' älteste Tochter Juliana sich als erfolgreich erwies. Ein Jahr später heirateten sie und bezogen ein großes Haus, das Don Carlos ihnen in Intramuros, der ummauerten Altstadt im Herzen Manilas, zur Verfügung stellte. 1870 wurde Archibald Carriscant zum Gebietsleiter für Melhuish & Cobbs Aktivitäten in Luzon ernannt, und Juliana gebar einen Sohn, Salvador. Salvador, Einzelkind, intelligent und lebhaft, besuchte die Municipal School for Boys und studierte danach Medizin am College von San Tomas. 1893 ging er, auf Bitten seines kranken Vaters, nach Europa, um dort sein Medizinstudium abzuschließen und am Klinikum der Glasgow University seinen Facharzt in Chirurgie zu machen. Archibald Carriscant starb, während sein Sohn in Schottland war. Salvador Carriscant kam 1897 zurück, um in Manila eine Praxis zu eröffnen.

«Und kurz danach bin ich deiner Mutter begegnet», sagte Carriscant.

«In Manila?» Alle diese Eröffnungen verwirrten mich.

«Natürlich. Wo dachtest du denn?»

«Egal.» Wir spazierten von einem Chop House in der 42. Straße zu unserem Hotel zurück.

«Und dann begann der Krieg», sagte Carriscant mit einem Schulterzucken.

«Welcher Krieg?»

«Der Krieg zwischen den USA und den Philippinen.»

Ich fand, das waren genug Fragen für diesen Abend.

Am Morgen nachdem ich das portugiesische Konsulat aufgesucht hatte, um mein Visum abzuholen (Carriscant, der britischer Staatsbürger war, brauchte keines), ging ich noch in eine Buchhandlung, weil ich mehr über diesen amerikanisch-philippinischen Krieg herausbekommen wollte, aber ich fand keine entsprechende Lektüre. In einem Band mit dem Titel ‹Kleine Geschichte der Vereinigten Staaten von Amerika 1492–1930› fand ich jedoch den folgenden Aufsatz und schrieb ihn ab.

> Eine Folge des Spanisch-Amerikanischen Krieges war, daß die Philippinischen Inseln vom Joch des Imperialismus befreit wurden, als Commodore Dewey am 1. Mai 1898 in der Bucht von Manila die spanische Flotte vernichtete. Philippinische Aufständische, angeführt von Emilio Aguinaldo, die seit mehreren Jahren gegen die spanischen Kolonialherren gekämpft hatten, sahen den Spanisch-Amerikanischen Krieg als eine Gelegenheit, die Unabhängigkeit zu erklären und eine

Philippinische Republik auszurufen. Als sie jedoch entdeckten, daß die Vereinigten Staaten die spanische Herrschaft nur durch ihre eigene ersetzten, griffen die *Insurrectos*, wie sie genannt wurden, ihre ehemaligen Befreier am 4. Februar 1899 an und belagerten Manila. Der darauf folgende Krieg dauerte drei Jahre und fand erst sein Ende, als der Rebellenführer Aguinaldo 1901 in Gefangenschaft geriet. Dieser Krieg, einer der längsten und opferreichsten in der Geschichte des Kolonialismus, forderte einen hohen Blutzoll. Etwa 230000 Männer, Frauen und Kinder mußten ihr Leben lassen, darunter 4234 tapfere amerikanische Soldaten. Die Staatskasse kostete der Krieg die enorme Summe von 600 Millionen Dollar.

Archibald und Juliana Carriscant und ihr Sohn Salvador ... Commodore Dewey und die Schlacht an der Bucht von Manila ... die Gefangennahme von Emilio Aguinaldo ... sechshundert Millionen Dollar amerikanische Steuergelder, ausgegeben für ein blutiges und vergessenes Abenteuer, eine halbe Welt entfernt ... Was hatte das alles mit mir zu tun? Ich fragte mich, wie es eine Reise nach Lissabon erklären könnte, mit einem Mann, der behauptete, mein Vater zu sein, und auf der Suche nach einer Frau war, deren Gesicht ich nur von einem Foto aus einer herausgerissenen Seite einer Illustrierten aus dem Jahr 1927 kannte.

Wir hatten eine angenehme Überfahrt auf der SS *Herzog*. Die Dünung des Atlantiks blieb glatt und ruhig, während wir im milden, diesigen Sonnenschein ostwärts dampften. Der Rauch aus unseren beiden hohen Schornsteinen stieg wie eine sich langsam zerfransende Leine in den Himmel und folgte uns beständig, als wolle er sich von den sanften Ozeanbrisen nicht verscheuchen lassen.

Während unserer zehntägigen Reise hielt Carriscant sein Wort: Er berichtete mir alles und beantwortete jede Frage, die ich ihm stellte, ohne zu murren, mochte meine Wißbegier ihm noch so peinlich sein oder der Darstellung seines eigenen Charakters und der eigenen Motive schaden. Wie der Leser erfahren wird, war seine Ehrlichkeit eindrucksvoll. Ich machte umfassende Notizen über alles, was er mir erzählte, und wann immer es möglich war, versuchte ich nachzufassen oder Einzelheiten zu vergleichen. Bei der Wiedergabe seiner Geschichte habe ich mir einige dichterische Freiheit erlaubt. Ich habe sie mit Informationen angereichert, die ich erst später erhielt, sowie mit Tatsachen, die meine eigenen Recherchen zutage förderten. Aber letztlich ist dies Salvador Carriscants Geschichte, und ich habe dem Erzähler vertrauen müssen, wie wir alle es unter solchen Umständen tun müssen. Das Folgende kommt jedoch, wie ich glaube, der Wahrheit so nahe, wie es nur irgend geht.

Manila, 1902

Zunge

Wenn er sich richtig erinnerte, verließ Dr. Salvador Carriscant, der berühmteste Chirurg der Philippinen, an leichten Kopfschmerzen leidend, am Tag des ersten Mordes sein Haus und beschloß, ganz seiner Gewohnheit gemäß, zu Fuß zur Arbeit zu gehen. Niemand, der eine bedeutende Position bekleidete oder auch nur ein Mindestmaß an Selbstachtung besaß, ging damals in Manila zu Fuß, aber Dr. Carriscant genoß den kurzen Spaziergang von seinem feinen Stadthaus an der Calle de la Victoria zum San-Jeronimo-Hospital. Nicht nur fühlte er sich auf angenehme Weise als Gleicher unter Gleichen, sondern das Intermezzo ermöglichte es ihm auch, sich zu entspannen, den Ärger und die Frustrationen seines Ehelebens zu vergessen und seinen Kopf klar zu machen für das aufregende, aber komplizierte Tagewerk, das ihn auf der chirurgischen Station erwartete.

Das San-Jeronimo-Hospital in Manila war ein vergleichsweise neues Gebäude. Es wurde 1878 fertiggestellt und fast zwanzig Jahre später schon wieder renoviert, als es mit elektrischem Strom ausgerüstet wurde. Es war bis zu einem gewissen Grad dem Palazzo Salimberri in Sienna nachempfunden, wie Carriscant von einem älteren Mitglied des Krankenhausdirektoriums erfahren hatte, und tatsächlich war die Straßenfassade einem Gebäude des Quattrocento nicht unähnlich, mit ihren präzise gefügten Luftziegeln und dem einfachen Terrakotta-Walmdach, das üppig mit Farn, Moos und anderem Grün überwachsen war. Den Eingang bildete ein sehr hoher Torbogen mit schweren Holztüren, und in der Mauer darüber war eine Reihe kleiner quadratischer Fenster eingelassen, die dem Gebäude einen massiven, kompromißlosen Charakter verliehen, als ob dieser Ort in Zeiten der Rebellion verteidigt werden oder als

Gefängnis herhalten müsse. Drinnen befand sich jedoch ein breiter, gepflasterter Innenhof, mit Kreuzgängen auf drei Seiten, und dahinter ein blühender, ummauerter Garten sowie ein Arboretum, das von Kieswegen durchzogen war. Von den Arkaden mit ihren Kreuzbögen ging es zu den verschiedenen Sprechzimmern der Ärzte, den Verwaltungsbüros und zur Medikamentenausgabe, doch die Operationssäle, von denen es zwei gab, waren auf der Ost- und Westseite des Gartens in zwei kurzen Anbauten untergebracht, die aussahen, als wären sie erst nachträglich hinzugefügt worden. Dr. Carriscants OP befand sich im Ostflügel. Der medizinische Leiter des San-Jeronimo-Hospitals übte seine Kunst im westlichen Anbau aus.

Die Anlage des San Jeronimo war einfach und effektiv, solange die Zahl der Patienten nicht zu schnell wuchs, wie es der Fall war, als die Cholera- und Pockenepidemien ausbrachen. Die Patienten suchten zuerst die Ärzte im Parterre auf, von denen sie dann, wenn nötig, an die Chirurgen weiterverwiesen wurden. Nachoperative Behandlungen fanden auf den Stationen statt, die im oberen Stockwerk lagen. Das Krankenhaus hatte den einzigen Nachteil, daß keine Laboratorien oder Sezierräume vorhanden waren und die Leichenhalle ein wenig zu klein war. Das hatte zur Folge, daß sämtliche anatomische oder experimentelle Arbeit im San-Lazaro-Hospital oder in privaten Räumen stattfinden mußte. Der Ruf des San Jeronimo war fast von Anfang an sehr gut gewesen, hauptsächlich wegen der vielgerühmten Fingerfertigkeit von Dr. Cruz (der 1882 an einem Tag mehr als drei Dutzend Amputationen vorgenommen hatte), aber in den letzten Jahren war er noch weiter gewachsen, nachdem Salvador Carriscant 1897 aus Schottland zurückgekehrt war und mit der Einführung von antiseptischen Mitteln und neuesten chirurgischen Methoden bemerkenswerte Erfolge erzielt hatte. Das Direktorium hatte sein Grundgehalt viermal nacheinander erhöht und ihm den Ehrentitel eines Chefchirurgen verliehen, eine Maßnahme, gegen die Dr. Cruz heftig und öffentlich protestiert hatte und die die persönliche Feindschaft zwischen den beiden Ärzten besiegelt und gleichsam formalisiert hatte. In der Öffentlichkeit begegneten sie einander mit höflicher, ihrem Berufsstand angemessener Zurückhaltung, aber jeder wußte, daß Dr. Cruz Dr. Carriscant und alles, wofür dieser als Mediziner stand, verachtete. Die Abneigung beruhte auf Gegenseitigkeit. Für Cruz war Carriscant ein besessener Pedant und unbesonnener Experimentator. Für Carriscant war Cruz ein vorsintflutlicher Medizinmann und gefährlicher Gaukler, und so fort.

Dr. Salvador Carriscant schritt durch den weiten Torbogen, den respektvollen Gruß des diensthabenden Portiers erwidernd. Wie er erfreut feststellte, ließen seine Kopfschmerzen nach, und er sah der ersten Operation des Tages, der Entfernung eines Tumors aus der Zunge eines Jugendlichen, zuversichtlich entgegen. Er hatte vor, eine ganz neue Schnittechnik anzuwenden, so daß es ihm möglich sein würde, die Wunde zu vernähen, statt sie, wie es üblich war, zu verschweißen. Damit sollte gewährleistet werden, daß der Junge nach der Heilung wieder einigermaßen sprechen könnte. Solche Tumorentfernungen waren Dr. Cruz' Spezialität, und er brauchte dazu nur einige Sekunden, wie er sich rühmte, nicht länger, als um einen Furunkel zu öffnen, aber als Folge von Cruz' derber Eiligkeit war Manila voll stammelnder Halbstummer mit unnötig verstümmelten Zungen. Sollte die heutige Operation erfolgreich verlaufen, würde sie Cruz' ungerechtfertigt guten Ruf weiter unterminieren. Der medizinische Leiter des San-Jeronimo-Hospitals würde noch weniger zu tun haben.

Carriscant überquerte den Innenhof zu seinen Sprechzimmern und stellte fest, daß das Wartezimmer bereits voll war und ein halbes Dutzend Leute draußen auf einem hölzernen Gestell saßen. Er blickte hinüber zu Cruz' Wartezimmern und sah, daß die Eingangstür zu und die Fensterläden noch verschlossen waren. In den Jahren seit Carriscants Ankunft hatte Cruz' Patientenschar ständig abgenommen, und jetzt war es entweder Unwissenheit oder schiere Verzweiflung, die jemanden dazu veranlaßte, zu dem alten Chirurgen zu gehen. Er gehört zu einer aussterbenden Spezies, dieser Cruz, dachte Carriscant, eine historische Kuriosität, ein Symbol der schlimmen alten Tage der medizinischen Zunft, aber das Messer handhabte er gut, das mußte Carriscant einräumen, und sein Auge war unfehlbar sicher. Er war schnell, dieser Cruz – verdammt schnell. Der Krieg hatte seinen Fähigkeiten zu größerer Nachfrage verholfen, und er hatte Hunderte von Amputationen ausgeführt, aber seit wieder Frieden herrschte, gab es wieder weniger Arbeit, und der alte Mann verbrachte viel Zeit auf seiner großen Ranch in Flores und in seinen privaten Laboratorien, die er sich dort eingerichtet hatte und wo er sich durch Operationen an Hunden und Affen in Übung hielt. Carriscant vergaß niemals die erste und auch fast letzte Operation, die er zusammen mit Cruz durchgeführt hatte. Cruz hatte ihn dabei beobachtet, wie er sich vor dem Betreten des Operationssaals die Hände wusch. «Wie ich sehe, ziehen Sie es vor, sich vor dem Operieren die Hände zu waschen, Carriscant», hatte Cruz sarkastisch bemerkt. «Ich ziehe es vor, sie mir danach zu waschen.» Auch auf seinen Visiten war seine brutale Direktheit legendär. «Das ist eines der schlimmsten Krebsgeschwüre, das ich je gesehen habe», sagte er etwa zu einer leidenden Seele, die sich auf dem Bett krümmte. Oder: «Das Bein muß ab, und zwar gleich oben an der Hüfte. Lieber auf Nummer sicher gehen.» Oder: «Mein lieber Freund, so wie Sie aussehen, machen Sie es nicht mehr lange. Ich bezweifle, daß Sie dieses Krankenhaus wieder lebend verlassen werden.»

Dr. Carriscant wurde von seiner Sekretärin Señora Diaz begrüßt, einer kleinen, unscheinbaren, aber tatkräftigen Frau mit einem unglückseligen Übermaß an Gesichtsbehaarung, und warf einen Blick auf den Tagesplan, den sie für ihn vorbereitet hatte. Der Junge mit dem Tumor war schon da und für die Operation vorbereitet. Er hatte noch ein wenig Zeit, die Patienten auf seiner Station zu besuchen, bevor er mit der Arbeit begann.

«Ist Dr. Quiroga schon da?» fragte Carriscant.

«Ja. Er ist in der Medikamentenausgabe.»

Pantaleon Quiroga war sein Anästhesist und bester Freund. Er war ein junger Mann, Ende Zwanzig, Filipino – ein *Illustrado*, wie die Mitglieder der gebildeten Schicht genannt wurden. Er stammte aus Süd-Luzon, war in Manila zur Schule gegangen und hatte zuerst in Madrid und später dann in Berlin studiert.

Wie Carriscant hatte er sich für die jüngsten Entwicklungen in der Chirurgie begeistert und war nach Manila mit der festen Entschlossenheit zurückgekehrt, seinem Volk die Fortschritte der medizinischen Wissenschaft zugute kommen zu lassen. Er war jedoch nicht der geborene Chirurg, ihm fehlte dieses gewisse Etwas, ein Talent, das man mitbringt und nicht erwerben kann. Es war Carriscant, der ihn überredet hatte, sich auf die Anästhesie zu konzentrieren. Als Team am San Jeronimo hatten sie eine Art der Zusammenarbeit entwickelt, die in der philippinischen Medizin einzigartig war. Dank seiner Ausbildung konnte Quiroga – wenn nötig – bei den komplizierteren Operationen assistieren. Es sei, als habe er selbst vier Hände, sagte Carriscant. Und Quirogas gekonnte Handhabung der Chloroformflasche suche, so Carriscant, auch unter den angesehenen Anästhesisten in Baltimore oder Paris ihresgleichen.

Es ertönte ein leises Klopfen an der Tür, und Pantaleon Quiroga trat ein. Er trug schon seinen weißen Chirurgenkittel und hielt seine Kappe in der Hand. Er war ein fast schmerzhaft dünner junger Mann und ungewöhnlich groß für einen Filipino, einen guten Kopf größer als Carriscant. Er hatte melancholische Augen und trug einen säuberlich gestutzten Schnurrbart. Er war ledig und wohnte allein (seine Eltern waren verstorben), außerhalb von Intramuros, in Santa Cruz, von wo er jeden Tag mit der Pferdetram in die Stadt kam. Carriscant stellte sich oft die Frage, was Pantaleon wohl mit seinem beträchtlichen Gehalt und den nicht unerheblichen zusätzlichen Honoraren anfing. Er nahm an, daß ein gut Teil davon an die Familie in Süd-Luzon ging, an die Onkel und Tanten, die Großmutter, die zahllosen Vettern und Nichten. Wie auch immer, Pantaleon lebte sehr genügsam.

Sie tauschten einen warmen Händedruck aus, wie zu Beginn eines jeden gemeinsamen Arbeitstages.

«Der Teig ist im Ofen», sagte Pantaleon. «Es darf gebacken werden.»

«Hab ich noch Zeit für meine Visiten?»

«Ich fürchte, der arme Bursche bekommt einen Anfall. Je eher wir operieren, desto besser, würde ich sagen.»

«Dann mal los.» Er blickte auf Señora Diaz' Liste auf seinen Knien: zwei Amputationen – eine Hand und dann ein Bein am Knie –, ein Leistenbruch und eine vaginale Fistel. Die Amputationen konnte er vor der Mittagspause machen, der Leistenbruch und die Fistel würden den ganzen Nachmittag beanspruchen. Er folgte Pantaleons hochgewachsener Gestalt den Flur entlang zum Vorbereitungsraum und stellte fest, daß die Haare des jungen Mannes sich auf dem Hinterkopf merklich lichteten. Er versuchte, sich Pantaleon glatzköpfig vorzustellen, und aus einem unerfindlichen Grund erfüllte ihn diese Vorstellung mit einer plötzlichen und schmerzlichen Traurigkeit. Dieser Pantaleon brauchte etwas mehr in seinem Leben, etwas, das über seine Arbeit im San Jeronimo hinausreichte: eine Liebesaffäre, eine Verlobte, eine Ehefrau, eine Familie ... Carriscant zog seine Jacke aus, legte den frischgewaschenen weißen Kittel an, wechselte die Schuhe und wusch sich die Hände mit einer starken Karbolseife, bevor er den Operationssaal betrat. Durch die beißenden Dämpfe des Desinfektionsmittels röteten sich seine Augen, als er seine Gehilfinnen, Schwester Santos und Schwester Arrieta, begrüßte und sich im Saal umsah. Der Holzboden war so geschrubbt, daß er in blassem Grau glänzte, alle Oberflächen waren sauber, schimmernd feucht. Von der großen elektrischen Bogenlampe über dem Operationstisch kam ein schwaches Summen, und in den Sterilisationsdampfbädern, die auf einer Seite auf Blechtischen standen, vibrierten leise die Instrumente. Er atmete tief ein. Er konnte schon wieder spüren, wie dieses köstliche, schwächende Gefühl von seinen Fußsohlen aufstieg, wie er sich innerlich entspannte und sich seine Nackenhaare sträubten.

Der Patient war ein junger Chinese, vierzehn Jahre alt, Sohn eines reichen Händlers aus Cavite. Er lag zurückgelehnt auf dem steil hochgestellten Operationstisch, so daß seine Zunge leichter nach vorne rutschen konnte. Der Tumor, der die Größe eines kleinen Apfels hatte und deutlich zu sehen war, preßte ihm die Lippen auseinander, wodurch der Junge leicht imbezil wirkte. Seine Stirn war schweißbedeckt, und sein Blick schnellte kurz zu Carriscant und gleich wieder weg.

Carriscant sagte ein paar symbolische Worte der Aufmunterung und wandte sich dann seinen Instrumenten zu, während Pantaleon dem Jungen die Gazemaske über Mund und Nase legte.

«Wie ich gesehen habe, ist die Brücke bei Jacinto unpassierbar», sagte Pantaleon.

«Ich hatte große Schwierigkeiten, heute morgen reinzukommen», sagte Schwester Arrieta und reichte Carriscant ein Skalpell. «Schrecklich.»

«Sie sollten eine *Barca* nehmen, um zur Arbeit zu kommen. Haben Sie die Klammer?»

«Ich kann mir Schwester Santos nicht auf einer *Barca* vorstellen», sagte Pantaleon. «Sie will doch sicher nicht ertrinken, bevor sie heiratet.»

«Dr. Quiroga, ich möchte Sie doch bitten!» Schwester Santos war eindeutig korpulent. Im Operationssaal wurde oft über ihren Körperumfang gescherzt. Alle lachten. Der junge Chinese sah auf ihre Münder und zuckte verständnislos mit den Schultern.

«Legen Sie die Mundklammer erst an, wenn Pantaleon ihn betäubt hat», sagte Carriscant. «Tun Sie Ihre Arbeit, Doktor.»

Immer noch kichernd ließ Pantaleon langsam Chloroform aus dem mit Maßeinheiten versehenen Glasbehälter auf die Gazemaske tröpfeln. Von Zeit zu Zeit hielt er ihn aufrecht, um die Dosierung zu überprüfen. Als der Junge das Bewußtsein verlor, drückten die beiden Schwestern seinen Kopf nach vorn und zwangen seine Kiefer auseinander. Carriscant setzte eine Klammer gleich hinter den Tumor, drehte sie fest und zog die Zunge so weit aus dem Mund, wie es ging. Schwester Santos übernahm den Griff und zog die Zunge stramm heraus. Pantaleon berührte das Auge des Jungen, um den Lidreflex zu prüfen. Er öffnete das Auge mit Daumen und Zeigefinger. Die Pupillengröße würde ihm sagen, wie weit das Nervensystem ausgeschaltet war. Sein Nicken signalisierte, daß es losgehen konnte.

Carriscant spürte, wie seine Atmung langsamer und sein Gehirn klarer wurde, als er für einen Augenblick innehielt, bevor er sein Skalpell gegen ein kleineres mit einer langen, feinen Klinge austauschte. Nach all den Jahren, nach all den Operationen, war das Gefühl doch immer wieder dasselbe: Seine Sinne fühlten sich erfrischt und geschärft. Sein Bewußtsein schien plötzlich in höchstem Maße eingestimmt, nicht nur was die spezielle Wahrnehmung der Objekte im Raum betraf – das flirrende Gleißen des Chroms, der makellose Fächer der Augenwimpern des Jungen über seinem unteren Lid, die ausgefranste Manschette von Pantaleons rechtem Ärmel. Nein, auch in einer übernatürlichen Wahrnehmung der anderen Menschen, die in diesem Augenblick anwesend waren. Er empfand die unerbittliche Melancholie in Pantaleons Seele nach, als sei sie seine eigene. Er fühlte das Gewicht und die Weichheit von Schwester Santos' Brüsten, die sich gegen die gestärkte blaue Baumwolle ihres Kittels preßten. Er teilte die Müdigkeit von Schwester Arrieta, die die ganze Nacht auf den Beinen gewesen war, um sich um ihren gebrechlichen und inkontinenten Schwiegervater zu kümmern … All diese Gefühle, all diese Empfindungen waren ihm gegenwärtig, überkamen ihn und flossen in seine aufnahmebereiten Gedanken, wurden dort aufgefangen und registriert. Ich kenne euch alle, sagte ihnen sein stiller Blick, ich kenne eure leidende Menschlichkeit, eure Ängste, eure Bedürfnisse, euer Jucken, eure Schwielen, eure schmerzenden Rücken, eure Müdigkeit … Ich kenne all das, ich verstehe all das, ich verstehe überhaupt alles.

Er hob das Skalpell, spürte dessen leichtes Gewicht, sein Blick fiel auf das Glitzern der dünnen, abgeschrägten Klinge. Schwester Santos schob unaufgefordert eine Emailleschüssel unter das Kinn des Jungen. Mit drei sorgfältigen schnellen Schnitten durchtrennte Carriscant die schwammartigen Papillen bis zum Muskelgewebe darunter. Er schnitt in einem 45-Grad-Winkel zur Kehle hin. Blut quoll aus der teilweise durchtrennten Zunge. Schwester Arrieta setzte einen Tupfer ein. Er hob die Klammer an, um die Unterseite sichtbar zu machen, und machte dann wieder einen Schnitt, diesmal seitlich in die Zunge. Dadurch bildete sich ein längerer unterer Zungenlappen. Wie gewünscht fiel der Tumor in die Schüssel. Schwester Arrieta reichte ihm

Nadel und Faden. Antiseptische Flüssigkeit wurde über die Wunde gegossen, und er nähte die beiden kurzen Zungenlappen zusammen.

Er wandte sich ab. Seine Stirn war trocken, seine Kehle brannte, die Finger seiner rechten Hand waren klebrig vom hellen Blut des Jungen. Er ging zu einem Waschbecken an einer Seitenwand und ließ Wasser über seine blutigen Finger laufen. Auf seinem Kittel waren auch dicke Blutstropfen, wie er geistesabwesend bemerkte. Er zog den Kittel langsam aus und ließ ihn in den Korb bei der Tür fallen. Dabei dachte er plötzlich an Cruz und wie dieser immer noch darauf bestand, in einem langen schwarzen Rock zu operieren, dessen Revers und Vorderseite von getrocknetem Eiter und Blut verkrustet waren, als sei das irgendein obszönes Wappen, das seinen Berufsstand ehrte.

Ein Gefühl von Übelkeit, das ihn sonst nur selten überfiel, ließ in ihm die Galle hochsteigen. Die Zunge war ein so sonderbarer Körperteil, ein zuckender, pulsierender Muskel, mit seinen beiden Sinnen – Tasten und Schmecken –, eine Art amphibisches Organ, in die Kehle eingepflanzt, wie eine Seeanemone auf ihrem Fels verankert ist, unsicher darüber, ob sie innerhalb oder außerhalb des Körpers zu Hause sein soll. Als er sie schnitt, schien sie zurückzuzucken ...

Er bremste sich, wütend über sich selbst. Wieso dachte er in diesen Bahnen? Er spürte, wie seine starken Kopfschmerzen zurückkehrten, und damit auch die Erinnerung an ihre Ursache, den kurzen, heftigen Streit mit Annaliese an diesem Morgen. «Arbeit, Arbeit, Arbeit», hatte sie ihn gehässig angeschrien, als er sich für das Krankenhaus ankleidete. «Warum haben wir überhaupt geheiratet, wozu brauchst du mich eigentlich in deinem Leben? ...» Ja, warum eigentlich, hatte er zurückgeschrien, wenn das hier eheliche Glückseligkeit sein soll. Diese dumme, einfältige Frau.

Die Pfleger schoben den noch bewußtlosen Jungen aus dem OP, und Carriscant und Pantaleon gingen nach nebenan, um sich umzuziehen.

«Was für einen Eindruck hast du?» fragte Pantaleon. «Es schien gut zu laufen.»

«Wir werden sehen, wie es verheilt. Wenigstens hat er ein Stück Zunge übrig.»

«Cruz wird toben, wenn es funktioniert», sagte Pantaleon und lächelte. «Noch mehr toben.»

«Wenn es funktioniert, werden wir die nächste Operation fotografieren. Und darüber schreiben.»

«Carriscant-Glossektomie.»

Señora Diaz unterbrach ihr selbstzufriedenes Gekicher, um mitzuteilen, daß jemand vom Büro des Gouverneurs Dr. Cruz suche. Carriscant zog sich die Jacke über die Schultern, rückte seine Krawatte gerade und ging, sich heftig die Hände reibend, den Flur entlang zu seinem Büro – das Karbol in der Seife trocknete die Haut aus und verursachte Schuppenbildung an den Knöcheln. Er öffnete seine Bürotür, und ein Mann in Militäruniform – Khaki, Ledergürtel – erhob sich von dem Stuhl vor dem Schreibtisch und salutierte. Er war stämmig, fast dick, und seine Uniform spannte sich über seinen Bauch. Er hatte eine hohe Stirn und dünnes Haar, und ein säuberlich gestutzter, breiter Schnurrbart trennte sein Gesicht in zwei Teile.

«Dr. Carriscant, ich danke Ihnen, daß Sie mich empfangen», sagte er. «Ich bin Paton Bobby, der Polizeichef.»

Die erste Leiche

Dr. Carriscant und Paton Bobby standen nebeneinander im Reisfeld und blickten hinab auf die nackte, halb untergetauchte Leiche dessen, was einmal ein achtzehnjähriger Milizsoldat aus Kansas gewesen war.

«Das ist kein Scheiß-Gugu», sagte Bobby und runzelte die Stirn so heftig, daß die Adern wie Stränge hervortraten. «Einen weißeren Mann hab ich noch nicht gesehen.»

Es stimmte. Ein eigentümlicher eisblauer Ton überzog den bleichen Körper. Das Fett an den Hinterbacken schien wie in Pergament verpackte Eiskrem durch die Haut zu schimmern, dachte Carriscant, recht zufrieden mit seiner Metapher.

«Das liegt daran, daß wir in seinem Blut stehen», sagte Carriscant. Die Leiche lag mitten in einem dunkelbraunen Fleck, der sich weiterhin ausdehnte und durch die Stiefeltritte der Männer im Wasser in Bewegung gebracht wurde. Carriscant beugte sich vor. Es summten widerliche Insekten herum, und das einsame Auge, das aus dem Wasser ragte, war schwarz vor Fliegen, die von seiner Geleemasse fraßen.

«Hat jemand ihn bewegt?»

«Der Bauer, der ihn gefunden hat, hat ihn umgedreht, um ihn sich anzusehen», sagte Bobby. «Daher wußten wir auch, daß wir einen Arzt brauchen.»

«Was ist mit Dr. Wieland?» Dr. Wieland war ranghöchster Arzt im Stab des US-Gouverneurs. Carriscant war ihm mehrere Male begegnet, ein jovialer, überalterter Alkoholiker, dessen medizinische Kenntnisse ungefähr so fortgeschritten waren wie die von Cruz.

«Dr. Wieland ist heute, äh ... indisponiert», sagte Bobby, sein Lächeln nur halb verbergend. «Er schlug vor, wir sollten uns an Dr. Cruz wenden.» Er zuckte mit den Achseln. «Der war nicht da. Aber wir begnügen uns gerne mit Ihnen, ohne respektlos sein zu wollen.»

«Aber ich bitte Sie ... Darf ich ihn mir mal ansehen?»

Carriscant drehte die Leiche sachte mit seiner Stiefelspitze um. Sie ließ sich mühelos auf der braunen Wasseroberfläche herumrollen. Die Fliegen stiegen mit einem bösen Summen auf. Er scheuchte sie von seinem Gesicht weg.

Eine lange Wunde, in Form eines umgekehrten Ls war in den Oberkörper hineingeschnitten und wie ein Football verschnürt worden. Der lange Schnitt reichte vom Brustbein bis zu den Genitalien. Der kurze Teil des Ls verlief im rechten Winkel über die linke Seite der Brust, ungefähr 5 Zentimeter unterhalb der Brustwarze. Die Wunde war mit einem Faden fest zugenäht worden. Die Fliegen ließen sich wieder nieder und setzten ihre Untersuchung fort.

«Ist ziemlich sauber gemacht.»

«Jetzt verstehen Sie, warum wir meinten, daß sich das ein Chirurg ansehen sollte.»

«Wer ist es?»

«Wir glauben, es ist der Rekrut Ephraim Ward. Seit drei Tagen unerlaubt von der Truppe entfernt. Ich werde jemand von seiner Einheit herholen, um ihn identifizieren zu lassen. Dürfen wir Ihre Leichenhalle benutzen?»

Carriscant war über diese Bitte etwas erstaunt. «Nun ja, ich glaube schon, aber ist dies nicht eine Sache, die die offiziellen Stellen angeht?»

«Klar wie Schifferscheiße, Doc. Aber es ist auch eine Sache, die Paton Bobby angeht. Dieser Bursche hat sich ja nicht mit 'ner Nähnadel in den Finger gestochen.» Bobby setzte eine Art Grinsen auf. Nur sein Mund bewegte sich unter seinem Schnurrbart, die Augen blieben wachsam. «Ich habe zu bestimmen, wo dieser Kadaver hingeschafft wird.»

Sie wateten zur Straße zurück. Ein paar junge amerikanische Soldaten standen bei den Fahrzeugen, die sie zum Reisfeld gebracht hatten. Sie standen lässig da in ihren weiten, ausgebeulten Uniformen, die blauen Hemden über den Khakihosen dunkel vor Schweiß. Mit mißmutiger, nervöser Miene hielten sie ihre Krags überflüssigerweise in Anschlag, als könnten jeden Moment Aufständische aus den Straßengräben springen. Bobby befahl ihnen, den Leichnam zu bergen, und bot Carriscant eine kleine Zigarre aus einem Zinnbehälter an. Carriscant lehnte dankend ab, stampfte den Schlamm von seinen Stiefeln und sah sich um. Das Reisfeld befand sich in der Nähe von Paco, einem Dorf, das ungefähr eine Meile südöstlich von Manila lag. Überall waren die Überreste alter Schützengräben und Erdwälle zu sehen, überwachsen von kargem Gras und kleinen Büschen. Dies war die amerikanische Front gewesen, als die Rebellen 1899 angriffen. Carriscant erinnerte sich sehr gut an jenen Tag. Er stand damals auf seiner *Azotea* in der Stadt, eine Tasse Tee in der Hand, und hörte in der Ferne das dumpfe Grollen der Artillerie, sah, wie durch die Erschütterungen der Staub aufgewirbelt wurde und der Teelöffel auf seiner Untertasse klapperte.

Er wandte sich an Bobby, der auf die Spitze seiner Zigarre blies, bis sie orange aufleuchtete.

«Sie wissen doch sicher, wo wir sind ...?»

«Ja», sagte Bobby. «Ich frage mich nur, ob das von Bedeutung ist.»

Rekrut Ephraim Ward lag ausgestreckt auf der Marmorplatte des Untersuchungstisches in der Leichenhalle des San Jeronimo, endlich frei von Fliegen. Das strahlend helle Licht der Lampen über ihm betonte seine auffallende blutleere Transparenz. Carriscant hatte Bobby darüber informiert, daß er weder darauf vorbereitet war, eine Autopsie vorzunehmen, noch eigentlich dazu qualifiziert. Bobby widersprach höflich und behauptete, daß Carriscant im gesamten philippinischen Archipel die wahrscheinlich qualifizierteste Person für ebendiese Aufgabe sei, daß er aber in diesem Fall schon mehr als glücklich sei, wenn ein Fachmann die Wunde untersuchte und ihm vielleicht eine Interpretation lieferte für das, was tatsächlich geschehen sein mochte.

Carriscant inspizierte die Nähte. Segelmachergarn, vermutete er, und vernäht mit einer Segelmachernadel. Oder mit der Ahle eines Lederschusters. Manila war voller Leute, die eine solche Arbeit hätten erledigen können. Jeder, der je einen Jutesack hergestellt hatte, hätte auch Ephraim Wards Bauch zunähen können. Carriscant schnippelte langsam die Wunde der Länge nach auf, bog am Brustbein nach rechts ab. Hier sah er, als die Ränder der Wunde unter seiner Schere nachgaben, ein großes Blutgerinnsel. Er setzte ein paar Klammern an, um die Wunde offen zu halten. Er säuberte sie und kratzte die schwarze, schmutzige Ablage von dem Gerinnsel. Er stellte schnell fest, daß das Herz gerissen war, aufgeschlitzt.

Am Unterleib öffnete er die Wunde weit und entblößte dadurch die wurmlinig verschlungenen Eingeweide und die anderen inneren Organe, die auf seltsame Weise eingeschrumpft waren, saubergewaschen, weil sie so lange vom Wasser des Reisfeldes umspült gewesen waren. Sie lagen gleichsam isoliert in der Bauchhöhle wie Speisereste in einer zu großen Schüssel. Dann nahm er eine schnelle Überprüfung vor. Es schien alles vorhanden zu sein, wenn auch nicht genau dort, wo es hingehörte. Rekrut Ward war also ins Herz gestochen worden, zwischen der sechsten und siebten Rippe, und die Eintrittswunde war durch die nachträgliche Verstümmelung kaschiert worden. Es ergab überhaupt keinen Sinn.

Bobby kam später am Nachmittag vorbei, um sich Carriscants Schlußfolgerungen anzuhören. Carriscant saß hinter seinem Tisch, während er seine Ausführungen machte, und Bobby schritt nachdenklich auf und ab, eine weitere, schlecht angezündete, kleine Zigarre rauchend. Gelegentlich hockte er sich mit einer seiner breiten Hinterbacken auf die Ecke des Schreibtischs und ließ beim Zuhören das freie Bein hin- und herschwingen.

«Sie sind doch kein Spanier, oder?» fragte Bobby unvermittelt.

«Nein. Meine Mutter ist halb Spanierin, mein Vater ist Brite.»

«Sie besitzen also die britische Staatsangehörigkeit?»

«Ja ... warum fragen Sie?»

«Das macht es mir leichter, wenn ich dem Gouverneur berichte. Besonders, wenn wir zusammenarbeiten sollten.»

Carriscant erwiderte nichts darauf, obwohl er neugierig war, von welcher Zusammenarbeit Bobby sprach. Aber da Zusammenarbeit offenbar erwogen wurde, entschloß er sich, die Unterhaltung in diesem Sinne fortzusetzen.

«Also eine Sache ist mir aufgefallen», begann Carriscant langsam. «Es läßt sich unmöglich mit Sicherheit sagen, aber ich hatte den Eindruck, daß die Organe im Körper – die Därme, Leber, Nieren, Magen – irgendwie ... ich weiß nicht, anders angeordnet oder manipuliert worden sind.»

«Ich kann Ihnen nicht folgen.»

«Haben Sie schon mal einen Leichnam geöffnet?»

«Bevor ich hierher kam, hatte ich mit dem Boxeraufstand zu tun», sagte Bobby. «Ich habe eine Menge toter und verstümmelter Menschen gesehen.»

«Das ist nicht dasselbe. Wenn man die Bauchdecke öffnet und die Organe darunter freilegt, dann will man kaum glauben, wie ...» Carriscant hielt inne und suchte nach einem Wort. «Wie ordentlich alles angeordnet ist. Wie erstaunlich kompakt alles gestaltet ist.» Er stand auf und schlug mit den Händen auf die

Brust, an die Körperseiten, auf den Bauch, stieß mit den Fingern gegen den Magen. «Alles ist wohlverpackt und verwahrt. Es kann sich bewegen, aber es ist abgesichert. Alles ist an seinem Platz, kann arbeiten. Und was da gearbeitet wird ... Ich will es nicht weiter ausführen, aber da war etwas mit Wards Organen, unabhängig davon, daß die Körperflüssigkeiten und das Blut ausgelaufen waren. Es sah nicht so aus, als ob –»

«Jemand hat drin rumgestochert, wollen Sie das damit sagen?»

«Möglicherweise.»

«Und was sagt uns das?»

«Sie sind der Schnüffler. Ich bin nur ein Chirurg.»

Bobby mußte gehen, um dem Gouverneur seinen Bericht abzustatten. Seine eigene Vermutung, so sagte er Carriscant, sei, daß Ward von einem Mann aus seiner eigenen Einheit getötet worden war, ein Streit, der außer Kontrolle geraten war. Philippinische Aufständische verstümmelten oft ihre Opfer, sagte er, und in diesem Fall wollte der Täter wahrscheinlich den Eindruck erwecken, als ob ein Rebell die Tat begangen hätte.

«Gewöhnlich verstümmeln sie ihre Opfer, aber nicht auf diese Art», sagte Carriscant.

«Klar», sagte Bobby. «Aber schneiden *Sie* mal Ihrem Kumpel den Pimmel ab und stopfen ihn ihm in den Mund. Das fällt nicht so leicht. Da ist es schon einfacher, was L-förmiges zu ritzen oder so.»

«Und warum es dann zunähen?»

«Was weiß ich, Carriscant, hab keine Ahnung», sagte Bobby mit einem heiseren Ton der Verärgerung in der Stimme. «Trotzdem ... ich werde versuchen, es herauszufinden, aber wir haben so viele Spinner in dieser Armee, daß ich kaum mit Erfolg rechne.»

«Spinner?»

«Jungs aus dem Süden. Sie scheinen alle aus Mississippi zu kommen oder aus Texas oder Kansas. Alles Patrioten. Halten zusammen.»

Carriscant lächelte. Er konnte die robuste Intelligenz hinter

Bobbys vulgärem Selbstvertrauen erkennen, die Energien spüren, die sich unter der korpulenten Behaglichkeit rührten.

«Ich muß jetzt zu Gouverneur Taft. Haben mir sehr geholfen, Carriscant.»

Carriscant zeigte Pantaleon die Leiche in der Halle. Die für den Nachmittag geplante Fisteloperation hatten sie verschoben.

«Ein Amerikaner?» sagte Pantaleon ungerührt und ging um den Kopf herum. Er packte ihn und bewegte ihn hin und her, als wollte er eine bessere Perspektive bekommen, um die Gesichtszüge des Mannes zu betrachten. «Jetzt können sie wenigstens keine Vergeltungsschläge mehr machen.»

«Sie glauben, daß ein anderer Amerikaner es getan hat.» Carriscant erzählte ihm von Bobbys Theorie, aber Pantaleon schien die Sache nicht zu interessieren. Der tote amerikanische Soldat schien ihn zu beschäftigen, und er fing an, Carriscant eine längere Geschichte zu erzählen, die er von einem Onkel gehört hatte und in der es um eine Kompanie amerikanischer Soldaten ging, die in Batangas General Elpidio verfolgten. Einer der Soldaten war in eine Grube gefallen, deren Boden mit Bambusspeeren gespickt war. Zur Vergeltung war jeder Bewohner der zwei nächstliegenden Dörfer – Männer, Frauen und Kinder – erschossen und die Leichen verbrannt worden.

«Ich glaube, an die zweihundert Menschen mußten für das Leben dieses einen Mannes mit ihrem Leben büßen ...» Er zuckte mit den Achseln. «Das erscheint mir sehr ungerecht. Ich meine ...»

«Mir wäre es lieber, du würdest nicht mehr davon sprechen», sagte Carriscant abrupt. Er stand ganz still da, stocksteif, wie jemand, der von hinten bedroht wird und Angst hat, sich zu bewegen.

Pantaleon reagierte erschrocken und entschuldigte sich. «Tut mir leid, Salvador», sagte er. «Ich habe nicht daran gedacht. Tut mir sehr leid, bitte verzeih mir.»

Carriscant faßte sich wieder. «Es war ein sonderbarer Tag», sagte er. «Normalerweise kann ich so was verkraften. Ich glaube, der Amerikaner –» Er brach ab und rang sich ein Lächeln ab. «Pantaleon», sagte er, «könnte ich dich nach Hause begleiten? Nur für eine Stunde oder so. Ich fühl mich noch nicht so gut, daß ich arbeiten kann, und –»

«Natürlich», sagte Pantaleon, seine Überraschung verbergend. «Ich wollte dich sowieso schon seit einiger Zeit fragen, ob du mal mit zu mir kommst. Ich habe da etwas, was ich dir zeigen möchte.»

Die Scheune

Dr. Salvador Carriscant und Dr. Pantaleon Quiroga bestiegen an der Plaza Magellanes eine Pferdetram, mit der sie auf der Bridge of Spain den Pasig überquerten und dann weiter in Richtung der Vororte von Santa Cruz fuhren. Die Tram war voll mit *Indio*-Arbeitern, die von ihrer Arbeit in der Stadt nach Hause fuhren, und Carriscant spürte ihre offenen, neugierigen Blicke, während sie zu erraten versuchten, was diese beiden *Kastilas* mit ihren Anzügen und Krawatten in diesem Transportmittel des armen Mannes zu suchen hatten.

Die beiden Männer stiegen in der Calle Azcarrega aus und gingen zu Fuß weiter zu Pantaleons Haus, einem zweistöckigen Gebäude aus Luftziegeln und Holz in einer relativ schicken Gegend. Pantaleon bewohnte die Hälfte der Zimmer, die übrigen hatte ein amerikanisches Ehepaar gemietet, Lehrer, die in der Bezirksschule das reformierte Lehrprogramm aufbauten. Pantaleon ging nur kurz ins Haus, um einen Schlüssel zu holen, und dann gingen sie einen staubigen Weg entlang, durch Küchengärten und hinaus auf ein Stück Brachland am Nordufer eines *Estero*, eines der vielen gewundenen Nebenarme des Pasig. Vor ihnen lag eine Baumreihe, die eine weitere mäandernde Schleife des Flußverlaufs markierte, und auf der linken Seite konnte Carriscant die galvanisierten Eisendächer von Sampaloc erkennen. Ihm war nicht klar gewesen, daß Pantaleon so nah bei Sampaloc wohnte. Er mußte richtig umdenken.

Die Nachmittagssonne lag hinter einer Schicht dunstiger Bewölkung, und der Tag verlor allmählich seine Hitze, und von

Zeit zu Zeit wehte die Brise aus dem Süden den kräftigen Gerstengeruch von der San-Miguel-Brauerei herüber. Pantaleon schritt begeistert aus, so daß Carriscant sich anstrengen mußte, um mit ihm Schritt zu halten.

Sie schoben sich durch eine Lücke in einer Bleiwurz-Hecke, und dahinter, am Rand einer länglichen, sonnengebleichten Wiese, sah er eine vor kurzem erbaute Scheune, die ungewöhnlich breit war, die Bambuswände waren noch grün, ihr Palmenblattdach erst teilweise verwelkt.

«Was ist das?» sagte Carriscant.

«Die gehört mir», sagte Pantaleon. «Ich hab sie mir bauen lassen. Dieses Grundstück hier gehört mir.» Er deutete auf die gelbe Wiese, die sich vor ihnen erstreckte.

Pantaleon schloß das Vorhängeschloß am Scheunentor auf und zog die Flügel auf. Carriscant spähte in das Halbdunkel hinein und sah etwas, was ihm wie eine seltsame Konstruktion aus Holz und Drähten vorkam, die auf zahlreichen Holzböcken über dem Boden ruhte. Auf den ersten Blick sah es so aus, als würde Pantaleon ein riesiges hohles, liegendes Kreuz konstruieren, aber als sich Carriscants Augen allmählich an das trübe Licht gewöhnten, konnte er andere Details ausmachen, die weniger leicht zu erklären waren: verschiedene Räder, mit Drähten versehene Hebel und, wie es schien, zwei große Fahrradsättel, die in Tandem-Position angeordnet waren. Carriscant strich um die Konstruktion herum, berührte die straff gespannten Drähte, zupfte an ihnen. Es ergab nicht den geringsten Sinn.

«Hast du das gebaut?» fragte er Pantaleon.

«Tischler aus der Gegend. Nach meinen Angaben.»

«Irgendeine Behausung? Ein vorgefertigter Unterstand?»

Pantaleon lachte, schrill, amüsiert.

«Nein, nein, nein», sagte er. «Völlig daneben. Es ist –» Er hielt der größeren Wirkung halber inne. «Es ist eine Flugmaschine, die schwerer als Luft ist.»

Carriscant kam spät nach Hause. Nach dem Besuch in der Scheune war er mit Pantaleon in das Café gegenüber dem Zorilla-Theater in Santa Cruz gegangen, wo sie ein paar Gläser amerikanisches Bier, Schlitz, tranken und Pantaleon ihm das Prinzip der Flugmaschine, die er konstruierte, erläuterte. Die Begeisterung seines Freundes hatte Carriscant aufgemuntert, und er sah, daß er jetzt die Antwort auf die Frage hatte, die er sich früher am Tag bezüglich dessen bescheidener Lebensweise gestellt hatte. Er hatte ein *Carromato* zurück nach Intramuros genommen und war erst lange nach Einbruch der Dunkelheit zu Hause angekommen. Die breite Haustür wurde ihm von Danil, der Frau des Kochs, geöffnet, die er bat, ihm etwas Kaffee zu bringen. Er ging weiter durch das Erdgeschoß des Hauses, wo nicht nur seine Bediensteten ihre Quartiere hatten, sondern auch seine beiden Wagen untergebracht waren und der Stall für seine Ponys lag. Er hatte noch den säuerlichen Geschmack von Bier im Mund und spürte eine leichte Verspannung in den Schultern, als er die Stufen vom Innenhof hinauf in die im ersten Stock gelegenen Wohnräume ging. In den Gesellschaftsräumen brannten Öllampen, deren rotgelber Schein sich in der glänzenden Politur der Hartholzböden spiegelte. Auf der Rückseite des Hauses lag, mit Blick auf den ummauerten Garten, ein breiter Steinpatio – die *Azotea* –, und er entdeckte dort Annaliese, die beim verschwommenen Licht einer Aladin-Lampe ein Buch las. Die Nacht war kühl und windig, und vom Garten ertönte das kehlige Quaken der Frösche und das monotone Zirpen der Zikaden.

Annaliese sah sich um, als er durchs Wohnzimmer kam, die ovalen Gläser ihrer Brille blitzten kurz auf, als das Licht auf sie traf. Er gab ihr einen flüchtigen Kuß auf die Stirn, setzte sich dann ihr gegenüber in einen Rattansessel und entschuldigte sich für sein spätes Nachhausekommen. Er erzählte ihr von der Entdeckung des ermordeten Amerikaners und wie sein Tag durcheinandergebracht worden war.

Sie sah ihn gelassen an, als wäre er ein Zeuge und sie eine Anwältin, die den Wahrheitsgehalt seiner Aussage taxierte.

«Möchtest du etwas essen?» fragte sie schließlich. «Es ist noch etwas Schweinebraten da.» Sie hatte einen leichten deutschen Akzent. Carriscant erinnerte sich, daß er diesen Akzent einmal attraktiv gefunden hatte, wie exotisch und seltsam dieser ihm vorgekommen war, wie erregend in bestimmten Momenten.

«Nein, danke, ich hab ein paar Gläser Bier mit Pantaleon getrunken. Du glaubst ja nicht, was –»

«Hast du nicht gerade gesagt, diese Mordgeschichte hätte dich aufgehalten?»

«Das hat sie auch. Aber dann hat mich Pantaleon gebeten, daß ich mir mal diesen Apparat ansehe, den er gerade baut. Eine Flugmaschine – stell dir das mal vor.»

«Er ist so ein Kind, dieser Pantaleon.»

«Sei nicht albern.»

Dies war die Meinungsverschiedenheit, auf die sie beide gewartet hatten, und dann hatten sie einen kurzen, gehässigen Streit darüber, ob es kindisch sei, eine Flugmaschine zu bauen, oder genial. Die kaum verdeckte Giftigkeit ihres Schlagabtauschs schien, paradoxerweise, die Spannung abzubauen, die in der Luft gelegen hatte. Die Animositäten waren vorübergehend befreit worden, so wie bei einem aufgeschnittenen Abszeß das Abfließen des Eiters vorübergehend den Schmerz lindert.

Carriscant wurde der Kaffee serviert, und während er ihn bedächtig schlürfte, betrachtete er das Gesicht seiner Frau über den Tassenrand und beobachtete sie beim Lesen. Sie trug eine Brille mit kleinen ovalen Gläsern, die sie etwas alt machte, vor allem, da ihr Haar streng nach hinten über die Ohren gebunden war. Sie war eigentlich nie schön gewesen, überlegte er, aber als unscheinbar war sie auch nicht zu bezeichnen. Die einzelnen Teile ihres Gesichts waren jeder für sich makellos, aber etwas besonders Attraktives hatten sie auch nicht. Er fragte sich, so wie er es oft im Anschluß an einen Streit tat, was ihn bloß veranlaßt hatte, sie zu heiraten.

Annaliese Leys war die jüngste Tochter des deutschen Tabakgroßhändlers Gerhardt Leys, der, zusammen mit seinem Bruder Udo, ein kleines, aber blühendes Unternehmen in Manila führte, das Zigarren nach Europa exportierte. Carriscant hatte Annaliese bei einem Freiluftkonzert auf der Luneta kennengelernt, kurz nachdem er nach Beendigung seines Medizinstudiums 1897 aus Schottland zurückgekehrt war. Sie war ihm zierlich, lebhaft und intelligent erschienen und hatte ihn – was relevanter war – heftig an ein Mädchen erinnert, das er eines

Sommers kennengelernt und heimlich angehimmelt hatte, damals in Edinburgh, wo er einen verregneten und einsamen Urlaub verbracht hatte, indem er die weiten Strände von Musselburgh abwanderte und vergeblich versuchte, die Geheimnisse des Golfspiels zu ergründen. Nicht einmal ein Jahr nach ihrer ersten Begegnung hatten er und Annaliese geheiratet, aber kurz darauf war ihre Mutter gestorben; und ihr Vater, den die Tragödie gesundheitlich mitgenommen hatte, verkaufte seinen Anteil und kehrte mit der restlichen Familie nach Bremen zurück. Zu diesem Zeitpunkt begannen ihre Eheprobleme, vielleicht weil sie zum ersten Mal in ihrem Leben allein war, vielleicht weil sie trauerte, jedenfalls hatte sich, nach Carriscants Einschätzung, von da an ihr Wesen spürbar verhärtet. Die Wärme sickerte allmählich aus ihr heraus.

Sie hatten diese Distanzierung nie untereinander angesprochen, und nach außen erschien alles in bester Ordnung. Annaliese arbeitete halbtags für den Bischof von Manila, half bei der Buchhaltung der Domschule (sie konnte gut mit Zahlen umgehen) und beteiligte sich allgemein bei Angelegenheiten der Diözese, dort wo man der Meinung war, daß ein engagiertes Mitglied des Laienstandes nützlich sein könnte. Die Amerikaner kamen 1898, aber als der Krieg gegen die philippinischen Aufständischen begann und andauerte und es klar wurde, daß ihr beider Leben in Manila kurz vor unumkehrbaren Veränderungen stand, sprachen sie es schließlich offen aus, daß es an der Zeit war, mit der Heuchelei aufzuhören und einander zu bestätigen, daß die glückliche Ehe von Salvador und Annaliese Carriscant zu einer zweckmäßigen Farce verkommen war. Sie waren wohlhabend und angesehen, sie waren prominente und geachtete Persönlichkeiten in Manilas ausländischer Kolonie, die sich rasant vergrößerte, während sich der Prozeß der amerikanischen Kolonisierung erbarmungslos konsolidierte – Annaliese pflegte sogar freundschaftliche Beziehungen mit der Gattin des Gouverneurs –, aber alles, was es an Zuneigung und Liebe einmal zwischen ihnen gegeben hatte, war verschwunden.

Das vorrangige Zeichen dieses Zustandes war, daß es seit über einem Jahr keinen sexuellen Kontakt mehr zwischen ihnen gegeben hatte. Es hatte auf sehr seltsame Weise begonnen, indem Annaliese ihn fragte, welche Operationen er an diesem Tag ausgeführt habe. Wenn er irgendwelche Amputationen vorgenommen hatte, dann verwehrte sie ihm das eheliche Bett. Diese Feindseligkeit, die mehr gegen seinen Beruf gerichtet war als gegen seine Person, hatte zugenommen. An manchen Abenden fragte sie ihn mit grausamem Spott: «Wie viele Beine hast du heute abgeschnitten?» Gewöhnlich ignorierte er sie einfach, bis er eines Abends, unerträglich provoziert, geantwortet hatte: «Zwei, genau gesagt, plus einen Arm und einen Augapfel», worauf sie weinend aus dem Zimmer gestürzt war. Sie beschwerte sich auch über den Geruch seiner Kleidung, einen süßlichen Gestank, der an ihm haftete, den er, wie er behauptete, nicht feststellen konnte, der aber, wie er sehr wohl wußte, der Geruch von Verwesung, von Eiter war. All das bestürzte ihn, er fühlte sich impotent und ratlos. Was sollte er denn tun? Sich einen neuen Beruf suchen? Verstört über diesen bizarren Zusammenbruch seiner Ehe und erschöpft von seiner Arbeit im San Jeronimo, war er dazu übergegangen, auf dem Diwan in seinem Arbeitszimmer zu schlafen; eine Zwischenlösung, hatte er sich eingeredet, um sie nicht zu stören, wenn er spät nach Hause kam, aber es war ein Zustand, der unvermeidlich dauerhaft geworden war.

Er betrachtete jetzt seine Frau nüchtern, ein wenig traurig, und versuchte, ein Bild von ihrem nackten Körper heraufzubeschwören, irgendein Detail oder ein besonderes Merkmal, das ihm lieb gewesen war – der breite Schwung ihrer Brüste, die Flaumbehaarung auf dem Hof ihrer Brustwarzen, ihr überraschend tiefer Bauchnabel – und die alten Gefühle stimulieren, alte Erinnerungen aufglühen lassen könnte, wie heiße Kohle, auf die man bläst, aber nichts regte sich. Seine Gedanken wandten sich statt dessen zu einer Aussicht und einer Idee, die er an diesem Nachmittag gehabt hatte, als er auf Pantaleons Wiese gestanden und hinüber zu den Blechdächern von Sampaloc geschaut hatte. Sampaloc und seine berüchtigte Gardenia Street, mit ihren grellen Bars und Bordellen ... Wie wurden die Mädchen dort genannt? ‹Tieffliegende Tauben›. Diese Zurückhaltung, diese erzwungene Enthaltsamkeit war unnatürlich. Ein Mann in seinem Alter, der wie ein Jüngling im Dunkeln auf seinem Diwan masturbiert. Vielleicht brauchte er eine tieffliegende Taube aus der Gardenia Street?

Chez Dr. Isidro Cruz

Dr. Carriscant schritt langsam den Gang zwischen den Betten in der nachoperativen Station entlang. Er hatte gerade den jungen Chinesen untersucht, und obwohl die Zunge gut zu verheilen schien, hatte der Junge jetzt Fieber, drei Tage nach der Operation, was Carriscant ein bißchen Sorgen machte. Er blickte auf: Pantaleon machte ihm Zeichen vom anderen Ende der Station, dabei bemüht, die Schwestern nicht auf sich aufmerksam zu machen.

Carriscant ging zu ihm hinüber. «Pantaleon, was –»

«Die Leiche ist verschwunden.»

«Welche Leiche?»

«Der amerikanische Soldat. Sie wurde gestern entfernt.»

«Von wem? Von Bobby?»

«Nein. Ich glaube von Dr. Cruz.»

Paton Bobby, an seiner Seite Salvador Carriscant, lenkte seinen Wagen in das kleine Dorf Flores hinein. Es war Mittag, und die Standbesitzer auf der Plaza hatten ihre Waren schon wieder zusammengepackt. Nur ein Mann, der gesalzenen Fisch verkaufte, schien noch nicht gehen zu wollen. Auf einem niedrigen Hocker sitzend, die Fliegen mit einem Palmblattwedel verscheuchend, starrte er neugierig auf die *Americanos*, als ihr prächtiger Wagen mit seinen zwei glänzenden Abra-Ponys vorbeiratterte.

Carriscant wies Bobby an, bei der Luftziegelkirche rechts abzubiegen, und sie fuhren zwischen zwei zerbröckelnden Backsteintorpfosten hindurch auf einer mit Schlaglöchern übersäten staubigen Straße auf Dr. Isidro Cruz' imposantes Haus zu.

«Ich versteh den Mann immer noch nicht», wiederholte

Bobby. «Da einfach reinzugehen und sie mitzunehmen! Für wen hält sich dieser Scheißkerl eigentlich? Für den Oberbürgermeister des Universums? Also wirklich.»

«Typisch Cruz. Vergessen Sie nicht, er ist ein *Peninsularo*. Der wird sich nie ändern.»

«Was soll das heißen, *Peninsularo*? Er ist doch Spanier, oder?»

Carriscant erläuterte ihm die verschiedenen Klassenunterschiede, die während der spanischen Zeit auf den Philippinen herrschten. Ganz oben standen die Siedler und Beamte, die in Spanien geboren waren, die *Peninsulares*. Sie sahen auf die *Insulares* herunter, Spanier, die auf den Inseln geboren waren, die sie als ungehobelt und unkultiviert betrachteten, die Ausgestoßenen der spanischen Gesellschaft, die nur in einer fernen Kolonie eine Nische finden konnten. Die *Insulares* wiederum verachteten die *Mestizos*, Mischlinge von Spaniern oder Chinesen, die mit Einheimischen Mischehen eingegangen waren. Und alle sahen auf diese letzte Kategorie herunter, die *Indios*, selbst auf jene gebildeten *Indios* – die *Ilustrados* –, die im Ausland studiert hatten. Und die *Indios* selbst? Sie machten keine Unterschiede: Jeder Weiße war ein *Kastila* – ein Kastilier – und ihr Feind.

«Bis ihr Amerikaner gekommen seid», sagte Carriscant fröhlich. «Jetzt haben sie einen neuen Weißen, den sie hassen können.»

«Sie sind dann also ein *Mestizo*?» fragte Bobby.

«Ja, aber nicht zur Familie gehörig, wenn Sie verstehen, was ich meine. Mein Vater war Brite, die Verwandten meiner Mutter *Insulares*. Sehr kompliziert. Aber Cruz ist von der alten Schule. Er haßt jeden, außer vielleicht Alfonso.»

«Wer ist das?»

«Der König von Spanien.»

Bobby war nicht beeindruckt. Er sei ein aufrichtiger Mann, sagte er, dessen Lebensmaxime ‹Fair Play› heiße.

«Und damit meine ich ‹Fair Play› für alle. Nicht bloß für die Peninsulaner oder die Insulaner oder wie zum Kuckuck die alle heißen. Fair Play für jeden und alle lautet mein Motto. Aber es macht mir nichts aus, hin und wieder unfair zu sein, um dieses Ziel zu erreichen.»

Carriscant behauptete, die krause Logik dieser Haltung zu verstehen.

«Kann diesem Cruz nur raten, sich nicht mit mir anzulegen», sagte Bobby. «Ich hab mal ein ganzes Jahr lang nur von Vogeleiern und Regenwasser gelebt. Er wäre gut beraten, sich in acht zu nehmen.»

Cruz' Haus war ein ansehnliches Steingebäude mit einem unkrautüberwucherten Ziegeldach und safrangelb getünchten Wänden, die schmutzig waren und von denen die Farbe abblätterte. Zu beiden Seiten der breiten Treppe, die zur Haustür führte, wuchsen zwei große Busipalmen. Hinter dem Haus, abgeschirmt von einem Hain aus Guaven und Baletebäumen, befand sich eine Reihe hölzerner Nebengebäude mit spitzen, grasgedeckten Dächern. Hinter dem Garten lagen ein paar struppige Felder, die mit Bohnen und Tabak bepflanzt waren.

Ein Diener teilte ihnen mit, daß Dr. Cruz sich in seinem Arbeitsraum befinde, und sie wurden um das Haus herum zu den hinteren Gebäuden geführt. Sie kamen an einem großen Bambusgehege vorbei, in dem ein halbes Dutzend räudig aussehender Straßenköter eingesperrt war, und in einem Eisenkäfig, der von den Sparren eines leeren Stalls hing, hockten zwei traurig dreinblickende Gibbons und lausten einander lustlos. Der Diener klopfte gegen die Tür der größten Hütte, trat aber ängstlich zurück, als sie nach einem kurzen Augenblick aufgeschleudert wurde.

Dr. Isidro Cruz trug einen schwarzen Alpaka-Anzug mit aufgeknöpften Manschetten, die Ärmel bis zu den Ellbogen hochgekrempelt. Seine Hände troffen von Blut, und die Front seiner Weste und Jacke glänzten von irgendeiner anderen dunklen schleimigen Flüssigkeit. Er war ein großgewachsener Mann, über Sechzig, mit einem großen, mächtigen Schädel, einem grauen spitzen Ziegenbärtchen und drahtigen Haaren, die von seiner Stirn zurückgebürstet waren. Er begann, seinen Diener wüst auf Tagalog zu beschimpfen.

«Hör mal, du Fotze von einer uralten Nutte, weißt du denn nicht –»

Er sah Carriscant und neben ihm die massige uniformierte Gestalt von Bobby und hielt abrupt inne. Er bedeutete seinem Diener, sich umzudrehen, und wischte sich an seinem Rücken die Hände ab.

«Was wollen Sie, Carriscant?» sagte er, ins Spanische wechselnd, mit nicht zu überbietender Arroganz.

Carriscant stellte Bobby vor und erklärte, wer er war.

«Wir suchen die Leiche von Ephraim Ward», begann Bobby.

«Sagen Sie ihm, daß ich kein Englisch spreche», sagte Cruz.

Carriscant wußte, daß Cruz tatsächlich ziemlich gut Englisch sprach, aber er erklärte sich damit einverstanden zu übersetzen, um die Stimmung nicht noch mehr anzuheizen. Er wiederholte geduldig Bobbys Bemerkung, der er mit leiserer Stimme noch seinen eigenen Kommentar hinzufügte.

«Sie hatten kein Recht, die Leiche zu entfernen.»

«Ich hatte jedes Recht der Welt», erwiderte Cruz selbstbewußt. «Ich möchte Sie daran erinnern, daß ich immer noch der medizinische Leiter bin, und Ihnen außerdem raten, Ihren Tonfall zu ändern.»

«Es war der Polizeichef persönlich, der darum gebeten hat –»

«Es war Dr. Wieland persönlich, der mich darum gebeten hat, das auch meiner Meinung nach Erforderliche zu tun, um das Beweismittel sicherzustellen.»

«Dr. Wieland hat in diesem Fall keine Befugnis. Chief Bobby –»

«Wo ist sie?» unterbrach Bobby ungeduldig die Auseinandersetzung.

Cruz sah ihn mit ausdrucksloser Miene an.

«Wo ist sie?» übersetzte Carriscant mit einem Seufzen.

«Hier. Und gut aufgehoben.»

Nach weiteren kurz angebundenen Wortwechseln willigte Cruz ein, die beiden Männer in sein Labor zu lassen. Der Raum war mit Karbidlampen beleuchtet, die ein unnatürliches, bleiches Gleißen verströmten. Lange schwarzgesprenkelte Spiralen Fliegenpapier baumelten von der Decke, und in der Luft lag ein Gestank von verwesendem Fleisch, bei dem Carriscant übel wurde. Auf einem breiten Seziertisch lagen die ausgestreckten Körper von zwei Hunden. Bobby wich heftig vor dem Gestank zurück und stürzte nach draußen. Carriscant hörte, wie er hustete und spuckte. Mit einem mitleidigen Kopfschütteln nahm Cruz eine blecherne Karbol-Sprühpumpe und betätigte sie energisch, bis der Geruch des Desinfektionsmittels die übleren Gerüche überlagerte, sie zwar nicht völlig verdeckte, aber etwas abmilderte, so wie Pomade auf einem schwitzenden Arbeiter. Carriscant hielt sich ein Taschentuch vor die Nase und blickte sich um. Auf einem anderen Tisch waren zwei weitere Hunde, der eine mit geöffnetem Brustkorb, aus dem Gummischläuche in den Körper des anderen Hundes verliefen, der, wie er feststellte, noch flach atmete. Sein gestreckter Brustkorb hob und senkte sich unregelmäßig. Neben dem Kopf des Hundes stand eine Chloroformflasche und eine Rolle Verbandsmull.

«Ich habe diese beiden Hunde fünf Minuten lang mit einem Herzen am Leben gehalten», erklärte Cruz stolz. «Falls Sie sich fragen, was das soll.»

«Völlig absurd.»

«Ihr ermüdender Skeptizismus läßt mich kalt, Carriscant.» Er tippte auf ein blutbeschmiertes Hauptbuch. «Es steht alles da drin. Und auch noch bezeugt.»

«Von Ihren Dienern bezeugt, zweifellos. Höchst zuverlässig.»

«Diese beiden Hunde haben fünf Minuten lang gelebt!» brüllte Cruz plötzlich wutentbrannt, mit rot angelaufenem Gesicht.

«Physisch ein Ding der Unmöglichkeit. Es sei denn, Sie sind Jesus Christus!»

«Ich brauch mir Ihre widerwärtige Blasphemie nicht anzuhören!»

«Meine Herren, meine Herren!» Bobby kam wieder herein und beruhigte sie. «Wo ist Ephraim Ward?»

Vor sich hin murmelnd führte Cruz sie durch das Labor zu einem Hinterzimmer. Dort standen auf der Mitte des Fußbodens zwei große Holztruhen, knapp drei Meter lang und einen guten Meter hoch. Als Cruz mühsam den Deckel der ersten hochhob, sah Carriscant, daß sich darin eine weitere Truhe befand, aus Blei, der Zwischenraum zwischen beiden dicht mit Stroh ausgestopft. Der zweite Deckel wurde hochgehoben, und da lag Ephraim Wards nackter, zusammengesunkener Leichnam, auf Eis gelegt wie eine Rinderhälfte. Carriscant zog die Augenbrauen hoch, griff in die Truhe und schaufelte ein paar Eiskörner neben der Schulter beiseite.

Es kam das Gesicht einer Frau zum Vorschein, hager und blutleer. Eine *India*.

«Um Gottes willen», sagte Bobby heiser. «Wie viele haben Sie denn noch da drin?»

«Drei und ein paar Organe. Was geht Sie das an?» sagte Cruz auf spanisch, vergessend, daß er angeblich kein Englisch verstand.

«Es gibt keinen Platz in der Leichenhalle des Krankenhauses», erklärte Carriscant. «Die meisten Chirurgen müssen Leichen auf ihrem eigenen Grundstück lagern.»

«Aber wieso denn?» sagte Bobby. «Wieso werden sie nicht einfach beerdigt?»

«Für den medizinischen Fortschritt», sagte Carriscant erklärend. «Was meinen Sie, wieso wir sonst soviel tun können, immer mehr Heilung ermöglichen können?»

«Precisamente», pflichtete Cruz bei und nickte mit seinem großen Schädel.

Carriscant sah, wie Bobbys Blick zwischen beiden hin und her huschte. Er merkte, daß er besorgt und beunruhigt war.

«Das ist hier gang und gäbe», sagte Carriscant sanft, etwas unglücklich darüber, daß er ungewollt mit Cruz paktieren mußte, «und unerläßlich.»

Cruz trat von ihnen weg und pumpte ein paar Wolken Karbolspray in die Luft. Bobby riß sich zusammen und ließ Carriscant seinem Kollegen erklären, daß Ephraim Wards Leichnam umgehend ins Leichenschauhaus von San Jeronimo zurückzubringen sei. Cruz weigerte sich, irgend etwas ohne eine Vollmacht von Gouverneur Taft zu unternehmen. Bobby entgegnete, er werde sie ihm schnellstens präsentieren.

«Dieser Mann ist ein Ungeheuer», sagte Bobby leidenschaftlich, als sie von Cruz wegfuhren. «Diese armen verdammten Hunde und Affen. Die Leichen, die er da im Nebenraum gestapelt hat ... Das ist pervers.»

«Vergessen Sie nie», sagte Carriscant, «er ist ein *Peninsularo*. Sie gehen davon aus, daß sich die Welt nach ihnen richtet. Auf den *Filipinas* entscheiden die, was normal ist. Jedenfalls haben sie es die letzten dreihundert Jahre lang getan. Es fällt ihnen schwer, sich umzustellen.»

Bobby widersprach, aber Carriscant hörte eigentlich nicht richtig zu. Er schürzte die Lippen und runzelte die Stirn. Er dachte: Diese Hunde ... Zwei Tiere, ein Herz. Was hatte dieser alte Narr vor?

Das Aero-Mobil

Pantaleon breitete die Pläne flach auf dem Boden vor der Scheune aus und beschwerte die Ecken mit Steinen. Carriscant ging davor in die Hocke und gab bewundernde Geräusche von sich.

«‹Das Aero-Mobil›», las er. «Guter Name.»

«Ich dachte, es gibt das Auto-Mobil, was gibt's denn für einen besseren Namen für eine Flugmaschine?»

«Hört sich ideal an.»

Carriscant betrachtete die feinen Zeichnungen. Was er da sah, sah aus wie eine Kreuzung zwischen einer Auslegerbrücke und einem stilisierten Vogel. Es gab zwei Flügel, kastenartig, mit vielen Streben und Drähten, aber das hintere Ende war gebogen und halbkreisförmig, mit Riffelungen, wie der fächerförmig ausgestellte Schwanz einer Taube. Er fand Pantaleons Traum vom maschinengetriebenen Schwerer-als-Luft-Flug rührend, eine harmlose Besessenheit, aber er spürte, wie seine natürliche Neugier für das Projekt zunahm, trotz seiner Skepsis und trotz der Tatsache, daß er sich nur unter einem Vorwand hier selbst eingeladen hatte.

«Es ist ein Wettbewerb», erläuterte Pantaleon. «Zwei Geschäftsleute, ein Amerikaner und ein Franzose, haben diesen Preis ausgeschrieben, den Amberway-Richault-Preis. Sie haben 10000 Dollar für die erste Flugmaschine angeboten, die mit eigener Kraft von der Erde abhebt und 100 Meter weit fliegt. Mit eigener Kraft, ohne Rampen, Flaschenzüge, Gefälle. Es muß natürlich rundum beglaubigt werden.»

«Und du meinst, dieses ... dieses ‹Aero-Mobil› kann das schaffen?»

«Im Prinzip ja, da bin ich mir ganz sicher», sagte Pantaleon mit ruhiger Autorität. «Es gibt noch ein paar Probleme ... Das größte ist natürlich das der Maschinenleistung. Aber ich bin auf dem richtigen Weg. Die Gleitmodelle haben sehr zufriedenstellend funktioniert.» Er lächelte scheu und gestand: «Das ist das, womit ich mich dieses ganze letzte Jahr beschäftigt habe.»

«Höchst beeindruckend», sagte Carriscant. «So, jetzt muß ich aber –»

«Zu meinem Glück», sagte Pantaleon, die Stimme senkend, obwohl sie ganz allein auf seiner Wiese waren, «obwohl ich es wirklich ungern zugebe, hat die Ankunft der Amerikaner mir alles viel leichter gemacht. Die sind an vorderster Front. Die und die Franzosen.» Er sah sich um, ein kleiner Ausdruck von Verachtung auf dem Gesicht. «Wir sind hier draußen vor uns hin verfault», sagte er, «in jeder Beziehung. Seit dem achtzehnten Jahrhundert hatte sich hier eigentlich nichts mehr verändert, wenn man es genau bedenkt. Nichts.»

«Ja, ja, du hast ganz recht», sagte Carriscant, plötzlich ein wenig angesteckt von Pantaleons Leidenschaft. «Sieh dir uns selber an, unseren eigenen Berufsstand. Wir mußten weg, ins Ausland gehen, um zu entdecken, was für erstaunliche Fortschritte überall gemacht wurden. Und trotzdem müssen wir uns immer noch mit alten Quacksalbern wie Cruz und Wieland herumschlagen.»

«Kannst du dir das vorstellen», sagte Pantaleon verträumt, ohne richtig zuzuhören, «wenn ich, Pantaleon Quiroga, der erste Mann wäre, der den maschinengetriebenen Flug meistert. Hier, auf den Philippinen ...»

«Weißt du, daß Cruz das Herz und die Leber des Amerikaners

behalten hat?» sagte Carriscant düster. «Kannst du dir diese Arroganz vorstellen? Bobby hat wieder bei Taft protestiert.»

«Das zwanzigste Jahrhundert ... Wie unglaublich, jetzt zu leben. Alles wird sich verändern, Salvador, alles.»

Die beiden Männer verstummten, jeder mit seinen eigenen Gedanken beschäftigt, eingetaucht in das Abendlicht auf der hellen, windgekämmten Wiese, pfirsichfarben und warm, und über den Fluß kam der klagende Ton des Angelusläutens herübergeweht. Carriscant gab seinem jungen Freund einen Klaps auf die Schulter.

«Es tut gut, mit dir zu reden, Pantaleon», sagte er aufrichtig. «Mir tut es jedenfalls gut. Bringt mich auf ... andere Gedanken.» Er warf einen nachdenklichen Blick auf die sinnlose Masse von Streben und Drähten in der Scheune. «Ich bin tief beeindruckt von deinem Aero-Mobil. Wenn ich dir irgendwie helfen kann, mußt du es mir sagen.»

«Das könntest du, ehrlich gesagt. Wollen wir zusammen ein Bier trinken gehen?»

«Ein anderes Mal, mein Freund, ich muß zurück.»

Carriscant ließ Pantaleon bei der Scheune zurück, da dieser, wie er sagte, gerade dabei sei, die Flügel mit dem Material zu bespannen, und vorhabe, bis spät in die Nacht zu arbeiten. Er ging den Weg nach Santa Cruz zurück und nahm dort ein *Carromato*, das ihn die kurze Strecke nach Sampaloc brachte.

Sampaloc war ein besserer Slum, vielleicht eine Stufe höher als das Elendsviertel Tondo, und bot dem Auge eine armselige Ansammlung von Holzhütten mit verzinkten Eisendächern und ungepflasterten Gassen voller Schmutz und Abwässer. Gardenia Street war der einzige Lichtblick, eine kurze Kopfsteinpflaster-Allee mit Geschäften, die inzwischen zu Bars und Cafés umgebaut worden waren. Diese Etablissements hatten noch die Markisen der früheren Geschäfte beibehalten, riesige Stoffbahnen, die auf Metallstangen über den Gehweg ragten und fast bis zum Boden durchhingen, dazu gedacht, ein Höchstmaß an Schatten zu spenden. Sie hatten auch den Effekt, das Innere vor den Blikken der Passanten abzuschirmen, aber durch die Lücken zwischen den Ladenfronten konnte man bunte Lichter sehen, Musikklänge, Gelächter und Männerstimmen hören. Carriscant empfand diese partielle Verhüllung verlockender als irgendeine offene Zurschaustellung und Ausschweifung.

Er saß, Zeitung lesend und viele Tassen Kaffee trinkend, in einem kleinen *Bodegon* am Rand von Sampaloc, bis die zunehmende Dunkelheit draußen das Anzünden der Öllampen erforderte. Als er das Gefühl hatte, daß er sich hinauswagen konnte, mit einiger Aussicht, seine Anonymität zu wahren, ging er hinaus auf die Gardenia Street. Sie war belebt und voll mit Männern, amerikanischen Soldaten und Matrosen, überall englische Stimmen, für ihn eine verwirrende und beunruhigende Erfahrung. Er erkannte, daß er seit der Zeit, da er 1897 in Liverpool zu seiner Heimreise an Bord gegangen war, nicht mehr so viele englische Stimmen gehört hatte. Während er die Gardenia Street in ihrer ganzen Länge auf und ab lief, fühlte er sich plötzlich von Melancholie gepackt, als er über sein jüngeres Ich von vor so vielen Jahren nachsann. Er erinnerte sich an sein verzücktes Erstaunen, als er durch die Straßen Glasgows gewandert war, zu Beginn seines Medizinstudiums. Wie er immer die Pferdetram von Gilmorehill genommen hatte – auf dessen Kamm die neue Universität stand und unten, am Fuß, das Krankenhaus, wo er arbeitete und studierte – und ins Stadtzentrum gefahren war. All diese Leute in ihrer schweren dunklen Kleidung. Er wanderte damals durch die Straßen, benommen von dem Lärm des Verkehrs und dem englischen Geschnatter und Gequassel in seinen Ohren. Pflaster unter den Füßen, jeder Quadratmeter harter Stein. Die Eisenfelgen der Straßenbahnen und Droschken, das Geklapper und Läuten der Rollwagen. Überall Schrift, Namen und Reklame auf jeder vertikalen Fläche, wie es schien. Ein Schaufenster mit 200 Strohhüten. Es schien eine Ahnung von Sonne, von Tropen in diese massive, rechtwinklige Stadt zu bringen, mit ihren großen, verzierten, rußgeschwärzten Gebäuden, strotzend vor Handel und Bürgerstolz.

Wie anders als seine Heimat, Manila, die niedrige, grüne, duftende Stadt an der trägen, diesigen Flußmündung, dichtgeschart um die langen, zerfallenden Mauern von Intramuros.

Hier und dort eine Kuppel oder ein Turm, der die Bäume und die Ebene von weißen Blech- und Terrakottadächern überragt. Die Hitze, die Feuchtigkeit, das Kriechtempo. Das Leben bewege sich mit der Geschwindigkeit eines *Caraboa*-Karrens, sagten die Leute, eine Meile am Tag. Und jetzt hier in Sampaloc vernahm er wieder diese lauten weißen Stimmen, andere Akzente, aber die gleiche geschäftige, großtuerische, selbstbewußte Art. Auch hier regierte der Handel. Er verspürte einen kleinen Stich von Nostalgie nach dem Leben, das er vor der Ankunft der Amerikaner gekannt hatte. Der späte Tagesbeginn, die Stadt, die in schwüler Lethargie vor sich hin dunstete, die Siesta, dann die höfliche Neugier, die diskreten und züchtigen Flirts des *Paseo* ... Aber er schüttelte die Stimmung ab, als seine unmittelbaren Bedürfnisse wieder die Oberhand gewannen, und er beschloß, ein Etablissement zu betreten, das «The Thichupwah Ice-Cream Parlor» hieß, eines der größeren und solideren Gebäude in der Straße. Im ersten Stock, über der Markise, verlief ein verrückt aussehender gußeiserner Balkon, und durch die offenen Fenster in einigen Zimmern konnte Carriscant hin und her huschende Gestalten ausmachen, Frauen, wie er zu erkennen meinte.

Er schob sich an der Markise vorbei und stieß die Tür zu einem großen, lärmigen Raum auf, der rauchverschleiert und mit amerikanischen Soldaten gefüllt war, die meisten in Uniform. Es waren viele Kartenspiele im Gange, und die Rufe der Spieler übertönten fast die Klänge des großen Phonographen, der ‹My Kentucky Belle› erklingen ließ für einige Paare, die sich im hinteren Teil lustlos auf dem kleinen Tanzparkett herumschoben. Carriscant drängte und schlängelte sich zwischen den Tischen hindurch zur Bar, wo auf einem großen Schild ‹Amerikanisches Bier. 40 Cents, Mex' stand. Er bestellte ein Schlitz und sah sich vorsichtig und, wie er hoffte, beiläufig um. Hinter der Bar stand eine weiße Frau mit einem verkniffenen Gesicht, das nie dazu bestimmt gewesen war, so bemalt zu sein, wie es jetzt bemalt war, und fragte ihn, ob er tanzen wolle. Sie sprach Englisch mit einem nicht lokalisierbaren Akzent. Es hätte ebensogut Polnisch wie Korsisch oder Wallonisch sein können.

«Mit dir?» fragte er, ohne nachzudenken. Einer ihrer Vorderzähne war stark angeschlagen, und die Achselhöhlen ihres dünnen Baumwollkleides waren dunkel vor Schweiß.

«Mit irgendeinem der Mädchen. Ich habe einen Sonderpreis.» Sie lächelte, wobei sie viel Zahnfleisch zeigte, und deutete auf die Mädchen, die auf einer Bank beim Tanzparkett saßen und auf Partner warteten. «50 Cents für einen Tanz. 2 Dollar, mexikanische, für einen ‹Tanz› oben. Die weißen Mädchen kosten 5 Dollar.» Sie lächelte ihn wieder an. «Ich koste 10 ... Bist du Amerikaner?»

«Ja. Danke.» Er brachte kaum die Worte heraus. Er verließ die Theke und schob sich zwischen den schreienden Spielern hindurch zum Tanzparkett, hinter dem sich, wie er entdeckte, eine Treppe befand. Unter dem halben Dutzend Frauen, die nicht tanzten, waren drei weiße ‹Mädchen›, zwei dünne, eine mollige, alle mit unnatürlich gefärbten Haaren. Das mollige Mädchen war eine reine Weißblondine, ihre Haare unordentlich auf dem Kopf aufgetürmt, mit ein paar herabhängenden Korkenzieherlocken, die ihn leider an das Fliegenpapier in Dr. Cruz' Laboratorium erinnerten. Die anderen Mädchen waren *Indias*, in grelle Versionen ihrer traditionellen Trachten gekleidet: weitärmelige Abaca-Blusen und um die Hüften bunte Schals über knöchellangen Kattun-*Sayas*. Sie wedelten alle mit Fächern gegen den Mief und die Hitze, wodurch die Straßarmreifen an ihren Handgelenken im Licht blitzten und glänzten und in ungleichmäßigem Rhythmus zu der kratzigen plärrenden Musik klirrten. Eines der Mädchen trug sein Haar, das glänzend und hart von Kokosöl war, lose. Sie war klein, mit ungewöhnlich vollen Lippen und starken Augenbrauen, die ihr eine seltsam ernste Miene verliehen. Carriscant beobachtete sie, wie sie ihren Fächer zuschnappen ließ und sich damit das eine Schulterblatt kratzte. Er ging um das Tanzparkett herum zu ihr. Er hatte seine Entscheidung getroffen, und seine Hand griff schon in die Tasche nach dem Geld.

Er redete sie auf englisch an. «2 Dollar», sagte er linkisch, wie ein Ignorant, und zeigte ihr die Scheine. «Oben.» In der feuchten Hitze des Raumes konnte er das Kokosöl in ihren Haaren riechen, süß und würzig.

Sie nahm das Geld und steckte es gefaltet mit einer anmutigen, diskreten Geste weg. «Du kommen ich», sagte sie, «wir Zimmer fünf.» Sie steuerte sofort über das Tanzparkett zu der Treppe. Ein schwankendes Paar schnitt Carriscant den Weg ab, und er mußte warten und sich um ihr ungeschicktes Geschiebe herumarbeiten, bevor er seinem Mädchen folgen konnte. Seinem Mädchen ... «Du kommen ich, wir Zimmer fünf.» Es war alles so klar, eine reine Geschäftsangelegenheit, keine Umstände, keine Ansprüche. Er war, bei den wenigen Gelegenheiten, wo er sich dessen bedient hatte, immer wieder verblüfft gewesen von der Einfachheit dieses Austausches, von der nüchternen Direktheit – Geld für die kurzfristige Verleihung eines Körpers. Doch als er den Fuß der Treppe endlich erreichte, war das Mädchen schon hochgegangen. Und herunter kam, seinen Gürtel zuschnallend, Dr. Saul Wieland.

«Nun, wenn das nicht unser hochgeschätzter Dr. Carriscant ist», sagte Wieland laut und entblößte mit einem breiten Grinsen seine gelben Zähne. «War das Ihr kleines Ding, dem ich gerade eben den Hintern getätschelt habe?» Wieland war, wie üblich, betrunken.

«Wovon reden Sie?» Carriscant blieb steif stehen, die Arme an den Körper gepreßt.

Wieland hatte den Fuß der Treppe erreicht und lehnte sich aufs Geländer. Er war von kleiner Statur, Mitte Fünfzig, mit Hängebacken wie Kehllappen, die über seinen steifen Kragen quollen. Er hatte einen buschigen, ungestutzten Schnurrbart und einen sonderbar lockeren, schmollenden Mund mit feuchten Lippen.

«Ich werd's der Mami nicht verraten. Entspannen Sie sich.» Er lümmelte sich vor und klopfte Carriscant beruhigend auf den Ellbogen.

Irgendwie brachte Carriscant ein verächtliches schniefendes Lachen hervor. Er legte die Hand auf die Klinke der Tür vor ihm.

«Ich weiß nicht, wovon Sie reden», sagte Carriscant. «Ich bin hier, um die Mutter meines Kochs zu behandeln. Sie hat einen Leistenbruch. Einen guten Abend.»

Mit diesen Worten drückte er den Türgriff herunter, stieß die

Tür auf, trat selbstbewußt hindurch und machte sie hinter sich zu. Er hörte Wieland mit groteskem Sarkasmus zur geschlossenen Tür sagen: «Oh, das tut mir aber *leid.*» Carriscant blieb nicht stehen, für den Fall, daß Wieland versuchen sollte, ihm zu folgen. Er ging den Korridor entlang, an einer Öffnung vorbei, die zu einer engen dunklen Küche führte, und dann durch eine Hintertür hinaus auf einen langen schmalen Hof, der von einer hohen Mauer eingefaßt war. Die eine Seite war von Hühnerställen gesäumt, und er konnte das leise Glucken der brütenden Hennen hören und den nussigen, suppigen Gestank ihres angehäuften Kots riechen. Er tastete sich vorsichtig nach links und spähte durch eine Lücke in einem Fensterladen. Er sah Wieland an einem Tisch zusammen mit zwei oder drei Weißen in Zivil sitzen, von denen einer gerade Karten austeilte.

Carriscant verspürte keine Lust, Wieland noch mal eine Gelegenheit zu bieten, ihn im «Ice-Cream Parlor» zu sichten oder ihn mit seinen spöttischen versteckten Andeutungen zu belästigen, und so beschloß er, so lange zu warten, bis er den Ort unbeobachtet verlassen konnte. Niemand schien gesehen zu haben, wie er den Hof betreten hatte, also war er dort für eine Stunde oder so sicher. Er ging weiter vor in die dunkle hintere Ecke, bis er eine geschützte Stelle an der Wand fand. Er zog sich ein altes Mattenstück herüber und setzte sich drauf, geschützt im Winkel, den die Wand mit dem massiven Holzrad eines *Caraboa*-Karren bildete. Er streckte die Beine aus, rieb sich das Gesicht und lachte etwas halbherzig über sich selbst. Soviel für seine ‹tieffliegende Taube› – sie saß jetzt sicher da oben in ihrem Nest und fragte sich, wo ihr *Americano* abgeblieben war. Dummkopf, sagte er sich, Dummkopf, Dummkopf, Dummkopf ...

Er wachte auf, den Kopf schräg auf den Rand des Rades gelegt, das schrille Summen einer Mücke im Ohr. Er verscheuchte sie und stand auf, zittrig und steif, und stampfte die Durchblutung in die Beine zurück. Er konnte nicht glauben, daß er so geschlafen hatte ... Er ging zu dem Licht, das aus dem Fenster fiel, und überprüfte seine Taschenuhr: halb drei Uhr morgens. Aus dem «Ice-Cream Parlor» drang immer noch Musik und Geplauder. Er spähte durch eine Lücke im Fensterladen und sah, daß der Raum immer noch voll war und, besonders ärgerlich, daß Wieland und seine Kumpel immer noch in ihr Spiel vertieft waren. Das ist doch absurd, sagte er sich, was sollte er denn jetzt tun? Um diese Nachtzeit an Wieland vorbeizugehen würde nur noch mehr zotige Spekulationen auslösen. Er schritt im Hof auf und ab und überlegte, wobei er das dösende Federvieh weiter störte. Wieland konnte noch gut und gern bis zum Morgengrauen ausharren. Und Annaliese war sicher schon seit Stunden im Bett, dachte er, zweifellos ein weiteres Mal über sein Verhalten empört. Er ging bis zum Ende des Hofes, stellte eine alte Kiste gegen die Mauer und hievte sich auf die bröckelnde Brüstung hoch. Vor ihm lag nur Dunkelheit, aber eine wabernde, seufzende Dunkelheit, die auf Vegetation schließen ließ – es war keinerlei Schimmer von Licht zu sehen. Er hoffte, sein hellgrauer Alpaca-Anzug würde nicht zu schmutzig und der Sprung nicht zu tief. Er spannte sich an und stieß sich ab.

Schlamm.

Bis zu den Knien, er taumelte, griff vor sich nach Halt, und sein Arm versank bis zum Ellbogen ins Weiche. Er richtete sich auf, schwankte und konnte gerade so sein Gleichgewicht behalten. Er machte ein paar saugende, zähe Schritte und streckte die Arme wie ein Blinder vor sich aus. Seine Finger streiften dicke, glänzende Blätter mit einem kleinen gesägten Rand, und er ging weiter, aus dem Dreck des Weges heraus auf segensreich festen und trockeneren Boden um den Stamm eines Baumes herum. Mango, dachte er. Er wandte sich um und warf einen Blick zurück auf das Glühen der Lichter von der Hinterfront des «Ice-Cream Parlor» und den anderen Etablissements an der Gardenia Street. Der Weg, auf den er gesprungen war, verlief, so vermutete er, an den Hinterhöfen der Häuser von diesem Teil der Straße vorbei und war zweifellos Empfänger jeder vorstellbaren und unvorstellbaren Art von Schmutzwasser und Abfall. Er würde nicht versuchen, diesen Ort zu Fuß zu verlassen, bevor er nicht sehen konnte, wo er hintrat. Er ließ sich vorsichtig auf eine breite, freiliegende Wurzel nieder. Es blieb ihm nichts anderes übrig, als es auszusitzen.

Das erste Licht zeigte sich kurz vor sechs. Es war ein nervtötendes Warten gewesen. Er hatte sämtliche Zigaretten geraucht, die er bei sich hatte – siebzehn –, hatte seine zukünftige Laufbahn bis ins kleinste Detail geplant und dabei so ziemlich jede Melodie, die er jemals gehört hatte, vor sich hin gesummt, und trotzdem kroch die Nacht träge dahin. Aber jetzt dämmerte es, und der Schlamm an seiner Kleidung war fast getrocknet. Er rieb sich das Kinn und spürte an seiner Handfläche die rauhen Bartstoppeln. Nach Hause, so schnell und unauffällig wie möglich.

Der Baum, unter dem er gewartet hatte, war, wie sich herausstellte, ein Mangobaum, der zu einem kleinen Hain gehörte, hinter dem diesige Zuckerrohr- und Reisfelder lagen, und dahinter, ungefähr eine Meile entfernt, die niedrige, bläuliche Masse von Manilas nördlichen Vororten, verschleiert vom Rauch der morgendlichen Kochfeuer. Er ging los, stapfte einen Weg entlang, der auf einem Damm Richtung San Miguel verlief und, wie er hoffte, zur ersten Pferdetram führte, die er nehmen konnte.

Das Vorankommen erwies sich als komplizierter, als er gedacht hatte. Der Weg war in eine unbefestigte Straße gemündet, aber er hatte die falsche Richtung eingeschlagen, wie er entdeckte, als die Straße wieder Richtung Norden abbog, und er mußte wieder umkehren. Dann mußte er einen Umweg um die morastigen Schleifen eines Pasignebenarmes machen und sich ein weiteres Mal an den sumpfigen Rändern weiterer Reisfelder in südliche Richtung durchschlagen, bevor er in mittlerer Entfernung zwischen einigen Waldstücken das glänzende Terrakottadach und die weißen Mauern des Malacanan-Palastes ausmachen konnte – die offizielle Residenz von Gouverneur Taft. Jetzt wußte er, wo er war. Er sah wieder auf seine Taschenuhr: fast acht Uhr. Mit etwas Glück könnte er binnen einer halben Stunde zu Hause sein.

Er wußte, daß es nicht weit vom Palast entfernt eine Fähre über den Pasig gab, und er folgte, die bisherige Richtung ändernd, daher einem anderen Weg, der direkt darauf hinführte. Ein weiterer Fehler, wie sich herausstellte, als der Weg bei einer halbzerfallenen Bambusscheune endete. Er eilte jedoch weiter, ging quer über eine Mogo-Bohnen-Plantage auf einen dichten Akazienhain zu. Auf seinem Gang querfeldein hatte er sich einen hartnäckigen

Schwarm von Fliegen zugelegt, die von irgendeinem giftigen Bestandteil des Sampaloc-Schlammes angezogen wurden, der immer noch an seiner Hose klebte. Er wagte kaum zu spekulieren, was es war. Er schlug wild nach ihnen, versuchte vergeblich, ihnen davonzulaufen, bis er schließlich stehenblieb, sich die Jacke auszog und sie wie ein schwachsinniger Stierkämpfer um Kopf und Schulter wirbelte, während er seinen Weg fortsetzte.

Unter den Akazienbäumen war es kühler, der Weg war gut ausgetreten und das Vorankommen leichter. Doch als der Schweiß auf seiner Stirn zu trocknen begann, erwies sich diese Erleichterung als von kurzer Dauer. Er fing an, über die Ereignisse der vergangenen Stunden nachzusinnen, und dabei stieg in ihm ein gewaltiger Zorn auf sich selbst hoch. Wie hatte er bloß auf die Idee kommen können, nach Sampaloc zu gehen, in ein Bordell? Und dann, wo er sich nun mal dafür entschieden hatte, wieso war er nicht gelassener mit Wieland umgegangen, von Mann zu Mann eben? Was war denn so skandalös daran, vor allem in dieser Gesellschaft, zuzugeben, daß man gelegentlich eine Prostituierte aufsuchte? Wirklich, er mußte ja in absurder und lächerlicher Weise prüde gewirkt haben, wie er da durch diese Tür stolziert war, wie eine Jungfrau, die von einem geilen Schurken belästigt wird. Und wo war er jetzt mit diesem plötzlichen Anfall feiger Würde gelandet? Bei einem moskitoverseuchten, von Schuld gequälten, schlammverkrusteten, erschöpfenden Querfeldein –

Er sah ihn richtig – *sah* ihn richtig –, den Pfeil, der auf sein ahnungsloses Gesicht zuflog.

Er hatte sich umgedreht, gewarnt von einem reißenden und klatschenden Geräusch im Laub, und den Kopf mit einem intuitiven Reflex nach rechts gerissen und sah das Geschoß auf sich zufliegen. Er wußte nicht mehr, ob er stehengeblieben war, sich geduckt hatte oder zurückgezuckt war, aber er spürte den Lufthauch auf seiner Wange, als der Pfeil an ihm vorbeiirrte, und er hörte dann das *Uangggg*, als sich der Pfeil in den Stamm des Akazienbaumes neben ihm bohrte. Er drehte sich um. In Kopfhöhe. Die weiße Feder zitterte noch.

Er ließ sich auf alle viere fallen und kroch hinter einen Busch, in seiner Kehle ein kleines Winseln. Er wartete darauf, daß weitere Pfeile auf ihn abgeschossen wurden, wartete darauf, daß seine Angreifer aus dem Gebüsch herausstürmten und ihre rasierklingenscharfen *Bolos* mit scharfem Zischen durch die Luft schleuderten.

Stille. Kein Zweig knackste, kein ... Dann hörte er es, nicht weit entfernt. Gelächter. Frauengelächter.

Er zog den Pfeil aus dem Baumstamm heraus und verfolgte den Weg seiner Flugbahn zurück, wobei er spürte, wie die Wut sein Gesicht verzerrte, es herunterzog, fast als wolle er versuchen, seine Züge zu einer fletschenden Grimasse zu machen, Augenbrauen, Nase, Mund und Backen zu einem wütenden, drohenden Horn zu bündeln, um damit seine Verfolger aufzuspießen. Die Angst war verschwunden, der Schrecken vorüber. Leute lachten über ihn, Frauen lachten.

Er stürmte durch eine dichte, dunkle Wand von Cogalbüschen, die seine Handrücken zerkratzten, und fand sich blinzelnd in der Helligkeit eines sonnenüberfluteten Rasens wieder. Vor ihm standen drei schräggestellte Zielscheiben für Bogenschießen, und dahinter waren ein halbes Dutzend Frauen zu sehen, weiße Frauen, mit puffärmeligen Blusen und langen Drillichröcken, mit Strohhüten auf den Köpfen gegen die Sonne. Sie hielten Bögen in den Händen, und über die Schultern hatten sie Köcher mit Pfeilen geschlungen. Eine von ihnen legte gerade einen weiteren Pfeil an ihren Bogen an, zog ihn zurück –

«STOP!» schrie er, mit vor Erregung versagender Stimme. «Stop! Aufhören! Du Teufelsbiest! Verdammt noch mal!»

Er schritt, mit dem Pfeil fuchtelnd, auf sie zu, um sie zur Rede zu stellen.

«Ein Inch näher, und das hier hätte sich in meinen Kopf gebohrt!» brüllte er. «Weniger als ein Inch, ihr hirnlosen Idioten! Weniger als ein Inch, und ich wäre durch eure Dämlichkeit getötet worden, durch eure dämliche, blöde Fahrlässigkeit!»

Sie starrten ihn an, mit großen Augen und offenen Mündern, vollkommen baff. Er spürte, wie seine Wut aus ihm herausfloß, als wäre ein Stöpsel herausgezogen worden, und wie Befangenheit hereinströmte, um die Leere zu füllen. Er sah sie jetzt klar vor sich: Dies waren ehrbare Amerikanerinnen – großer Gott – junge Frauen. Wie muß er ausgesehen haben, wie er da aus dem Wald hinausgestürmt war, schlammbedeckt, unrasiert, seinen Zorn herausschreiend? Hatte er geflucht? O Gott, ihn überkam plötzlich die schreckliche Gewißheit, daß er einen Fluch benutzt hatte, einen üblen Fluch.

«Wer von Ihnen hat das hier zu verantworten?» fuhr er forsch fort, da er nicht den Vorteil verlieren wollte, den ihm seine Entrüstung gab. «Welche Person hat diesen Pfeil abgeschossen?»

Eine Frau trat sofort vor, und er wirbelte herum, um sie zur Rede zu stellen. Eine großgewachsene Frau. Breitschultrig. Ein blasses, kräftiges, sommersprossiges Gesicht. Hat irgendwas ganz Besonderes, dachte er, wobei sich ihm plötzlich die Kehle zuschnürte. Etwas, was er noch nie gesehen hatte. Rotbraune Haare zu einem lockeren Knoten zusammengebunden. Sie hatte eine leicht gebogene Nase mit kleinen gebogenen Nasenflügeln, und er sah auch sehr schnell, wie der Lederriemen ihres Köchers den sanften Schwung ihres Busens deutlich unterteilte.

Sie stellte sich ihm gegenüber. Kantig, stark. Kleine braune Augen mit hellen Wimpern. Seltsam, diese Kombination. Weiße Haut, sommersprossig, aber sehr weiß. Blaue Augen, würde man denken. Aber nein, braun, wie Kaffee ohne Milch, ein grimmiger, starrer Blick. Winzige Schweißtröpfchen in der klar umrissenen Mulde ihrer Oberlippe.

«Ich habe ihn abgeschossen», sagte sie. «Es tut mir sehr leid. Es war ein Mißgeschick. Ich lerne gerade erst –»

Seine Zunge lag bewegungslos in seiner trockenen Kehle.

«– und er ist dann plötzlich so nach oben geflogen, als ich ihn abgeschossen hatte. Er ist ganz hoch in die Bäume gegangen. Es tut mir sehr leid.»

«Das ist empörend», brachte er mit schwacher Stimme heraus. «Ich hätte sterben können. Eine Entschuldigung. Ich verlange eine Entschuldigung. Ihr Name.»

«Hören Sie, ich habe mich schon mehrmals entschuldigt. Ich entschuldige mich wieder: Es tut mir leid. Es wurde niemand verletzt. Es war ein Mißgeschick.»

«Ihr Name. Wie heißen Sie?» Es war fast ein Kreischen.

Sie sah ihn an.

Sie seufzte. «Wie ich heiße, hat nichts mit dieser Sache zu tun, und mit Ihnen auch nicht», sagte sie. Ihr Ton hatte sich verändert, war zorniger, forscher geworden. «Wer auch immer Sie sind, Sie albernes aufgeblasenes Männchen. Ihr Benehmen ist absolut unzumutbar, um nicht zu sagen beleidigend. Würden Sie sich jetzt bitte davonscheren, da Sie unsere Unterrichtsstunde unterbrechen.»

Vergiftetes Blut

Der junge Chinese war in der Nacht gestorben, plötzlich, aber nicht ganz unerwartet. Seit seiner Operation war klar, daß er kränkelte: Er war fiebrig, hatte totale Verstopfung, seine Zunge, die dabei gewesen war, prächtig zu verheilen, begann um die Nähte herum zu eitern und schwarz zu werden. Lister-Karbolspray und Keimfreiheit hatten Wunder vollbracht. Selbst hier in Manila, im San Jeronimo, war die Genesungsrate in seinen Stationen fünfmal besser als in denen von Cruz, aber als er diese Symptome sah, wußte er, daß er mit seinen Möglichkeiten, noch einzugreifen, am Ende war. Daß eine Bauchfellentzündung im Zusammenhang mit Wundbrand auftrat, kam selten vor, aber er hatte es schon zwei-, dreimal erlebt. Er nahm an, der Streptokokkus erreichte die seröse Haut irgendwie über das Blut. Wie auch immer, er hatte dem Jungen Opiate gegeben, hatte versucht, seine Schmerzen zu lindern, und stand hilflos dabei, während er starb. Daß das Schlimmste eingetreten war, wußte er, als er in die Station gekommen war und den Jungen mit angezogenen Knien auf dem Rücken hatte liegen sehen, die zittrigen Hände über dem Kopf, um die Kapazität des Thorax zu vergrößern. Sein Gesicht war schon ausgezehrt, sein Blick rastlos, seine Hände kalt und feucht. Er erbrach sich regelmäßig, und seine Bauchdecke wurde starr wie ein Brett. Ein Gasbauch zeichnete sich ab, der Unterleib war gespannt und tympanatisch, wenn er perkutiert wurde. Er klagte nicht nur über einen brennenden Schmerz im Bauch, sondern auch über quälenden Durst. Er bekam einen Einlauf mit kaltem Wasser. Er trank etwas eiskalte Milch und Sodawasser, die Zunge wurde mit einer Glyzerinlösung bestrichen, um sie feucht zu halten. Ohne dauerhaften Erfolg. Der Puls des Jungen wurde schnell, hart und drahtig. Er bekam einen heftigen Schluckauf, ein höchst beunruhigendes Symptom, wie Carriscant wußte. Er bekam das klassische *face grippée*, verhärmt und eingefallen, mit einer sehr tiefen Nasolabialfalte. Seine Zunge war belegt und geschwollen, und das Erbrochene war höchst übelriechend. Zähne und Lippen hatten eine pelzige Oberfläche. Carriscant beobachtete die klägliche Rastlosigkeit des Jungen – bei Bauchfellentzündung gab es kein gütiges Koma, welches das Leiden linderte – und sah zu, wie dessen Glieder kalt und blau wurden. Als er im Sterben lag, trat aus Mund und Rectum ein heftiger Schwall übelriechender und bräunlicher Flüssigkeit aus. Augenblicke wie dieser quälten Carriscant, weil sie ihm vor Augen führten, wie wenig er wußte, wie hilflos er war. Seine Instrumente waren steril, sein OP-Saal sauber und desinfiziert, seine Hände waren rosa geschrubbt, er trug frisch gewaschene Kittel, und doch hatte irgendwie, von irgendwoher der gefürchtete Streptokokkus das Blut des Jungen infiziert, es vergiftet. Von ‹irgendwoher› ... diese vage Annahme war schon schlimm genug. Ein Einschnitt in die Zunge hatte eine Entzündung des Bauchfells verursacht. Er wußte, daß der Darm mit einem Ausfluß von Eiter und Flüssigkeit bedeckt sein würde, einer dichten Lymphschicht entlang der Berührungslinien zwischen den verschiedenen Windungen der Gedärme. Einmal infiziert, erlag der Körper des Patienten unweigerlich dem Toxin des vergifteten Blutes, und seine Ohnmacht wurde ihm erneut bewußt, während er zusah und auf den Tod wartete. Blutvergiftung ... In solchen Momenten verstand er die sinnlose Obsession seines unbedarften Vorgängers für Egelansetzen und Aderlassen.

Er betrachtete den nackten Leichnam des Jungen, wie er da vor ihm auf dem Seziertisch in der Leichenhalle lag, während er sich bereit machte, seine kranke Anatomie zu untersuchen.

Etwas mollig, mit fast mädchenhaften Brüsten, eine kleine Schraffur von Schamhaaren über den zusammengezogenen Genitalien. Er berührte die kühle, nachgebende Haut, drückte auf den Brustkorb, zog mit den Händen die Umrisse vom Bauch des Jungen nach. Er kannte jeden Bestandteil dieses Körpers, alles, was hinter dieser geschmeidigen, aber harten Haut verborgen lag. Das Innere eines Mannes oder einer Frau war ihm genauso vertraut wie das Gesicht eines Freundes oder die Anordnung seines Wohnzimmers, aber es war eine Vertrautheit, die nur nach dem Tod gewährt wurde. Der Kopf, die Brust, das Rückgrat, das Herz ... Er wagte es nicht, diese Schwelle zu übertreten, während der Körper noch lebte. Hier war er, ein bestens ausgebildeter Chirurg, der sich, so glaubte er, mit jedem anderen in der gesamten zivilisierten Welt messen konnte, und doch war er im Grunde gefangen, festgehalten von seiner Angst und den erbärmlichen Begrenztheiten seines Wissens. Er war wie ein Mann von ungeheurem Reichtum, der einen Palast von immenser und beispielloser Pracht erworben hat. Er kann auf dem Gelände herumwandern, das Äußere umkreisen, durch die Fenster spähen, das vergoldete Mobiliar bewundern und die prunkvollen Stoffe, die grandiosen Kunstwerke und glitzernden Kronleuchter. Es gehört alles mir, konnte er denken, und doch war ihm auf ewig der Eintritt verwehrt, bei Todesstrafe. Bei Todesstrafe.

Er drehte den Jungen um. Natürlich, dachte er, ist einem immer der Zugang zur Blase oder zum Darm erlaubt, oder zu den anderen Öffnungen, die sich der Körper selbst geschaffen hatte, wo Katheter und Sonden, Pinzetten und Skalpelle hineinreichen konnten. Wie oft schon hatte er die Gallensteine eines leidenden Mannes geduldig zerschliffen, mit seinen dünnen Instrumenten tief in der Blase, sägend und schleifend. Er war berühmt für die Zartheit seiner Manipulation. Unter den Dutzenden von Operationen, die er in der Blase vollzogen hatte, waren nur drei gewesen, bei denen der Patient nachträglich an Bauchfellentzündung gestorben war. Er wußte sofort, wenn ihn sein Fingerspitzengefühl im Stich gelassen hatte. Wenn der Lithotriptor oder der Katheter aus dem Penis herausgezogen wurde, war da diese kleine fatale Unterschrift von Blut. Dann das stumme Gebet: O Herr, laß es nur einen Kratzer an der Blasenwand sein. Selbst die winzigsten Löcher schienen die schwersten Strafen nach sich zu ziehen ...

Er rollte den Körper wieder herum und griff nach seinem Skalpell, wieder einmal kurz davor, die Vorhänge vor den verblüffend zerbrechlichen Schätzen des Körpers zu öffnen. Er hatte vor kurzem von bestimmten amerikanischen Ärzten gelesen, die den Gebrauch von Gummihandschuhen beim Operieren empfahlen – er konnte Cruz' ungläubiges verächtliches Lachen regelrecht hören. Selbst er, Salvador Carriscant, stolzer Herold von allem, was neu in der Medizin war, hatte seine Zweifel diesbezüglich – was geschah dann mit dem ‹Fingerspitzengefühl›, der Magie des chirurgischen Talents? Diese einmalige Kombination, wie es jemand einmal ausgedrückt hatte, von den Fingern eines Spitzenmachers und dem Griff eines Matrosen? Was hatte es für einen Sinn, eine Fähigkeit zu perfektionieren, wenn man sie dann absichtlich mit Gummi erstickte? Das war wie bei diesen arabischen Prinzessinnen, die hinter schwarzen Schleiern versteckt wurden. Warum sollte eine schöne Frau nicht ...

Und natürlich dachte er auch wieder an die Amerikanerin. Es schien in diesen Tagen kaum eine Stunde zu vergehen, wo sie ihm nicht, ungebeten, in den Sinn kam. Irgend etwas in ihrem Blick, in der Geometrie ihres Gesichts, ihr seltsamer Teint, hatte heftig und kompromißlos auf ihn eingewirkt. Noch nie zuvor, noch nie zuvor ... Wie eine bewegungslose Flüssigkeit, die durch einen seltsamen Katalysator zu einem wilden Brodeln aktiviert wurde ... Das war das, was ihn entmutigte: Er spürte, wie ihn wieder diese sonderbare Schwäche befiel, aus irgendeiner neuen Drüse am untersten Ende seiner Wirbelsäule herausfloß und sich wie ein Baum in seinem Körper ausbreitete.

Er legte sein Skalpell klappernd hin, stützte die Arme auf den Seziertisch und ließ den Kopf über dem blassen, vernichteten Leichnam des Jungen hängen. Jesus Christus, sagte er in einem ungewohnten Gebet, hilf.

«Salvador, was ist los?» Pantaleon betrat den Raum, besorgt, ihn in diesem Zustand vorzufinden.

«Nichts, nichts», sagte er, sich aufrichtend. «Nur etwas müde, glaube ich.» Er legte das Skalpell weg. «Das hat Zeit.»

Er drehte sich um. Pantaleon stopfte die Hände tief in die Taschen.

«Was gibt's?» fragte Carriscant.

«Können wir uns mal unter vier Augen sprechen?»

Carriscant ließ sich von einem der Krankenpfleger zum Hafen hinunterfahren, wo die Kais an beiden Ufern des Pasig wie üblich mit Schiffen aller Art verstopft waren – Dampfschiffe, Topsegelschoner und Gaffelschoner, Dschunken und Fährboote, dicke Raddampfer mit geringem Tiefgang, die die versandeten Strecken flußaufwärts bewältigen konnten, und die riesigen, sich dahinwälzenden *Cascos*, Hausbootkähne, Behausungen für die durchreisende Flußbevölkerung, zu vieren oder fünfen hintereinander entlang der Kais vertäut. Er war froh, das Krankenhaus verlassen zu können und Pantaleon diesen Gefallen zu tun, da es ihm Gelegenheit bot, sowohl sich zu sammeln als auch jede Europäerin oder Amerikanerin zu mustern, die er in den vorbeifahrenden Wagen sah, in der brennenden Hoffnung, dieses blasse sommersprossige Gesicht wieder zu erblicken und den kühlen Blick aus diesen offenen braunen Augen zu spüren ...

Der Wagen hielt am Anfang einer schmalen Gasse, der Calle Crespo in Quiapo, wo jeder zweite Laden ein Blechschmied zu sein schien und die Luft vom Gehämmer auf galvanisiertem Eisen dumpf widerhallte. Beim Aussteigen sah Carriscant auf der anderen Seite der Kreuzung eine neue illuminierte Reklame: CONEY ISLAND SHOOTING GALLERY – die Amerikaner hatten sich hier eindeutig auf Dauer eingerichtet. In der Nummer 89, Crespo, fand er das Schild, das er suchte. Zwischen ‹Sam. M. Goodforth, Seeinspektor› und ‹Pablo Eulegio, Hutputzer› befand sich sein Ziel – ‹Udo Leys, Tabakhändler›.

Nachdem Annalieses Vater, Gerhardt Leys, und seine Schwester nach Deutschland zurückgekehrt waren, war ihr Onkel Udo geblieben und hatte stoisch zugesehen, wie das Vermögen der Familie unerbittlich abnahm. Carriscant stieg die Treppe hinauf und stieß die Bürotür auf. Im Vorzimmer war keine Sekretärin, und im Büro selbst war Udo nirgends zu sehen. Die Wände waren mit leeren gläsernen Humidoren gesäumt und mit extravaganten Werbeplakaten für Manila-Zigarren behängt. In den siebziger und achtziger Jahren war das Feld den beiden Brüdern praktisch allein überlassen gewesen. Jetzt gab es allein in Manila acht Zigarren- und Zigarettenfabriken. Niemand mußte jetzt mehr bei Udo Leys kaufen, und er war gezwungen worden zu diversifizieren, betrieb jetzt ein wetterwendisches Import/Export-Geschäft, wartete darauf, daß sich ein Bedürfnis manifestierte, und beeilte sich dann, es zu befriedigen, ob es sich um Fahrräder oder Parfüm handelte, um Viehfutter oder irgendwelchen Schnickschnack. Als Carriscant ihn das letzte Mal gesehen hatte, hatte Udo ihm verschwörerisch zugeflüstert, daß er gerade fünfundsiebzig Klaviere in einem Lagerhaus in Tondo stehen habe. «Denk doch nur, all diese neuen amerikanischen Schulen», sagte er, seine Stimme heiser von der Aussicht auf Profit, «all diese Versammlungsräume ... Wer wird die ‹Stars and Stripes› spielen? In einer Woche sind die weg.» Carriscant lächelte jetzt wieder über die unerschütterliche Überzeugung des alten Mannes und ging zum Fenster. Dort herrschte ein Höllenlärm: Unten im Hof waren zehn Männer damit beschäftigt, Eimer herzustellen.

Er drehte sich um, als er eine Tür aufgehen hörte, und sah Udo mit noch offenem Hosenstall aus einem kleinen Verschlag im hinteren Teil des Büros herauskommen, einen Nachttopf in der Hand. Er wirkte ungesund, ein stämmiger, gedrungener alter Mann mit einem kräftigen, von Knötchen gespickten Gesicht und einem kleinen, ungepflegten, borstigen Schnurrbart, der so aussah, als wollte er gleichzeitig in vier Richtungen wachsen.

«Ah, Salvador, mein Junge, was für eine Überraschung», sagte er. «Einen kleinen Moment noch, und ich bin bei dir.»

Er hinkte zum Fenster, öffnete es und schleuderte den Inhalt des Nachttopfes über die Eimermacher. Das Gehämmer ließ keine Sekunde nach.

Udo zuckte die Achseln. «Diese Scheißkerle sollen eigentlich in der Mittagszeit aufhören, aber wen kümmert das schon?» Er sprach Englisch mit einem starken deutschen Akzent. Carriscant schüttelte die ausgestreckte linke Hand des Alten, die rechte hielt noch den Nachttopf umfaßt. Er mochte den Alten, aber Annaliese beschränkte den Kontakt gern auf ein Minimum. Udo stellte den Topf auf den Schreibtisch und wischte ein paar Tropfen Feuchtigkeit von seinen Fingern auf den Tintenlöscher. Er zog eine Schublade auf und bot Carriscant eine Zigarre an, die dieser ablehnte.

Udo wackelte mit seinen dicken Fingern über der Auslage, wählte eine Zigarre aus und drehte sie wollüstig unter seiner geäderten und knolligen Nase.

«La Flor de la Isabella», sagte er sehnsüchtig. «So gut wie die beste Havanna. Hab ich dir das schon mal gesagt?»

«Nicht nur einmal», sagte Carriscant. «Wie läuft's mit den Klavieren?»

«Langsam. Hab ich dir erzählt, daß ich dabei bin, eine Wäscherei zu eröffnen?»

Sie spekulierten eine Weile über den unvermeidlichen Erfolg dieses Unternehmens, bevor Carriscant ihm erzählte, weswegen er gekommen war. Ein Freund, sagte er, habe in Frankreich eine industrielle Maschine bestellt, die er nach Manila geschickt bekommen wollte, aber diskret. Dieser Freund mache sich Sorgen, daß er als Filipino vielleicht nicht die Erlaubnis bekäme, ein solches Teil zu importieren.

«Was ist es denn?» fragte Udo. «Eine Haubitze?»

«Ein Motor. Es ist ... es ist eine besondere Art von Motor. Für so eine Art Automobil.»

«Baut er ein Automobil? Sehr geschickt. Ich habe neulich eins gesehen, hier unten im Hafen. Erstaunlich. Ein deutsches natürlich.»

«So was Ähnliches. Und er kann es sich nicht leisten, den Zoll zu bezahlen.»

Udo versicherte ihm, die Sache sei ganz und gar unproblematisch. Es werde vielleicht etwas extra kosten, aber er kenne viele Schiffskapitäne und viele Reedereien, die sich bereit erklären würden, seinem Freund entgegenzukommen. Wenn der Motor nach Hongkong transportiert werde, könne von da ab für ein Höchstmaß an Diskretion garantiert werden.

Udo hinkte bis zum Treppenabsatz, um Carriscant zu verabschieden.

«Was hast du, Udo?»

«Gicht oder so was. Mein Bein verfärbt sich ganz blau.»

«Komm zu mir ins Krankenhaus. Ich seh's mir mal an.»

«Du wirst es wahrscheinlich gleich absäbeln.» Er sah ihn trübselig an. «Bei allem Respekt, Salvador, aber ich trau euch allen nicht über den Weg.»

Er rief noch die Treppe hinunter: «Wie geht's Annaliese?»

«Oh ... gut. Sehr gut.»

«Ich würde sie ja gern mal wieder sehen.»

«Sicher, Udo, sehr bald. Vielen Dank für deine Hilfe.»

Paton Bobbys Büro lag im zweiten Stock des Ayuntamiento, Manilas Rathaus, ein riesiges, überladenes, korallenrot und weiß gestrichenes Gebäude an der Plaza Major, neben der Kathedrale. Bobby saß an seinem Schreibtisch, in Zivil. Er trug einen leichten Tweedanzug und Fliege. Die Wirkung war verblüffend. Als hätte sich der stämmige Justizbeamte in einen Universitätsprofessor oder Musiklehrer verwandelt. Von seinem Stuhl aus konnte Carriscant einen der Kuppeltürme der Kathedrale sehen, auf dessen Kreuz eine Möwe saß und sich putzte. Bobby berichtete ihm gerade über die Reihe unbefriedigender Befragungen, die er mit den Männern von Ephraim Wards Zug veranstaltet hatte. Es schien jetzt unwahrscheinlich, schloß er widerwillig, daß Ward von einem Kameraden getötet worden war.

Die Möwe erhob sich bucklig in die Luft und schwebte aus dem Fensterausschnitt hinaus.

«Aber irgend jemand hat ihn erwischt. Er hat seinen Posten verlassen, und irgend jemand hat ihn verdammt noch mal erwischt.»

Carriscant rutschte auf seinem Platz herum. Ephraim Wards Schicksal interessierte ihn gerade nicht im mindesten.

«Das stimmt, daß er eindeutig nicht erschossen wurde, ja? Jemand könnte nicht eine Kugel herausgebohrt haben? Sie meinen, er wurde erstochen, richtig?» Bobby kratzte sich mit einer Bleistiftspitze durch das schüttere Haar hindurch den Schädel.

«Da bin ich mir ganz sicher. Übrigens hat Cruz das Herz immer noch nicht zurückgebracht. Die Leber, aber nicht das Herz.» Carriscant schloß kurz die Augen und versuchte, seiner Stimme einen neutralen Ton zu geben. «Meine Frau», begann er langsam, «hat neulich bei einer ihrer Kirchenveranstaltungen eine Amerikanerin kennengelernt, aber sie hat ihren Namen völlig vergessen. Eine junge Frau, Ende Zwanzig, groß, mit Sommersprossen und rötlichbraunen Haaren. Hat sie erzählt.»

«Mein Gott, Carriscant, wissen Sie, wie viele Amerikanerinnen jetzt hier draußen sind? Ehefrauen, Krankenschwestern, Missionarinnen, Lehrerinnen ... Müssen Hunderte sein.»

«Das hab ich ihr auch gesagt. Sie wollte aber, daß ich trotzdem frage ...» Er hielt inne. «Vielleicht hat sie irgendeine höhere Position inne, irgendeinen Rang. Vom Malacanan Palast war wohl die Rede. Irgendein Sportklub?»

Bobby überlegte. «Rötliche Haare, sagen Sie? Eine ziemlich auffällige Frau?»

«Ja, ich meine, soviel ich verstanden habe.»

«Jetzt wo Sie's sagen, hört sich das ziemlich nach Miss Caspar an. Wie heißt sie doch gleich? Irgend so einen ungewöhnlichen Namen ... Ja, Miss Rudolfa Caspar. Rudolfa, genau.»

«Miss?»

«Leiterin der Gerlinger Schule. Die neue in Binondo.»

«Vielen Dank. Ich werd's meiner Frau sagen.»

Das Gespräch kehrte wieder zu Wards Ermordung zurück, wobei Carriscant meinte, es könne jeder beliebige Kriminelle aus den Slums in Tondo gewesen sein, und Bobby das nur ungern zugab. Sie gingen zur Tür, und Bobby folgte ihm bis zu dem weißen marmornen Treppenabsatz über der Haupttreppe.

«Aber wieso ihn meilenweit entfernt abladen?» sagte Bobby. «Warum hat er ihn nicht da liegengelassen, wo er umgefallen ist?»

Ein uniformierter Mann kam vorbei, blieb stehen und drehte sich um. «Hallo, Bobby», sagte er. «Gibt's was Neues?»

Bobby stellte ihn Carriscant vor – ein Colonel Sieverance. Er hatte ein angenehmes, jungenhaftes Gesicht und einen dünnen, etwas unregelmäßigen Schnurrbart. Wenn dein Gesicht keinen besseren Bartwuchs zustande bringt, dachte Carriscant, dann solltest du lieber glatt rasiert sein. Colonel Sieverance wirkte erstaunlich jung für seinen hohen Rang, und irgendwie kam er ihm auch bekannt vor, dachte Carriscant ... Vielleicht waren sie sich schon einmal begegnet, irgendwo.

«Ward war im Regiment des Colonels», erläuterte Bobby. «Dr. Carriscant hat den Leichnam untersucht. Er hat uns sehr geholfen.»

Sieverance lächelte. Er hatte eine sympathische, enthusiastische Art, die nicht im geringsten kriegerisch oder militärisch wirkte, fand Carriscant. «Ein Arzt?» sagte er froh. «Sind Sie praktischer Arzt, Sir?»

«– Ich bin Chirurg, leider.»

«Verdammt. Wieso kann die US-Army denn keinen vernünftigen praktischen Arzt auftreiben?» Er grinste reuig. «Dachte, Sie hätten meinen Tag gerettet. Schön, Sie kennenzulernen. Bis später, Bobby.»

«Er ist jetzt beim Stab des Gouverneurs», sagte Bobby, während er Sieverance nachblickte, der einen Flur hinunterschritt. «Angenehmer Bursche.»

Eine Kraftbrühe-Diät

«Die Fische springen», sagte Pantaleon, «Zeit, nach Würmern zu graben.»

Carriscant schnitt ins Fleisch der Lende. Es war breiig und ödematös, was ihm Sorgen machte. Der Mann auf dem OP-Tisch, ein Geldwechsler aus Binondo, war einer von Cruz' Patienten gewesen, der nach seiner Entlassung wieder im Krankenhaus erschienen war und über Schmerzen im Unterleib und eine Trübung im Urin geklagt hatte. Carriscant schnitt durch die Deckhaut und teilte die Muskeln. Er wartete einen Moment, während die Schwestern tupften und wischten.

«Was hat Cruz mit diesem Burschen angestellt, Panta?» fragte er.

Pantaleon sah auf seine Notizen. «Er dachte, es könnte Malaria sein, oder – das gefällt dir bestimmt – ‹hartnäckige Verstopfung›.»

«Großer Gott.»

«Er hat heiße feuchte Umschläge aus Pottasche-Jodid appliziert. Da kannst du noch die Spuren der Brandblasen sehen.»

Carriscant war empört. «Weißt du, manchmal habe ich das Gefühl, wir könnten ebensogut in Höhlen leben und gegen Dinosaurier kämpfen. Dieser Mann stirbt an Zwerchfellentzündung, und Cruz beschmiert ihn mit Salben, die seine Haut mit Blasen übersäen.»

«Nicht zu vergessen das Morphium.»

«Du machst Witze!»

«Und eine Kraftbrühe-Diät.»

Carriscant lachte laut, gemeinsam mit seinen OP-Schwestern. Was soll man anderes tun als lachen, dachte er. Wenn die Leute wüßten, was das ungerechtfertigte Vertrauen in ihre Ärzte ihnen für Leiden bescherte ...

Der Einschnitt wurde durch Klammern auseinandergehalten, und Carriscant betrachtete das offengelegte Organ. Was er davon sah, hatte eine ungesunde Graufärbung, der größte Teil der Oberfläche wurde durch eine Menge Fett- und Fasergewebe verdeckt. Er steckte den Finger in die Bauchhöhle zwischen Niere und Zwerchfell. Ein Eiterstrahl spritzte auf seinen Ärmel. Er roch dessen mehlige Süße und registrierte eine brackig-grüne Färbung. Er hatte den Abszeß gefunden, in der Größe einer Mandarine, schätzte er.

«Wie läuft dein neues Projekt?» fragte er Pantaleon, als er die Wand der Abszeßhöhle an den Rand der Wunde nähte.

«Sehr gut. Ich muß sagen, das Niveau unserer heimischen Schreinerkunst ist beeindruckend. Sie machen alles.»

«Ich weiß.» Carriscant zog mit den Fingern losen Gewebeschorf ab und schüttelte ihn in eine Schale. «Ich weiß noch, wie ich mir ein Stück Einlegearbeit habe ersetzen lassen. Das hat jemand in Tondo gemacht. Eigentlich nur eine kleine Hütte. Das Zeug war in Japan hergestellt worden. Als er damit fertig war, konnte man keinen Unterschied mehr feststellen.»

«Du müßtest mal die Propellerflügel sehen, vorzüglich. Wie lange noch? Puls ist ein bißchen dünn.»

«Fünf Minuten ... Tupfer, Schwester.»

Carriscant zog noch mehr von dem Fettgewebe ab. «Kommt drauf an, ob da noch ein Abszeß ist, nehm ich an.» Er fühlte mit seinem Finger. «Glaub nicht.»

«Ich hab vor, bis nächste Woche alle Paneele fertig zu haben.»

«Tatsächlich? Schnelle Arbeit ... Eine Menge Eiter hier.»

Er wusch die Abszeßhöhle mit einer Karbollösung aus und setzte einen Drainageschlauch ein. Er hatte herausgefunden, wo die Gerlinger Schule war, wo die Amerikanerin arbeitete. Keine gute Idee, dort zu warten, während die Kinder lernten. Vielleicht später am Tag. Er verschloß die Wunde mit ein paar Nähten. Eine der Schwestern legte einen großen Tupfer getränkte Watte über die Wunde.

«Damit müßte die Sache erledigt sein», sagte er. «Und ich glaube, ein großes üppiges Klistier wäre angebracht.»

Pantaleon kicherte. «Das würde Cruz bestimmt billigen.»

«Und etwas Roggenmutterkorn. Zwei Dosen für die nächsten drei Tage. Raus mit ihm.»

Er ging zum Waschbecken, um sich die Hände zu waschen. Der Gestank von Eiter blieb an einem haften. Wie Annaliese das haßte! Trug den Geruch der Arbeit mit nach Hause. Als ob man mit einem Fischhändler verheiratet wäre.

«Was kommt jetzt?» rief er der Schwester zu.

«Darmverschlingung.»

Viel zu tun, dachte er, viel zu tun.

Auf der Luneta

Die Gerlinger Schule befand sich in einer Nebenstraße von Escolta, etwa 100 Meter entfernt von diesem prosperierenden Streifen eleganter Geschäfte und der billigen Verlockung der chinesischen Schnickschnack-Läden. Es war eine ehemalige Kaserne der *Guardia Civil* und hatte immer noch etwas Institutionsartiges und Freudloses an sich, obwohl kürzlich einige Versuche unternommen worden waren, sie zu verschönern, indem man am Fuß der Fassade ein Zinnienbeet angelegt hatte. Als Carriscant am späten Nachmittag hinkam, waren die Kinder schon weg.

Eine alte Frau, die die Steinfliesen in der Eingangshalle wischte, wies ihm den Weg zum Lehrerzimmer, wo ein Trio jugendlicher Nonnen ihm bestätigte, daß Miss Caspar für den restlichen Tag fort sei.

«Ist es eine dringende Angelegenheit?» fragte eine höflich.

«Äh, nein, Schwester, es ist...» Er hielt inne. Wie es ausdrükken? «Eine persönliche Angelegenheit.»

Etwas von seiner Verzweiflung mußte die vertraute Floskel belebt haben, denn die drei Nonnen tauschten alle einen mitfühlenden Blick aus, und dann rückte eine mit der Information heraus, daß es Miss Caspars Gewohnheit sei, einen Spaziergang auf der Luneta zu machen, bevor sie nach Hause ging. Vor allem wenn die Polizeikapelle spielte.

Die Luneta war ein kleiner Park zwischen den Zinnen von Intramuros und der Kaimauer, wo sich Manilas Bürger traditionellerweise zum *Paseo* in der Abenddämmerung versammelten. Der Brauch hatte die Ankunft der Amerikaner überdauert, und es war eine der wenigen Gelegenheiten, wo sich Ausländer, *Mestizos* und einheimische Filipinos in einer einigermaßen und egalitären sozialen Vermischung begegneten.

Als Carriscant bei der bescheidenen Esplanade eintraf, um die herum das ostentative Paradieren und das verstohlene Mustern größtenteils stattfand, schlenderten die ersten Leute schon wieder weg, und das letzte ferne Angelusläuten schwebte aus der Altstadt herüber. Trotzdem drehten immer noch an die hundert Wagen ihre regelmäßigen Runden unter den jetzt glimmenden Straßenlaternen. Er ließ seinen Kutscher anhalten und setzte seinen Weg zu Fuß fort, auf dem gepflasterten Mittelteil, zwängte sich mit einiger Mühe zwischen der bummelnden Menge hindurch zum Pavillon, von wo der Klang eines gekonnt vorgetragenen Strauß-Walzers mit der Seeluft zu ihm herüberwehte. Im

Gehen sah er sich mit schnellen Blicken um, ließ seine Augen über jedes weiße weibliche Gesicht wandern, vollkommen überzeugt, daß in dieser ganzen Masse von hin und her schlendernden Leuten, die plauderten, flirteten, glotzten und die blitzblanken Landauer und Victorias und das feine Spitzenwerk der darin sitzenden Frauen kommentierten, sein Blick sie entdecken würde – so ähnlich, wie auf einer gedruckten Seite der eigene Name herausspringt. Es waren viele amerikanische Soldaten anwesend, in ihren weißen Ausgehuniformen mit den weichen Hüten, reiche Chinesen in schillernder Seide, Engländer in Schiffsjacken und Tropenhelmen, und hier und dort ein alter Mönch, der nervös vorbeischlurfte und von den alten Zeiten träumte, vor der Revolution, bevor die Amerikaner kamen. Zu seiner Rechten lag die weite ruhige Bucht dunkel da, jetzt wo die Sonne hinter der Landspitze von Bataan hinabtauchte, und die dunkleren Formen der vor Anker liegenden Schiffe waren von bunten Lichtern punktiert.

Er wartete ein paar angespannte, endlose Minuten am Pavillon, aber er konnte sie nicht entdecken. Trotz der Abendkühle brachte ihn seine sorgenvolle, erregte Stimmung ins Schwitzen. Er wischte sich die Stirn ab und trocknete seine feuchten Handflächen mit einem Taschentuch, bevor er die Straße zur Kaimauer überquerte. Dort blieb er eine Weile mit geschlossenen Augen stehen und sagte sich, daß er sich entspannen müsse, wobei er seinem glühenden Gesicht mit seinem Panamahut Luft zufächelte. Während er sich allmählich beruhigte, begann ihn eine neue Stimmung nüchterner Vernunft zu infizieren ... Was um Himmels willen dachte er sich dabei, wie ein liebestoller Jüngling auf der Luneta herumzulaufen? Er war Dr. Salvador Carriscant, Chefchirurg des San-Jeronimo-Krankenhauses, jede Menge Leute würden ihn hier wiedererkennen. Er blickte vorsichtig nach links und rechts. Es war günstig, daß jetzt Abend wurde – jenseits des Scheins der Straßenlaternen lagen die Gesichter der meisten Leute im Schatten. Und wenn die Frau in der Schule gewesen wäre, was hätte er dann gemacht, tadelte er sich weiter. Er hatte sich etwas von irgendeiner Phantasie-Nichte zurechtgelegt, die er in der Schule anmelden wolle, aber nach zwei, drei Sätzen hätte sie diesen Vorwand sicherlich als eine offensichtliche Lügengeschichte entlarvt. Er empfand eine heftige Abscheu vor seinem gedankenlosen Ungestüm. Es war würdelos. Er setzte sich den Hut auf und wandte sich um, um den Nachhauseweg anzutreten. Voller Reue kam ihm der weise Gedanke, daß Würde das erste war, was über Bord ging, wenn das Herz anfing, das menschliche Tun zu bestimmen.

Und dann sah er sie.

Zusammen mit zwei anderen Frauen und, wie er einen Augenblick später entdeckte, mit zwei männlichen Begleitern, die ihnen folgten, zwei Männer in Drillichanzügen. Alle gingen auf den Pavillon zu, auf dem die Kapelle jetzt einen penetranten Um-pap-pa-Marsch von Souza angestimmt hatte.

Er überquerte die Straße, zwischen den Kutschen und Wagen hindurchhetzend, und begann, der Gruppe zu folgen, wobei er sich etwas seitlich hinter ihnen hielt. Sie trug ein Hütchen, was sie adretter und förmlicher aussehen ließ als an jenem Tag auf dem Bogenschießplatz, aber er sah, daß ihre Miene belebt war, sie amüsierte sich, und zum ersten Mal sah er sie lächeln.

Sie blieben vor dem Pavillon stehen, wo die Kapelle jetzt eine blecherne, klagende Version von ‹Quando me'n vo› aus *La Boheme* zum besten gab. Er nahm eine Stellung schräg hinter ihr ein, wo ihr Gesicht im Viertelprofil war, und beobachtete, wie sie vor Vergnügen ihren Hals umfaßt hielt und die Worte der Arie stumm mitsang. Sein Blick wanderte nach unten, und er sah, wie ihre Hüften hin und her schwangen, die langen Falten ihres Rockes geschmeidig herumwirbelnd, während sie ihr Gewicht verlagerte, wie sie beinahe mit sich selbst tanzte, sich zu den wehmütigen Rhythmen der Melodie wiegte.

Das war zuviel für ihn. Das konnte keiner in seiner Situation ertragen. Er spürte, wie ihn eine Art hoffnungslose Ohnmacht übermannte, eine Leichtigkeit, als hätte sich sein Körper entleert, und er stand da, eine Hülle, die von der leichtesten Brise fortgetragen werden konnte.

Ihre zwei Begleiterinnen standen ein paar Schritte vor ihr. Einer der Männer an ihrer Seite deutete auf ein Mädchen, das kandierte Früchte und Nüsse verkaufte. Sie nickte und schickte ihn los, welche zu kaufen, während der andere Mann die gleiche Frage den anderen beiden Frauen stellte. War einer dieser Burschen ihr Verehrer, fragte er sich. Oder waren dies bloß Kollegen von der Gerlinger Schule? Sie stand jetzt für ein paar Sekunden alleine da, mit ihren Gedanken bei der Musik. Drei Schritte, und er stand neben ihr.

«Miss Caspar.» Seine Stimme war leise, vertraulich. «Entschuldigen Sie bitte ...»

Sie reagierte nicht, drehte sich nicht um. Er wiederholte ihren Namen, hob etwas die Stimme. Nichts. Er streckte die Hand aus und berührte mit zitternden Fingern den Stoff ihrer himmelblauen Bluse.

Sie drehte sich mit einem kleinen Schaudern der Überraschung um, und er blickte wieder in dieses Gesicht.

«Miss Caspar, verzeihen Sie bitte, ich wollte Sie sprechen. Ich habe gewartet –»

«Wer sind Sie? Ich fürchte, ich...» Ihre Finger strichen über ihre Stirn oberhalb der rechten Braue, während sie ihn genau ansah. Ihr Stirnrunzeln verstärkte sich. «Großer Gott, Sie sind das. Sie sind dieser verrückte Bursche, der da aus dem Gebüsch herausgestürmt ist und –»

«Miss Caspar, ich bin hier, um mich zu entschuldigen. Ich wollte Ihnen persönlich –»

«Bitte, hören Sie auf. Die Angelegenheit ist erledigt. Bemühen Sie sich nicht.»

Sie setzte ein höfliches Lächeln auf und wollte sich wieder abwenden. An der Peripherie seines Blickfeldes wurde er sich bewußt, wie ihre zwei Bekannten mit dem Konfekt wiederkamen.

Seine Stimme wurde dringlich: «Miss Caspar –»

«Hören Sie, wenn Sie mich noch einmal so nennen, dann werde ich –»

«Dann eben Rudolfa», sagte er mutig. «Wenn ich darf, Rudolfa, würde ich Ihnen gern erklären –»

«Wie? Wovon reden Sie da? *Rudolfa?*» Sie tat einen abrupten Schritt rückwärts. «Würden Sie mich jetzt bitte in Ruhe lassen, sonst rufe ich die Polizei.»

Einer der Männer erschien plötzlich an ihrem Ellbogen. Er

spürte, daß etwas nicht stimmte, und sagte in einem aggressiven Ton zu Carriscant: «Was wollen Sie?» Er drehte sich wieder zu der Frau. «Ist alles in Ordnung, Delphine?»

Delphine ...

«Entschuldigen Sie bitte», sagte Carriscant, der noch eine kleine Verbeugung zustande brachte. «Verzeihen Sie mir, es handelt sich um ein Versehen.»

Er eilte davon, die Esplanade entlang, stieß dabei achtlos gegen andere Passanten, das Gesicht zu einer hochmütigen herrischen Grimasse verzogen, um seine glühende Verlegenheit zu maskieren, immer nur denkend: Du verdammter Dummkopf, Paton Bobby, du verdammter blöder amerikanischer Riesendummkopf.

Das Haus in San Teodoro

Carriscant sah zu, wie seine Mutter, von einem jungen Mädchen gestützt, auf die *Azotea* herausgeschlurft kam und sich dann mit etwas Mühe in ihren Lieblingssessel niederließ. Die Bambusjalousie auf der Ostseite war hochgezogen, so daß die schwache Morgensonne sie ein wenig wärmen konnte. Das Haus in San Teodoro (etwa 60 Meilen von Manila entfernt) war groß und schlicht, zweistöckig, und setzte sich aus großen quadratischen Zimmern mit polierten Holzböden zusammen. Es hatte der Familie seiner Mutter seit Generationen gehört, und sein Vater hatte dort immer etwas fehl am Platz gewirkt, ein wenig verloren, von der massigen Großzügigkeit klein gemacht – wozu brauchte man vier Salons im Erdgeschoß? –, und er schien sich innerhalb dieser Wände nie richtig behaglich zu fühlen. Als würde er, als ausländischer Eindringling, von den Schatten der angeberischen, selbstgefälligen *Mestizo*-Landbesitzer heimgesucht, die über ihr Reich von San Teodoro gedankenlos und unangefochten geherrscht hatten, bis die *Americanos* kamen. Wer ist dieser blasse, rotblonde Ingenieur, schienen diese Stimmen der Vorfahren zu rufen, was hat dieser schüchterne Bursche aus seinem fernen regengepeitschten Land mit dieser Familie zu tun, mit ihrem Erbe und ihren Pflichten?

Und sein Vater hatte es gespürt, erkannte Carriscant jetzt, während er das Decken des Teegeschirrs überwachte, er war glücklicher, wenn er an seiner Eisenbahnstrecke entlangreiten oder im Büro des Syndikats in Manila arbeiten konnte. Wann immer sie in San Teodoro waren, schien etwas in ihm zusammenzuschrumpfen und sich zu ducken, bis ihr Wagen sie wieder davontrug, durch die Allee von Nassabäumen, die die Auffahrt säumten, und das Rückgrat seines Vaters schien sich aufzurichten und seine Schultern sich zu entspannen, und er war wieder Archibald Carriscant, Bürger von Dundee, Ingenieur.

Er schenkte etwas Maiskaffee aus der englischen Teekanne ein, während seine Mutter stumm auf die Gruppe Madre-de-cacao-Bäume im Garten hinausstarrte, die gerade aufblühten. Er war das Schweigen seiner Mutter gewöhnt, er genoß sogar die Freiheit, keine Konversation machen zu müssen, und so setzte er sich in seinem Sessel zurück und nippte an dem sauren Gebräu. Seit dem Tod seines Vaters war sie zunehmend exzentrischer geworden, nicht gerade wortkarg oder zurückgezogen, aber launisch, in dem Sinne, daß sie jeder Laune, in der sie sich gerade befand, gestattete, ihr Verhalten absolut zu bestimmen. Wenn sie fröhlich war, war sie eine reizende Gesellschaft, war sie niedergeschlagen, war sie die personifizierte Melancholie. Sie bot keine Entschuldigungen für diese Schwankungen an, ganz im Gegenteil, ihre Weigerung, sich zu verstellen, betrachtete sie geradezu als eine Tugend. Carriscant musterte sie: Heute war ihre Verfassung etwas schwer zu beurteilen. ‹Gedankenverloren› vielleicht, oder ‹nachdenklich› – nichts allzu Finsteres jedenfalls. Gleichzeitig schien sie etwas von der Anmaßung ihrer *Mestiza*-Kultiviertheit abgestreift zu haben, und während sie gealtert war, schien sie auch dunkler geworden zu sein, als würde ihr *India*-Blut an die Oberfläche ihrer Haut sickern, als würde sich eine alte Pigmentierung wieder neu behaupten. Sie hatte sich von ihrer spanischen und europäischen Garderobe zugunsten traditioneller Kleidung getrennt. Heute trug sie eine einfache, breitärmelige Abaca-Bluse über einem schwarzen Samtrock, und um die Schultern lag ein *Panuelo*, das einen Spitzenrand hatte und dicht mit feiner Stickarbeit besetzt war. An ihrem Handgelenk hing ein kleiner Ebenholzfächer, und alle paar Minuten schlug sie ihn auf und fächelte sich heftig das Gesicht, eher aus einem Reflex als aus einem Bedürfnis. Ihr Gesicht war eingefallen und mit Falten durchzogen wie ein Pfirsichkern, aber ihre feuchten braunen Augen blickten wachsam und mißtrauisch. Sie führte immer noch den Haushalt in San Teodoro und hatte regelmäßige Treffen mit ihren Farmverwaltern. Alle Vierteljahre kamen die Pächter aus den Ländereien im Norden angereist und präsentierten ihr Kopien der monatlichen Abrechnungen.

Carriscant nippte an seinem Kaffee und setzte ihn wieder ab. Das Zeug schmeckte scheußlich, fand er, er nippte nur ihr zuliebe daran. Zweifellos war ihre neuentdeckte Vorliebe dafür ein weiterer Schritt zurück zu ihren Ahnen.

«Du hast mich noch nicht gefragt, wie es mir geht», sagte sie. «Was hat es für einen Sinn, einen Arzt als Sohn zu haben, wenn er kein Interesse für deinen Gesundheitszustand zeigt?»

«Weil ich sehen kann, daß es dir gutgeht. Du siehst wunderbar aus.»

«Mir geht's nicht gut. Seit Flaviano umgebracht wurde, fühl ich mich schrecklich. Nichts ist mehr so wie früher.»

Flaviano war ihr Majordomus gewesen. Er war im Krieg umgekommen.

«Aber jetzt ist wieder Frieden», sagte er. «Das Leben wird sich normalisieren.» Wie leicht es fiel, diese Ansicht auszudrükken. Er glaubte fast selbst daran.

«Wir sind jetzt alle Amerikaner», sagte sie. «Das wird interessant. Nicht, daß ich das noch erleben werde.»

«Besser das hier als das, was wir vorher waren», sagte er halbherzig.

Sie sah ihn verächtlich an. «Es gab ja wohl auch noch andere Alternativen», sagte sie. «Das war nicht bloß eine Frage von entweder oder.»

«Realistisch gesehen ...»

«Kennst du irgendwelche von denen? Von den *Americanos*?»

«Eine Menge. Sehr freundliche Leute.»

«Vergiß nicht, ich habe gesehen, wie freundlich sie sein können», sagte sie düster und wandte sich ab, um in den Garten hinauszusehen. Sie mußte nicht an den Tag erinnert werden – und er auch nicht –, als eine Kompanie der Third Wyoming Volunteers San Teodoro besucht hatte.

«Hör zu, ich habe nichts gegen die Amerikaner», sagte er. «Meiner Ansicht nach haben sie, bis auf einige Ausnahmen, nur Gutes getan. Jedenfalls versuchen sie es. Wir sind hier vorher verrottet. Rückschrittlich, vernachlässigt. Wir waren wie irgendeine spanische Provinz im achtzehnten Jahrhundert, lauter Mönche und Hidalgos. Dies ist das zwanzigste Jahrhundert, Mutter –» Er hielt inne, als er ihren Blick sah, und wechselte das Thema. «Wie geht's deiner Hüfte?»

«Schrecklich. Diese letzte Regenzeit war eine einzige Qual. Grauenhaft. Ich weiß noch, wie dein Vater an Arthritis litt. Ich habe immer gedacht, er stellt sich nur fürchterlich an. Jetzt weiß ich's besser.»

Carriscant dachte an seinen Vater, wie wenig er ihn gekannt hatte. Ein gerechter, anständiger Mann, gütig, nicht sehr gesellig ... Auf einmal wünschte er sich, sein Vater wäre noch am Leben, damit er ihn um Rat fragen könnte. Er vermißte ihn, und er spürte den Schmerz in seiner Brust. Und dann versuchte er, den Gedanken als absurd abzutun. O Vater, ich liebe meine Frau nicht mehr und bin einer unbekannten Amerikanerin verfallen, was soll ich tun?

«Als du Vater geheiratet hast», fragte er seine Mutter plötzlich, «war da damals deine Familie dagegen? Hatten sie was dagegen?»

«Wieso sollten sie etwas dagegen gehabt haben? Wir waren vorher auch schon Mischehen eingegangen. Und außerdem hat mein Vater gewußt, daß ich es wollte, und er hätte mich nicht daran gehindert.»

«Ein aufgeklärter Mann.»

«Ein intelligenter Mann.» Sie wedelte mit dem Fächer in seine

Richtung. *«Le cœur a ses raisons que la raison ne connaît point.»* Sie sah ihn scharf an. «Wer hat das gesagt?»

«Ähm ... Voltaire?»

«Pascal, du dummer Junge. Der große Pascal. Wenn man in *dieser* Situation ist, kann man nichts dagegen machen. Da gehorcht man am besten seinem Herzen. Auf die Weise kannst du vielleicht wenigstens ein bißchen Glück finden.» Sie sah ihn durchdringend an. «Für eine Weile jedenfalls.»

Er erhob sich. «Ich muß wieder los», sagte er, plötzlich entschlossen.

«Geh nur, geh nur. Du warst lange genug hier. Geh nur zurück zu deinen geliebten *Americanos.*»

Er beugte sich lächelnd herab und küßte ihre Wange. Er legte die Hände auf ihre Schulter und spürte die dünnen Knochen durch den Stoff. Sie hielt sein Gesicht zwischen ihren gekrümmten und knochigen Händen und küßte ihn auf die Stirn.

«Auf Wiedersehen, Mutter. Und vielen Dank.»

Wie immer beim Abschiednehmen kam ihm der Gedanke, daß er das Produkt einer höchst seltsamen Verbindung war – der Begegnung eines schüchternen schottischen Ingenieurs aus Dundee mit einer kämpferischen provinziellen *Mestiza*-Erbin aus Südluzon. Kein Wunder, daß er manchmal seine eigene Persönlichkeit nicht ergründen konnte.

«Was meinst du mit ‹vielen Dank›? Geht's dir gut?» fragte sie. «Ist irgendwas nicht in Ordnung?»

«Doch, alles bestens.»

«Du gehst doch nicht etwa wieder weg, oder? Das letzte Mal dauerte es so lange. Ich werde bald tot sein. Danach kannst du gehen, wohin du willst.»

«Nein, nein, ich gehe nicht weg. Ich werde hierbleiben.»

«Aber gib auf dich acht. Und nächstes Mal kannst du deine Ehefrau mitbringen, wenn du willst. Ich werde nicht unhöflich zu ihr sein.»

«Mach ich. Sie wird sich freuen.»

Er küßte sie wieder und ließ sie auf der *Azotea* zurück. Er winkte der kleinen Gestalt zu, als die Kutsche vom Vorplatz des Hauses losfuhr und ihn die Auffahrt entlang nach San Teodoro brachte, unter dem blitzenden Licht- und Schattenspiel der Nassabaum-Allee. Er spürte, wie sich sein Rückgrat aufrichtete und seine Schultern breiter wurden, als er darüber nachdachte, was vor ihm lag – wahrlich, Archibald Carriscants Sohn. Der Geruch von Melasse lag in der Luft.

Morgendämmerung auf dem Pasig

Zarte Dunstfahnen und Wirbel stiegen von den trüben graugrünen Fluten des Pasig auf, als die kleine Fähre sich an den Landesteg am Nordufer heranschob. Zu dieser Stunde war Dr. Salvador Carriscant mit seinem zerschlissenen und abgetragenen Staubmantel und einem kleinen spitzen Hut der einzige Passagier. Er stieg vom Bug herunter auf die Holzplanken und zog den Kragen hoch. Er war so angezogen, um so wenig Aufmerksamkeit wie möglich auf sich zu lenken. Es war noch kühl und frisch, und die fast aufgegangene Sonne verlieh der Luft und der taunassen Landschaft eine zinnfarbene, matte Tönung. Er eilte vorbei an den neugierigen Blicken der wenigen *Indio*-Bauern mit ihren Säcken voll Gemüse und verschwand auf dem Weg, der durch einen Saum von ufernahen Bäumen zu den fernen weißen Mauern des Malacanan-Palastes führte.

Dies war sein dritter Morgendämmerungsbesuch beim Bogenschießplatz, von dem vagen und verzweifelten Plan angetrieben, zuerst die Amerikanerin wiederzusehen und ihr dann vielleicht zu ihrem Haus oder zu ihrer Arbeitsstelle zu folgen. Aber es war in erster Linie der Drang, etwas zu tun, was ihn veranlaßte, so früh aufzustehen. Er hatte das Gefühl, er konnte nicht noch mehr Erkundigungen einholen, ohne Aufmerksamkeit zu erregen, und ganz bestimmt konnte er sich ihr nicht nähern und versuchen zu erklären, wer er war und warum er sie ansprach, falls er ihr jemals wieder in der Öffentlichkeit begegnen sollte. Er mußte sie allein sehen, erkannte er, nur dann konnte er das Mißverständnis klären.

Und er dachte absichtlich nicht über diesen Moment hinaus, nicht daran, was danach passieren würde. Alle seine Bemühungen würden sich einfach nur darauf richten, ihn herbeizuführen, danach müßten Glück, Zufall und Schicksal bestimmen, was als nächstes geschah. Er fühlte sich bei diesen frühmorgendlichen Ausflügen gleichzeitig töricht und berauscht. Er wußte, vom Standpunkt nüchterner Vernunft aus gesehen, daß all dieses Herumgekrieche im Gebüsch lächerlich und entwürdigend war, und doch war dieses Gefühl von Abenteuer, von dem, was sein könnte, für sich genommen unbestreitbar aufregend und erfüllend. In den letzten Tagen hatte er so intensiv gelebt, seine Wachstunden waren mit soviel Erwartung gefüllt, wie schon seit Jahren nicht mehr. Vielleicht war das die Definition einer Obsession? Die Fähigkeit, gleichzeitig den eindeutigen Fehler eines Kurses zu erkennen und ihn dennoch heftig weiterzuverfolgen ... Was immer es war, es erfüllte ihn. Es erlaubte ihm, seiner Arbeit im Krankenhaus nachzugehen, ein normales Familienleben mit einem gewissen Maß an Beherrschung und Gleichmut zu führen, weil er wußte, daß er in ein oder zwei Tagen wieder in der Nähe des Palastes sitzen würde, im feuchten Akazienwald, die Wipfel schon von der Sonne gewärmt, und darauf warten würde, daß Delphine erschien.

Delphine.

Er murmelte den Namen vor sich hin, kostete seine Silben, als er auf dem Weg den Wald betrat. Delphine. Wenigstens hatte ihm diese furchtbare Begegnung auf der Luneta ihren Vornamen verschafft. Vor einigen Tagen war er kurz davor gewesen, Bobby zu fragen, ob er eine Amerikanerin namens Delphine kenne, aber im letzten Moment hatte ihn ein Anfall von Vorsicht davon abgehalten, es zu tun. Diese Frage konnte ihrerseits wiederum nur andere provozieren. Es war besser, seine Fragen vorerst für sich zu behalten.

Er verließ den Pfad und schlug sich durch den Wald bis zu der Wand der Cogalbüsche, die den Rand des Schießplatzes markierten. Er hatte eine Position gefunden, die ihm einen guten Blick auf die Wiese und den Weg bot, der vom Palast und von San Miguel herführte. So konnte er feststellen, welche Kutschen ankamen oder fortfuhren. Er ließ sich in seinem Versteck nieder, den Rücken am gefurchten Stamm einer Akazie angelehnt, und bereitete sich darauf vor zu warten.

Die Wiese lag jetzt ganz in der Sonne, und die ersten Fliegen brummten ihm um den Kopf herum, als er auf dem Weg Hufgeklapper und das Knirschen von Kutschenrädern hörte. Drei Kutschen fuhren vor, und etwa zehn, zwölf Damen stiegen lärmend aus, streiften sich Handgelenkschützer über, spannten Bögen und wählten Pfeile für ihre Köcher aus. Er sah fast sofort, daß sie nicht dabei war, und die Frustration, die die Aussicht auf diese versteckte Beobachtung die letzten achtundvierzig Stunden lang in Schach gehalten hatte, überspülte ihn jetzt mit ihrer ganzen depressiven Kraft. Er lehnte sich erschöpft gegen den Baum zurück, tadelte wieder sich selbst, während die Rufe und das Gelächter dieser jungen Amerikanerinnen bei ihrem Sport über die Wiese zu ihm herüberwehten und ebenso das weiche gedämpfte Wummern, als die ersten abgeschossenen Pfeile sich in die Strohzielscheiben bohrten.

Er rief sich ihr Gesicht in Erinnerung, an diesem ersten Tag, als er sie gesehen hatte, rief sich in Erinnerung, wie der Lederriemen des Köchers die Form ihrer Brüste betont hatte – voll und groß, dachte er jetzt, größer und runder als Annalieses. Und er erinnerte sich auch unwillkürlich daran, wie sie ihre Hüften zur Musik gewiegt hatte, an diesem Abend auf der Luneta ... Sie war eine große Frau, sie hatte nichts Knabenhaftes oder Zierliches, nichts Mädchenhaftes. Und ihre Haut war so seltsam, weiß wie Milch ... Ihr Gesäß wäre auch milchblaß, dachte er, und ihre Schenkel ... Er versuchte, sie sich nackt vorzustellen, schloß die Augen, veränderte seine Stellung, so daß seine anschwellende Erektion sich in seiner Hose frei entfalten konnte. Ein Sonnenstrahl fiel durch eine Lücke im Laub und wärmte seine Seite. Er hielt diese Bilder in seiner Vorstellung fest, schmückte sie noch aus, griff mit der einen Hand nach seinem Taschentuch, und mit der anderen öffnete er zitternd seine Hose. Delphine. Wie sie ihren Köcher abstreifte, ihre leichten Finger an ihren Blusenknöpfen, ihre blassen blaugeäderten Brüste, befreit, schwingend, ihr –

«Yay! *Pasayluha ako.*»

Der alte, schmalbrüstige Mann in einem zerschlissenen knielangen *Baro* stand etwa 7 Meter entfernt und starrte ihn erstaunt durch eine Lücke zwischen den Bäumen an, erstarrt mitten in der Bewegung, einen herabgefallenen Ast aufzuheben, ein kleines Bündel Brennholz unter dem anderen Arm.

Carriscant richtete sich entsetzt auf und krümmte sich gleichzeitig, um sich zu bedecken.

Der alte Mann lächelte ihn warm an, entblößte seine wenigen noch übrigen betelroten Zähne und sagte etwas kichernd auf Tagalog.

Carriscant stürmte durch das Unterholz auf den Weg. Er hörte, wie der Alte hinter ihm her rief, und irgendwie drangen dessen vergnügte Worte durch die heulende, schreiende Beschämung, die in seinem Kopf widerhallte.

«Ist doch menschlich, mein Sohn!» rief der Alte auf Tagalog hinter ihm her. «Schäme dich nicht, ist doch menschlich!»

Die Brücke bei Santa Mesa

Annaliese weckte ihn, rüttelte ihn sanft an der Schulter und rief seinen Namen. «Salvador ... Salvador, da ist jemand, der dich sprechen will.»

Carriscant setzte sich abrupt auf, merkwürdig peinlich berührt, seine Frau in seinem Arbeitszimmer vorzufinden. Sie trug ein Wollgewand, das sie fest um sich gewickelt hatte, und ihre Haare waren ungekämmt und zerzaust. Sie ließ das Moskitonetz wieder herunterfallen und trat unsicher von dem Diwanbett zurück, als würde auch sie sich plötzlich schämen, mit ihrem unorthodoxen Schlafarrangement konfrontiert zu werden.

«Wer?» sagte Carriscant und spähte durch das Musselin. «Pantaleon?»

«Ein Amerikaner. Er sagt, es sei sehr dringend.»

Carriscant zog sich schnell an und ging zum Wohnzimmer durch. Paton Bobby stand mitten auf dem Teppich, in Uniform, in einem knöchellangen Mantel. Nervöse Bedienstete spähten großäugig an den Türen.

«Tut mir leid, Carriscant», sagte Bobby. «Wieland ist nicht zu finden. Es hat wieder einen Mord gegeben.»

Kurz hinter Santa Mesa, einem armseligen Dorf 2 Meilen östlich von Manila, führte eine Steinbrücke über den San-Juan-Fluß. Die Kutsche – Bobby fuhr, Carriscant saß neben ihm – rumpelte über das Kopfsteinpflaster und blieb mit einem sanften Schlingern stehen. Es war drei Uhr morgens. Unter ihnen, am Wasserrand, konnte Carriscant ein halbes Dutzend amerikanische Soldaten sehen, einige hielten Lampen.

Carriscant rutschte die grasbewachsene Böschung hinter Bobby hinunter, dem von einem der Soldaten eine abgedeckte Lampe gereicht wurde. «Unter der Brücke», sagte Bobby knapp und schwenkte den Lichtkegel in die Richtung. Carriscant folgte vorsichtig dem ausgeleuchteten Weg, der Boden unter seinen Füßen war feucht und morastig, ein Gestank von Verwesung und menschlichen Exkrementen stieg ihm in die Nase.

Der Körper des Mannes war gegen eine der Steinstreben des ersten Bogens der Brücke gelehnt worden, fast als hätte er sich dort zum Ausruhen hingesetzt und wäre eingenickt. Er hatte noch Hose und Stiefel an, aber vom Rest der Uniform gab es keine Spur. Diesmal war die Todesursache auf den ersten Blick klar: ein einziger Schlag mit einem *Bolo* auf den Schädel, der diesen wie eine Melone gespalten hatte. Der gesamte Oberkörper war mit sirupartigem, getrocknetem Blut bedeckt, das aus der Kopfwunde geflossen war und – wie Carriscant mit einem plötzlichen Schock in der Brust feststellte, während er sich zur Untersuchung der Leiche hinhockte – aus einer zerrisseneren und ungenähten Version der L-förmigen Wunde, die Ephraim Wards Leichnam entstellt hatte. Etwa ein Meter Gedärm, zerklüftet und zerfranst, war aus dem Bauch herausgezogen worden, wahrscheinlich von Flußratten. Die rechte Hand und der Unterarm fehlten, sauber am Ellbogen abgetrennt.

«Um Mitternacht gefunden», sagte Bobby, dessen Stimme unter dem Gewölbe der Brücke hallte. «Er war auf Urlaub.

Zuletzt gesehen worden letzte Nacht um halb elf in einer Bar in Sampaloc.»

«Vor gut vierundzwanzig Stunden ... Sampaloc ist nur etwa eine Meile von hier entfernt. Ist er ein Soldat?»

«Corporal Maximilian Braun. Deutsche Schreibweise.»

«Hier kann ich ihn nicht untersuchen. Schaffen wir ihn ins Krankenhaus.»

Auf der Straße über ihnen hallte das Geräusch von Rädern, und alsbald bekamen sie, was Carriscant irgendwie überraschte, Gesellschaft von dem jungen Colonel Sieverance, der sie beide mit angemessenem Ernst begrüßte.

«Der Herr steh mir bei, was für ein Gestank das hier unten ist! Was kippen die bloß alles in diese Flüsse?» Er beugte sich vorsichtig vor, wie ein Mann, der über die Brüstung eines hohen Gebäudes späht, und spuckte mit pingeligem Getue auf den Boden. Er hielt sich beim Sprechen sein Taschentuch vor die Nase. «Gouverneur Taft will einen vollständigen Bericht haben», sagte Sieverance, seine Anwesenheit erklärend. Er nahm den Hut ab und kratzte sich nervös und heftig den Kopf. Er sah verschlafen aus, und mit dem Haarbüschel, das ihm vom Schädel abstand, wirkte er absurd jung und verletzlich, fand Carriscant.

«Ich bin Ihnen ein weiteres Mal sehr dankbar, Dr. Carriscant», sagte er. «Wir haben Dr. Wieland zwar schließlich gefunden, aber er ist nicht in der Lage, irgendeine Art von Untersuchung durchzuführen. Er konnte nicht einmal untersuchen, wo seine Stiefel geblieben waren, als ich ihn fand.»

Man ließ eine Bahre kommen, und Corporal Brauns Leiche wurde vorsichtig die Flußböschung hinaufgetragen und auf Bobbys Wagen geladen. Sie wurde mit einer Plane zugedeckt, und dann fuhren Bobby und Carriscant, dicht gefolgt von Sieverance, zurück durch die dunkle stille Stadt zum San Jeronimo. Pfleger luden die Leiche ab, legten sie auf einen hölzernen Karren, und die drei Männer folgten dem eintönigen Gerumpel die trüben Korridore entlang zur Leichenhalle. Die Tür war verschlossen, der Schlüssel des Pflegers paßte nicht, Carriscants auch nicht. Die diensthabende Schwester wurde gerufen, und sie erklärte, daß Dr. Cruz das Schloß hatte auswechseln lassen und der einzige Schlüssel in seinem Besitz sei.

Carriscant gelang es irgendwie, seinen Zorn zu beherrschen, und wies die Pfleger an, die Leiche in seinen OP-Saal zu schaffen, sie auszuziehen und zu waschen. In der Zwischenzeit tranken er, Bobby und Sieverance eine Tasse heißen Tee mit Rum in seinem Behandlungszimmer.

Bobby wirkte aufgewühlt. «Das ist verrückt», wiederholte er immer wieder. «Einer, ja, das läßt sich erklären. Irgendein Verbrecher, der auf Rache sinnt, beschließt, sein Opfer zu zerschneiden. Zwei, und die Sache sieht ganz anders aus. Ein größeres Problem.»

«Was haben Sie gesagt, wer das war?» fragte Sieverance.

«Ein Corporal Braun.»

«Zwei Soldaten. Das müssen doch wohl Aufständische gewesen sein?»

«Nur daß die einzigen Aufständischen, die noch übrig sind, 300 Meilen entfernt auf einer anderen Insel sitzen und von Tausenden von amerikanischen Soldaten gejagt werden.»

«Da haben Sie recht», entgegnete Sieverance mit einem Stirnrunzeln. «Ja. Leuchtet ein.»

«Ein größeres Problem.»

Im OP-Saal lag Brauns gewaschener und nackter Leichnam hell angestrahlt auf dem OP-Tisch. Sowohl Sieverance als auch Bobby schienen, während sie umherwanderten und die Instrumente in Augenschein nahmen, das glänzende Chrom und die allgemeine Sauberkeit des Raumes mehr zu beeindrucken als irgend etwas anderes.

«Das ist ja ein erstaunliches Etablissement hier, Doktor», sagte Sieverance. «Verstehen Sie mich nicht falsch, ich meine, ich komme mir hier vor wie irgendwo in den Staaten.»

«Da müßten Sie allerdings in einem ziemlich spezialisierten Etablissement sein», sagte Carriscant. «Viele dieser Instrumente sind nicht ohne weiteres erhältlich.»

«Das wundert mich nicht», sagte Sieverance mit einem anerkennenden Nicken. «Wenn ich an Wielands OP denke. Der Dreck, die Primitivität –»

«Wir müssen uns über Wieland unterhalten, Colonel», sagte Bobby. «Ernsthaft.»

Carriscant näherte sich dem Leichnam, während sie sich kurz mit gesenkten Stimmen unterhielten. Braun war ein stämmiger Mann gewesen, Ende Dreißig, mit einer beträchtlichen Wampe. Brust und Bauch waren mit einem Bewuchs drahtiger grauer Haare bedeckt. Carriscant wählte eine schmale Sonde von seiner Instrumentenschale aus und führte sie in die breite Wunde in der Brust ein.

«Das Herz ist weg», sagte er.

«Was?» sagten beide Männer gleichzeitig und schritten zum Tisch.

«Das Herz – und die rechte Hand natürlich. Fachmännisch, aber nicht sehr geschickt entfernt.»

Sieverance wandte sich erblassend ab, seine Fingerrücken gegen die Lippen gepreßt. «Macht das irgendeinen Sinn? Gibt's hier draußen irgendeinen einheimischen Kult? Irgendein Opferritual oder so was?»

«Nicht daß ich wüßte», sagte Carriscant.

«Und dieser L-Schnitt?» sagte Bobby. «Sind die anderen Organe da?»

Carriscant öffnete umgehend die Wunde. Die Eingeweide waren etwas verschoben, wie er erwartet hatte, aber ansonsten schien alles so normal zu sein, wie es unter den Umständen möglich war.

«Und der letzte war zusammengenäht», sagte er, «aber das Herz war vorhanden. Diesmal ist das Herz entfernt worden, und die Wunde wurde offengelassen. Für mich macht das keinen Sinn. Ich kann keinen Grund dahinter erkennen.»

«Aber Zufall kann es nicht sein», sagte Bobby. «Wir wissen, daß es derselbe Mörder sein muß. Oder dieselben Mörder.»

«Wo wurde er zuletzt gesehen?»

«Er ist durch den Hinterausgang eines Puffs in Sampaloc gegangen, um zu pinkeln. Niemand hat ihn zurückkommen sehen. Ist wahrscheinlich oben im ersten Stock gewesen.»

«Und was ist hinter diesen Etablissements?» fragte Sieverance.

Carriscant hustete und räusperte sich, sie sahen ihn beide erwartungsvoll an, aber er hob entschuldigend seine Handflächen. Bobby zuckte mit den Achseln.

«Ein paar Höfe, ein paar Hütten, Gemüsegärten, offenes Gelände», sagte er. «Da kann jeder rein oder raus.»

Carriscant und Bobby verließen Gouverneur Tafts Büro im Malacanan-Palast und gingen schweigend den breiten Gang zum zentralen Treppenhaus entlang. Taft, ein riesiger leutseliger Mann, der in seinem weißen Anzug heftig schwitzte, hatte Carriscant seine Dankbarkeit für die Hilfe ausgedrückt und ihn nach seiner Meinung über Dr. Wielands berufliches Können gefragt. «Ein inkompetenter Quacksalber», lautete Carriscants ehrliches Urteil. Bei ihrer Verabschiedung hatte Taft gebeten, Mrs. Carriscant seine Empfehlungen auszurichten, eine Bitte, die Carriscant etwas überraschte, bis ihm wieder Annalieses Verbindung zur Frau des Gouverneurs einfiel.

Während sie auf ihre Kutschen warteten, sagte Bobby: «Corporal Braun war übrigens auch in Sieverances Regiment.»

«Seltsam. Er hat nichts gesagt.»

«Schätze, ‹Brown› hört sich wie ein verbreiteter Name an. Man kann ja nicht feststellen, wie er geschrieben wird. War ihm nicht klar gewesen.»

«Hat ihn auch nicht erkannt.»

«Sie würde ich auch nicht erkennen, wenn Ihr Schädel bis zum Unterkiefer gespalten wäre», sagte Bobby mit sardonischer Leichtfertigkeit. «Wird ihn aber ganz schön treffen, wenn er es erfährt.»

Carriscant überlegte. «Meinen Sie, es war irgend jemand aus der Einheit? Irgendeine Vergeltung?»

«Das ist eine Erklärung.» Bobby glättete seinen breiten Schnurrbart mit Daumen und Zeigefinger. «Und dann ist da noch eine andere Sache. Ihr Kollege, Dr. Quiroga –»

«Was hat der damit zu tun?»

«Einer seiner Onkel ist General Elpidio. Esteban Elpidio. Derjenige, der uns in diesem Frühjahr so schön an der Nase herumgeführt hat.»

«Was sagen Sie da? Sie haben Elpidio gefangengenommen.»

«Nein, da war etwas, was Sie über die Organe in Wards Leiche gesagt haben. Die Unordnung. Jetzt fehlt ein Herz – ‹fachmännisch entfernt›, haben Sie gesagt – vielleicht war da die Hand eines Arztes –»

«Jetzt hören Sie aber auf, Bobby. Das ist doch lächerlich. Wenn Sie anfangen, jeden Filipino zu verdächtigen, der mit einem *Insurrecto* verwandt ist, dann –»

«Ich verdächtige jeden, den ich verdammt noch mal verdächtigen will, Carriscant.» Bobby sah ihn zornig an, von seinem Ton gereizt, dann ließ er die Schultern sinken und lächelte entschuldigend.

«Tut mir leid, tut mir leid ...», sagte Bobby und legte ihm kurz die Hand auf den Ärmel. «Ich weiß nicht, dieser Fall hat mich wirklich durcheinandergebracht. Wirklich durcheinander.»

Neigung, Gieren und Wenden

«Sie haben kein Recht, keinerlei Recht, in diesem Ton mit mir zu reden», sagte Carriscant, bemüht, das Zittern seiner Wut aus der Stimme herauszuhalten. In dem Raum lag eine feindselige Selbstsicherheit in der Luft, eine unangenehme, penetrante Selbstgefälligkeit. Diese beiden Männer, dachte Carriscant – wobei er sich das Versprechen gab, völlig ruhig zu bleiben, wie sehr er auch provoziert wurde –, diese beiden Männer meinten, sie säßen am längeren Hebel, sie hätten die besseren Karten. Was wußten sie? fragte er sich. Womit ließ sich diese selbstgefällige Zuversicht erklären?

Dr. Isidro Cruz und Dr. Saul Wieland saßen steif wie Richter auf Stühlen in Cruz' Büro. Cruz hatte gerade operiert: Auf seinem steifen Kragen war ein Fragezeichen aus hellem Blut, wie eine Brosche, und an seiner Kleidung hing der Geruch von etwas Miefigem und Faulem. Wieland, kalt, mit ausdrucksloser

Miene, betrachtete eingehend die Nagelhaut an den Fingern seiner rechten Hand, dann seiner linken, und gab sich unbeteiligt. Carriscant hatte abgelehnt, sich zu setzen – er hatte nicht vor zu verweilen –, und stand auf dem Läufer mitten in Cruz' Büro, einem düsteren Raum mit dunklem glänzendem Boden und schwerem überladenen Mobiliar. Nur wer wußte, daß jene wenigen ledergebundenen Bücher in den gläsernen Bücherschränken medizinische Texte waren, wäre darauf gekommen, daß man sich im Sprechzimmer eines ehemals prominenten Chirurgen befand.

Carriscant begann wieder, mäßigte seine Stimme, versuchte so vernünftig wie möglich zu klingen. «Ich habe hier überhaupt nichts angestiftet. Chief Bobby hat mich nur gerufen, wenn Dr. Wieland, äh, nicht zu erreichen war.»

«Aber Sie haben die Einladung in den Gouverneurspalast angenommen», sagte Cruz, unfähig, den Ton hämischen Triumphs aus seiner Stimme herauszuhalten.

«Genau», sagte Wieland.

«Was hätte ich denn sonst machen sollen, um Himmels willen? Der Gouverneur hat persönlich darum gebeten –»

«Sie hätten umgehend zu mir kommen müssen. Als medizinischer Leiter des San Jeronimo ist das *mein* Verantwortungsbereich. Sie sind in *meinem* Mitarbeiterstab. Ich spreche für den Vorstand, für die Institution. Die amerikanischen Leichen werden in meinem Krankenhaus aufbewahrt, und ich bin der letzte, der das erfährt. Das ist unerträglich!» Er knallte seine Faust pikiert auf die Armlehne seines Stuhls. «Nicht nur das», fuhr er ätzend fort, «Dr. Wieland, ein enger Freund und Kollege, ist von Gouverneur Taft offiziell gerügt worden, aufgrund der Aussage, die Sie gemacht haben.»

Wieland erhob sich, die vorgetäuschte Neutralität war plötzlich verschwunden. Sein Blick war voller Haß und Verachtung. «Ich verlange zu wissen, was Sie dem Gouverneur gesagt haben.»

«Und ich befehle Ihnen, es ihm zu sagen», fügte Cruz hinzu.

Carriscant spürte, wie sich seine Kiefermuskeln spannten und seine Schultern verkrampften. Er wartete absichtlich einige

Sekunden, bevor er antwortete, und fügte seinem Ton jetzt ein Schnarren bürokratischer Gleichgültigkeit bei, um die beiden noch mehr zu provozieren. Sie hatten ihm soeben mit ihrer herrischen Aufgeblasenheit den Vorteil überlassen. Sie konnten ihn nicht mehr beunruhigen.

«Das bleibt eine vertrauliche Angelegenheit zwischen mir und dem Gouverneur. Der Gouverneur hat darum gebeten, daß unsere Diskussion über Dr. Wielands Qualitäten oder andere Eigenschaften unter diesen Bedingungen geführt wird. Ich bedaure –»

Das war eindeutig zuviel für Wieland. Er trat auf ihn zu. «Jetzt hör mal her, du Niggerbastard –»

«Wie haben Sie mich genannt? Ich warne Sie, ich –»

Carriscants Faust traf Wieland zu hoch oben, am linken Ohr, und seine Knöchel brannten vor Schmerz, aber die Kraft des Schlages reichte aus, Wieland zu Boden zu werfen, und im nächsten Moment kniete Carriscant auf ihm, die Finger um seine dicke, gefaltete Kehle, und suchte mit den Daumen die Luftröhre. Cruz warf sich mit seinem ganzen Körper gegen ihn, rammte ihn mit der Schulter, wie ein Mann, der versucht, eine Tür aufzubrechen, und schleuderte ihn gegen seinen Schreibtisch, wobei sein Kopf gegen einen der mächtigen gedrechselten Beine schlug. Für ein paar Sekunden lagen alle drei Männer ausgestreckt auf dem Boden, Manilas medizinische Elite in beruflichem Disput. Wieland war als erster wieder auf den Beinen, hustend, seine Kehle massierend, und half, noch wacklig, Cruz auf. Carriscant, etwas benommen, rieb sich das Gesicht, gleichzeitig erregt und schockiert über die Gewalttätigkeit, die in ihm ausgebrochen war. Er rappelte sich langsam auf, sein Schädel schmerzte und sein Körper zitterte.

«Ich krieg Sie, Carriscant!» brüllte Wieland ihn heiser an. Er spuckte auf Cruz' polierten Boden. Zweimal.

Cruz schien es nicht zu bemerken, oder es war ihm egal. «Ich werde beim Vorstand Meldung über Sie machen», bellte auch er. «Man wird Sie entlassen!» Er atmete schwer, seine grauen Haare standen stachelig zu Berge.

Carriscant schwieg. Mit ausgestreckter Hand, mit den Fingerspitzen an der Wand entlangfahrend, ging er um den Raum herum bis zur Tür. Dort hielt er inne und drehte sich zu ihnen um.

«Wenn Sie mich noch einmal beleidigen, Wieland», sagte er mit leiser, bebender Stimme, «dann bringe ich Sie um.»

«Das habe ich gehört», schrie Cruz. «Ich bin Zeuge dieser Drohung!»

Er wandte sich zu Cruz. «Und was Sie angeht, ich werde den Vorstand bitten, Sie als medizinischen Leiter abzulösen. Sie sind eine Schande für unseren Berufsstand.»

Er verließ den Raum, ohne ihre wütenden Schreie zu beachten.

«Mein Gott», sagte Pantaleon mit einem begeisterten Lächeln. «Das ist Krieg.»

«Es mußte früher oder später passieren», sagte Carriscant. Sie waren gerade unterwegs von Pantaleons Wohnung zur Scheune, wo das Aero-Mobil stand. «Aber ich habe das Gefühl, es wird alles im Sand verlaufen.» Er lächelte ein wenig bitter. «Cruz weiß ganz genau, daß du und ich die eigentliche Quelle des Wohlstands im Krankenhaus sind. Und ich habe Bobby – sogar Taft – auf meiner Seite. Cruz ist am Ende. Wieland ist ein Schwindler und hoffnungsloser Säufer. Wir beide könnten morgen ins San Lazaro überwechseln – die würden uns mit offenen Armen empfangen.» Sie schoben sich durch die Lücke in der Plumbagohecke. «Nein, ich erwarte etwas Hinterhältigeres, etwas Heimtückischeres, etwas, was dem Charakter der beiden entspricht.»

Er sah, daß die Scheunentür weit offenstand, und hörte aus dem Innern zartes Hämmern, kleine Hämmer auf kleinen Nägeln.

«Übrigens», fuhr Carriscant fort, «dieser Lagerraum neben dem Gang zum OP, du weißt, welchen ich meine? Ich habe ihn ausräumen lassen.»

«Wirklich? Wieso?»

«Das ist unsere neue Leichenhalle. Ich lasse ein paar von Cruz' Kühltruhen da reinstellen. Und große Schlösser an der Tür anbringen, damit Braun uns nicht wegkommt. Ich werde sehen, ob ich Ward auch zurückholen kann.» Er zuckte die Achseln. «Das müßte reichen, um uns Cruz und Wieland vom Leib zu halten.» Er wandte sich zur Scheune. «Was hast du jetzt vor?»

«Warte hier», sagte Pantaleon. «Ich zeig's dir.»

Carriscant wartete, während Pantaleon die Scheune betrat und das Gehämmer aufhörte. Er atmete aus und schloß die Augen, spürte, wie die Spannung in seinen Gliedern ächzte und sich steigerte. Er wußte, daß sein Leben im Moment so kompliziert, verwirrt und aufgewühlt war, daß er keine offene Feindschaft zwischen sich und Cruz gebrauchen konnte, aber die gespannte Neutralität, die seit Ende des Krieges im Juli existiert hatte, mußte früher oder später bröckeln. Vielleicht war es besser so, versuchte er sich einzureden, das würde ihn wenigstens von dieser unmöglichen, obsessiven Verliebtheit ablenken, in die er verfallen war ... Cruz auf die Weide schicken, zusammen mit seinen Hunden und Affen, das Krankenhaus in eigener Regie leiten, nach seinen Prinzipien und fortschrittlichen medizinischen Methoden –

«Salvador, schau.»

Er öffnete die Augen. Pantaleons Flugmaschine wurde von einem Quartett örtlicher Schreiner aus der Scheune gerollt. Der dünne spitz zulaufende Rumpf ruhte auf einem Fahrwerk von vier Fahrradrädern, mit einem fünften, weiter hinten, zur Stabilisierung. Das Aero-Mobil hatte zwei Flügel übereinander, die mit einem dichten Netz von schlanken Bambusstreben und angespannten Drähten verbunden waren. In der abgerundeten Nase steckte ein dritter kleinerer Flügel, durch Holzstreben stabilisiert. Hinten war der waagerechte halbkreisförmige Schwanz, und er bemerkte, daß sowohl dieser und der kleine Flügel vorne mit Drahtseil-Zugvorrichtungen verbunden waren, die zu einfachen Holzhebeln über dem vierrädrigen Fahrwerk zurückführten. Der größte Teil des Rumpfes und der Flügel waren mit fast durchsichtigen Seidenpaneelen verkleidet. Er streckte die Hand aus und berührte die Spitze eines Flügels. Das Material war hart und lasiert, es vibrierte unter dem Klopfen seines Fingernagels wie eine Trommel.

«Erstaunlich», sagte er, aufrichtig erstaunt. «Und du bist sicher, daß das Ding hier fliegen wird?»

«Theoretisch ja. Mit Sicherheit weit genug, um den Preis zu gewinnen.»

In seinen Augen sah es sehr zerbrechlich und sehr häßlich aus. Wie ein riesiges mißratenes Modell einer Libelle, grob entworfen, wie von jemandem, dem eher nur beschrieben worden ist, wie eine Libelle aussieht, und der den Auftrag bekommen hätte, eine Nachbildung aus Korb, Streichhölzern und Papier zu konstruieren. Es sah kopflastig und unpraktisch aus ... Und doch hatte gerade seine Klobigkeit, seine Uneleganz etwas Rührendes und Ätherisches. Wie bestimmte Insekten, die aussehen, als seien sie von Gott nie zum Fliegen bestimmt worden, und sich dann doch, zu jedermanns Überraschung, in die Lüfte erheben. Vielleicht wäre es mit Pantaleons Maschine das gleiche.

«Was noch fehlt, sind die Propeller, zwei Stück», sagte Pantaleon, auf eine hölzerne Halterung auf dem unteren, führenden Flügel deutend. «Schraubenpropeller, wie bei Booten, nur größer. Der Motor wird sich hier in der Nase befinden, und wir werden hier Ketten rüberführen, die die Propeller antreiben.»

Carriscant wanderte zum hinteren Teil der Maschine. Er mußte Pantaleon wirklich beglückwünschen. Eine solche idealistische Hingabe, dieses zielstrebige Verfolgen eines Traumes gab es selten. Er kannte Pantaleon kaum wieder. Er spürte plötzliche Tränen der Rührung in seinen Augen, und sein Blick verschwamm mit salzigem Wasser. Tränen des Stolzes und der Bewunderung, Tränen der Liebe für seinen schlaksigen jungen Freund.

Pantaleon wackelte mit dem großen halbkreisförmigen Schwanz. Er war auf einem Block angebracht, der drehbar war, so daß der Schwanz teilweise auf seiner Achse rotieren konnte, eine Spitze konnte sich einen halben Meter senken, während die andere sich entsprechend hob.

«Das ist die entscheidende Steuerung», sagte Pantaleon. «Ich habe ein Jahr gebraucht, sie zu entwickeln, und lange Beobachtung von gleitenden Vögeln – Habichten, Bussarden. Es ist diese Fähigkeit, den Schwanz zu drehen –» er demonstrierte es mit seinen gespreizten Fingern, schwenkte sie von rechts nach links, «– die das Wenden beim Fliegen kontrolliert.» Er lächelte Carriscant an. «Neigung, Gieren und Wenden», sagte er, «das ist das eigentliche, das der Aero-Mobilist in den Griff kriegen muß. Wenn wir erst einmal diese drei Teufel beherrschen, dann wird die Luft unsere neue Domäne ...» Er ging hinüber zu Carriscant und legte ihm seinen Arm um die Schulter. «Bitte, Salvador, weine nicht, es gibt keinen Grund.»

Carriscant wandte sich wortlos ab und schneuzte sich die Nase mit seinem Taschentuch.

«Ich bin überwältigt, Panta, überwältigt.» Er umarmte ihn. «Du ahnst ja nicht, wie gut du mir tust, mein Freund, nach so einem Tag, wie ich ihn gehabt habe, was für eine Inspiration du mir bist.»

Carriscant überwachte persönlich die Aufstellung der Kühltruhen in der neuen Leichenhalle. Eigentlich wurden sie für den Transport von verderblichen Lebensmitteln auf See verwendet und erstmals in Australien entwickelt, hatte Udo Leys ihm erzählt, als Carriscant ihm zum ersten Mal Cruz' Aufbewahrungsmethode beschrieben hatte. Und es war Udo gewesen, dem es gelungen war, ihm diese drei gebrauchten Exemplare zu verschaffen, die nicht ganz so groß waren wie die von Cruz, aber geräumig genug, um jeweils zwei Leichen zu fassen. Er hatte den inneren Futterhohlraum mit frischem Stroh stopfen und das gestanzte Schild auf der Seite ‹Oh Chung Lu, Fleisch & Fisch-Import› übermalen lassen. Die mit Eis gefüllten Truhen (die eine mit Ward, den er aus der alten Leichenhalle gerettet hatte, die andere mit Braun) wurden in die neue Leichenhalle geschoben; in der Mitte des Raumes befand sich ein emaillierter Untersuchungstisch und darunter drei Zinnbecken. An einer Wand stand schon ein Spülbecken, und die Holzbohlen waren auf seine Anweisung mit einem wasserdichten Korkteppich bedeckt worden. Die Leichenhalle würde bestens funktionieren, bis er Cruz' Entlassung bewirken konnte. Sie würde ihm auch, wie er erkannte, einen idealen Platz für seine eigenen Sezierungen und Untersuchungen bieten, sollte er es mal benötigen. Es war nicht mehr nötig, dazu ins Anatomielabor des San-Lazaro-Krankenhauses zu gehen. Alles Notwendige befand sich jetzt unter seinem eigenen Dach.

Um sechs Uhr am nächsten Abend stand er in seiner eigenen Leichenhalle, unschlüssig, ob er jetzt nach getaner Arbeit gleich nach Hause gehen oder noch eine weitere Runde durch seine Stationen machen sollte, als ein Pfleger an die Tür klopfte und ihm einen Umschlag überreichte, auf dem die Worte ‹dringend und persönlich› standen. Er riß ihn auf und las die große, hingeschmierte Krakelschrift.

Lieber Carriscant,
ich brauche dringendst Ihre Hilfe in einer delikaten medizinischen Angelegenheit. Ich wäre Ihnen sehr dankbar, wenn Sie heute abend bei mir zu Hause, 5 Lagarda Street in San Miguel, vorbeikommen könnten, sobald es Ihnen möglich ist, jederzeit heute abend. Ich rechne auf Ihre Hilfe und Verschwiegenheit.

Hochachtungsvoll,
Jepson Sieverance

Sieverances Haus war eine von fünf großen relativ neuen Villen, die im Antillenstil gebaut waren, nicht weit vom Malacanan-Palast entfernt und alle von Mitgliedern des Gouverneursstabs bewohnt. Sie bildeten ein kleines Areal, das Calle Lagarda hieß. Am Eingang zu der Sackgasse gab es sogar einen Wachposten der Marines, der untätig in einem Wachhäuschen saß. Er winkte Carriscants Victoria durch, fast ohne aufzublicken.

Carriscant wurde in das Wohnzimmer im ersten Stock geführt, wo Sieverance ihn begrüßte, eindeutig in einem besorgten Zustand. Sein Gesicht war abgespannt, irgendwie nach innen gesaugt, als hätte er in den letzten vierundzwanzig Stunden dramatisch an Gewicht verloren. Er schüttelte Carriscant übereifrig die Hand, fast unterwürfig in seiner Dankbarkeit.

«Ich weiß nicht, wie ich Ihnen danken soll, Carriscant. Ich stehe tief in Ihrer Schuld.»

«Keine Ursache, wirklich. Was gibt's denn? Sie sehen überhaupt nicht gut aus, muß ich sagen.»

«Hier lang, bitte.»

Er führte Carriscant aus dem Wohnzimmer heraus einen Flur entlang zu, wie Carriscant vermutete, einem Schlafzimmer, wo er sich ungestört untersuchen lassen konnte. Er hielt vor einer Tür inne und klopfte sanft an.

«Delphine?» sagte er. «Können wir hereinkommen?»

Er wußte natürlich sofort Bescheid, ohne jeglichen Zweifel. Er war sich vage bewußt, wie Sieverance die Tür öffnete und er ihm in den Raum folgte. Öllampen an einem Bett, niedriggestellt. Ein Moskitonetzzelt. Das Schwingen des Punkah-Fächers an der Decke, hin und her, hin und her ...

Er befahl seinen Beinen, ihn an das Bett zu tragen, während Sieverance sachte das Netz zurückschlug. Er setzte eine unbewegliche Miene auf, den Blick fest vor sich gerichtet, als sie sich aus ihrem Halbschlaf umdrehte, um zu sehen, wer er war.

Sie hatte mehrere Kissen im Rücken, ihr mattes kastanienbraunes Haar war gelöst, auf ihrem blassen schmerzgeplagten Gesicht lag ein feuchter Glanz von Schweiß.

Sieverance sagte leise zu ihr: «Das ist der Arzt, von dem ich dir erzählt habe, meine Liebe. Das ist Dr. Carriscant.»

Sie runzelte die Stirn, hob einen Arm, wie gegen den blendenden Schein einer Lampe, und ihre Augen weiteten sich ungläubig.

«Guten Abend, Mrs. Sieverance», schaffte er es irgendwie, schnell zu sagen. «Es tut mir sehr leid, Sie unwohl anzutreffen.»

Er spürte sein heißes Gesicht, seine Haut prickelte.

«Dr. Carriscant? ... Doktor?» Sie schüttelte den Kopf, versuchte, ihn klar zu bekommen.

«Der Arzt, von dem ich dir erzählt habe. Das Krankenhaus, weißt du noch? Die neueste Ausstattung.»

Sie schloß die Augen und atmete aus. Er wußte plötzlich instinktiv, daß sie nichts sagen würde.

«Dr. Carriscant ...», wiederholte sie. «Danke, daß Sie gekommen sind.»

Er gestattete sich ein schwaches, zuckendes Lächeln. Er hatte das Gefühl, er würde im nächsten Moment umfallen. Er spürte, wie der Schweiß aus seinen Achselhöhlen quoll, sein Hemd feucht an seinem Rücken klebte. Er zog sich einen Stuhl ans Bett. Nicht zu nahe.

«Wo liegt denn das Problem?»

Sie erzählte ihm, gelegentlich von Sieverance unterstützt, daß sie seit ungefähr einer Woche Schmerzen im Unterleib habe, sie habe das nicht weiter beachtet, habe irgendein Verdauungsproblem vermutet. An diesem Nachmittag habe sie dann heftig erbrochen, und die Schmerzen seien unerträglich geworden. Sie fühlte sich fiebrig. Eine Freundin hatte den Arzt gerufen.

«Sie hat Dr. Wieland gerufen», warf Sieverance ein. «Ich war gerade im Dienst. Dr. Wieland wurde gerufen.» Er warf Carriscant einen bedeutungsvollen, entschuldigenden Blick zu. «Er ist nun mal unser Stabsarzt. Es war das Naheliegende. Leider.»

«Was hat er diagnostiziert?»

«Gar nichts. Er hat ein Abführmittel und Opium verschrieben.»

«Aha. Haben Sie die Sachen genommen?» Sein Blick schwenkte wieder zu ihr. Delphine. Selbst jetzt, wo sie krank ist, ein schmerzverzerrtes Gesicht hat, ihr Haar gelöst, hätte ich Lust ... Er lächelte, ganz Zuversicht.

«Ja, natürlich», erwiderte sie, eine Andeutung von Ärger in der Stimme. «Was hätte ich denn sonst tun sollen? Die Schmerzen haben nachgelassen, das Abführmittel ... » Sie verzog das Gesicht. «Aber das Fieber ist schlimmer, und die Schmerzen kommen wieder, und sehr schlimm.»

«Weswegen ich Sie benachrichtigt habe.» Sieverance sah ihn flehend an.

«Genaugenommen ist Mrs. Sieverance jetzt Dr. Wielands Patientin. Eigentlich kann ich nicht –»

«Zum Teufel damit», sagte Sieverance ungewohnt scharf. «Ich kümmere mich doch nicht um die Nettigkeiten des medizinischen Protokolls. Meine Frau ist ernstlich krank. Es ist mir egal –»

«Jepson», sagte sie erschöpft. «Mach dir keine Sorgen. Dr. Carriscant wird helfen.»

Sie kannte ihre Macht. Schon haben wir ein Geheimnis zwischen uns. Ein stummes Versprechen ist zwischen uns ausgetauscht worden, dachte er.

«Wo sind die Schmerzen?» fragte er.

«In meinem Bauch, unten auf der rechten Seite.»

«Hat Dr. Wieland Sie untersucht?»

«Nein.»

Er seufzte. Unglaublich. «Ich muß es tun», sagte er. «Wenn Sie es mir gestatten. Es tut mir leid, wenn ich wie ein Schulbuch klinge, aber Abtasten ist oft unser bestes diagnostisches Werkzeug. Darf ich?»

Sieverance sah seine Frau um ihre Erlaubnis an.

«Natürlich», sagte sie. «Bitte.»

Vorsichtig legte er das Laken zurück bis zu den Knien. Sie trug ein weißes Baumwollnachtgewand mit einem gerüschten Aufsatz über der Brust. Vom Bett stieg einen Moment lang ein Geruch auf. Ihr Geruch, eine Spur Parfüm und Puder, von frischem Schweiß und ein säuerlicher, kurzer Gestank von Kot. Er sog den Geruch ein, bevor der Punkah-Fächer ihn wegwischte.

«Würden Sie mir mal zeigen...»

Ihr Finger ging zu einem Punkt 7 Zentimeter links von ihrer rechten Hüfte. Sehr zart legte er die Fingerspitzen seiner rechten Hand auf ihren Körper, spürte dessen Weichheit durch die Baumwolle hindurch, die Wärme, und drückte.

«Es tut überall weh da unten. Ich kann eigentlich nicht genau sagen –»

«Sagen Sie mir, wenn es besonders weh tut.»

Er bewegte seine Hand weiter nach links. Unter der Spitze seines kleinen Fingers spürte er das Kratzen ihrer Scham, ein drahtiges Nachgeben. Er bewegte sich noch weiter nach unten. Sie keuchte vor Schmerz. Unter seinen Fingern spürte er die gespannte reife Kapsel des Abszesses, knollig, eiternd, kurz davor zu platzen.

«Darf ich Ihren Atem riechen?» Er hielt sein Gesicht hin, unfähig, ihrem Blick zu begegnen, und sie hauchte ihn an, brakkig und faulig. Er maß ihre Temperatur: 40 Grad.

«Dr. Wieland hat gesagt, ich soll die Abführmittel alle vier Stunden nehmen.»

«Das wundert mich nicht. Er hat keine Ahnung, was er tut. Könnte ich die Mittel bitte haben?»

Sieverance reichte ihm ein Dutzend Papiertüten aus einer Schublade eines Nachttisches, und Carriscant steckte sie ein. Er lehnte sich auf dem Stuhl zurück, legte die Fingerspitzen aneinander, um seine Finger am Zittern zu hindern.

«Mrs. Sieverance, Sie haben das, was man in Amerika ‹Appendizitis› nennt.»

«Was ist das?»

«An einem Teil Ihres Darmes gibt es ein kleines wurmförmiges Anhängsel, das ‹Blinddarm› heißt. Ein ‹Appendix›, ein Anhängsel an Ihrem Darm, das entzündet und geschwollen ist. Ich nehme an, es ist bereits perforiert, was die Schmerzen und das Erbrechen verursacht. Es hat einen Abszeß verursacht, der vermutlich irgendwann innerhalb der nächsten vierundzwanzig Stunden platzen wird.» Er hielt inne. «Und dann passiert folgendes: Die giftigen Substanzen treten in die Bauchhöhle, das Peritoneum. Und wenn das erst mal passiert, können wir nur noch sehr wenig tun.»

«Ich werde sterben.» Sie sah ihn offen an.

«Ja.»

Als die beiden Männer ins Wohnzimmer zurückgekehrt waren, setzte sich Sieverance in einen Sessel und begann leise zu weinen. Carriscant verspürte eine riesige Verlegenheit, schaffte es aber, bei ihm stehenzubleiben, bis er seine Fassung wiederfand, und drückte ihm die Schulter auf eine, wie er hoffte, tröstende Weise. Ihm war selber nach Weinen zumute, während er erklärte, wie ihre Aussichten standen und was getan werden mußte.

«Es gibt keine andere Möglichkeit, Colonel Sieverance. Sie wird sterben. Das habe ich schon zahllose Male erlebt.»

«Aber diese Operation, haben Sie die jemals ausgeführt?»

«Sie ist selten. Ich habe sie zweimal gemacht, aber leider ohne Erfolg.»

«Was meinen Sie damit?»

«Ich war zu spät. Der Blinddarm war gebrochen, die Sepsis war fortgeschritten, nicht mehr kontrollierbar.»

«Jesus Christus, Sie wollen Sie aufschneiden, und Sie haben mit dieser Operation noch nie einen Patienten gerettet?»

«Hören Sie, Wielands lächerliche Abführmittel werden sie nur noch schneller schwächen. Da können Sie genausogut einen Zauberspruch sprechen. Sie muß operiert werden.»

«Ich kann's nicht riskieren.»

«Fragen Sie sie.»

«Sie hat Schmerzen. Wie soll sie da noch klar urteilen können?» Seine Stimme war schrill, mädchenhaft, verrückt vor Sorge. Er stand auf, ging zum Fenster und spähte in die Nacht hinaus. «In einer halben Stunde erwarte ich Wieland.»

«Mann, den dürfen Sie nicht fragen. Er hat keine Ahnung. Schaffen Sie sie ins Krankenhaus. Wir operieren noch heute nacht.»

«Ich möchte auf Wieland warten. Dann werde ich darüber entscheiden.»

Dr. Wieland gab sich keine Mühe, sein enormes Mißfallen zu verbergen, und ebensowenig Dr. Cruz, den Wieland gebeten hatte, ihn zu begleiten, um, wie er sagte, seine Diagnose zu bestätigen.

«Dr. Carriscant hat hier absolut nichts zu suchen», sagte Wieland mit wutverzerrter Stimme. «Mrs. Sieverance ist meine Patientin.»

«Er hat meine Erlaubnis», beharrte Sieverance. «Meine Frau ist krank und ich will, daß sie die beste Behandlung bekommt.»

Wieland mußte das akzeptieren, was er mit sichtbarem Widerwillen tat, bevor er seine Diagnose verkündete.

«Wir glauben, und Dr. Cruz teilt meine Meinung, daß der Darm aufgrund mangelnder Bewegung entzündet ist. Das Kalomel wird die Tätigkeit des Darmes fördern, während das Opium die Schmerzen lindert. Innerhalb von zwei oder drei Wochen –»

«– wird sie tot und begraben sein», sagte Carriscant brutal. Er sah, wie Sieverance zusammenzuckte.

Cruz fuhr ihn an, hart und schnell auf spanisch sprechend. «Wie können Sie es wagen, uns zu widersprechen. Das ist ein ganz klarer Fall von Verstopfung. Dieser ganze modische Unsinn über den Blinddarm ist unverzeihlich unter den gegebenen Umständen. Ich bedaure Ihre Anwesenheit hier und befehle Ihnen –»

«Meine Herren, bitte», sagte Sieverance. «Wenn ich Sie richtig verstehe, lehnen Sie Dr. Carriscants Vorschlag zu operieren vollkommen ab und möchten die Behandlung mit Abführmitteln und Opium fortsetzen.»

«Und einer Brühe viermal täglich», fügte Cruz auf englisch hinzu. «Mit Alkohol. Zur Stärkung.»

«Colonel Sieverance, bitte keine Verzögerung», sagte Carriscant. «Ihre Frau muß sofort operiert werden.»

«Das ist eine Kolik, die den Darm entzündet hat!» brüllte Wieland. «Den Unterleib zu öffnen ist glatter Mord.»

«Der König von England hat sich vor einigen Monaten den Blinddarm entfernen lassen», entgegnete Carriscant, seine Stimme ruhig haltend. «Es hat ihm das Leben gerettet.»

Das schien sie für einen Moment zum Schweigen zu bringen. Dann sagte Wieland ohne rechte Überzeugung: «Wir reden hier nicht über das gleiche Problem, der Vergleich hinkt.» Er wandte sich zu Sieverance. «Das Problem bei jemandem wie Dr. Carriscant ist, daß er ohne zu überlegen operiert. Wenn Sie Verstopfung hätten, würde er Ihnen vorschlagen, sich den Blinddarm entfernen zu lassen. Das ist die sogenannte ‹moderne› Methode, und Dr. Carriscant ist es egal –»

«Einen Moment», unterbrach Carriscant und ging auf Wieland zu, der zurückwich. «Seien Sie vorsichtig mit dem, was Sie sagen, Wieland. Wenn Sie mich verleumden, dann kann ich nicht dafür garantieren, daß –»

«Um Himmels willen!» Sieverance war verzweifelt. «Ich werde mit meiner Frau reden. Ein Moment, bitte.» Er ließ sie im Zimmer allein.

Cruz sagte bösartig: «Sie sind erledigt, Carriscant. Das ist ein krasser Verstoß gegen die ärztliche Ethik.»

«Sieverance hat mich selber hergeholt, Sie Dummkopf.»

«Ja, Sie Dreckskerl», brüllte Wieland, «nur wegen der widerlichen Gerüchte, die Sie Taft ins Ohr geflüstert haben.» Er zeigte mit einem bebenden Zeigefinger auf ihn. «Was ist das bloß mit Leuten wie Ihnen, Carriscant? Sie sind so schneidefreudig. Können es gar nicht erwarten zu schneiden, schneiden, schneiden. Mrs. Sieverance ist nicht irgendeine Leiche in einer Sezierhalle!»

«Natürlich nicht.» Carriscant fing sich noch gerade rechtzeitig, seine Stimme gefühlsgeladen. «Sie steht auf der Schwelle zum Tod. Ich kann sie retten. Ihr beiden Idioten würdet ihre Qualen nur verlängern, sie ein paar Tage hinauszögern mit euren nutzlosen Pulvern.»

«Sie widern mich an», sagte Cruz. «Sie sind ein Wurm, ein Insekt, Sie entehren unsern Berufsstand.»

Die drei Männer standen sich gegenüber, stumm vor lauter Haß. Carriscant spürte, wie ihn eine ungeheure geistige Erschöpfung durchspülte. Sie konnten stundenlang Beleidigungen austauschen, erkannte er. Keiner von ihnen würde nur ein Stück weichen. Er kehrte ihnen den Rücken zu und durchquerte das Zimmer. In einer Ecke stand ein kleiner Flügel, auf dessen Dekkel sich die Noten stapelten. Das war ihre Musik, wußte er instinktiv, als er einige der Noten in die Hand nahm – Brahms, Mendelssohn, Mozart –, und er hielt die Ecke eines Klavierkonzertes an die Nase, als könnte es irgendwie nach ihr riechen.

«Dr. Carriscant», sagte Sieverance, der wieder das Zimmer betrat. «Meine Frau würde Sie gerne sprechen.»

Sieverance begleitete ihn wieder zu ihrem Schlafzimmer. Ihr Gesicht hatte einen gequälten, erschöpften Ausdruck. Die Haare um Stirn und Schläfen waren feucht.

«Ich habe Ihr Geschrei gehört», sagte sie. «Was ist los?»

«Dr. Wieland rät von einer Operation ab», sagte Sieverance.

Sie sah Carriscant direkt an. Die dunklen Augen schienen größer denn je. «Was denken Sie?»

«Ich denke ...» Die Frage brachte ihn völlig aus der Fassung, und er spürte ein Gefühl in sich anschwellen, das er nicht erkannte. Ihr Blick war ausschließlich auf ihn gerichtet. «Ich denke, daß Dr. Wieland ein Dummkopf und Scharlatan ist, und es wäre Wahnsinn, auf ihn zu hören», sagte er. Er wollte ihre

Hand ergreifen und sie an seine Lippen drücken. «Sie haben nicht viel Zeit», sagte er mit beherrschter Leidenschaft. «Diese Operation ist sehr einfach. Richtige Gefahr besteht nur, wenn man zu lange zögert.» Er hoffte, seine Augen würden alles sagen, was seine Worte nicht sagen konnten: Ich werde dich retten, ich werde dich wieder gesund machen, vertraue mir dein Leben an, niemandem wird es so kostbar sein wie mir.

Sie hob schwach die Hand, schien sie ihm darbieten zu wollen, als hätte sie seine Gedanken gehört. Sieverance trat vor und ergriff sie.

«Ich entscheide mich für Dr. Carriscant», sagte sie.

In den Körper hinein

Das Morphium hatte sie beruhigt, ihr Mund war locker, die Augen halb geschlossen, unfokussiert, sahen die Welt durch den Schleier ihrer Wimpern. Pantaleon stand an ihrem Kopf mit seiner Maske und seiner Chloroform-Tropfflasche. Zwei OP-Schwestern mit ihren gestärkten Schürzen und Rüschenkappen warteten neben den geriffelten Schalen glänzender Instrumente. Delphine Sieverance lag noch im Nachthemd auf dem OP-Tisch, da sie direkt aus ihrem Haus in den OP-Saal geschafft worden war. Es gab keine Zeit zu verlieren. Alles war mit der allergrößten Eile vorbereitet worden.

Pantaleon sah ihn an. «Der Wind frischt auf. Zeit, den Anker zu lichten.»

Carriscant nickte, und Pantaleon tröpfelte Chloroform auf die Maske. Binnen weniger Sekunden war sie bewußtlos. Carriscant griff nach dem Saum ihres Nachthemdes und erinnerte sich. Eine entscheidende Vorbereitung ...

Er räusperte sich. «Würdet ihr bitte den Saal verlassen. Nur für ein paar Augenblicke. Alle bitte, Pantaleon.»

Die Schwestern und Pantaleon tauschten Blicke aus und verließen den Raum ohne weitere Fragen. Carriscant schloß die

Augen, und ein kleines Beben lief durch seinen Körper. Er packte den Saum des Nachthemdes, hob es und schob es ihren Körper hoch, bis es sich über ihren Rippen bündelte. Sein Blick ging zuerst zu dem dichten goldbraunen Busch ihrer Schamhaare und registrierte dann die Blässe ihres Leibes, fast gebleicht im Vergleich zu der gespannten entzündeten Fläche ihres Unterleibes, wo die Entzündung grell unter ihrer Haut glühte, die fatale Rötung beginnender Peritonitis. Er holte tief Luft, drehte sich um und suchte in einem Schrank unter dem Waschbecken die Instrumente, die er brauchte. Er fand sie und zog das Rasiermesser schnell an dem dicken Lederriemen ab, der über den Hähnen hing. Wieder über ihren Körper gebeugt, schäumte er mit dem Pinsel auf der Rasierseife schnell einen Schaum auf, und dann, mit kurzen kreisförmigen Schwüngen, arbeitete er die weißen Flocken in die drahtigen Locken ihrer Schamhaare hinein. Automatisch überprüfte er die Klinge an seinem Daumen, bevor er mit vier oder fünf energischen Strichen die Haare auf ihrem Venushügel abrasierte. Er wischte die restliche Seife mit einem Handtuch weg und konnte nicht widerstehen, seine Hand für einen Moment dort draufzulegen, spürte, wie glatt und kühl es war, bis die Hitze seiner Handfläche die Haut wärmte. Er bewegte seine Hand Zentimeter nach links und spürte, sanft tastend, die pralle Form des Abszesses. Er machte winzige Markierungen auf ihrer Haut zur Orientierung – meine Markierungen, dachte er, mein Zeichen – und um die Fläche zu umreißen, die er schneiden würde. Er legte weiße Tücher über Bauch und Schenkel und ließ nur die zu operierende Fläche frei, und dann rief er die anderen wieder herein. Sie sagten nichts, machten keine Bemerkung über das, was in ihrer Abwesenheit geschehen sein mochte, und nahmen wieder ihre Positionen ein.

«Skalpell.»

Carriscant spürte, wie die Schwester den schlanken beschwerten Griff des Messers in seine offene Handfläche drückte. Seine Finger schlossen sich, und das plötzliche Entsetzen, das ihn durchschnitt, ließ ihn fast vor Schrecken taumeln. In all den Jahren als Chirurg, bei all den Hunderten von Malen, die er mit einem Messer über einem lebendigen Menschen gestanden hatte,

hatte er nie etwas anderes als das Hochgefühl der Arbeit verspürt, die er im Begriff war auszuführen. Die aufsteigende Angst war ihm schockierend unvertraut. Er verspürte ein Beben in seinen Händen, als er sie auf ihren gespannten geröteten Bauch legte. Was ging mit ihm vor? Wo kam diese grauenhafte Unsicherheit her?

Er zwang die gebogene Klinge, in die Haut zu schneiden, knapp über dem Leistenband auf der rechten Seite, zwang sich, noch mehr Druck auszuüben, bis das Skalpell die Epidermis durchschnitt und das Blut hervortrat. Er zog das Messer rüber, machte einen Schnitt von etwa 18 Zentimetern, wodurch das blutbefleckte Fettgewebe zum Vorschein kam, und dann die perlmuttartige Oberfläche des Bauchfells, wie weicher rotgeäderter gelber Marmor. Dies war der Moment: Noch ein Schnitt, und die Bauchhöhle war geöffnet. Er vergrößerte die Öffnung, griff dann mit seinem Finger hinein und schob ihn in ihren Körper, um den Blinddarm zu finden. Er ortete ihn, jetzt zu einem eiternden Abszeß angeschwollen, und zog ihn sanft aus dem Körper. Er führte einen Schlauch in die entstandene Höhle ein und saugte die Flüssigkeit ab. Die Schwestern tupften und säuberten. Er band den Blinddarm ab und trennte ihn durch. Er schloß die Wunde und nähte sie, verband den Schnitt mit jodiertem Mull.

Er trat zurück und sah auf die Uhr an der Wand – es waren nur fünfunddreißig Minuten vergangen. Er fühlte sich erschöpft, am Boden zerstört. Er wusch sich die Hände und ging wie benommen zum Umkleidezimmer. Er setzte sich auf einen Stuhl, die Ellbogen auf den Knien, mit hängendem Kopf, und beobachtete, wie die Schweißtropfen von seiner Nasenspitze auf die sechseckigen Bodenkacheln tropften. Er hörte, wie Pantaleon hereinkam, und spürte den beruhigenden Druck auf seiner Schulter.

«Alles gut gelaufen», sagte Pantaleon. «Ich glaube, wir hatten gerade noch ein, zwei Stunden Zeit.»

«Ich geh mal lieber zu Sieverance.»

Er zog sich um und ging zu seinem Sprechzimmer, wo Sieverance wartete, und sagte ihm, daß die Operation vorüber sei und es keine Komplikationen gegeben habe. Zu seinem Schrekken und seiner Verlegenheit brach Sieverance in seinen Armen zusammen, in einer Art weinender Ohnmacht, und mußte mit einem kleinen Glas Brandy wiederbelebt werden.

«Es ist alles in Ordnung», sagte Carriscant zu ihm. «Es ist vorbei. Es ist gutgegangen. Ich bin sicher, sie wird sich schnell erholen.»

Sieverance klammerte sich an ihn, seine Finger krallten sich in seinen Bizeps, wie ein Ertrinkender, den man gerade aus dem Wasser geholt hat.

«Gott segne Sie, Carriscant», sagte er. «Gott segne Sie, das werde ich Ihnen nie vergessen.»

Carriscant sagte irgendwas zu ihm, irgendwas Verbindliches und Tröstendes, wissend, daß in Sieverances Bemerkung eine doppelte Dosis Wahrheit lag. Er würde es nie vergessen, das stand fest, ebenso wie es feststand, daß er auch nie aufhören würde, es zu bereuen.

Ein ‹einfacher Chirurg›

Salvador Carriscant starrte auf die verschränkten Finger seiner Hände, als er versuchte zu beten, betrachtete die waagerechten und senkrechten Falten auf seinen Knöcheln, jede einzigartig und anders, wie chinesische Schriftzeichen, die in die lose Haut über den Fingerknochen eingekerbt waren. Wieso war das so, fragte er sich müßig. Das erste Glied, sagen wir, meines linken kleinen Fingers bewegt sich auf genau die gleiche Weise wie das entsprechende meines rechten Fingers, und doch bildet die gefaltete Haut auf dem linken einen deutlichen Netzeffekt, während auf dem rechten –

Er hob den Blick zum Genick des Mannes, der mit gesenktem Kopf vor ihm in der Kirchenbank saß. Kragen zu eng, auf beiden Seiten kleine überlappende Fleischwülste. Haare, die den Nakken hinunterwuchsen. Nein. Eher hochwuchsen, von seinem Rücken. Wie weit sollte der Friseur schneiden? Ziehen Sie bitte

Ihr Hemd aus, Sir. Er blickte wieder auf seine zum Gebet verschränkten Hände: die Haut zwischen den Fingergliedern, mit ihren kleinen säuberlichen Haarfeldern, die fast gepflegt aussahen und alle in die gleiche Richtung wuchsen. Am dichtesten auf dem Ringfinger, sonderbarerweise, ob das bei anderen Männern auch so ist? Ein Leberfleck auf seinem Handrücken. Oder vielleicht eine große Sommersprosse?

Er dachte sofort an die Sommersprossen auf Delphine Severances Unterarm, auf dem sein Blick geruht hatte und gewandert war, als er am Tag zuvor ihren Puls gemessen hatte. Sommersprossen auch an ihrem Hals, oben auf ihrer Brust und auf den zarten Einbuchtungen ihres Schlüsselbeins. Wie weit hinunter gehen sie, fragte er sich. Waren ihre Brüste und Schultern gesprenkelt wie eine Forelle, wie ein Hühnerei, eine leichte Schattierung? Auf ihrem Bauch hatte sie keine, auch nicht auf ihrem –

Er schloß die Augen, und der Priester forderte die Gemeinde auf, gemeinsam mit ihm zu beten. Carriscant bewegte die Lippen und spürte, wie ein Ton aus seiner Brust entwich, halb sehnsüchtiges Stöhnen, halb frustriertes, schmerzvolles Grunzen. Annaliese stieß ihn scharf mit dem Ellbogen an, und er sah sich nach ihr um, sein Blick voller frommer Reue, und er klopfte sich auf die Brust und machte ein Gesicht, als hätte er Verdauungsprobleme.

«... tibi Domine commendamus animam famuli tui, ut defunctum saeculo, tibi vivat ...»

«Amen», brachte er heraus.

Die Gemeinde versammelte sich auf den Stufen der Santa-Clara-Kirche, während alle auf ihre Kutschen warteten. Annaliese plauderte mit Bekannten, während Carriscant alleine dastand, die Hände hinterm Rücken, den Kopf gesenkt, und mit seiner Schuhspitze einen Rhythmus auf der gesprungenen Marmorstufe klopfte. Er atmete aus und setzte für eine spanische Familie, die er vage kannte, ein Lächeln auf – ein Mann, der seiner uralten, in Spitzen gehüllten Schwiegermutter die flachen Stufen zur wartenden Victoria hinunterhalf. Ihr Gesicht war weiß und stumpf von Gesichtspuder. Wie alt? Irgend etwas über achtzig. Was sie für Veränderungen erlebt hat! Wenn sie nach rechts sah, konnte sie das große Stars-and-Stripes-Banner über Fort Santiago wehen sehen, zu ihrer Linken die Plaza Mayor, jetzt in Plaza McKinley umbenannt, zu Ehren des ermordeten Präsidenten. Vor sechzig Jahren, als sie eine junge hochmütige *Peninsulara* gewesen war, wären solche Vorstellungen, solche Veränderungen, jenseits der Grenzen der wildesten Phantasien gewesen. Sie wurde vorsichtig in die kleine Kutsche verfrachtet, und ein paar Enkelinnen kletterten hinzu. Sie blickte geradeaus, tintenfischschwarze Augen, feucht und unbarmherzig. Wieviel von diesem neuen Jahrhundert würde sie noch sehen, fragte er sich. Wahrscheinlich bereit, jetzt zu gehen, begierig. Das passiert. Der Körper ermüdet, der Geist spürt seine Erschöpfung: bereit zu gehen.

Er grübelte noch über diese Frage, als er und Annaliese nebeneinander in ihrer Kutsche saßen, während sie die Calle Palacio entlang in Richtung nach Hause gefahren wurden. Annaliese erzählte irgendeine Tratschgeschichte, die er kaum registrierte. Die Kutsche mußte einen Umweg fahren, über die Calle de Ando, da die Amerikaner ein Stück Kopfsteinpflaster auf der Palacio aufgerissen hatten, um die Straße zu asphaltieren. Sie bogen links ab, und als sie die Calle Real überquerten, wies er plötzlich den Kutscher Constancio an anzuhalten.

«Wo gehst du hin?» fragte Annaliese überrascht, als er die kleine Tür an seiner Seite öffnete.

«Zum Krankenhaus. Da wir so nah sind. Mir ist eingefallen, daß ich noch einen Patienten besuchen muß. Ich habe gestern operiert. Ich mache mir etwas Sorgen.»

«Aber es ist Sonntag», protestierte Annaliese, ihr Blick schwer vor . . . vor was? Enttäuschung? Mißtrauen?

«Meine Liebe, Krankheit kennt keine freien Wochenenden.»

«Sei nicht so herablassend –» Sie setzte wieder an, mit einer leisen, rohen Stimme, sich des breiten Rückens von Constancio bewußt, der zuhörte. «Aber du bist zur Zeit nie zu Hause, nie. Wieso ziehst du nicht gleich dort ein und stellst dein Bett dort auf?»

«Ein höchst amüsanter Vorschlag, meine Liebe, aber wirklich –»

«Salvador.» Ihre Stimme duldete keinen weiteren Widerspruch. «Das kann bis morgen warten. Nichts ist so dringend.»

«Du verstehst nicht. Das neue amerikanische Krankenhaus stellt eine ernstliche Konkurrenz dar. All diese Vertragschirurgen, die sie von drüben holen. Ich denke nur an unsere Zukunft.» Die Lüge klang schwach und plump. Er spürte, daß er es im Mund schmecken konnte, etwas Säuerliches, Aschenes. Er trat ohne ein weiteres Wort zurück, winkte und lächelte und schritt davon die Calle Real entlang zu seinem Krankenhaus.

Delphine Sieverance hatte sich langsam, aber sicher von ihrer Operation erholt. Die erste Woche war die schlimmste gewesen. Alle waren von der quälenden Angst ergriffen, daß sie Bauchfellentzündung bekommen könnte, aber als die Zeit verging und sie wieder zu Kräften kam, war klar, daß die Operation ein voller Erfolg gewesen war. Sie war jetzt seit fast zwei Wochen im San Jeronimo, in einem Privatzimmer, und konnte sich schon selber aus dem Bett schwingen und ein paar schlurfende Schritte zum Fenster tun. Carriscant besuchte sie grundsätzlich täglich, auch wenn es nur für ein paar Minuten war, aber selten allein. Sieverance hatte eine amerikanische Schwester engagiert, die nachts bei ihr wachte, und er selber war auch oft da. Sie bekam zudem viel Besuch von Freundinnen, und die Nachricht von der Operation, dem Risiko und Delphines stetiger Rekonvaleszenz hatte Carriscant bereits eine Zunahme amerikanischer Patienten eingebracht. Sein Ruf hatte sich verbreitet, und er hatte mehr zu tun denn je. Aber das Wesentliche war für ihn ihre Anwesenheit: Sie war *da*, in der Nähe, unter seinem Dach. Er konnte die Treppe hinaufgehen, an ihre Tür klopfen, ihr Fieber messen, ihr Krankenblatt prüfen, ihren Verband auswechseln lassen. Er konnte in ihrer Nähe sein, er konnte bei ihr sein, wann immer er wollte. Wenn es juckte, konnte immer gekratzt werden, das Sehnen immer befriedigt werden. Aber jetzt war es der Gedanke, daß sie bald entlassen würde, was ihn zusehends niederdrückte. Sieverance hatte ihn gefragt, ob sie zu Weihnachten schon wieder zu Hause sein könnte, und Carriscant hatte gesagt, das sei sicher möglich. Allein schon die Tatsache, daß sie wieder anfing zu laufen, machte es ihm schwer, darauf zu bestehen, daß sie noch länger im Krankenhaus blieb.

Er ging die Treppe zu ihrem Zimmer hoch und begegnete an ihrer Tür einer Schwester, die gerade auf einem Tablett die Reste einer Mahlzeit forttrug. Er klopfte und trat ein, als sie antwortete. Sie saß im Bett auf, in die Kissen gelehnt, ihre matten rötlichen Haare lose um ihre Schultern, ein geöffnetes Buch auf ihrem Schoß. Durch das offene Fenster konnte er über die riesigen überwucherten Stadtmauern hinweg einen Teil des botanischen Gartens sehen, mit seinen ungepflegten, struppigen staubigen Alleen, gesäumt von einer trüben braunen Schleife des Pasig. Von den Küchen von Quiapo dahinter stieg Mittagessensrauch auf. Heute morgen war es dunstig, dachte er, feucht, es hätte ein Tag im Juni sein können.

«Mrs. Sieverance, wie geht es Ihnen?»

«Besser denn je.» Sie lächelte ihn an. Sie freute sich immer, ihn zu sehen. Das wußte er. Der Mann, der ihr das Leben gerettet hatte. Sie vertraute ihm, ihr Freund, ihr Retter. «Ich habe mich zum Lesen in den Sessel gesetzt. Ich bin aufgestanden und wieder ins Bett gegangen. Kein einziges Kneifen.»

«Wir werden Ihre Nähte bald ziehen können.»

«Kann's kaum noch erwarten.»

«Darf ich?» Er legte seine Handfläche auf ihre Stirn. Diese Ausreden, sie zu berühren, wie lange hatte er sie noch? Ihre braunen vertrauensvollen Augen blickten zu ihm auf. Er griff nach ihrem Handgelenk und machte sich daran, ihren Puls zu prüfen. Ihre Lippen waren leicht geöffnet, und er sah, wie ihre rosarote Zungenspitze die Vorderzähne mit Speichel benetzte. Ihre Haare waren dicht, trocken, glanzlos, fast matt. Ihr Nachthemd war aus hellblauer Baumwolle. Ihre Bettjacke war mit kleinen vornehmen Rhomben besteppt und mit roten Kreisen bestickt. Er mußte sprechen.

«Henry James», sagte er, auf das Buch deutend. Es war *Portrait of a Lady*. «Ich habe nur *Daisy Miller* gelesen.» Er ließ ihr Handgelenk los.

«Wissen Sie, daß ich ihm einmal begegnet bin?» sagte sie. «In der Schweiz, in Genf, vor ein paar Jahren. Ich wurde ihm von einer Freundin vorgestellt, die ihn gut kannte. Constance Fenimore Woolson. Sie war eine außergewöhnliche Person, wundervoll. Kennen Sie ihre Romane?»

«Nein, leider nicht. Hier draußen verlieren wir den Anschluß.»

«Ich werde sie Ihnen leihen.»

«Danke, das fände ich nett.» Der Plan wuchs und blühte auf der Stelle. Ein Austausch von Lesestoff. Annaliese las immer Romane, das Haus war voll davon. «Haben Sie und Colonel Sieverance eine Reise durch Europa gemacht?»

«Nein, da war ich noch nicht mit ihm zusammen. Er hätte –» Sie wollte fortfahren und etwas ein wenig Unvorteilhaftes sagen, wie er vermutete, aber sie hielt sich zurück. «Wir waren damals nicht verheiratet. Nein, ich war mit einer Freundin und ihrer Tante unterwegs.» Sie lächelte ihn an, etwas spöttisch, fand er. «Colonel Sieverance und ich sind erst seit vier Jahren verheiratet. Ein paar Dinge können wir Frauen auch alleine bewältigen, wissen Sie. Einige von uns sind sogar in der Lage, eine Schiffspassage zu kaufen, mit dem Schiff über den Ozean zu fahren und in fremde Länder zu reisen.»

«Sie dürfen sich nicht über mich lustig machen, Mrs. Sieverance», sagte er. «Ich bin bloß ein einfacher Chirurg.»

Ihr lautes Lachen erschreckte und erregte ihn. Es war ein gespielt entrüstetes Wiehern, selbstbewußt und heiser. Er hörte es wie ein Hosianna in seinen Ohren klingen.

Er grinste sie glücklich an. Wie ein Trottel.

Sie runzelte plötzlich die Stirn. «Das dürfen Sie nicht mit mir machen, Dr. Carriscant. Das tat weh.» Sie griff unter das Laken, um ihre Seite zu berühren, und drehte sich um, um eine bequemere Stellung einzunehmen. Carriscant meinte, in der Art und Weise, wie sich ihre Bettjacke bewegte, das Rollen ihrer Brüste unter ihrem Nachthemd entdecken zu können, während sie das Gewicht von einer Hüfte zur anderen verlagerte. Er spürte, wie ihn völlige Hilflosigkeit durchflutete.

«Ein einfacher Chirurg, von wegen», sagte sie und drohte ihm mit dem Finger. «Das akzeptiere ich keine Minute lang. Nicht eine Minute lang.»

In dem Moment kam die Krankenschwester wieder, und er sagte, er müsse jetzt gehen.

«Diese Schriftstellerin, von der Sie sprachen. Wie hieß sie doch gleich?»

«Fenimore Woolson. Ich werde meinen Mann bitten, das Buch zu bringen.»

«Nein», sagte er zu schnell. «Ich meine, äh, keine Eile. Ich werde hin und wieder nach Ihnen sehen müssen, wenn Sie wieder zu Hause sind. Dann kann ich es jederzeit mitnehmen.»

Er hielt inne, plötzlich ängstlich. Das war die falsche Note, genau die falsche Note, um sich zu verabschieden. Zu vertraulich, zu sehr voller Annahmen. Er mußte sich etwas anderes einfallen lassen, und wie es oft in Streßsituationen passiert, lieferte sein Gehirn nur Banalitäten.

«Gibt es irgendwas, was Sie gerne hätten?» sagte er. «Irgendwas Besonderes, was ich Ihnen besorgen kann? Ich weiß nicht, ich –»

«Ja, eigentlich schon», sagte sie. «Ich habe Jepson schon darum gebeten, aber er hat kein Glück gehabt. Ich habe solche Lust auf kandierte Veilchen. Kristallisierte Veilchen, wissen Sie? Unendliche Lust. Das ist meine Lieblingsspeise. Ich habe sie pfundweise mitgebracht, aber ich habe sie inzwischen alle aufgegessen. Wenn ich hier sitze und lese, möchte ich hin und wieder meine Finger in eine Schale mit kandierten Veilchen tauchen. Ich ertappe mich dabei, wie meine Hand ins Leere greift. Glauben Sie, Sie könnten sie in Manila auftreiben?» Sie sah ihn verschmitzt, neckend an. «Dann würde ich noch tiefer in Ihrer Schuld stehen, Dr. Carriscant.»

«Ich werde mein –» Er räusperte sich, plötzlich nervös, plötzlich gerührt. Die Luft schien auf einmal voller Möglichkeiten. «Ich werde sehen, was ich tun kann.» Er setzte ein kurzes Lächeln auf und war weg.

Kaffee mit Paton Bobby

Die Staatliche Eisfabrik befand sich am Südufer des Pasig neben der Colgante-Hängebrücke. Carriscant sah zu, wie drei riesige dampfende Eisblöcke aus dem Fabriklager gewinscht und auf die knarrenden Planken eines *Caraboa*-Wagens heruntergelassen wurden. Die gelassenen Büffel standen reglos in ihren Spuren, blinzelten die lästigen Fliegen weg, während Schlieren von grünem Wiedergekäutem von ihren langsam arbeitenden Kiefern herabtropften.

Während der vierte Block auf die Planken herabgelassen wurde, wiederholte Carriscant seine Anweisungen. «Ihr habt zwanzig Minuten Zeit. Es gibt keine Bezahlung, wenn auch nur zehn Prozent geschmolzen sind.» Die *Caraboa* wurden eifrig in Bewegung gepeitscht, und der Wagen rumpelte langsam davon in Richtung Puerta del Parian hinein in die ummauerte Stadt.

Er hörte, wie jemand seinen Namen rief, und drehte sich um. Paton Bobby lehnte sich aus einer Victoria und winkte ihn herbei.

«Ich habe Sie im Krankenhaus gesucht», sagte er. «Man hat mir gesagt, Sie wären unterwegs, um Eis zu kaufen. Immer noch dabei, sie frisch zu halten, ha?»

«Erstaunlich gut. Wenn wir alle drei Tage die obere Eisschicht austauschen, die obersten dreißig Zentimeter oder so, dann scheinen sie sehr gut zu halten. Der Boden der Truhe ist massives, impaktiertes Eis. Scheint zu schmelzen und, während es heruntertropft, wieder zu frieren.»

«Toll. Also können wir die neue Kühlanlage vergessen.»

In San Miguel befand sich eine neue Kühlanlage, die vor kurzem neben den Schwesternquartieren errichtet worden war. Carriscant hatte vorgeschlagen, diese Anlage zu nehmen, wo sie die Leichen auf unbestimmte Zeit lagern könnten, aber Wieland hatte den Wunsch offiziell abgelehnt, mit der Begründung, daß es hygienisch bedenklich sei. Jetzt war es egal. Es gab keinerlei Anzeichen von Verwesung.

«Ich muß zugeben, die Truhen von Cruz sind wirklich sehr wirkungsvoll. Jedenfalls wissen wir jetzt, wo sie sind und wer an sie herankommt.»

«Genau», sagte Bobby. «Das war eine gute Idee. Gerissen.»

«Gibt's irgendwas Neues?»

«Vielleicht ... Haben Sie eine halbe Stunde Zeit? Kann ich Sie zum Tee oder Kaffee einladen? Wir können zum Amerikanischen Klub fahren.»

Der Amerikanische Klub befand sich in der Calle de San Augustin in Intramuros, nicht weit vom Krankenhaus entfernt. Es war ein altes, weitläufiges Gebäude, bei dem einige der Innenwände im ersten Stock entfernt worden waren, um große Gesellschaftsräume zu schaffen, vor allem einen Speisesaal und einen geräumigen Salon mit Punkah-Fächern und Rattan-Möbeln und monatealten Exemplaren amerikanischer Zeitungen. Die Fenster waren nicht verglast; statt dessen waren die alten durchscheinenden *Kapis* beibehalten worden, die ein gefiltertes, weiches Licht erzeugten und die Ecken des Raumes dunkel und schattig ließen. Ein chinesischer Kellner brachte ihnen amerikanischen Kaffee und einen Teller mit kleinen gesüßten Reiskuchen. Der Klub war zu dieser Stunde fast leer. Carriscant sah in einer Ecke einen Marineoffizier in einem Deckstuhl schlafen, eine Gruppe Geschäftsleute in weißen Drillichanzügen, die Poker spielten, der Rauch ihrer Zigarren von dem langsamen Schwung der Punkah-Fächer kaum bewegt, und von einem Raum im hinteren Trakt, mit Blick auf die *Azotea*, ertönte das dumpfe elfenbeinerne Klacken von Billardkugeln.

Bobby trank seinen Kaffee, aß drei Reiskuchen und stopfte sich eine kleine Pfeife mit Tabak aus einer weichen Ledertasche. Die Pfeife hatte einen winzigen Kopf, so klein, als schien sie für einen Raucherlehrling entworfen zu sein. Bobby paffte sie schnell an und stieß aus dem Mundwinkel eine Rauchfahne aus.

«Bei euch wächst wirklich toller Tabak, das muß ich euch lassen.»

«So daß sich die ganze Kolonisierung lohnt?»

«Ach, mit diesen Dingen kenne ich mich nicht aus. Ich rauche einfach gern.»

Sie unterhielten sich ein bißchen über Taft, über die Gerüchte, daß Roosevelt ihm einen Posten am Obersten Gericht angeboten hätte.

«Meinen Sie, er wird gehen?» fragte Carriscant.

«Er ist Rechtsanwalt. Ein oberster Bundesrichter steht an der Spitze der gesamten Justiz.»

Sie schwatzten weiter, Carriscant wartete geduldig. Er kannte Bobby inzwischen gut genug, um zu wissen, daß er sich nicht ohne Hintergedanken so gesellig gab. Und kurz darauf lehnte sich Bobby auch schon vor, Ellbogen auf die Knie gestützt.

«Wieland sagt, er hat Sie in Sampaloc gesehen. In einer Spelunke.»

«Ja.» Er war nicht überrascht. Es war unwahrscheinlich gewesen, daß Wieland diese Information für sich behalten würde, vor allem jetzt, aber wieso interessierte Bobby das? «Wieland war übrigens betrunken», fügte Carriscant zur Sicherheit hinzu. «Sehr betrunken.»

«Gehen Sie da oft hin? Wobei mir das egal ist», fügte er schnell hinzu. «Ich hure selber von Zeit zu Zeit herum.»

«Ich habe einen Krankenbesuch bei der Mutter meines Kochs gemacht.»

Bobby sah ihn an, mit ausdruckslosem Blick. Gibt mir Zeit, die Geschichte zu ändern, dachte Carriscant. Alter Polizistentrick.

«Ein Leistenbruch.» Wieso log er? Es wäre so leicht, ihm die Lüge nachzuweisen.

«Wieland hat nicht gesehen, daß Sie wieder gegangen sind. Schätzt, daß Sie die Nacht da verbracht haben.»

«Was soll das Ganze? Wieland war nicht in der Lage, überhaupt etwas zu sehen. Ich bin gegangen. Ich habe ihn übrigens auch nicht gesehen.»

Bobby leerte seine Spielzeugpfeife mit ein paar scharfen Klopfern gegen den Rand eines Aschenbechers.

«Sie sind nie wieder hingegangen?»

«Nein.»

Bobby machte ein Gesicht, als hätte er gerade ziemlich schlechte Nachrichten gehört. Er erhob sich, nickte einem der kartenspielenden Geschäftsleute zu und klopfte geistesabwesend auf seine Uniformtaschen, als hätte er seine Brieftasche vergessen.

«Ich möchte Ihre Zeit nicht noch länger beanspruchen, Dr. Carriscant, aber ich wäre Ihnen dankbar, wenn Sie mit mir noch einen Besuch machen würden.»

«Ich habe nicht den ganzen Tag Zeit», sagte Carriscant, sich erhebend. «Wo gehen wir hin?»

Die Polizeistation an der Puerta del Parian war ein Gebäude, an dem Carriscant Hunderte Male vorbeigegangen war, ohne daß es ihm mehr als den flüchtigsten aller Blicke entlockt hätte. Es war aus *Bulik*-Luftziegeln gebaut, und seine Fenster im Erdgeschoß waren extravagant vergittert, als wären barocke gußeiserne Käfige um die Schießscharten herumgebaut worden. Innen war es erstaunlich kühl, die dicken Mauern hielten die Hitze der Nachmittagssonne ab. Bobby führte ihn einen Flur entlang und drückte eine eisenbeschlagene Tür auf. In der Mitte des Raumes stand ein kleiner Schreibtisch, an dem ein einheimischer Wachtmeister saß, und an der gegenüberliegenden Wand war ein wackliges Holzgestell. Darauf saß ein alter Mann, der geduldig eine Zigarette rauchte. Carriscant erkannte ihn sofort.

«Kennen Sie diesen Mann?» fragte Bobby.

«Nein.»

Der Alte begann auf Tagalog zu schnattern, zeigte mit seiner Zigarette direkt auf Carriscant, grinste und kicherte, entblößte seine wenigen betelroten Zähne.

Der Wachtmeister übersetzte. «Er hat diesen Mann in dem Akazienwald zwischen Sampaloc und Nactajan am Morgen jenes Tages gesehen. Er lebt in Nactajan. Er hat in der Morgendämmerung Holz gesammelt und hat diesen *Americano* im Wald entdeckt. Das ist der Mann.»

Bobby wandte sich an Carriscant, seine Miene leer, neutral. «Ist da irgend etwas Wahres dran?»

«Natürlich nicht.» Carriscant log, aus irgendeinem Grund, sofort, ohne sich zu sammeln, ohne Angst. «Was geht hier vor, Bobby?»

«Wir müssen alles verfolgen.» Er zuckte die Achseln. «Das einzig Ungewöhnliche, das einzige, was nicht so war wie sonst in Sampaloc in der Zeit, als Braun verlorenging, war dieser

‹Amerikaner›, der im Morgengrauen gesehen wurde. Dieser Alte hier hat uns eine sehr genaue Beschreibung geliefert. Ich muß gestehen, je mehr er erzählt hat, desto mehr klang es nach Ihnen.»

«Den hab ich noch nie in meinem Leben gesehen.»

«Und dann gibt's da noch einen *Barca*-Fährmann, der gesagt hat, er hätte einen *Kastila* befördert. Jedenfalls sprach er Spanisch mit ihm. Bei Tagesanbruch desselben Tages. Aber er kann uns keine Beschreibung liefern. Scheint, daß für ihn alle *Kastilas* gleich aussehen ... Aber irgend jemand, irgendein Weißer, war zu der Zeit da draußen in Sampaloc. Ich will herausfinden, wer.»

«Sie glauben, dieser Mann könnte Braun umgebracht haben?»

«Ich weiß nicht. Ich stelle nur meine Nachforschungen an.»

Der Alte fing wieder an zu quasseln, und alle blickten sich um. Sein Gesicht war eine fröhliche, faltige Grimasse, als er sich hin und her wiegte, während seine Faust unten in seinem Schoß auf und ab pumpte und seine andere Hand mit der glühenden Spitze der Zigarette auf Carriscant zeigte. Der Wachtmeister schnauzte ihn zornig an aufzuhören.

«Was ist los?» wollte Bobby erstaunt wissen.

Die Verlegenheit des Wachtmeisters war offensichtlich. «Er sagt, dieser Mann», dabei warf er einen Blick auf Carriscant, «er sagt, er hat seinen Pimmel gehalten. Sie wissen schon, mit der Hand, er hat gespielt –»

«Hören Sie auf», sagte Bobby. «Mir reicht's. Schaffen Sie diesen widerlichen Trottel hier weg.»

Bobby und Carriscant standen in der Nachmittagssonne auf den Stufen zur Polizeistation. Carriscant versicherte Bobby ein weiteres Mal, daß alles in Ordnung sei, daß er verstehe, daß Bobby nur seine Arbeit mache, und daß er wirklich zum Krankenhaus zurücklaufen wolle.

«Ich kann Ihnen gar nicht sagen, wie leid es mir tut», wiederholte Bobby. «Perverser alter Bastard.» Er schwitzte sichtlich vor Verlegenheit und Unbehagen, seine dünnen Haare klebten in feuchten Strähnen an seinem Schädel.

«Sie mußten Ihre Arbeit tun. Ehrlich, ich hätte genauso gehandelt.»

«Er hat Sie haargenau beschrieben. Bis zu diesem kleinen Narbendings über Ihrer Braue da ... Aber ich schätze, Sie sind ein ziemlich bekannter Mann in Manila. Kleinstadt und so. Er kann Sie genausogut im Krankenhaus gesehen haben.» Er schüttelte sich vor Verzweiflung. «Verrückter alter Bastard. Ich meine, so was zu sagen ... » Er grinste Carriscant reuevoll an, und Carriscant gestattete sich, verschwörerisch zurückzugrinsen.

Der Vier-Zylinder, 12 PS Flanquin

Udo Leys hatte eine schwere Erkältung, seine Augen brannten, seine Nase lief, und er hatte einen dumpfen Schmerz in der Brust von dem trockenen, wiehernden Husten, der unregelmäßig in seiner Lunge explodierte. Er höre sich wie irgendein seltsames mythologisches Tier in der Brunftzeit an, das kläglich ein Weibchen sucht, halb Löwe, halb Affe, sagte er, wobei seine Belustigung über diese Vorstellung einen weiteren Hustenanfall auslöste. Als der wieder nachließ, schneuzte er sich die Nase, wischte sich mit beachtlicher Sorgfalt seinen borstigen Schnurrbart ab.

«Ich mag ein alter Mann sein», sagte er. «Aber das ist keine Ausrede. Es gibt nichts Widerlicheres als der Schnurrbart eines alten Mannes, wenn er eine Erkältung hat. Der von meinem Vater, ich kann mich noch gut erinnern ... » Er verzog das Gesicht. «Voll mit trockener Rotze. Das hat mir richtig den Appetit verdorben. Du sagst mir bitte, Salvador, wenn ich irgendwas übersehe.» Er schob sein knolliges Gesicht zur Inspektion vor, hob seine weiche Nase mit einem Finger.

«Natürlich, Udo. Keine Spur.»

«Ist es noch weit?» fragte Pantaleon. Carriscant konnte das unterdrückte Beben der Aufregung in dem hageren Körper seines Freundes spüren. Wie ein Jagdhund, der vor Energie und Erwartung zittert.

«Zehn Minuten», sagte Udo. «Sie sind heute nachmittag durch den Zoll gegangen.»

«Und es gab keine Probleme?»

«Ich sage Ihnen, Dr. Quiroga, es gibt im ganzen Chinesischen Meer niemand wie Nicanor Axel.» Udo führte sie zur Tür. «Wenn es um einen diskreten oder delikaten Auftrag geht, ist der Axel der einzige Mann. Er hat für mich schon Wunder bewirkt, Wunder.»

Sie stiegen aus dem Büro herab zur Calle Crespo. Die Straße war jetzt fast still, jetzt wo die Zinnläden geschlossen waren, aber vom hinteren Ende hallten die Schüsse vom Schießstand, und es erklang eine Drehorgel, die ‹Deep in the Heart of Texas› spielte. Sie hievten Udo in Carriscants Victoria und drückten sich neben ihn hinein. Constancio zog dem Pony eins hinten über, und sie klapperten davon in Richtung Hafen, machten auf Pantaleons Bitte einen Umweg um die einkaufenden Menschenmengen auf der Escolta (falls er entdeckt wurde, sagte er), fuhren statt dessen über die Plaza Calderon und machten einen Bogen durch dunkle übelriechende Gassen zwischen Lagerhäusern hindurch, und kamen neben der Feuerwehrwache am Kai heraus.

Sie stiegen aus und betrachteten die vielen Schiffe, die am Pasig vor Anker lagen. Vom Bug der ausladenden *Cascos* stieg Rauch aus den Kohlenbecken auf, und der blendende Schein des elektrischen Lichts von der Feuerwehrwache und dem Zollhaus machte es schwer, auf dem Wasser etwas zu erkennen. Nicht viel mehr als ein Wirrwarr von Masten und Takelage, und hier und dort, weiter von den Werften entfernt, die massivere, dunklere Hülle der Kümos und der Dampfer, die zwischen den Inseln verkehrten.

«Was ist mit dem Rückweg?» fragte Carriscant. «Werden wir genug Platz haben?»

«Keine Sorge», sagte Pantaleon. «Ich nehm sie gleich mit nach Hause. Ich miete einen *Carromato*.»

Constancio wurde losgeschickt, einen zu suchen, und dann

machten die drei Männer ihren Weg über durchhängende Laufplanken und angelegte Hausboote dorthin, wo Axels Dampfer vertäut war. Familien saßen um Kochfeuer herum und bereiteten Essen zu, nur die Kinder sahen diese drei *Americanos* neugierig an, die da in ihren weißen Anzügen durch ihr Zuhause trampelten.

«Wieso legt er nicht bei einer Landungsbrücke an?» fragte Carriscant.

«So einfach geht das alles nicht», erklärte Udo geheimnisvoll. «Euer Geschäft mit Axel muß euch sehr wichtig sein, daß ihr euch diese Mühe macht.»

Neben dem äußeren *Casco* vertäut lag Nicanor Axels häßlicher kleiner Dampfer, der *General Blanco*. Es war ein breites, tiefliegendes Kümo, dessen einziger hoher Schornstein achtern stand und auffällig geriffelt war. Vor dem Brückenaufbau waren drei Frachträume, darüber drei primitiv aussehende Schiffskräne. Ein übler Geruch, säuerlich und verdorben, schien wie ein Miasma über dem Schiff zu hängen. Carriscant spürte, wie sich ihm der Magen umdrehte, und er hielt sich sein Taschentuch vor die Nase, als sie zu dritt die Strickleiter hochkletterten, angekündigt von Udos freundlichen bellenden Rufen – «Nicanor, Nicanor, wo bist du?»

Auf Deck meinte Carriscant die Ursache des Geruchs geortet zu haben. Einer der Frachträume war voller Vieh, Ziegen und Zicklein, und der Boden des Raumes schien mit verrottender Vegetation ausgelegt zu sein, soweit er das in dem Licht feststellen konnte, das von einer herabhängenden Öllampe geworfen wurde.

«Ziegenscheiße», sagte Pantaleon. «Jahrhunderte alt.»

Udo erklärte, daß die Mannschaft sich von dem Vieh ernährte, während sie von Insel zu Insel fuhren, ebenso auf den längeren Meerespassagen nach Hongkong und Japan. «Du wirfst deinen ganzen Müll da rein, die Ziegen fressen ihn, du frißt die Ziegen.» Er lächelte, hielt inne, um sich eine Zigarre anzuzünden. «Starker Geruch, nicht? Wenn ich Zollbeamter wäre, würde ich mich auf diesem Schiff nicht länger als nötig aufhalten wollen, das kann ich euch sagen.»

Ein Mann kam vom Steuerhaus herunter und ging übers Deck auf sie zu, wobei er sich die Hände mit einem Lappen abwischte. Er hatte einen seltsamen, schiefen Gang, fand Carriscant, als würde ein unsichtbarer Komplize ihn von hinten schieben, ihn gegen seinen Willen vorwärts drängen. Udo stellte sie einander vor. Nicanor Axel war ein kleiner, schmächtiger Mann mit runden Schultern, mit einer dunklen Haut, die einen sonderbaren Kontrast zu seinen blauen Augen und seinen hellen, fast aschblonden Haaren bildete. Nach genauerem Hinsehen erkannte Carriscant, daß Ruß für die Hautfarbe des Mannes verantwortlich war. Öl und Schmutz, Fett und Staub schienen sich durch seine Poren hindurchgearbeitet und eine subkutane Schicht unter seiner Epidermis gebildet zu haben, in der Art und Weise, wie die Tinte einer Tätowiernadel eher durch die Haut hindurchscheint und nicht bloß äußerlich aufgetragen ist. Kein noch so sorgfältiges Schrubben würde Nicanor Axels Wangen ihr rötliches nordischen Glühen zurückgeben – er war in Schmutz getunkt, mit Dreck imprägniert.

Ein einsilbiger, zwielichtiger Bursche, dachte Carriscant, mit einem laschen, flüchtigen Händedruck. Er nahm Pantaleons Geld widerwillig entgegen und zählte die Scheine zweimal pedantisch durch, bevor er zwei Deckshelfern befahl, an Bord des *Lorcha* zu gehen, den der Dampfer im Schlepptau hatte, ein halbgemasteter Schonerrumpf, der zwar die Geschwindigkeit des *General Blanco* drosselte, ihm aber gestattete, seine Ladekapazität zu verdoppeln.

«Ich bin Ihnen sehr dankbar», sagte Pantaleon. «Gab es keine Probleme?»

«Nein», erwiderte Axel. «Die Ladung hat in Hongkong schon auf uns gewartet.»

Die Matrosen trugen eine kleine Holzkiste herbei und stellten sie vor ihnen ab. Auf der Seite las Carriscant die gestanzten Buchstaben: ‹Ets. Flanquin. Paris›. Mit einem Meißel stemmte Axel den Deckel auf, und dort, gesichert mit Holzklammern, lag ein kleiner Benzinmotor, fabrikneu, mit einem matten Ölglanz.

Pantaleon kniete davor, legte die Finger auf das Zylindergehäuse. «Der Flanquin, zwölf Pferdestärken», sagte er ruhig, ehrfürchtig, mit verzauberter Miene. Der Traum war ein Stück wirklicher geworden.

1903

Carriscant näherte sich dem Haus der Sieverances in der Calle Lagarda in einem Zustand beträchtlicher Erregung und Beklommenheit. Delphine Sieverance war am 22. Dezember nach Hause zurückgekehrt. Das neue Jahr war jetzt drei Tage alt, und er hatte sie noch nicht gesehen. Weihnachten bei den Carriscants war angespannt, aber erträglich gewesen, hauptsächlich weil er die meiste Zeit im Krankenhaus verbracht hatte und Annaliese mit ihrer festtäglichen Arbeit beim Bischof beschäftigt war. Am Heiligabend war Udo zum Essen gekommen, war im Verlauf des Abends betrunken und rührselig geworden und blieb dann ganze drei Tage. Aber wenigstens vertrieb seine hinkende Gegenwart im Haus die Kühle, die jetzt zwischen Carriscant und Annaliese herrschte. Es war nichts offen ausgesprochen worden, aber irgendwie war man in jener Zeit zu einer stillschweigenden Übereinkunft gekommen: Es würde keine Heuchelei mehr geben, es herrschte zwischen ihnen nur noch wenig Zuneigung, so lagen die Dinge eben. Es war eine Tatsache, das wußte Carriscant, aber sie anzuerkennen deprimierte ihn trotzdem, und er hatte es absichtlich so eingerichtet, daß er Silvester mit der Herstellung eines neuen Darmausgangs für einen Jesuitenpriester verbrachte, so daß er erschöpft nach einer langen und mühseligen Operation in ein dunkles und stilles Haus zurückkehrte.

Er setzte jetzt ein Lächeln auf, als er die Treppe zum Wohnzimmer hinaufging, wo Sieverance ihn herzlich empfing. Er war in Zivil, trug einen Nadelstreifenanzug mit einem dünnen blauen Streifen und einer losen kirschfarbenen Fliege, die Carriscant aus irgendeinem Grund irritierend und affektiert fand.

«Wie geht es Mrs. Sieverance?» fragte er, nachdem er dem Mann versichert hatte, daß es ihm selber gutgehe.

«Hervorragend, es geht ihr täglich besser, mein Lieber, dank Ihnen.»

Carriscant nahm weitere Komplimente entgegen, während er den Flur entlang zu ihrem Schlafzimmer geführt wurde. Die amerikanische Schwester, eine mollige junge Frau mit einer breiten Lücke zwischen ihren Vorderzähnen, ließ sie herein. Sie hatte eine geschäftige, übereifrige Art, die ans Unverschämte grenzte, fand Carriscant.

«Sie kennen Schwester Aslinger?» fragte Sieverance.

«In der Tat. Guten Morgen, Miss Aslinger.»

«Guten Morgen, Doktor, es ist alles für Sie bereit.»

Er drehte sich zum Bett. Sie saß dort, geduldig, und lächelte ihn an, ein Lächeln von solcher Freude und aufrichtiger Wärme, dachte er, daß er am liebsten geweint hätte.

«Ah, mein Lieblingsmedizinmann, Dr. Carriscant. Ein frohes neues Jahr wünsche ich Ihnen.»

Er ergriff ihre ausgestreckte Hand und schüttelte sie kurz. «Ihnen auch, Mrs. Sieverance. Ein frohes und gesundes.»

«‹Fruchtbares› nicht zu vergessen», fügte Sieverance mit einem dämlichen Lachen hinzu.

«Gesundheit und Glück reichen völlig für Null-Drei», sagte Delphine und fuhr dann fort: «Ich fühle mich sehr wohl, Doktor. Ich gehe täglich ein längeres Stück im Garten spazieren. Ich habe sogar schon eine kurze Kutschenfahrt gemacht.»

«Bald werden Sie auf der Luneta sein», sagte er, «und sich die Kapelle anhören. Die Polizeikapelle spielt die ganze nächste Woche.» Er näherte sich dem Bett, ihrem Blick ausweichend.

«Apropos Luneta, Sie haben in letzter Zeit wohl nicht mal Miss Caspar wiedergesehen, oder?» fragte sie. Ihr Gesicht war ganz Unschuldsmiene.

Er konnte die Kühnheit kaum fassen, diesen Schalk. «Wie? Äh, nein, ich glaube nicht, daß –»

«Wer ist das, meine Liebe?» fragte Sieverance.

«Miss Rudolfa Caspar», sagte sie mit ausdrucksloser Miene, den Blick stetig auf Carriscant gerichtet. «Eine gemeinsame Bekannte. Sie ist eine alte Freundin von Dr. Carriscant, nicht wahr, Doktor? Eine ganz besondere Freundin.»

«Ich glaube, ich sollte jetzt mal ...» Carriscant deutete vage zum Bett.

«Entschuldigen Sie, ich werde mich verdrücken.» Sieverance ging.

Schwester Aslinger zog das Laken über Delphines Schoß weg. Carriscant sah, daß Handtücher über Schenkel und Bauch gelegt worden waren, so daß, obwohl ihr Nachthemd bis zur Hüfte hochgefaltet war, nur die Fläche mit dem Verband freilag. Schwester Aslinger stand dicht neben seinem Ellbogen, während er den Verband sachte entfernte. Die 15 Zentimeter lange Narbe war rosa und hell, aber sie war gut verheilt. Mit schnell trocknendem Mund konnte er gerade unter dem Saum des Handtuchs den schattigen neuen Wuchs ihrer Schamhaare erkennen. Er berührte die Wunde sanft mit den Fingerspitzen. Ein Glänzen, eine harte Glätte, aber keine Fältchen- oder Furchenbildung.

«Wunderschöne Narbe», sagte er gedankenverloren.

«Nicht das Wort, das ich wählen würde», sagte sie.

«Sie wird mit der Zeit verblassen. In ein, zwei Jahren werden Sie sie kaum noch sehen können.»

Schwester Aslinger legte wieder den Verband an, während er der Patientin routinemäßig Anstrengung, plötzliche Bewegungen und Reiten verbot.

«Oh, ich habe etwas für Sie», sagte sie, griff in die Schublade des Nachttisches und hielt ihm ein Buch hin. Er nahm es. *East Angels* von Constance Fenimore Woolson. Er schlug das Titelblatt auf und sah ihren Namen mit violetter Tinte und energischer Schrift darauf. ‹Für Delphine Blythe, mit Zuneigung, Fenimore›. Eine andere Hand hatte hinter ‹Blythe› ‹Sieverance› ergänzt.

«Delphine Blythe Sieverance», sagte er. «Das hat einen guten Klang. Vielen Dank.»

Es klopfte an die Tür, und Sieverance kam wieder herein, sein Gesicht leuchtete, war ungewöhnlich belebt.

«Mrs. Sieverance macht hervorragende Fortschritte», sagte Carriscant mit jovialer Förmlichkeit, wie ein Arzt in einem schlechten Theaterstück, und ließ das Buch in seine Jackentasche gleiten. «Wir sind mit ihr sehr zufrieden.»

«Dann ist dies die ideale Gelegenheit, unsere Dankbarkeit auszudrücken.»

«Wirklich, es gibt keinen Anlaß, noch einmal –», setzte Carriscant an und hielt dann inne, als er sah, daß Sieverance die Augen geschlossen und sein strahlendes Gesicht himmelwärts gerichtet hatte. Er ergriff die Hand seiner Frau und dann, zu Carriscants tiefer Bestürzung, seine eigene.

«Bitte gebt euch vor unserem Herrn die Hände», sagte er zu Carriscant und zu Schwester Aslinger, die prompt ihre Hand in Carriscants gleiten ließ. «Und bitte kniet mit mir nieder.»

Carriscant wurde gegen seinen Willen in eine kniende Stellung am Fuß von Delphines Bett gezogen. Sieverances Gesicht war stirngerunzelt glückselig, gleichzeitig streng und devot, während Schwester Aslingers Kopf fromm gebeugt war, wodurch ein häßlicher Hitzeausschlag in ihrem Nacken zum Vorschein kam.

«O Herr im Himmel», intonierte Sieverance mit einer leisen, inbrünstigen Stimme, «schenke uns an diesem Tag Deinen Segen, und empfange unseren Dank um Deine gesegneten Kräfte der Heilung, welche Du unserer geliebten Delphine zuteil werden ließest.»

«Amen», sagte Schwester Aslinger.

«Und wir danken Dir, o Herr Du Allmächtiger, für die Hingabe und Geschicklichkeit, mit der Du Deinen Diener Salvador Carriscant ausgestattet hast. Wir danken Dir, o Herr unser Gott, daß Du uns in die Obhut dieses Mannes geführt hast –»

Carriscants Ohren schlossen sich, als noch mehr Dankbarkeit beim Allmächtigen abgeliefert wurde. Er spürte, wie seine Wangen und Ohren vor einer solchen Verlegenheit glühten, wie er sie seit seiner Kindheit nicht mehr hatte ertragen müssen. Schwester Aslingers Hand war heiß und feucht, Sieverances war knochig, ihr Griff unnötig fest. Er starrte auf den Petit-point-Teppich (braunrote Rosen auf hellbeigem Hintergrund), auf dem er kniete, und konzentrierte sich auf den dumpfen Schmerz, der sich in seinem linken Kniegelenk auszubreiten begann. Aber etwas ließ ihn langsam den Blick heben: Delphine sah ihn direkt an, und ihre Lippen bewegten sich, während sie ihm stumm ein Wort sagte – «Verzeihung». Sie waren wieder Verschworene, erneut, und er spürte, wie er ein weiteres Mal jäh kopfüber ins Rutschen kam.

Das Dankesgebet dauerte beinahe fünf Minuten, und als es vorbei war, war Sieverances Hochstimmung fast unerträglich. Carriscant verabschiedete sich bündig von Delphine und ging mit Sieverance zum Wohnzimmer, wo sein Gast darauf bestand, daß er noch auf ein Glas Limonade blieb.

Carriscant trank sie in kleinen schnellen Schlucken, ohne das Glas vom Mund abzusetzen.

«Als ein Mann des Militärs», sagte Sieverance, während er sich mit einem Fingerknöchel seinen schütteren blonden Schnurrbart tupfte, «schenke ich der göttlichen Vorsehung nicht allzuviel Aufmerksamkeit.»

«Das glaube ich», sagte Carriscant, ziellos, da er nicht wußte, in welche Richtung das Gespräch ging. Es war ihm auch egal. Diese Limonade schmeckte gar nicht so schlecht.

«Es braucht schon ein Ereignis wie dieses, um zu erkennen, wieviel Glück man eigentlich gehabt hat.»

«Da werden Sie recht haben.»

«Ich meine, wenn jetzt Delphine nächste Woche krank geworden wäre statt vor Weihnachten, was dann? Weiß Gott, was dann passiert wäre.» Er schauderte, beunruhigt von dieser Vision einer hypothetischen Zukunft. «Da darf man gar nicht dran denken.»

«Ich fürchte, ich kann Ihnen nicht folgen.»

«Habe ich es Ihnen nicht erzählt?»

«Äh, nein.»

«Mein Regiment wird nach Mindanao verlegt. Um gegen diese erbärmlichen Moros zu kämpfen. Wir brechen nächste Woche auf.»

Zwei Propeller

Pantaleon Quiroga kurbelte die vorne am Flanquin angebrachte Kurbel, und der Motor sprang an. Das Aero-Mobil bebte und zitterte, als wäre es plötzlich belebt. Die Kettenantriebe zu den Propellerhalterungen summten und klapperten auf ihren Zahnrädern. Carriscant und Pantaleon traten zurück und sahen in einem Augenblick des Erstaunens zu, bevor Pantaleon Carriscant um die wummernde Maschine herumwinkte, wo die wirbelnden Nabenwulste der (noch zu montierenden) Propeller angebracht waren. Carriscant legte seine Hand sachte auf ein Paneel gespannter und beschichteter Seide und spürte, wie die mächtigen Schwingungen seinen Arm hochwanderten. Zum ersten Mal spürte er, daß Pantaleons Traum doch keine abwegige Phantasie war, daß der Bursche da vielleicht wirklich an etwas dran war.

«Zwei Propeller für den Antrieb», brüllte Pantaleon und veranschaulichte es, indem er die Finger im Kreis drehte. «Aber ich mache mir etwas Sorgen um den Bezintank und den Kühler. Sie sind schwerer, als ich dachte.»

«Ist das schlecht?»

«Wir kommen dem Höchstgewicht nahe, wenn meine Berechnungen stimmen. Sehr nahe.»

Pantaleon ging nach vorn und schwang eins seiner langen Beine über den vorderen der beiden Fahrradsättel, die über dem vierrädrigen Fahrwerk angebracht waren, auf dem die Maschine ruhte. Er griff hinüber und regulierte die Drosselklappe am Motor, und das Geräusch ließ nach, während der Motor im Leerlauf lief. Er lauschte einen Moment mit schräggestelltem Kopf und schaltete ihn dann ab.

Carriscant spähte über seine Schulter auf die beiden Holzhebel, die vor ihm angebracht waren, und die Pedalsteuerung, die von seinen Füßen betätigt wurde. Über seiner Schulter ragten zwei weitere Hebel hervor, wie die Griffe eines Schubkarrens, von der Kante des oberen Flügels.

Pantaleon sah seinen interessierten Blick und erklärte. «Der gesamte vordere Rand ist mit Scharnieren versehen», sagte er, indem er die Griffe packte und es ihm vorführte. Tatsächlich konnte er eine Vorderklappe des Flügels in einem Winkel von fünfundvierzig Grad auf und ab bewegen. «Beim Verlassen des Bodens wird sie ganz hochgeschoben, um das Maximum an Auftrieb zu erreichen. Wenn wir erst mal in der Luft sind, kann ich sie herunterziehen, um den Widerstand zu verringern, oder hoch, wenn wir mehr Luftauftrieb brauchen.» Carriscant hatte eine plötzliche Vorstellung davon, wie ein Wortschatz sich anpaßte, neu entstand. Wie in der Medizin und Chirurgie, wo neue Entdeckungen die Sprache bereichern – Bakterien, Appendix, Bazillus, Phagozyt, Mikroorganismus ...

«‹Luftfänger› werde ich sie nennen», sagte er. «Ich habe schon ein Patent beantragt. Wenn es funktioniert, wer weiß? Ich könnte –»

«Wenn es funktioniert? Mein lieber Panta, das Risiko kannst du unmöglich eingehen.»

«Mit dem Gleitmodell scheint alles bestens zu klappen. Aber wenn wir erst mal mit einer Maschine von diesem Gewicht da oben sind ...» Er drehte sich um und zeigte auf den zweiten Fahrradsattel hinter sich, der seinen eigenen Satz Hebel hatte. «Deswegen habe ich die Mechanik für die Schwanzneigung hier angebracht.»

«Willst du mir etwa erzählen, daß du die Plätze tauschen willst, mitten im –?» Er wollte Flug sagen, aber das kam ihm nicht richtig vor. «– während die Maschine in der Luft ist?»

«Nein, nein. Mein Mitflieger wird die Neigung des Schwanzes steuern, während ich das Hebelwerk handhabe», er deutete auf seine Fußsteuerung, «und den Luftfänger.»

«Aha. Das ergibt wohl Sinn.» Carriscant runzelte die Stirn. Er hatte sich inzwischen an das Aero-Mobil gewöhnt, mit seiner zerbrechlichen, durchsichtigen Häßlichkeit, aber diese Steuerungsinstrumente erschienen ihm unnötig kompliziert. Es gab doch sicher eine einfachere Lösung? All diese sich bewegenden Oberflächen – Neigungswinkel, Hebelwerk, Einrasten –, all diese Hebel, Verstrebungen und Drähte. Wenn man einen Vogel fliegen sah, dann funktionierte das ... Er unterbrach seine Gedanken. Pantaleon sah ihn starr an, auf seltsame Weise, mit großen Augen.

«Was ist?» fragte Carriscant.

«Ich habe mir überlegt, Salvador, ob du mir die Ehre erweisen würdest.»

«Welche?»

«Mich auf diesem historischen Flug zu begleiten.»

Regen

Die ersten Regenfälle kamen früh in diesem Jahr, aber Dr. Salvador Carriscant, stets umsichtig, hatte schon seit Ende Januar seinen Regenschirm mit sich herumgetragen, und als die ersten dicken Tropfen auf seinen Schädel platschten, beglückwünschte er sich zu seiner Voraussicht. Er packte seine kleine Staffelei und seinen Skizzenblock zusammen, schloß seinen Kasten Wasserfarben, bevor er sich in den Schutz eines nahegelegenen Bambushaines begab, von wo er immer noch einen freien Blick auf die Calle Lagarda und auf den Eingang des Hauses der Sieverances hatte. Der Bambushain befand sich auf der anderen Seite eines kleinen überwucherten Baches – dem *Estero* San Miguel – gegenüber der Calle Lagarda und ihren geräumigen Villen. Sich noch der Risiken gut bewußt, die er beim letzten Mal eingegangen war, als er Spionage betrieben hatte, hatte er einigen Aufwand betrieben, um seine Anwesenheit hier im Falle einer Entdeckung plausibel zu machen. In seinem Skizzenblock waren verschiedene unscheinbare und halb beendete Ansichten von diesem unbedeutenden Teil von Manilas Vororten. Eine Fläche Marschland, ein paar Reisfelder, einige Palmen, und in der Ferne Kuppel und Turm der Kirche und des Klosters von San Sebastian. Er hatte immer schon vage vorgehabt, Aquarellmalerei zu seinem Hobby zu machen, um sich dabei von den unerbittlichen Anforderungen des OP-Saals zu erholen. Die Malerei war plötzlich für ihn noch verlockender gewesen, da sie den idealen Vorwand lieferte, ‹unschuldig› das Haus der Sieverances beobachten zu können. Er mußte sich jedoch eingestehen, daß es die Nähe des Hauses und seiner Bewohnerin war, was ihn ablenkte und seine Gedanken erfüllte, und nicht die tröstende Wirkung seiner Pinseleien.

Fünf Tage zuvor waren Colonel Jepson Sieverance und sein neues Regiment, die First Nebraska Volunteers, mit dem Dampfer *Brewster* nach Mindanao aufgebrochen, wie in der *Manila Times* zu lesen war, eine Tatsache, die auch Paton Bobby bestätigte. Jetzt, wo ihr Mann fort war, wußte Carriscant, daß er Delphine noch einmal sehen mußte, aber ohne die Gegenwart von Schwester Aslinger als Anstandsdame. Die Schwester, überlegte er, müßte doch gelegentlich das Haus verlassen, aber nach drei Tagen geduldiger Aquarellmalerei – zwei Stunden am ersten, viereinhalb am zweiten – hatte er niemand außer Bedienstete das Gelände betreten oder verlassen sehen. Er sah auf seine Taschenuhr. Er war heute wieder fast drei Stunden lang hier draußen gewesen, und jetzt, wo es zu regnen begonnen hatte, fragte er sich, ob es sich lohnte, noch länger zu bleiben. Er sah zum bewegten, bleiernen Himmel auf. Regen auf den Philippinen ist ein kompromißloses Naturphänomen. Die großen Tropfen knatterten laut auf den Stoff seines Regenschirms, und er spürte, wie der Boden unter seinen Füßen aufweichte. Über seinem Kopf wurden die feinen spitzen Wedel der Bambusstauden von kräftigen Böen hin und her geworfen. Ein Käfer kam brummend vorbeigeflogen auf der Suche nach Schutz, ein wütendes Geräusch in einem schwarzen Punkt ...

Fernes Hufgeklapper ließ ihn über den *Estero* spähen, und zu seiner Überraschung sah er, wie sich das Tor zum Grundstück der Sieverances öffnete und ein kleiner *Carromato* herausfuhr, der zweifelsfrei die in einen Regenmantel gehüllte füllige Gestalt von Schwester Aslinger enthielt. Der Wagen hoppelte die Calle Lagarda entlang zum Malacanan-Palast, und noch während er das tat, eilte Carriscant, unter seinem Regenschirm gebeugt, stromaufwärts zur Marquez-Brücke und platschte durch die Pfützen des Weges, der nach San Miguel zurückführte. Binnen fünf Minuten stand er vor ihrer Haustür. Zwei Minuten später ging er naß und nervös in ihrem Wohnzimmer auf und ab und wartete darauf, daß das Mädchen Mrs. Sieverance informierte, daß Dr. Carriscant da sei, um sie zu besuchen. In der Hand hielt er ihr Exemplar von *East Angels* von Constance Fenimore Woolson. Als pflichtbewußter, verantwortungsvoller Ausleiher, sagte er sich, brachte er das Buch umgehend seiner Besitzerin wieder.

Sie betrat langsam den Raum, ging mit Hilfe von zwei Stöcken. Sie trug ein apfelgrünes Kleid und hatte die Haare hochgesteckt. Ihr breites Willkommenslächeln war nicht zu übersehen. Seine Nervosität kehrte mit irritierender Macht zurück.

«Dr. Carriscant, was für eine Überraschung!» Sie runzelte plötzlich die Stirn. «Ich hab doch nicht etwa einen Termin vergessen? Wir hatten doch nicht vereinbart –»

«Nein, nein, äh ... Ich habe gerade meinen Kollegen Dr. Quiroga besucht. Ich habe die Gelegenheit wahrgenommen, Ihnen Ihr Buch zurückzubringen.» Er streckte es ihr hin und erkannte, daß es für sie schwierig wäre, es zu nehmen, mit ihren beiden Stöcken; er blickte sich unsicher nach einem Tisch um, auf dem er es ablegen konnte.

«Stellen wir es gleich in meine Bibliothek zurück», sagte sie diplomatisch, ihm aus seinem Dilemma helfend. «Haben Sie meine Bibliothek schon mal gesehen, Dr. Carriscant? Ich werde sowieso Ihre Hilfe brauchen.»

Er lehnte ihr Angebot ab, ihm Limonade, Tee oder Kaffee bringen zu lassen, und folgte ihm in ein kleines Arbeitszimmer, das vom Wohnzimmer abging. Eine gesamte Wand war vom Boden bis zur Decke mit Bücherregalen gesäumt, und vor einem Fenster, das auf den regendurchnäßten hinteren Garten ging, stand ein kleiner antiker Schreibtisch, mit einer abgenutzten braunen Lederschreibfläche, vollgestellt mit Schreibmaterial.

«Ich war gerade dabei, Jepson zu schreiben», sagte sie und räumte hastig Schreibzeug und Papier weg.

«Ein langer Brief», sagte Carriscant. Um Himmels willen, der Mann war doch noch keine Woche fort. Gott, bin ich eifersüchtig.

«Also, eigentlich ist das ein Theaterstück.»

«Ein Theaterstück? Sie sind Schriftstellerin? Auch noch Bühnenautorin.»

«Nur wenn der Wunsch, es zu werden, schon diesen Titel

rechtfertigt. Ich habe journalistisch gearbeitet, ein paar Sachen für Zeitschriften, *Harper's, The Atlantic.* Das Theaterstück, na ja, das ist so ein Traum von mir. Aber jetzt, wo er weg ist, habe ich keine Ausreden mehr.»

«Wovon handelt es?»

«Von einer Frau –» Sie hielt inne, wirkte beunruhigt. «Von einer Frau, die verheiratet ist, aber das Gefühl hat, daß sie einen fürchterlichen ...» Sie stockte wieder. «Es handelt von der entsetzlichen Macht gesellschaftlicher Institutionen.»

All diese Offenbarungen schienen ihr auf einmal peinlich zu sein, und sie drehte sich zum Fenster. «Großer Gott, sehen Sie sich nur diesen Regen an! Ist es jetzt soweit?» fragte sie ihn. *«Le déluge est-il arrivé?»* Sie hatte einen wundervollen französischen Akzent, fand er, mit einem seltsamen Unterton von Stolz. Eine intelligente, kultivierte Frau.

«Ich fürchte, ja», sagte Carriscant und begann eine ausführliche Abhandlung über die Regenzeit auf den Philippinen, die zermürbende, feuchte Hitze, die Hurrikans, die ständigen Regengüsse. «Sie können natürlich in die Berge, wo es nicht so feucht ist, aber die meisten von uns harren aus. Freuen sich auf Oktober und die kühlen Nächte.»

Sie griff nach einer kleinen Dose auf ihrem Schreibtisch, öffnete sie und hielt sie ihm hin. Kristallisierte Veilchen, mit feinem Zucker bestäubt.

«Die, die Sie mir mitgebracht haben», sagte sie. «Ich habe bald keine mehr.»

Er lehnte ab. «Ich besorge Ihnen wieder welche», sagte er. «Ich habe eine sehr zuverlässige Quelle.» Sie nahm eines der Veilchen und steckte es sich in den Mund. Er beobachtete, wie sie es kurz aussaugte, mit eingezogenen Wangen versuchte, die Süße herauszuziehen.

«Vielleicht nehme ich doch eins, wenn ich darf», sagte er und nahm ein kleines violettes Bonbon aus der wieder angebotenen Dose.

«Ich habe eine grenzenlose Leidenschaft dafür», sagte sie. «Ich glaube, weil mir die Vorstellung gefällt, daß ich eine Blume esse.»

Carriscant hatte das Gefühl, er könne jeden Moment ohnmächtig werden. Der Raum erschien ihm unerträglich heiß, der moderige Geruch der ledergebundenen Bände ... Er hob ihren Roman mit ermattenden, lethargischen Fingern hoch.

«Was mache ich hiermit?»

«Wenn Sie so nett wären, es wieder zurückzustellen – Ach ja, wie haben Sie den Roman denn gefunden? Habe ich Ihnen nicht gesagt, daß sie eine vorzügliche Schriftstellerin ist?»

«Eine sehr anregende Lektüre.» Er konnte sich an kein einziges Wort erinnern. Er hatte das Buch in einer Art Benommenheit gelesen, hatte die Wörter gesehen, ohne sie zu verstehen.

«Die Episode, wo Esmeralda dem widerwärtigen Captain Farley eine Abfuhr erteilt, ist ganz wunderbar. Großartige Satire.»

«Da bin ich ganz Ihrer Meinung. Ganz und gar.» Er hoffte, seine Begeisterung würde sein völliges Unwissen verbergen.

«Also, das ist die Art von unabhängiger Frau, die ich bewundere», sagte sie. «Finden Sie nicht auch?»

«Mmm. Wo soll ich denn jetzt –»

Sie zeigte auf ein hochgelegenes Regal, auf den dunklen langen Spalt eines fehlenden Buches.

«Ich fürchte, die Woolsons sind alle da oben», sagte sie. «Sie werden das Bibliothekstreppchen benutzen müssen.»

Sie deutete auf einen stämmig aussehenden Eichenholzstuhl, der nichts als ein Stuhl zu sein schien, bis sich beim zweiten Blick zeigte, daß er eine Überzahl an breiten Holzstreben besaß und einen Messinghaken, der nutzlos an der Seite herabhing. «Der läßt sich zu einer Treppe ausziehen», erklärte sie.

Was sich im nächsten Moment zeigte, und zwar auf höchst geniale Weise, wie Carriscant fand, während sich der Stuhl unter seinen Händen in eine Treppe aus fünf Holzstufen verwandelte, durch den jetzt passenden Messinghaken in Position gehalten.

«Das ist mein Lieblingsstück», sagte sie. «Ich habe es auf unserer Hochzeitsreise in England gekauft. In einem kleinen Städtchen, das Moreton-in-Marsh hieß.»

«Wunderbar einfach», sagte er. «Und stabil.»

Er kletterte die fünf Stufen hoch und schob das Buch an seinen Platz neben die anderen Fenimore Woolsons. Alles alphabetisch, bemerkte er, staubfrei. Ein feiner ordentlicher Geist, das gefällt mir. Er erinnerte sich plötzlich an seinen Plan und zog aufs Geratewohl einen anderen Woolson heraus.

«Darf ich mir das hier ausleihen? Ich bin ein richtiger Bewunderer geworden.»

«Natürlich, gerne. Wir werden hier in Manila einen Fanklub gründen. Einen Zweierklub.»

Flirtet sie mit mir? dachte er, und er fühlte sich auf einmal unbehaglich auf seinen hohen Stufen. Ein Zweierklub, das klingt mir nach einer gewissen ... *Chaleur*. Er ging nervös die fünf Stufen rückwärts hinunter, und dabei rutschte der Messinghaken, der nur teilweise in seinem Ring verankert war, um den Bruchteil eines Zentimeters, genug, um die Konstruktion ins Wanken zu bringen. Dieser winzige Spielraum (analysierten sie später) – ein bloßes Schieben und Nachgeben – reichte aus, ihn bei seinem behutsamen Abstieg ein bißchen aus dem Gleichgewicht zu bringen. Er schwankte nach rechts, und zum Ausgleich trat er mit seinem rechten Fuß kräftig auf die unterste Stufe. Das Krachen, als die Verzapfung brach, klang wie das Auseinanderbrechen eines trockenen Kekses. Er kippte nach hinten, seine Arme griffen ins Leere, und dann stürzte er mit erstaunlichem Getöse zu Boden, wobei er jedoch noch ihren Schreckensschrei hören konnte. Sein Atem ging stoßweise, und sein Sehvermögen trübte sich zu einem Orangegrau ein. In seinem Schädel setzte dort, wo er auf dem Holzboden aufgeschlagen war, ein hämmernder Schmerz ein, hörbar, fand er. Er konnte nur an eines denken: Ich habe ihren kostbarsten Besitz kaputtgemacht.

Als er die Augen öffnete, sah er ihr blasses Gesicht über seinem schweben, ihre Finger zupften an seiner Krawatte, um sie zu lösen. Er begriff, daß er für ein paar Augenblicke das Bewußtsein verloren haben mußte, und war überwältigt von ihrer Besorgtheit. Aber der Arzt in ihm war schockiert zu sehen, daß sie in ihrem Zustand auf dem Boden kniete.

«Ist alles in Ordnung?» fragte sie, ganz Besorgnis. «Mein Gott, was war das für ein Sturz. Spektakulär!»

«Mrs. Sieverance, bitte.» Er versuchte, sich aufrecht hinzusetzen, schnappte nach Luft. «Knien. Das dürfen Sie nicht ... Mir ist nichts passiert. Nichts.»

Er fühlte sich benommen, dumpf, mit einem gleichzeitig schweren und leichten Gefühl im Kopf. «Es tut mir so leid», fuhr er mühsam fort. «Ihre Bibliotheksleiter.»

Sie lehnte sich jetzt vor, verlagerte ihr Gewicht auf die Arme. Er versuchte, nicht darauf zu achten, wie ihre Brüste nach vorne gegen ihr Mieder drückten, während sie sich auf allen vieren umdrehte, um die Bibliotheksleiter zu untersuchen. Er schob sich nach vorn, noch nicht in der Lage aufzustehen. Sie hielt Holzkrümel in den Fingern.

«Holzwürmer. Es wäre auf jeden Fall dem nächsten passiert, der draufgetreten wäre.» Sie lächelte ihn an. «Es hätte sogar mir passieren können. Sie haben mich ein weiteres Mal gerettet, Doktor.»

Wieder dieser Ton. «Ich werde es für Sie reparieren lassen», sagte er schnell. «Dr. Quiroga kennt die allerbesten Schreiner.»

«Oh, das ist nicht so wichtig.»

«Aber Sie haben doch gesagt –»

«Das ist doch nur ein Gegenstand. Irgend jemand hat ihn vor mir besessen, irgend jemand wird ihn nach mir besitzen. Eigentlich habe ich ihn mir nur ausgeliehen. Das tun wir doch alle. Wir hängen viel zu sehr an den Dingen, am Besitz. Man kann sie sich nicht so völlig einverleiben, wie Essen oder Wein. Wir haben sie nur leihweise, diese Dinge, die uns so kostbar sind.»

Diese kleine von Herzen kommende Rede ließ ihn verstummen.

«Das ist sehr wahr», sagte er trübe. «Aber es tut mir trotzdem sehr leid.»

«Vielleicht könnten Sie mir aufhelfen.»

Carriscant erhob sich langsam und reichte ihr seine Hände. Sie ergriff sie. Sie ergriff sie ...

«Ich glaube, Sie müssen sich hinter mich stellen», sagte sie. «Ich bin noch etwas schwach –»

«Vielleicht sollten wir das Mädchen rufen.»

«Dr. Carriscant, bitte.»

Er trat hinter sie, während sie die Arme hob, damit er sie unter den Achselhöhlen fassen konnte. Er spürte den großen Muskel, Pectoralis major, gegen seinen Zeigefinger drücken, als er sie hochhob und dabei ihr ganzes Gewicht trug (kein zierliches Persönchen, dachte er). Sie stand wieder auf ihren Beinen, und er holte schnell ihre Stöcke.

«Geschafft», sagte sie, ein seltsames Lächeln auf den Lippen. «Was für ein Drama! Die Rückgabe eines Buches. Wer hätte gedacht, daß das zu all dem hier führen würde?»

Da wollte er ihr seine Liebe gestehen, ihre Hand ergreifen und ihr sagen, daß sie die schönste Frau sei, die er jemals gesehen habe, daß jede Geste, jede Facette ihres Wesens ihn mit Sehnsucht erfülle. Er wollte seinen Mund auf ihren drücken und die Veilchen auf ihrer Zunge schmecken.

Sein Gesicht war ausdruckslos. Er blinzelte. Kopfschmerzen setzten ein. Er hatte einen Krampf in der Schulter.

«Es tut mir so leid wegen der Leiter», wiederholte er. «Ich bestehe darauf, daß ich sie reparieren lasse. Quiroga wird den richtigen Mann kennen.»

«Sie haben Staub auf Ihrer Jacke», sagte sie und klopfte leicht den Staub von seiner Hüfte ab.

Er kam sich unbeschreiblich mickrig vor, vollkommen entmannt. Er mußte gehen.

Sie folgte ihm bis zum Treppenabsatz, während er sich verabschiedete. Ihr Lächeln war zweideutig, von ihr schien eine Macht auszugehen, wie von jemandem, der alles beherrschte. Aber wie? Wieso? Was war passiert, um das herbeizuführen? Seine linkische Art? Sein benommenes, stockendes Verhalten? Er schritt in den Regen hinaus, genoß es, durchnäßt zu werden, seine Haare waren bald glatt, Wassertropfen rannen ihm das heiße Gesicht herunter. Er drehte sich nicht um. Während er die Straße entlang nach Quiapo ging, zum *Bodegon*, wo Constancio mit seinem Wagen wartete, nagte die Frage an ihm. Soweit er feststellen konnte, hatte er sich vor und nach dem Sturz mit vollkommenem Anstand verhalten, war geradezu ein Musterbeispiel höflicher Zurückhaltung gewesen. Warum benahm sie sich also, als wüßte sie etwas, was er nicht wußte? Die Gewichtung dieses Verhältnisses hatte sich merklich verändert, dachte er, mit einem kleinen Nervenkitzel der Vorahnung. Das Gewicht hatte sich zu ihren Gunsten verschoben.

Skalpell

Die Leiche der Frau lag mit dem Gesicht nach unten in einem kleinen, heftig sprudelnden Bach, der von den Regenfällen angeschwollen war und in den Tatuban-*estero* floß. Der Bach befand sich ein gutes Stück nördlich der Innenstadt, zwischen der Bahnstrecke nach Dagupan und der Rennbahn von Santa Cruz. Carriscant sah sich um: Sie waren kaum eine Meile von Intramuros entfernt, und doch waren überall um sie herum dichtes Gebüsch und sumpfige Felder unter tiefen, zinngrauen Wolken. Es war eine deprimierende Szene. Der Regen trommelte auf seinen Hut und seine gelbe Regenjacke. Bobby neben ihm hielt sich einen Regenschirm über den Kopf, und nicht weit entfernt standen ein halbes Dutzend einheimische Polizisten in Wartestellung, denen die Nässe nichts auszumachen schien.

«Dieses Gleis hier führt nach Tondo», sagte Bobby und zeigte mit dem Finger die Richtung an. Dann schwenkte er herum. «Wenn Sie in die andere Richtung fahren, kommen Sie zum Chinesischen Krankenhaus.»

«Ist sie Chinesin?»

«*Mestiza*, glaube ich. Wir können sie nicht identifizieren. Kann gut sein, daß sie aus Tondo ist.»

Die Frau war barfuß, und ihre Kleidung war armselig und abgetragen. Carriscant zuckte die Achseln. «Tondo. Das kann Monate dauern, bis Sie herausgefunden haben, wer sie ist, wenn überhaupt.»

«Wir müssen's versuchen», sagte Bobby kurz angebunden.

Carriscant zog die Augenbrauen hoch. Bobby war nicht bei guter Laune – vielleicht verständlich, aber er verstand nicht, warum man ihn gerufen hatte. «Kann ich Ihnen irgendwie helfen?» fragte er.

Bobby gab den Polizisten ein Zeichen, daß sie die Leiche aus dem Bachbett schaffen sollten, wandte sich dann ab und bot Carriscant eine Zigarre an, die dieser ausnahmsweise annahm. Sie machten viel Aufhebens um das Anzünden. Carriscant brauchte drei feuchte Streichhölzer, und Bobby zwei. Carriscant blies den Rauch aus und betrachtete die triste Szene. Die Zigarre war billig, schmeckte trocken, nach Stroh, heiß hinten im Hals, ein seltsamer Kontrast, da alles, was er sah, Kühle vermittelte: grauer Himmel, schlammiges Grün, Regen, überschwemmter Boden. Er hatte das Gefühl, als würde er lauwarme Consommé einatmen. Unter seinem glänzenden Regenmantel fühlte er sich vollkommen feucht, heiß und feucht.

Bobby blies auf die Glut seiner Zigarre und sagte: «Ich glaube, es war derselbe Bursche.»

«Was meinen Sie damit?»

«Daß die Person, die diese Frau hier umgebracht hat, auch Ward und Braun umgebracht hat.»

Bobby führte ihn zu dem vierrädrigen Karren, wo die Frau jetzt aufgebahrt lag. Sie war jung, nicht viel älter als fünfundzwanzig, schätzte Carriscant, das Gesicht war mit Pockennarben bedeckt. Sie sah dünn und unterernährt aus, und die rechte Seite ihrer Musselinbluse war zerrissen. Als Bobby ihren Arm hochhob, sah Carriscant durch den Riß eine grobe, an den Rändern aufgequollene Schnittwunde zwischen der vierten und fünften Rippe.

«Erstochen, direkt ins Herz», sagte Bobby. «Und wie die andern in oder bei Gewässern aufgefunden an Stellen, wo die philippinische oder amerikanische Front verlief, Stand 4. Februar 1899.»

«Wer war hier oben?» fragte Carriscant überrascht.

«First Montana.»

Carriscant war skeptisch. «Wenn sie ein toter amerikanischer Soldat wäre, könnte ich Ihre Vermutung akzeptieren. Aber sie ist eine Bäuerin, und auch noch eine kranke, mit Sicherheit aus einem Slum in Tondo. Und da ist keine L-förmige Wunde.»

Bobbys Hand glitt in seine Tasche und zog etwas hervor. Er zeigte es Carriscant: Es war ein Skalpell. Carriscant nahm es.

«Wir haben es bei der Leiche gefunden, gleich da auf der Böschung», sagte Bobby.

Es war ein Merck-and-Frankl-Skalpell, erkannte Carriscant, für grobe Schnitte, mit einer starken, 5 Zentimeter langen, abgeschrägten Klinge.

«Das ist das, was wir als einen geraden, spitzen Bistouri bezeichnen. Nicht für Präzisionsarbeit gedacht. Ein herkömmliches Fabrikat», sagte Carriscant und gab es zurück.

«Wir nehmen an, der Mörder wurde während der Tat überrascht. Andernfalls hätten wir eine L-förmige Wunde und ein fehlendes Herz.»

«Aber wieso eine Frau? Wieso eine Slumbewohnerin?»

«Ich weiß es nicht.»

«Wir ...» Carriscant hielt inne, da er nicht genau wußte, wie er das ausdrücken sollte. «Wir haben solche Skalpelle im San Jeronimo.»

«Ich weiß», sagte Bobby. «Und im San Lazaro und im First Reserve Hospital gibt es sie auch.» Er steckte das Skalpell wieder vorsichtig in seine Tasche. «Könnten Sie feststellen, ob eins davon fehlt?»

«Möglicherweise.»

«Ich wäre Ihnen dankbar.»

Carriscant warf noch mal einen Blick auf die Leiche. Die durchnäßten Kleidungsstücke klebten an dem kleinen dünnen Körper. Er sah, daß der Bauch sichtbar gedehnt war. Der Mund war leicht geöffnet, dahinter verfärbte Vorderzähne. Sein Gehirn arbeitete schnell, er war beunruhigt und aufgewühlt.

«Ich glaube, Sie werden feststellen», sagte er zu Bobby, «daß diese Frau schwanger ist. Im vierten oder fünften Monat.» Er zeigte auf ihren geschwollenen Bauch.

«Wirklich? Mein Gott ...» Die Information schien Bobby übermäßig verstört zu haben. «Das ist ja grauenhaft.»

«Ich werde es Ihnen im Krankenhaus bestätigen», sagte Carriscant. Er verabschiedete sich.

Während der Fahrt zurück nach Manila kehrten seine Gedanken unwillkürlich immer wieder zu der gleichen beunruhigenden Schlußfolgerung zurück. Er war sich sicher, daß das Skalpell, das man neben der Leiche der Frau gefunden hatte, zu seinem OP-Saal im San Jeronimo zurückverfolgt würde. Er konnte nicht erklären, woher diese Überzeugung kam. Aber sie kam ihm mit der leuchtenden Klarheit einer Offenbarung. Irgend jemand hatte es gestohlen, und dieser Jemand, oder mehrere Personen, hatten es neben die Leiche gelegt, zu dem alleinigen Zweck, ihn in die Morde zu verwickeln.

Die blaue Stunde

«Wir haben fürchterliche Probleme gehabt», sagte Pantaleon. Er sah abgehärmt aus, und sein Kinn war ganz stoppelig. «Aber ich glaube, wir haben sie gelöst.»

Sie standen im Tor der Scheune und sahen hinaus auf den Regen, der stetig auf die Wiese fiel. Hinter ihnen im modrigen Halbdunkel stand das Aero-Mobil, fast vollendet. Ihm fehlte nur noch ein Propeller.

«Probleme mit dem Drehmoment», fuhr Pantaleon fort. «Durch die Propeller will das Flugzeug nach rechts ziehen, und ich mußte den einen Propeller mit dem anderen ausgleichen. Sehr kompliziert.» Er zwickte seinen Nasensattel. «Und das Gewicht. Ich brauche zusätzlichen Treibstoff. Das hat mich um mehrere Wochen zurückgeworfen, aber wir haben es fast geschafft.»

«Überarbeite dich nicht, Panta», sagte Carriscant und legte seinem Freund sanft die Hand auf die Schulter. «Man darf diese Dinge nicht überstürzen. Ich bin sicher, eines Tages wirst du in die Lüfte steigen.»

«Nein, du verstehst das nicht», sagte Pantaleon aufgeregt. «Ich bin nicht der einzige. Es gibt andere.»

«Andere was?» Carriscant machte sich allmählich Sorgen um ihn, seine Gemütslage war zu durchgängig fiebrig und neurotisch.

«Andere Flieger. Da gibt's Santos-Dumont in Frankreich, Bosendorf in Deutschland, dieser Bursche in Amerika – wie heißt er doch gleich? – mit seinen bemannten Gleitmaschinen.»

«Aber du hast es doch fast geschafft.» Er drehte sich um und deutete auf die Maschine. «Sieh sie dir an. Erstaunliche Leistung.»

«Chanute, so heißt er. Aber die meisten Sorgen macht mir Santos-Dumont. Er ist steinreich. Geld spielt keine Rolle, weißt du.»

«Panta –»

«Und jetzt das hier!» Er drohte dem Regen tatsächlich mit der Faust. «Es sollte frühestens erst in zwei Monaten anfangen. Was ist hier los? Sieh dir das Feld an. Das ist ein Sumpf, steht praktisch unter Wasser. Deswegen habe ich doch dieses Grundstück überhaupt gekauft. Der Boden sollte sich auf natürliche Weise entwässern. Der Bauer hat beim Leben seiner Kinder geschworen, daß es so sein würde.»

Während Pantaleon weiter über die Hinterhältigkeit des Bauern schimpfte, spähte Carriscant zum Himmel. Es war Mittag, und die Bewölkung schien dünner zu werden. Er war sich nicht sicher, aber er meinte einen blauen Dunst hinter der hellgrauen Decke ausmachen zu können.

«Du brauchst eine Straße», sagte er, ohne eigentlich zu überlegen. «So eine Schotterstraße, wie sie die Amerikaner gerade in Intramuros bauen. Kann jede Menge Regen vertragen – und ist eben – und dann könntest du –» Er hielt inne. Pantaleon starrte ihn an und kniff sich mit Daumen und Zeigefinger in die Unterlippe. «Was ist los?»

«Eine Straße ... Natürlich.»

«Jedenfalls irgendwas Festes. Ein befestigter Weg, ein –»

Pantaleon schritt hinaus in den strömenden Regen, ohne sich um die Nässe zu kümmern, und maß den Boden mit seinen großen Schritten ab. Carriscant seufzte, machte seinen Regenschirm auf und folgte ihm hinaus auf die Wiese, wobei er den feucht gewordenen Hemdkragen öffnete, weil dieser an seinem Hals scheuerte. Er hatte an diesem Morgen tatsächlich Schimmel an einem Hemd in seinem Schrank entdeckt. Ein gutes weißes Hemd, auf dem blauer Schimmel wuchs wie auf einem Käse.

Er holte Pantaleon am Ende der Wiese ein. Durch einen Saum

von Guavenbäumen sah er ein Reisfeld und jenseits davon die angeschwollenen braunen Fluten des *Estero*, auf dem mehr als die übliche Last von Wasserkohl schwamm, wie hellgrüne Fußbälle. Der Pasig war heute morgen voll damit gewesen, wie ihm aufgefallen war, als er die Colgante-Brücke überquert hatte.

«Ich werde meine eigene Straße bauen», sagte Pantaleon glühend und streckte die Arme gerade vor sich aus, auf die Rückseite der Scheune deutend. «Ein Fundament aus zerstoßenen Steinen, Bambusstangen in einem Meter Abstand, oben mit Holzlatten verbunden.»

«Panta, das sind fast hundert Meter. Denk an die Kosten, Mensch!»

«Nein, nein. Das ist eine hervorragende Idee. Danke, Salvador.» Er ergriff seine Hand und schüttelte sie aufgeregt. «Danke, du Lieber.»

«Gern geschehen.»

Sie stapften zur Scheune zurück.

«Hast du es dir noch mal überlegt, Salvador? Du weißt, wieviel mir das bedeutet?»

«Ich hab dir doch gesagt, ich kann es unmöglich tun. Ich hätte schreckliche Angst. Ich bin nicht wie du. Ich wäre völlig nutzlos. Trainiere irgendeinen jungen Mann. Außerdem bin ich zu schwer.»

«Nein, nein, mit dem Gewicht werden wir fertig. Du und kein anderer muß es machen. Meine Berechnungen gehen alle von deinem Gewicht aus.»

«Nein, Panta, wirklich –»

«Sag nicht ‹nein›. Tu's nicht. Denk einfach noch weiter drüber nach.»

Als Carriscant nach Intramuros zurückfuhr, ließ der Regen vorübergehend nach. Der Wind kam aus östlicher Richtung, und er konnte sehen, wie sich riesige Wolkengebirge über den Ausläufern der Benguet-Berge aufbauten. Nur eine kurze Pause, dachte er, nahm seinen Hut ab und wischte sich das Gesicht mit einem Taschentuch ab, heute abend kommt's dann richtig runter. Wieder in seinen Sprechzimmern im Krankenhaus, überprüfte er die Inventur, die er seine OP-Oberschwester gebeten hatte durchzuführen. Es fehlten zahlreiche Gegenstände aus dem Lager, einschließlich eines geraden, spitzen Merck-and-Frankl-Bistouri, wie er vermutet hatte. Aber wer konnte sagen, wann es verschwunden war? Es konnte vor Monaten verlorengegangen oder gestohlen worden sein, es konnte aus Versehen mit einem Bündel schmutziger Tupfer weggeschmissen worden sein ... Wieso glaubte er also, daß seine Kollegen Cruz und Wieland die Hand im Spiel hatten? Er begann, so methodisch wie möglich die Verzweigungen dieser Annahme zu untersuchen, hörte aber nach zwei Minuten wieder auf, erschöpft von dem Ansturm der Unwahrscheinlichkeiten und Schlußfolgerungen. Ihm wurde klar, daß sich in dieser Stimmung jeder zu einem Feind machen ließ – Cruz, Wieland, sogar Bobby. Vielleicht hatte Bobby das Skalpell selber dort hingelegt, um ihn zu verunsichern, ihn irgendwie auf die Probe zu stellen ... Aber warum? Was implizierte das? Er wußte, er würde verrückt werden, wenn er so weitermachte, und schlug sich die ganze Sache aus dem Kopf. Vor der Tür seines Sprechzimmers wartete eine lange Schlange von Patienten.

Später, als seine Arbeit für den Tag beendet war, stand er am hinteren Fenster seiner Praxis, von dem man einen Blick auf eine Ecke des Krankenhausgartens hatte. Das Grollen fernen Donners war zu hören, und hohe, pflaumenfarbene Wolken türmten sich über der Stadt auf. Doch nach Westen hin, über der Bucht von Manila, war der Himmel klar, und die untergehende Sonne schien strahlend, erfüllte den Garten mit einem schweren, cremigen Licht und ließ die alten Ziegeldächer von Intramuros aufglühen, ihr leuchtendes Terrakotta vorübergehend erneuert, kraß abgesetzt gegen die brodelnde, drückende Masse der Gewitterwolken. Die ersten Tropfen begannen, wie Silbermünzen, durch das strahlende Licht des Gartens zu fallen, und als die Wolken sich über die Stadt wölbten, als wollten sie diese kühne Sonne erdrücken, machte eine kurze Mischung von violetten Gewitterwolken und spätnachmittäglicher Luminiszenz die Luft blau, und ihm schien, als würde sich dadurch ihre Beschaffenheit von etwas Unsichtbarem in etwas Berührbares verwandeln, etwas, was *da* war, als sei das blaue Licht, das den Garten erfüllte, ein feiner Nebel von Tröpfchen, die in der Atmosphäre schwebten. Bezaubert, verzückt, ohne richtig nachzudenken, öffnete Carriscant sein Fenster und streckte seine Hand aus wie ein Kind, das versucht, dieses wunderschöne Phänomen einzufangen, zu berühren. Statt dessen sah er die Hunderte von Schattierungen in dem Laub, den Büschen und dem Gras. Er roch den starken eisenhaltigen, modrigen Geruch des bevorstehenden Wolkenbruchs. Dicke Regentropfen klatschten auf seine ausgestreckte Handfläche, und er hörte das Krachen des Donnerschlags über San Juan del Morte, als der Nachmittag vor seinen gebannten Augen blau wurde.

Er wurde durch einen kleinen Aufruhr protestierender Stimmen in seinem Vorzimmer aus seinen Träumereien gerissen. Es klopfte an der Tür. Und im nächsten Moment erschien das füllige Gesicht von Señora Diaz, das eine bedauernde Miene machte.

«Da ist noch jemand, Herr Doktor. Es tut mir leid. Ich hab gesagt, es ist schon zu spät, aber ich glaube, es ist ein Notfall.»

«Bringen Sie ihn rein, Senora Diaz. Sie können dann gehen. Ich bleibe heute bis spät hier.»

Er setzte sich an seinen Schreibtisch und zog mit den Fingernägeln Verbindungen zwischen den Tintenflecken auf seinem Löschpapier. Der Regen setzte jetzt mit voller Stärke ein, prasselte herunter, füllte die Gullys bis zum Überfließen, überall war das Geräusch platschenden Wassers zu hören. Er fand den Lichteffekt im Garten erstaunlich. Wie die mit Feuchtigkeit geladene Atmosphäre, das weiße Gleißen der Sonne und das bläuliche Grau der Wolken in den winzigen Tropfen zu verschmelzen schienen. Eine Art von einfarbigem Prisma-Effekt, nahm er an, wenn das Sinn machte, ganz und gar magisch. Er hatte das Gefühl, er könnte die Luft berühren.

Er blickte auf und sah sie. Sie war so leise in sein Zimmer gekommen, daß er für einen verrückten Augenblick dachte, sie sei auch eine Vision, eine weitere Täuschung des Lichts. Er stieß einen kleinen Ruf des Erstaunens aus, den er gerade noch in ein Husten verwandeln konnte, und stand abrupt auf.

«Mrs. Sieverance ... »

Sie trug einen Strohhut und eine marineblaue Baumwolljacke über einem hellgrauen, knöchellangen Rock. Ihr dichtes Haar war mit einer braunen Samtschleife im Nacken zusammengebunden.

«Es tut mir ja so leid, daß ich so spät komme, Herr Doktor. Ich habe mich nicht gut gefühlt.»

Carriscant ging um seinen Tisch herum und zog einen Stuhl her, auf dem sie Platz nehmen konnte. Ihm fiel auf, daß sie keine Gehstöcke mehr benutzte. Er hatte sie seit einigen Tagen nicht gesehen, aber das deutete immerhin auf schnelle Besserung hin. Sie sah blaß aus, ihre Stirn war feucht und ihre Atmung schnell und flach.

«Keine Stöcke? Ich nehme an, Sie übertreiben ein bißchen.»

«Ich fühle mich soviel stärker. Das heißt, ich habe mich stärker gefühlt. Aber heute nachmittag, als ich gerade beim Schreiben war, fühlte ich mich plötzlich ganz schwach, seltsam.»

«Hat denn nicht Schwester Aslinger –»

«Ich habe ihr den Tag freigegeben. Verstehen Sie, ich hatte mich so gut gefühlt.»

Er maß ihren Puls. So wie der elektrische Wandleuchter sein Licht warf, konnte er, wenn er sie von der Seite ansah, den feinen Flaum auf ihrer Oberlippe sehen. Die schönste Pfirsichblüte. Ihr Vlies, ihr Pelz. Ihre Zungenspitze erschien, um ihre Unterlippe zu benetzen. Ein Lichtbogen fing das von Wimpern abgeschirmte Weiß ihres Augapfels ein. Irgendein schwarzes Zeug auf ihren Wimpern. Gesichtspuder in den daunigen blonden Haaren vor ihren Ohren.

«Er ist ein bißchen schnell, Ihr Puls.»

«Das habe ich mir gedacht. Und meine Atmung. Ich schaffe es irgendwie nicht, sie zu verlangsamen. Als wäre meine Lunge so eingezwängt.»

«Und die Wunde? Irgendwelche Schmerzen?»

«Es ist seltsam. Eine Art Prickeln. Eine Art ... Unruhe.»

«Wenn Sie die Güte hätten, sich auf die Couch zu legen. Ich komme gleich wieder.» Er lächelte sie an und steuerte auf die Tür zu.

«Wo gehen Sie hin?»

«Die Schwester holen.»

Sie lachte und schüttelte, verwundert, wie er fand, den Kopf.

«Dr. Carriscant, wirklich, Sie haben mich aufgeschnitten und einen Teil meines Körpers entfernt. Ihr Gefühl für Schicklichkeit in Ehren, aber es ist nicht nötig.» Sie nahm den Hut ab, legte ihn auf den Stuhl und ging hinter die Stellwand zur Untersuchungscouch.

«Könnten Sie mir helfen? Ich möchte meine Beine nicht hochschwingen.»

Er hockte sich schnell vor sie, mit trockener Kehle, seine Finger auf ihren Knöcheln. Sie trug kleine schwarze Lederstiefel mit niedrigen Absätzen, ein Kreuzmuster von Schnürsenkeln um Messingknopfhaken gebunden. Er schwang ihre Beine auf die Couch. Ein schwaches Knistern von Leder, als sie sich mit ihm drehte und sich dann zurücklegte.

«Ich bin Ihnen sehr dankbar, Doktor.»

«Nicht doch. Es war richtig, daß Sie gekommen sind.»

Ihre Finger knöpften die Seite ihres Rocks auf. Knöpfe auf beiden Seiten. Auch glänzende Schnallen.

«Da sind diese kleinen Gürteldinger.»

«Ich hab sie.» Er schnallte sie auf jeder Seite auf und schlug die vordere Klappe ihres Rocks zurück. Sie knöpfte ihre Jacke auf und breitete sie aus. Darunter war ein Hemdkleid, mit dünnen gelben Streifen. Unter dem Saum konnte er einen Streifen von ihrem Bauch über dem Nabel sehen und den gerafften Saum ihres Schlüpfers, der mit Stoffkordel festgeschnürt war. Sie zog die Enden auseinander und weitete die Taille.

Er konnte nicht mehr denken. Sein Kopf war vollkommen entleert; er spürte nichts als das strömende, trommelnde Geräusch des Regens. Sie duftete nach Rosenwasser, staubig, süß. Sein Blick wanderte schnell zum Fenster: Der Garten war dunkler, überschattet, die Lichter im Zimmer glühten hell in der verfrühten Abenddämmerung.

«Ich will nur –», begann er, seine Finger auf dem losen Bund ihres Schlüpfers. Er zog ihn vorsichtig herunter, legte zuerst ihren Bauchnabel frei und dann die blasse, sanfte Schwellung ihres

Bauchs, dann ihren leicht vorgewölbten Beckenknochen. Nicht weiter.

«Wenn Sie sich mal kurz hochdrücken könnten –»

«Ich hab Angst, daß es weh tut. Meine Muskeln sind so schwach.»

«Ich helfe Ihnen.»

Er schob seine Hand, Handfläche nach oben, unter ihr Kreuz. Er hielt ihr Gewicht, und sie drückte sich vorsichtig hoch, ihre Hände unter ihrem Gesäß nestelnd, um den hinteren Teil des Rocks aufzuknöpfen und anschließend den Rock über die Wölbung ihrer Hüfte herunterzuziehen. Seine Hand lag heiß auf ihrer Wirbelsäule.

Die Finger wieder auf dem Bund ihres Schlüpfers, als er ihn weiter nach unten zog, um die Narbe freizulegen. Er saß lockerer, als er gedacht hatte, und ein ganzes Stück von ihrer Scham kam zum Vorschein. Die drahtigen goldenen Haare waren wieder nachgewachsen, fast.

Er war starr vor Schreck bei dem Anblick. Er atmete heftig, als sein Penis steif wurde und gegen seine Hose drückte. Er zog den Bund wieder ein Stück hoch, um die Scham zu bedecken, und zog nur die rechte Seite herunter, um die Narbe freizulegen. Er hielt den Kopf gesenkt. Er konnte ihr nicht in die Augen sehen, falls sie gesehen hatte, daß er gesehen hatte.

Dieses leuchtende, glänzende rosarote Mal, das er auf ihr hinterlassen hatte. Keine Entzündung. Er strich mit den Fingerspitzen über den Wulst. Die Punkte von den Stichen waren fast völlig verschwunden. Seine Hände wieder auf ihr. Er schloß die Augen.

Sie sagte leise: «Es gibt niemand, der Esmeralda heißt.»

«Wie?»

«In diesem Roman, *East Angels*. Niemand, der Esmeralda heißt, keinen Captain Farley, niemand, der irgendeine Abfuhr bekommen hat.» Sie sah ihn mit unerträglicher Direktheit an. Er nahm seine Hände von ihrem Bauch.

«Ich verstehe nicht», sagte er, jetzt begreifend, was er an jenem Tag in ihrem Haus von sich und seinen Motiven offenbart hatte.

«Sie haben das Buch nie gelesen. Sie haben mich angelogen, und doch wollten Sie sich noch eins ausleihen. Warum?»

Sie stützte sich auf ihre Ellbogen auf. In ihrer Stimme lag etwas träge Fragendes, während sie ihn anstarrte. Sie stellte Fragen, deren Antworten sie schon kannte.

«Weil ...» Seine Stimme war leise, vertraulich, fast ein Flüstern. «Weil ich Sie sehen wollte.»

Er beugte sich zu ihr hinunter, und als seine Lippen ihre berührten, spürte er, wie sich ihre Arme um seinen Hals legten und ihn herunterzogen.

Nachdem die Tür abgeschlossen und das Licht gelöscht war, liebten sie sich zärtlich und behutsam und mit einem absoluten Minimum an Bewegung, aus Angst, ihre verheilende Wunde zu verletzen. Er zog ihren Rock und Schlüpfer herunter, und dann drehte sie sich mit seiner Hilfe und kniete auf allen vieren über seinem liegenden Körper, während er sich bereit machte, seinen Gürtel aufschnallte und seine Hose aufriß, und sie senkte sich Zentimeter um Zentimeter mit größter Vorsicht und Leichtigkeit auf ihn. Ihre Haare hingen herab – die Schleife hatte sich irgendwie gelöst –, sie streiften sein Gesicht, und dann faßte er ihr unters Hemdkleid, um ihre hängenden Brüste in seinen Händen zu halten.

«Es tut nicht weh», flüsterte sie, während sie sich leicht hin und her bewegte.

Er legte sich zurück, ohne sich zu bewegen, seine Hände jetzt auf ihren Oberschenkeln, während sie in winzigen Wellenbewegungen sanft auf und ab schaukelte.

Er konnte es nicht lange zurückhalten, und als der Moment kam, ließ die fast absolute Reglosigkeit ihrer Position alles traumartig erscheinen, wie aus einer anderen Welt, als passiere dieses außergewöhnliche Erlebnis in dieser blauen Stunde in einem Schwebezustand, in irgendeinem lauwarmen Strom oder in den windbewegten Ästen eines mächtigen Baumes.

Dann ließ sie sich herunter und legte sich auf ihn, und erst dann küßten und berührten sie sich, schmiegten sich aneinander und streichelten sich. Ihm fiel nichts ein, was er hätte sagen können.

Nichts. Und so lagen sie still auf seiner Untersuchungscouch, hinter der Stellwand in dem unbeleuchteten Zimmer, während der Regen herunterströmte und es draußen dunkel wurde.

Die Mädchen auf dem Pony

Nachdem sie gegangen war, saß er im trüben Licht, taub mit einer hilflosen Euphorie, erschöpft und töricht glücklich. Er schloß die Augen und versuchte sich ihre Gerüche und das Gefühl ihrer Haut in Erinnerung zu rufen, die Worte, die sie sich gesagt hatten, bestimmte Momente, von denen er kaum glauben konnte, daß sie geschehen waren. Er fand sein Gedächtnis irritierend flüchtig. Für eine kurze Sekunde konnte er die weiche Fülle ihrer Brüste in seinen Händen wiedererleben, und dann wurde das von einem Bild der Praxisdecke verdrängt, mit den schweren Lampenfassungen, den sepiabraunen Stockflecken, und dann wieder das Flüstern ihrer Stimme in seinem Ohr – «Ich weiß, ich weiß» – oder das Kitzeln ihrer dichten Haare auf seinem Gesicht, der Anblick ihres Oberkörpers, als er sich herumdrehte, während sie ihren Rock zuknöpfte, oder ihres blassen Gesichts, das für einen letzten Kuß über ihm schwebte. Was waren ihre letzten Worte gewesen? Er konnte sich nicht erinnern. Was hatten sie vereinbart, um sich wiederzusehen? Sie hatten doch sicher irgendwas besprochen? Er wurde plötzlich von einer schrecklichen Angst ergriffen, daß dies das erste und letzte Mal gewesen war, daß sie auf diese Weise zusammenkommen konnten, und in einer heftigen, bitteren Aufwallung verfluchte er seine Ehe und die ihre. Er verabscheute plötzlich Manila mit seiner Provinzialität, seiner Beschränktheit, der Unmöglichkeit, seine Privatsphäre zu schützen in dieser gehässigen Emigrantenkolonie mit ihrer anzüglichen Neugier, der Allgegenwärtigkeit von herumschnüffelnden, flüsternden Bediensteten, der Unmöglichkeit, jemals anonym oder allein zu sein.

In dieser frustrierten Stimmung verließ er das Krankenhaus und ging hinaus durch die blaue Abenddämmerung, die Calle Palacio und Fundacion entlang zur Puerta Real. Er überquerte den Wassergraben und schlug die Richtung zur Luneta ein, die er vor sich sehen konnte, mit ihrem Ring elektrischer Lichter, die hell in der einbrechenden Nacht leuchteten. Die Sierra de Maivelles auf der anderen Seite der Bucht war dicht und dunkel, ihre Silhouette abgehoben vor einem letzten Streifen Gelbrot. Vom Musikpavillon schwebte Musik zu ihm herüber, als er sich den Menschenmengen näherte und den Dutzenden von Kutschen, die langsam auf den Grasflächen im Zentrum des Ovals ihre Kreise zogen.

Wie immer war die Menge überwiegend in Weiß gekleidet, und zu dieser Stunde – oder hatte es irgendwas mit seinen Augen zu tun – leuchteten die Leinenanzüge und Musselin-*Camisas* auf eine überirdische Weise in der Dämmerung. Die Musik wechselte von einer fröhlichen Interpretation der ‹Yellow Rose of Texas› zu einem munteren Walzer, und wieder schien ihm, als würde sich das Tempo der kreisenden Leute und der Ponys, die die Kutschen zogen, verlangsamen, um sich den neuen Rhythmen der Musik anzupassen. Männer und Frauen grüßten ihn, während er sich ziellos durch die Menge bewegte, und er hob eine Hand in forscher Erwiderung, behielt ein leeres Lächeln auf dem Gesicht, drehte sich hierhin und dorthin, änderte bei jeder Bewegung die Richtung, um sich nicht auf ein Gespräch einlassen zu müssen.

Seine Gedanken waren noch ganz befangen. Er sann darüber nach, was sich da ereignet hatte, dachte an Delphine und ihr vorsichtiges, zartes Lieben. Er fühlte sich gleichzeitig gesegnet und demütig, dankbar und unerträglich bewegt von ihrer Großzügigkeit. Plötzlich für einen Moment allein, nachdem er bis zum Rand des Lichtscheins geschlendert war, der von den hellen gebündelten Kugeln elektrischen Lichts geworfen wurde, drehte er sich um und betrachtete wieder die langsam kreisende Menge, die keinem Ziel entgegenging, begleitet von der wunderschönen Musik, dem Geplapper von Tausenden Gesprächen, dem gelegentlichen Kichern und Lachen.

Sich in die Menge hinein und heraus bewegend, die Grasflächen überquerend, die Straße kreuzend, achtlos herumtollend, tauchten zwei kleine amerikanische Mädchen auf, die auf einem ungesattelten Pony saßen. Ihre blonden Haare schwebten lose hinter ihnen und waren auf amerikanische Art mit einer großen lockeren Schleife auf einer Seite zusammengebunden. Ihre dünnen nackten Beine in ihren Samtpantoffeln baumelten Seite an Seite auf beiden Flanken des Ponys. Das Mädchen vorne, das die Zügel hielt, sah glücklich und erregt aus, hatte ein breites Lächeln auf dem Gesicht, ihr Blick war ständig in Bewegung, voller Neugier. Aber das kleine Mädchen hinter ihr, das sich am Kleid seiner Schwester festklammerte, sah ernst und ängstlich drein, hielt sich fest, ihr Blick entschlossen auf den Boden gerichtet. Sie drehten zwei Runden durch die Luneta, und dann verlor er sie hinter ein paar Kutschen auf der anderen Seite aus den Augen. Sie erschienen nicht wieder, und er spürte, wie ein überwältigendes Gefühl von Verlust ihn überfiel, ein schreckliches Gefühl von der Begrenztheit und Flüchtigkeit des Seins. Er überquerte die Straße zur Kaimauer und setzte sich drauf, ließ die Beine über dem schmalen Strand baumeln, blickte über die Badehütten und das dunkle Wasser der Bucht zu den letzten dünnen Streifen von Violett am Horizont. Unbeobachtet, allein, legte er den Kopf in die Hände und weinte.

Hippotätisch

Das Merck-and-Frankl-Bistouri lag mitten auf Paton Bobbys Schreibtisch in seinem Büro im Ayuntamiento, und seine Spitze zeigte auf Salvador Carriscant.

«Sie sagen also, es fehlt eins», wiederholte Bobby. Unnötigerweise, fand Carriscant.

«Meiner Inventur zufolge.»

Bobby zog die Augenbrauen hoch, nahm seine Hände unterm Tisch hervor und legte seine Fingerspitzen bedächtig aneinander, die Daumen unterm Kinn aufgestützt. Carriscant fiel auf, daß der Mittel- und der Ringfinger seiner rechten Hand bandagiert waren.

«Was ist mit Ihren Fingern passiert?» fragte er.

Bobby blickte schuldbewußt drein. «Wissen Sie noch, der Tag, als wir die Frau gefunden haben? Und wir das Messer gefunden haben? Ich hab's in meine Tasche zurückgesteckt und vergessen, daß es da war. Zehn Minuten später hab ich nach meinen Streichhölzern gegriffen und *Autsch.*»

«Das passiert. Wenn Sie ein Skalpell bei sich tragen, brauchen Sie eine Schachtel, oder ein kleines Lederetui. Wie das hier.» Carriscant zeigte ihm sein eigenes.

«Jaja, aber ich habe nicht vor, ständig eins mit mir rumzutragen.»

«Jedenfalls fehlt uns eins, wenn Ihnen das irgendwie weiterhilft.»

«Hätte der Fall sein können. Nur daß man im San Lazaro drei vermißt, und vom First Reserve ist ein ganzer Kasten verschwunden.»

«Da sehen Sie mal, wie es in Krankenhäusern zugeht.»

Bobby erhob sich und lief auf und ab, offensichtlich ratlos. Er wandte sich um, machte Anstalten, etwas zu sagen, und überlegte es sich dann anders. Und dann überlegte er es sich wieder anders. Carriscant fand, daß er selten die Absichten eines Mannes so klar auf seinem Gesicht geschrieben gesehen hatte – nicht gerade gut für einen Polizisten, schätzte er. Er wartete geduldig darauf, daß Bobby sich ihm anvertraute.

«Wenn dieses Skalpell vom San Jeronimo war», begann er, eine gute Darstellung eines Mannes abgebend, der noch nachdachte, während er sprach, «dann ist es doch vorstellbar – vorstellbar –, daß Dr. Quiroga es entwendet hat. Ja?»

«Hören Sie, Bobby, ich habe Ihnen doch schon gesagt –»

«Eine reine Annahme. Hypothetisch.»

Er sprach das Wort wie ‹hippotätisch› aus, und Carriscant mußte ein Lächeln unterdrücken.

«Die Annahme ist völlig absurd», sagte Carriscant. «Sie wollen Dr. Quiroga unterstellen, daß er irgendwas mit diesen Morden zu tun hat? Grotesk.»

«Es ist eine Spur, das müssen Sie zugeben. Erst die Verbindung mit General Elpidio und jetzt dieses Skalpell. Und die chirurgische Präzision der Verstümmelungen. ‹Fachmännisch ausgeführt› – das haben Sie gesagt, nicht ich.» Bobby hielt inne und zeigte mit einem unbandagierten Finger auf Carriscant. «Dr. Quirogas Familie stammt aus Batangas in Südluzon. Das war eine der Regionen, wo es besonders erbitterten Widerstand gegeben hat. Im letzten Jahr des Krieges hat er meines Wissens drei Reisen dorthin unternommen.»

«Na und? Ich auch. Meine Mutter lebt in San Teodoro.»

«Und während des Krieges, im Februar und März 1902, hat Colonel Sieverances Regiment dort Operationen durchgeführt. Zu viele Verbindungen, Carriscant, ich kann sie nicht ignorieren.»

«Sie klammern sich an Strohhalme», sagte Carriscant. «An die schwächsten Strohhalme ... Hören Sie, *ich* könnte dieses Skalpell ebensogut mitgenommen haben. Oder mein Personal, irgendein Pfleger. Dr. Cruz, Dr. Wieland. Sogar Colonel Sieverance, sogar *Sie*. Sie waren alle schon in meinem OP-Saal, oder haben zu ihm Zugang.»

Bobby errötete und wirkte für ein paar Sekunden sehr verlegen. «Diese Art von Sarkasmus können Sie sich sparen, Carriscant. Ich muß allen Hinweisen nachgehen.»

Carriscant machte eine entschuldigende Geste, indem er den Kopf neigte. «Das Skalpell wirft alle möglichen Fragen auf, da stimme ich Ihnen zu», sagte er und sah Bobby fest an, der sich, fand er, unter seinem Blick besonders unwohl zu fühlen schien. «Wenn wir es nicht gefunden hätten, würde ich sagen, daß der Mord an der Frau in keinerlei Zusammenhang mit denen an den Soldaten steht ... Sie war übrigens schwanger, im vierten Monat.» Er hielt inne. Er beschloß, Bobby seine eigene Hypothese zu erzählen. «Wenn Sie mich fragen, wurde dieses Skalpell absichtlich dort hingelegt. Nicht um Dr. Quiroga zu belasten ... Sondern um mich zu belasten.»

«Um Himmels willen! Jetzt werden *Sie* aber absurd. Wer würde denn so was tun?»

«Dr. Cruz oder Dr. Wieland. Oder beide zusammen.»

Bobby lachte, sein Selbstbewußtsein war plötzlich wieder da. «Sie meinen, die ermorden irgendeine Bäuerin und legen dann eins von Ihren Skalpellen neben die Leiche? Das macht keinen Sinn. Dies sind Männer, die hohes Ansehen in der Stadt genießen. Nein, nein.»

«Von Mord habe ich nichts gesagt. Aber sie sind mehr als fähig, eine Gelegenheit zu nutzen, um zu versuchen, mich zu verunglimpfen. Cruz hat viele Kontakte zur Polizei. Die Polizei von Tondo bringt viele Verletzte ins Krankenhaus. Auf Cruz' Station.»

«Das kann ich nicht akzeptieren.»

«Sie sind vollkommen skrupellos und meine eingeschworenen Feinde.»

«Das ist alles Einbildung. Reines Melodram.»

«Ich muß Ihnen sagen, was ich denke. Sie wollen mich diskreditieren, und es ist ihnen egal, wie. Ich behaupte nicht, daß sie die Frau ermordet haben. In den Provinzen herrscht gerade eine Choleraepidemie. Jede Woche sterben Dutzende von Menschen. Und weiß Gott, wie viele Leichen Cruz noch in seinem teuflischen Labor versteckt hat. Er könnte –»

«Nein, hören Sie auf. Das Ganze gerät völlig außer Kontrolle. Mein lieber Carriscant, das sind Phantasien, Unsinn. Sie überraschen mich, ich hatte Sie immer für einen kühlen Kopf gehalten.»

«Ich bin überzeugt, daß dieses Skalpell aus meinem OP-Saal gestohlen wurde.»

«Hören Sie, ich glaube, wir preschen ein bißchen weit vor. Der verdammte Regen läßt unsere Gehirne verfaulen. Setzen Schimmel an.»

Carriscant beschloß, es dabei zu belassen. Aber er war zufrieden. Sein Geständnis hatte etwas Unerwartetes bewirkt. Bobbys Erleichterung bei seinen Anschuldigungen war deutlich zu spüren gewesen, und er hatte sie begeistert abgewehrt. Er war jetzt überzeugt, daß der Diebstahl des Skalpells aus seinem OP-Saal von niemand anderem ausgeführt worden war als von Polizeichef Paton Bobby.

Das genähte Herz

Annaliese Carriscant löffelte Honig auf ein weiteres Toastdreieck und leckte den Löffel ab, bevor sie ihn wieder in den Topf steckte. Sie ißt zuviel, dachte Carriscant, nimmt zu. Unter ihrem Kiefer wuchs eine kleine Wölbung, ein beginnendes Doppelkinn. Mit einem sauren Stich der Klarheit erkannte Carriscant, wie unattraktiv seine Frau war, plötzlich – wie verhärmt trotz ihrer neuen Korpulenz, wie fade. Neben Delphine war sie – Er schob seinen Teller mit Hühnchen und Reis beiseite. Wie konnte sie bloß den ganzen Abend Toast mit Honig essen, eine Scheibe nach der andern?

«Ich muß ins Krankenhaus», sagte er.

Sie sah ihn an und setzte gelassen eine, wie er fand, verächtliche Miene auf.

«Ich werde nicht aufbleiben.»

Carriscant zog den Verband wieder über die Wunde. Der Patient war ein Engländer, ein Offizier der Küstenwache, der am Hals eine Kropfzyste bekommen hatte, die zur Größe einer Aubergine angewachsen und zwei Tage zuvor entfernt worden war. Er war noch schwach, aber er schien Fortschritte zu machen. Carriscant ging weiter zum nächsten Bett, wurde aber von einer der Schwestern, Schwester Encarnacion, unterbrochen, die in die Station geeilt war.

«Dr. Carriscant, bitte, Station elf. Ein Notfall.»

Carriscant folgte ihr schnell den Flur entlang zum Westflügel des Krankenhauses. Station elf war eine von Dr. Cruz' Stationen. Als er seinen eigenen Bereich des Krankenhauses verließ, kam es ihm vor, als würde er eine Grenze überschreiten, als würde er eine Zeitreise in die Vergangenheit machen. An den Zugängen seines Einflußbereichs standen die Tische mit den Emailleschalen mit Desinfektionsmittel und Karbolseife, die Kästen mit Kalkpuder, in die jeder, der von Cruz' Station kam, hineintreten mußte. Selbst die Eigenschaft der Luft schien sich zu verändern: Hier herrschten alte Gerüche von Verwesung, alter Bettwäsche und ungewaschenen Körpern. Die Flure waren schmuddelig, die Böden nicht gefegt, die Wände mit Fingerabdrücken und dem fettigen Glanz menschlicher Berührung verschmiert. Cruz glaubte immer noch fest an die Übertragung von Krankheiten über die Luft, daß Infektionen durch schlechte und giftige Luftströmungen übertragen würden, was zur Folge hatte, daß sämtliche Fenster und Türen seiner Stationen fest verschlossen waren. Schwester Encarnacion stieß die Tür von Station elf auf und führte Carriscant in einen langen übelriechenden Raum, der in Verschläge aufgeteilt war, Holzwände vom Boden bis zur Decke, mit einem Bett in jedem Verschlag. Was wahrscheinlich bezwecken sollte, nahm Carriscant sarkastisch an, die schädlichen Lüfte besser abzuhalten, die 60 Prozent von Cruz' Patienten umbrachten. Die Schwester führte ihn in einen Verschlag hinein, und Carriscant spähte auf einen jungen Mann hinunter, einen Filipino, der, wie er sofort erkannte, nur noch ein paar Tage zu leben hatte.

«Was ist hier passiert?» fragte er.

Schwester Encarnacion erklärte, daß der Mann beim Neudekken seiner Hütte vom Dach gefallen war und sich auf dem Bambuszaun, der seinen Garten umgab, aufgespießt hatte. Ein spitzer Bambussplitter war knapp unter dem Brustbein in den Körper eingetreten und hatte das Herz durchstoßen.

Auf der Brust des Mannes lag ein wasserdichter Leinenbeutel mit Eis. Carriscant hob ihn hoch, um den schweren Verband darunter freizulegen. Zu seiner Überraschung sah er, daß ein Gummischlauch aus dem Verband heraus und in eine Glasflasche führte, die halb voll mit Blut gefüllt war. Vom Schlauchende fielen Tropfen herab.

«Was ist das?»

«Eine Dränage des Pericardium.»

«Was?» Das machte keinen Sinn. Carriscant maß den Puls des Mannes. Er war sehr schwach und unregelmäßig.

«Was für eine Operation hat Dr. Cruz hier durchgeführt?»

Schwester Encarnacion sagte es ihm und fügte hinzu, daß Dr. Cruz mit dem Ergebnis sehr zufrieden gewesen sei und wolle, daß der Patient genau beobachtet werde. Ein Bote sei zu Dr. Cruz' Haus geschickt worden, aber da Dr. Carriscant gerade im Krankenhaus gewesen sei . . .

Carriscant war erstaunt, mehr als erstaunt. Einige weitere Fragen brachten die Tatsachen zum Vorschein, daß Cruz die Brust des Mannes geöffnet und das Pericardium freigelegt hatte, das von dem Bambussplitter durchbohrt worden war. Er hatte die Wunde im Pericardium genäht und einen Trokar in die Herzhöhle geschoben, um sie zu dränieren. Carriscant betrachtete den Mann. Sein Gesicht war weiß und bleich, schweißbedeckt, und er atmete mit Mühe. Cruz hatte vielleicht die Wunde im Pericardium genäht, aber es war klar, daß das Herz auch durchbohrt war. Es mußte eine winzige Wunde im Herz geben, die immer noch Blut ins Pericardium pumpte, zuviel für jede Dränage. Bald würde der Druck des Blutes, das die Herzhöhle füllte, das Schlagen ersticken und zum Stillstand bringen, oder die Lunge würde versagen, weil das Blut wahrscheinlich auch in die Brusthöhle geflossen war und die Lunge zusammendrückte. Er konnte nichts tun. Er wandte sich ab, frustriert und zornig, und ging durch die Station und sah in die anderen Verschläge, wobei er den Schmutz auf den verschlossenen Fenstern bemerkte. Die meisten waren leer. In einem Bett lag eine Leiche, das Laken übers Gesicht gezogen. Zwei andere Verschläge enthielten Patienten – einen Jungen und einen jungen Mann –, beide hatten Eisbeutel auf der Brust.

«Was ist das hier für eine Station?»

«Nur Brustverletzungen. Dr. Cruz hat darum gebeten, daß sie ausschließlich Brustverletzungen vorbehalten bleibt.» Schwester Encarnacion sah unglücklich aus. «Wir bekommen zu viele Kriminelle, Dr. Carriscant. Die Polizei von Tondo bringt sie hierher, wenn sie bei Streitigkeiten verletzt werden. Dr. Cruz hat nur die mit Brustverletzungen haben wollen. Das sind die schlimmsten ...» Sie senkte die Stimme. «Das sind wir hier im San Jeronimo nicht gewöhnt. Überhaupt nicht.»

Erst als er sich dem hinteren Teil vom Hause der Sieverances näherte, wandten sich Carriscants Gedanken etwas anderem zu als Dr. Isidro Cruz und seinen gewagten neuartigen Operationen. Er hatte ein *Carromato* gemietet, das ihn nach Uli-Uli brachte, ein Dorf kurz hinter dem Palast, und war zurückgetrottet Richtung Calle Lagarda, bevor er die Straße verließ und querfeldein zu der Sackgasse ging mit ihren prächtigen Residenzen. Der Himmel war größtenteils bedeckt, aber hin und wieder erschien ein Dreiviertelmond zwischen den Wolkenfetzen, um ihm den Weg zu leuchten. Er erreichte ohne ernsthafte Zwischenfälle die hintere Hecke, die den Garten der Sieverances säumte. Ein Rutscher den Deich eines Reisfeldes hinunter hatte einen Schuh durchnäßt und ein Hosenbein mit Schlamm beschmutzt, aber ansonsten war er in guter Verfassung, als er sich durch die dichten Cogal- und Hibiskusbüsche schob und über den vom Mondlicht überfluteten Garten zum Haus schlich.

Und wieder fragte er sich, was er eigentlich zu erreichen hoffte, und wie immer kam ihm die Einsicht, daß die Rechtfertigung im Aufwand selbst lag. Was ihn fertigmachte, war Untätigkeit. Entscheidend war, daß er irgend etwas tat, wie sinnlos oder töricht es auch sein mochte. Und so bezog er seine Position hinter einer dichten gewölbten Masse Bougainvillea, die die Holzpergola überwuchert hatte, und wartete. Vielleicht würde sie auf die *Azotea* hinausschlendern, um frische Luft zu schnappen, und dann könnte er sie diskret rufen. Auch nur einen Blick von ihr zu erhaschen wäre Belohnung genug. Er sah, daß viele der hinteren Fenster des Hauses erleuchtet waren, und er konnte das Geplapper von Bediensteten und das Klappern von Töpfen und Küchenutensilien aus der Küche im Erdgeschoß hören. Das Abendessen war wohl gerade beendet, schätzte er. Er glaubte sicher zu wissen, wo ihr Schlafzimmer lag, und auch die Bibliothek, aber es kam ihm zu tollkühn vor, ein Steinchen gegen eines dieser Fenster zu werfen, um ihre Aufmerksamkeit zu erregen. Was wäre, wenn ein Dienstmädchen gerade in dem Raum war? Oder noch schlimmer: Schwester Aslinger? Es war besser, wenn er wartete und betete, daß das Glück ihn nicht verließ.

Hin und wieder sah er Schatten an den verhängten Fenstern vorbeigehen, aber sie waren zu unbestimmt und diffus, um eine Identifikation zu ermöglichen. Und dann hörte er Klaviermusik – das muß sie sein, dachte er –, eine Reihe von Arpeggien über einem gehaltenen Ton, dann ein eindringlicher Melodiefetzen, ein paar schnell gespielte Tonleitern, rauf und runter, dann

Stille. Weitere Schatten flackerten vor den Fenstern, und er stellte sich vor, wie sie unruhig und rastlos in den Räumen des Hauses auf und ab ging, wie ihr Gehirn arbeitete, nicht zur Ruhe kam, immerzu an ihn dachte, wie er an sie. Vielleicht löste allein schon seine Anwesenheit im Garten, seine Nähe, diese köstliche Nervosität aus ... Er konzentrierte sich mit aller Kraft, sendete seine Gedankenwellen aus, versuchte sie mit seiner Willensanstrengung dazu zu bringen, eine Tür zu öffnen und auf die hintere Terrasse hinauszutreten. Aber sie erschien nicht. Er hörte eine Tür knallen, sah das Licht in, wie er vermutete, ihrem Schlafzimmer ausgehen, und dann nichts mehr. Die Feuchtigkeit im Gras durchnäßte seinen noch trockenen zweiten Schuh, und er spürte die erdig riechenden, kühleren Lüfte auf seinem Hals, die baldigen Regen ankündigten. Es setzte ein stetiger Nieselregen ein, und im Nachbargarten begann ein Hund gereizt zu bellen, womit er bald noch einen anderen in den Bedienstetenunterkünften des Sieverance-Hauses ansteckte. Es war Zeit zu gehen. Er fühlte sich seltsam befriedigt, als er sich wieder zurück durch die Hecke schob und zur Straße zurückging. Jedem anderen wäre seine feuchte Wache im Garten als absurde und vergebliche Zeitverschwendung erschienen, aber für einen Liebenden, sagte er sich, als er auf der Suche nach einem *Carromato* nach San Miguel hineintrottete, für einen Liebenden hatten solche unnötigen Beschwerlichkeiten ihre eigene private Bedeutung, waren ein Zeichen für die Größe seiner Hingabe. Die Melodie, die sie kurz angespielt hatte, blieb ihm im Kopf. Er stellte fest, daß er sie noch summte, als er sich auf sein Diwanbett niederließ und zum Schlafen bereitmachte.

Eine offizielle Einladung

Als Carriscant gerade dabei war, auf seinem Schreibtisch Ordnung zu schaffen, klopfte es an der Tür, und eine der Krankenschwestern erschien.

«Entschuldigen Sie, Dr. Carriscant, einen schönen Gruß von

Dr. Cruz. Er bittet Sie, ihn in seinem OP-Saal zu besuchen. Es ist ziemlich dringend.»

Carriscant war sehr überrascht. Er und Cruz hatten seit dem Streit wegen Delphines Blinddarm kaum mehr ein Wort gewechselt.

«In seinem OP-Saal, sagen Sie?»

«Ja. Sofort, wenn es geht.»

Carriscant überquerte den Hof zu Cruz' Behandlungsräumen. Er folgte der Schwester einen schlechtbeleuchteten Flur entlang zum OP-Saal. Die Wände waren mit uralter gelber Temperafarbe gestrichen, die schon abblätterte, und in der Luft hing ein seltsamer Geruch, ein süßlicher, fetter Gestank, der sich in der Nase hielt und den Gaumen überzog, fast als wäre er dazu gedacht, eher geschmeckt als gerochen zu werden. Es war ein Geruch wie von altem, liegengelassenen Essen, eine Ausdünstung schmutziger Küchen. Carriscant erkannte ihn sofort als den Geruch von Verwesung.

Cruz' OP-Saal war in Carriscants Augen eine Szene aus einem der Kreise der Hölle. Alte, gesprungene Terrakotta-Fliesen auf dem Boden und verschmierter Wandverputz, der aus irgendeinem Grund mit handschriftlichem Gekritzel bedeckt war, uralte Holzschalen und Tische. Cruz stand aufrecht in seinem Reich, in seinem berühmten Gehrock mit der widerlichen Schmutzschicht, der eitrigen Flechte, die Manschetten aufgeknöpft, und die Ärmel seines Rocks und Hemds hochgekrempelt, so daß seine kräftigen Unterarme mit ihrem Pelz schwarzer Haare zu sehen waren. Er wischte sich gerade seine blutverschmierten Hände an einem Stoffetzen ab. Drei OP-Schwestern standen um den OP-Tisch herum, neben einem anderen Arzt, Dr. Filomeno, Cruz' Anästhesist. Dr. Filomeno trug einen hellbraunen Anzug, der von einem Blutspritzer auf der rechten Seite ruiniert war. Er säuberte ihn mit einem Bündel Tupfer und beschwerte sich energisch bei einer der Schwestern.

«Ah, Carriscant», sagte Cruz und warf das Tuch auf eine Instrumentenschale. «Schön, daß Sie kommen konnten.» Die Selbstzufriedenheit, die kaum unterdrückte Begeisterung in seiner Stimme ließen ihn die Worte in die Länge ziehen, als wäre er betrunken. «Ich habe mir sehr gewünscht, daß Sie das hier sehen.» Er winkte Carriscant zum OP-Tisch.

Dort lag ein Mann mit geöffneter Brusthöhle. Zangen hielten die Wunde weit auseinander. Carriscant sah genauer hin und stellte fest, daß das Pericardium auch aufgeschnitten worden war, die Seiten durch Klemmen auseinandergehalten.

«Sehen Sie da», sagte Cruz. Dort, zwischen dem geronnenen Blut und dem aufgeschnittenen Gewebe, sah Carriscant das schlagende Herz des Mannes, unregelmäßig pulsierend, wie irgendein Meereswesen, halb Pflanze, halb zweischalige Muschel ohne Schale, etwas, das sich tief auf dem Meeresgrund an Felsen klammerte. Es dehnte sich schwach aus und wieder zusammen, gerade noch lebendig. Carriscant wandte sich wieder an Cruz. Der Mann strich sich durch sein drahtiges Haar und krempelte seine Ärmel herunter.

«Ich habe einen Fotografen bestellt», sagte er stolz. «Die Welt ist im Begriff, von Isidro Cruz zu erfahren. Sie sind hier nicht der einzige Chirurg, der Eindruck machen kann.»

«Wovon reden Sie?»

«Sehen Sie her», sagte Cruz, sich dem Körper nähernd. «Sehen Sie her, Carriscant.»

Er starrte auf das zuckende Herz. Sechs feste Nähte, geknotete Seide. Cruz' derbe Finger griffen in die Brusthöhle und berührten das pulsierende Organ.

«Herznähte, Carriscant. In einer Stichwunde.»

Die Schwestern machten sich an dem Patienten zu schaffen, überprüften die Dränageschläuche vom Pericardium und dem Brustfell.

«Dr. Filomeno wird die Rippe zurücklegen und die Wunde verschließen. Ich werde eine Erklärung vor der Presse abgeben.»

Carriscant konnte nicht widerstehen. Er streckte einen Finger aus und berührte sanft die Oberfläche des schlagenden Herzens, während es wackelte und sich wölbte. Die sechs Nähte versiegelten eine glatte, etwa zwei Zentimeter lange Wunde in der linken Herzkammer. Carriscants Blick fiel auf einen Eisbeutel auf einem Wagen, der in der Nähe stand. Er betrachtete das Gesicht des Mannes.

«Darf ich?» Er entfernte die Maske, die es bedeckte. Die Haut des Mannes war praktisch grau. Carriscant erkannte ihn.

«Die linke Lunge ist kollabiert», erklärte Dr. Filomeno.

Carriscant nickte. Dies war der Mann, den er gerade zwei Tage zuvor in Cruz' Station gesehen hatte. Aber die Schwester hatte nichts von einer Wunde im Herzen gesagt. Im Pericardium, hatte sie gesagt. Carriscants Gehirn begann zu arbeiten. Der Mann konnte zu dem Zeitpunkt nicht diesen Schnitt im Herzen gehabt haben, sonst wäre er binnen einer Stunde gestorben. Eine winzige Perforation vielleicht, was seine Diagnose gewesen war, aber nicht eine Wunde von dieser Größe. Wo war ihm also diese saubere Wunde zugefügt worden, die Cruz genäht hatte? Nicht einmal Cruz wäre so –

«Herznähte», höhnte Cruz. «Herznähte, Carriscant.»

«Dieser Mann wird sterben.»

«Das bezweifle ich. Die Blutung hat aufgehört.»

«Selbst dann. Nein, es ist der Dreck hier, der das besorgen wird. Sehen Sie sich an. Ich habe gesehen, wie Sie sich mit den Fingern durch die Haare gefahren sind, kurz bevor sie sein Herz berührt haben.»

«Neumodischer Unsinn, Carriscant. Neumodisches Dogma.»

«Sie hätten genausogut einen Kadaver operieren können.»

«Beruflicher Neid ist das niedrigste aller Gefühle, würden Sie nicht auch sagen, Filomeno?»

«Ohne jeden *hatschii*!»

Filomeno nieste. Er griff sich einen Moment zu spät an die Nase. Carriscant wandte sich ab und blickte sich in dem stinkigen, schlecht beleuchteten Raum um, voller Menschen in Straßenkleidung, die sich kratzten und schnieften, das getrocknete Blut und der Schmutz Dutzender Operationen steif und krümelnd auf den Vorderseiten ihrer Kleidung.

Ein Pfleger erschien in der Tür. «Hier ist ein Herr von der *Manila Times*, Sir», sagte er.

Carriscant konnte nicht widerstehen. Später wünschte er sich, er hätte Cruz die ganze Wucht öffentlicher Demütigung und Schande erleiden lassen, aber er konnte sich einfach nicht bremsen.

«Ich gratuliere Ihnen zu Ihren Nähten, Cruz. Saubere Arbeit, wie immer. Aber Sie sind zu spät. An Ihrer Stelle würde ich geradewegs den Weg aseptischer Chirurgie einschlagen. Wer weiß, vielleicht könnten Sie große Dinge vollbringen.»

«Was meinen Sie damit, ‹zu spät›?»

«Sieben Jahre zu spät, um genau zu sein. Die ersten Herznähte, die an einem lebenden Patienten vorgenommen wurden – der überlebt hat –, fanden 1896 statt. Frankfurt am Main. Der Chirurg war Dr. Louis Rehn.» Er lächelte. «Ordentlicher Versuch. Wenn Sie mich jetzt entschuldigen wollen, ich muß zu einer offiziellen Einladung.»

Die Barkasse wartete auf sie am Kai bei den Kühlhäusern. Carriscant half Annaliese an Bord und wartete, während die anderen Mitglieder ihrer Gesellschaft zustiegen. Die Nacht war schwül und warm, und er wunderte sich plötzlich, wieso förmliche Empfänge in den Tropen von den gleichen Gepflogenheiten und der gleichen Förmlichkeit bestimmt werden mußten, die für gemäßigte Breiten angemessen waren. Einen Gehrock, steifen Kragen und weiße Krawatte tragen zu müssen, um an einer Veranstaltung auf einer Insel mitten im Chinesischen Meer teilzunehmen, schien auf groteske Weise angeberisch zu sein, wenn nicht gar der schiere Wahnsinn. Seine ganze Befriedigung darüber, Cruz eindeutig in die Grenzen gewiesen zu haben, hatte sich verflüchtigt und war durch Verärgerung und üble Laune ersetzt worden. Er sprang in die Barkasse hinunter. Sie wurde vom Kai abgestoßen und begann den Pasig hoch zum Malacanan-Palast zu tuckern. Hier gab es wenigstens etwas Erleichterung, etwas Kühle, und er streckte seinen Hals über den Kragen und breitete seine feuchten Handflächen aus, um das Lüftchen einzufangen, das von ihrer Fahrt erzeugt wurde. Um ihn herum, erregt plaudernd, waren ihre Freunde – Annalieses Freunde, nicht seine, verbesserte er sich. Die Einladung war auch an den Bischof und seinen Stab gegangen, weswegen Annaliese darauf beharrt hatte hinzugehen. Er blickte sich in der Runde um: Mr. und Mrs. Freer, Engländer mittleren Alters, er war Optiker; Monsieur und Madame Champoursin, er war Journalist; Pater Agoncillo, ein dicklicher junger Priester und ein besonderer Freund von Annaliese; und Mrs. Kelly, eine Freundin der Freers, Ehefrau eines Tierarztes in Iloilo, der für einen Monat zu Besuch in Manila war. Was für erbärmliche Gestalten, dachte er säuerlich. Die Männer waren alle in Abendgarderobe, wie er, die Frauen hätten zu einem Ball in irgendeiner Provinzstadt in Europa gehen können – lange Kleider, Petticoats, sittsamer Schmuck, Seide, Spitzen und Taft, Korsetts und Haarkämme und hochhackige Schuhe. Einige hatten Fächer dabei, ansonsten hätten sie genausogut in Aberdeen oder Bristol sein können, in Lyon oder Hamburg, Genua oder Sevilla. Er war entschlossen sich zu amüsieren, koste es, was es wolle.

Er sah bald den Palast vor sich, die Gärten, die bis zum Fluß hinunterreichten, hell erleuchtet mit chinesischen Lampions. An den weiten Bögen der Fassade im Erdgeschoß und im ersten Stock hingen Ketten roter und gelber Glühbirnen. Sie gingen von Bord und drängten sich durch eine erstaunlich große Menschenmenge, um sich beim Empfang in die Schlange der Wartenden einzureihen. Gouverneur Taft und seine Gattin standen auf einer kleinen Bühne unter einer flatternden Segeltuchmarkise. Auf der einen Seite saß die Polizeikapelle in einem Halbkreis und spielte eine Gavotte, und knapp hinter ihnen, auf ein paar Tennisplätzen, gab es einen Freiluftballsaal, der von drei Reihen abgestufter Bänke gesäumt war. An verschiedenen Stellen im Garten waren Buffets und kleine Tische mit Punschschalen aufgestellt. Überall waren die Stars and Stripes drapiert. Wie die Amerikaner ihre Fahne lieben, dachte er.

Er schüttelte Taft die Hand. Der Mann sah grotesk aus in seiner Abendgarderobe, fettleibiger denn je. Sein pralles Gesicht glänzte rosa vor Schweiß, aber er begrüßte alle mit unveränderter Freundlichkeit, schüttelte ihnen energisch die Hand und wiederholte: «Freue mich, Sie kennenzulernen, freue mich sehr, Sie kennenzulernen», typisch amerikanisch. Carriscant wartete etwas linkisch, während Annaliese mit Mrs. Taft plauderte. Er konnte nicht feststellen, ob der Gouverneur ihn erkannte – seine Begrüßung erwies jedem gegenüber die gleiche dröhnende Vertraulichkeit –, und er dachte, dies sei nicht der Moment, um ihn an ihre letzte Begegnung zu erinnern. Taft strich sich über den Schnurrbart und grinste ihn wie ein fröhlicher Onkel an. Carriscant erwiderte das mit einem kleinen Lächeln. Er fragte sich kurz, ob Bobby Taft von der ermordeten Frau erzählt hatte. Die Kapelle spielte ‹Campdown Races› an, und Taft dirigierte jovial ein paar Takte.

«Mein absolutes Lieblingsstück», sagte er und richtete die Bemerkung scheinbar an Carriscant, obwohl er durch ihn hindurchzuschauen schien.

«Wie? Entschuldigen Sie, ich –»

«So eine hübsche Melodie. Muntert mich immer auf.»

«Tatsächlich.»

Zu seiner Erleichterung hatte Annaliese ihr Gespräch endlich beendet, so daß er Mrs. Tafts schlaffe Hand schütteln, sie anlächeln und weitergehen konnte. Er lenkte Annaliese zu einem Tisch, wo von chinesischen Kellnern Punsch ausgeschenkt wurde. Große Eiswürfel schwammen in einer verdächtig torffarbigen Flüssigkeit. Es war schwer zu sagen, woraus sie bestand, aber wenigstens war sie kalt. Und stark. Carriscant leerte seinen ersten Becher und ging gleich zurück, um sich nachfüllen zu lassen. Er verspürte bereits die Wirkung des Alkohols. Vielleicht konnte er diesen Abend doch überstehen.

Er schlenderte mit Annaliese zur Kapelle, unterwegs stehenbleibend, um ein paar Worte mit Bekannten auszutauschen. Sie standen da und sahen den Musikern in ihren blauen Uniformen mit den roten Schulterstücken zu, wie sie den offiziellen Rigaudon spielten, um den Tanz einzuleiten. Die ersten Paare gingen auf die Tanzfläche. Carriscant fühlte sich von dem Alkohol in seinem Blut gebremst und betäubt, geistig träge. Er merkte, daß sein Blick auf einer eleganten *Mestiza* ruhte, ihre geölten Haare hingen glänzend über einer handbemalten *Camisa*, auf deren fächerförmigen Ärmeln komplizierte Stickereien eingearbeitet waren. Noch nie eine so fein gearbeitete *Camisa* gesehen, dachte er und drehte sich um, um Annaliese darauf hinzuweisen, aber sie hatte sich ein paar Schritte entfernt, um mit Pater Agoncillo zu reden.

«Guten Abend, Dr. Carriscant.»

Sein Blut stockte, und er spürte, wie seine Eingeweide sich zusammenzogen.

Sie stand ein paar Meter entfernt, in einem langen schieferblauen Kleid mit einer enggerafftenTaille. Sie trug einen schlanken Ebenholzstock mit einem silbernen Griff. Ihre Haare waren hoch auf ihrem Kopf aufgetürmt, eine Frisur, die er bei ihr noch nie gesehen hatte, gelockt und wild. Ihre Augen strahlten und lächelten, und der tiefe, spitzenbesetzte Ausschnitt ihres Kleides zeigte ihr Schlüsselbein und die sommersprossige Blässe ihrer Brust.

Annaliese gesellte sich wieder zu ihm.

«Meine Liebe, ich glaube, Mrs. Sieverance kennst du noch nicht.» Er stellte Annaliese vor. «Meine Frau, Annaliese.»

«Mrs. Sieverance, es freut mich zu sehen, daß Sie so blühend aussehen.»

«Ach, das habe ich nur Ihrem Mann zu verdanken, Mrs. Carriscant.» Eine höllische Stille folgte.

«Wie ... ich meine, nein. Äh, keine Beschwerden? Keine Schwierigkeiten mit irgend –»

«Keine Sorge, Doktor», sagte sie lächelnd. «Der Stock ist eher eine Art Luxus. Man gibt ungern so ein schickes Accessoir auf.»

«Ja», sagte er geistig abwesend, als er sah, daß sie einen Blick auf Annaliese warf. «Ja.»

«Ist Ihr Mann auch hier?» fragte Annaliese.

«Er ist in Mindanao. Ich glaube, es gibt dort Probleme mit den *Insurrectos*.»

Er hatte das Gefühl, er würde gleich zusammenbrechen. «Wenn Sie mich entschuldigen wollen, ich glaube, ich sehe dort Chief Bobby.» Er machte eine kleine Verbeugung, marschierte davon und ließ die beiden mit ihrem Gespräch allein. Er hatte Bobby nicht gesehen, aber er steuerte direkt auf einen Pulk von Leuten zu, die um einen Buffettisch herumstanden, und trank noch mal zwei Becher Punsch, um seine Fassung wiederzuerlangen. Er füllte einen Teller mit sternenförmigen Gewürzkeksen, um sie Annaliese zu bringen. Er fühlte ... Er wußte nicht, was er fühlte. Er hatte noch nie jemanden gesehen, der so schön war, dachte er. Noch nie hatte er jemanden körperlich so sehr begehrt. Der Druck, neben ihr zu stehen und sie nicht berühren zu können, war unerträglich gewesen, schockierend. Nach ein paar Augenblicken hatte er sich wieder beruhigt, sah, daß Annaliese wieder allein war, und überquerte den Rasen, um sich wieder zu ihr zu gesellen.

«Was ist das?»

«Ich dachte, du hast vielleicht Hunger.»

«Nein, danke.»

Er gab den Teller einem Kellner, der gerade vorbeikam.

«Typische Amerikanerin», sagte Annaliese herablassend. «Voll und ganz. Wie muß sie über uns arme Kolonieeinwohner denken?»

«Wer?»

«Deine Mrs. Sieverance. Ganz schön aufgedonnert. Muß an die 15 Zentimeter Haarpolster haben. Mindestens.»

«Sie hat sich hervorragend erholt.»

«Ich finde, mit diesem ganzen unordentlichen Haar sieht man aus wie ein Ladenmädchen.»

«Nach einer so schweren Operation wieder auf den Beinen zu stehen ist wirklich –»

«Vulgär. So amerikanisch.»

Später, als Annaliese zusammen mit Mrs. Freer und Madame Champoursin um die Tanzfläche herum saß, ergriff Carriscant die Gelegenheit zu verschwinden, um sie zu suchen. Er sah sie unter einem Roten Jasminbaum stehen und mit ein paar Amerikanern reden – er meinte, einen von jenem Abend auf der Luneta wiederzuerkennen. Er ging nah genug an der Gruppe vorbei, daß sie ihn bemerkte. Er stellte sich an einen Tisch, der mit den Stars and Stripes behängt war, und bestellte noch einen Punsch – er fühlte sich schon ziemlich angetrunken, aber Trinken war das einzige, was half.

«Noch mal hallo, Dr. Carriscant.»

Er drehte sich zu ihr um. Er fühlte die Tränen in seinen Augen brennen. Hinter ihr sah er, wie die anderen herüberblickten.

«Möchten Sie einen –? Kann ich Ihnen –?»

Sie wirkte so ruhig, so beherrscht. Sie standen zwei Schritte voneinander entfernt. Er reichte ihr den Punschbecher. Seine Hand zitterte, und die Flüssigkeit schwappte über den Rand.

«Sie haben mir ja gar nicht erzählt, daß Ihre Frau so attraktiv ist. Sie war sehr ... höflich, fand ich.»

«Das ist egal», sagte er mit rauher Stimme. «Das ist nicht wichtig. Da ist nichts mehr zwischen uns, das habe ich Ihnen doch gesagt.»

«Ich war etwas überrascht, muß ich ehrlich sagen.»

«Du fehlst mir», sagte er leise, wobei er versuchte, so auszusehen, als mache er Konversation. «Ich muß dich wiedersehen. Kannst du ins Krankenhaus kommen?»

«Nein. Komm zu mir. Übermorgen. Um drei Uhr nachmittags. Bring mir mein Buch zurück.»

«Ich liebe dich», sagte er. «Ich bete dich an.»

«Ich weiß.» Sie sah ihn an, auf diese gewisse Weise, und hob dann ihre Stimme. «Ich werde darauf achten, Dr. Carriscant. Vielen Dank.»

Er blickte sich um. Paton Bobby schritt mit strahlendem Gesicht über den Rasen auf sie zu.

«Abend, Doktor. Sie sehen ja fast vornehm aus. Fast. Abend, Mrs. Sieverance.»

Sie schüttelten sich die Hände. Es war klar, sehr zu Carriscants Überraschung, daß Bobby sie ziemlich gut kannte. Bobby machte mit ihm einen Termin für den nächsten Tag aus, und dann plauderten sie eine Weile über die Lage in Mindanao. Nach einer Minute zog Bobby weiter.

«Ich muß jetzt gehen», sagte sie, ihre großen Augen voller geheimer Botschaften.

«Ja», sagte er lahm. Er kam sich wie ein ungeschliffener Tölpel vor. Ein halbstummer Cruz.

Sie drehte sich um und schlenderte zu ihren Freunden zurück.

Das Zittern in seinen Beinen zwang Carriscant, schnell zu der niedrigen Mauer am Gartenrand zu gehen, wo er sich hinsetzte. Erst nach fünf Minuten fühlte er sich in der Lage, Annaliese zu suchen und ihr vorzuschlagen, nach Hause zu gehen.

Die Bibliothek

Sie schloß die Tür ab und drehte sich zu ihm um. Er sah, daß auch sie aufgeregt war, ihre Brust hob und senkte sich.

«Wir haben zehn Minuten», sagte sie.

Sie küßten sich. Er hielt sie heftig an sich gedrückt, sein Gesicht in der Mulde zwischen ihrem Hals und ihrer Schulter. Seine Lippen berührten ihre feuchte Haut, schmeckten ihr Salz. Er atmete ihren Geruch ein.

«Jesus», sagte er. «Mein Gott, du weißt ja nicht, wie –»

«Nicht weinen», sagte sie und lächelte ihn an. «Dann muß ich auch.»

«Ist die Schwester –»

«Nein. Aber es sind Bedienstete da. Ich kann kein Risiko eingehen.»

Sie setzten sich einander gegenüber, er hielt ihre Hände in den seinen und machte ihr jede banale Liebeserklärung, die ihm einfiel. Er küßte ihre Fingerknöchel, drückte sie sich an die Stirn.

«Ich muß mit dir zusammensein», sagte er. «Es bringt mich um. Wir müssen irgendeinen Weg finden.»

«Aber wie?»

«Ich weiß nicht», sagte er, wirkliche Verzweiflung in der Stimme. «Ich kann einfach nicht klar denken.»

«Ein Hotel?»

«In Manila? Es gibt keine Geheimnisse in diesem elenden Ort. Jeder kennt mich. Jeder beobachtet jeden. Unmöglich.» Er spürte, wie die Frustration sich in ihm breitmachte. «Zur Hölle mit diesem Ort. Zur Hölle mit dieser stinkenden Stadt.» Er sank vor ihr auf die Knie, legte die Arme um ihre Hüften, vergrub das

Gesicht in ihrem Schoß, spürte ihre Hände auf seinem Kopf, seinen Schultern.

«Ich könnte wieder ins Krankenhaus kommen», flüsterte sie. «Vielleicht noch ein einziges Mal. Ich kann nicht zu oft ohne Begleitung weggehen. Ich könnte wieder eine Krise haben oder so etwas. Vielleicht einen Rückfall.»

«Mittwoch, die gleiche Zeit. Es wird sonst niemand da sein.»

«Sie hat freitags ihren freien Tag.»

«Dann eben Freitag.» Er küßte sie, seine Zunge in ihrem Mund. Ihr kühler Mund, ihre glatte, flinke Zunge. Er drückte ihre Brüste.

«Salvador, nicht.» Sie stand auf und schloß dic Tür auf. Sie läutete eine kleine Handglocke und setzte sich, die Tür offen lassend. «Wir müssen vorsichtig sein», sagte sie. «Sehr vorsichtig. Bleib und trink Tee mit mir, laß es alle Bediensteten sehen. Nichts könnte natürlicher sein. Wenn ich Jepson schreibe, erzähle ich ihm von deinem Besuch. Alles muß über jeden Verdacht erhaben sein.»

Probelauf

Pantaleons Hände packten den Rand des obersten Propellerflügels. Das Aero-Mobil stand draußen vor der Scheune. Vor ihm erstreckten sich 80 Meter neuer, mit Planken bedeckter Straße. Carriscant stand auf einer Seite, in seinen Händen die Seile, mit großen Holzkeilen verbunden, die gegen die Vorderräder des Stützgestells geklemmt waren. Pantaleon wirbelte den Propeller nach unten, und dann kam von dem Motor ein furzendes Geräusch und aus dem Auspuff ein bläuliches Rauchwölkchen. Er warf den Propeller noch mal herum, und diesmal sprang der Motor an. Er sprang zurück, und der Propeller begann sich zu drehen, verschwamm zu einer schimmernden Scheibe. Pantaleon ging um den Flügel herum, beugte sich vor und drückte einen Hebel, um den Kettenantrieb des anderen Propellers zu aktivieren, der sich auch zu drehen begann, zuerst langsam und dann, nach ein paar Sekunden, mit großer Schnelligkeit. Das Geräusch des Motors war laut, schrill und wütend, und das Aero-Mobil bebte und zitterte wie ein Vollblüter vor dem Start eines Rennens. Pantaleon stieg auf den vorderen Sattel und saß einen Moment still da, den Kopf gesenkt, Hände auf seinen Steuerhebeln, als würde er beten, dann drehte er sich um und rief Carriscant etwas zu, was dieser wegen des Motorenlärms nicht verstand, aber die fegende Handbewegung sagte ihm, daß die Keile entfernt werden sollten. Carriscant zog sie weg, und zu seinem Erstaunen, denn er hatte der Maschine nie zugetraut, daß sie sich bewegen konnte, begann die Maschine sich langsam vorwärts zu bewegen, brummte und vibrierte wie eine schwebende Libelle, als Pantaleon die Drossel öffnete. Carriscant trabte nebenher, als sie die Straße entlangrollte, Pantaleon anfeuernd, und fing dann an zu rennen, als die Maschine schneller wurde, aber sie hängte ihn schnell ab. Er blieb stehen, außer Atem, und rief schwach «Los, Pantaleon, los!» Aber dann würgte Pantaleon den Motor ab, und die Propeller hörten abrupt auf, sich zu drehen, und er sah, wie er die Vorderräder abbremste, und das Aero-Mobil wurde langsamer, wobei es nach rechts auszuscheren begann. Carriscant sah, wie die Räder den erhöhten Rand der Straße erreichten, und die Maschine, jetzt im Schrittempo, kippte langsam auf die Nase. Es war ein deutliches knirschendes Geräusch zu hören, wie wenn ein Bündel Reisig zerbrochen wird.

Carriscant rannte hin, als Pantaleon aus seinem Sattel stieg. Er sah, daß das vordere Höhenruder verbogen und die mit Spannlack überzogene Seide zerrissen und zerknittert war. Pantaleons Gesicht war gerötet und beunruhigt, und seine Hände zitterten vor Erregung. Er und Carriscant umarmten sich spontan, klopften sich gegenseitig auf den Rücken.

«Mein Gott, Salvador, das hättest du spüren müssen. Die Kraft. Es strengte sich an, vom Boden zu kommen. Ich konnte es spüren. Und ich hatte die Drossel nur halb auf. Es hat sich danach gesehnt zu fliegen, sag ich dir. Es hat sich danach gesehnt!»

«Gratuliere, Panta. Weißt du, ich habe eigentlich nie richtig geglaubt ... Aber ich bin gerannt, und dann hat sie mich abgehängt. Großartig, großartig!»

Sie untersuchten das zerbrochene Höhenruder und sahen, daß der Schaden nicht allzu gravierend war. Sie hievten mit einiger Mühe die Maschine wieder zurück auf die Straße und schoben sie dann zur Scheune.

«Eins steht fest, wir müssen dieses Hinterrad drehbar machen», sagte Pantaleon, «um es auf der Straße auf dem richtigen Kurs zu halten. Ein einfacher Steuerungsmechanismus, eine Art Steuerdeichsel.» Sein Gesicht war lebendig und bewegt, voller Freude. «Ehrlich, Salvador, so einen Augenblick habe ich noch nie erlebt. Ich habe mich gefühlt, wie ...» Er hielt inne, er kam nicht auf das genaue Wort. «Ich weiß nicht. Wie vor einer Grenze. Wie ein Forscher, der einen Kontinent oder einen Ozean entdeckt. So was in der Art. Alles vor mir ist leer, und ich werde einen Schritt ins Nichts tun, einen Vorhang teilen, wenn du verstehst, was ich meine.»

Carriscant verstand. Er hatte die gleichen Empfindungen mit dem menschlichen Körper erlebt. Als er das erste Mal eine Bauchhöhle geöffnet hatte. Sich vorzustellen, wie es wäre, wenn man das lebende Gehirn freilegen könnte, das Rückgrat, das Herz. Er empfand keinen Neid auf Pantaleon. Sie waren Kollegen, Brüder im Geist jetzt, die beide ihre *Terrae incognitae* erforschten.

Sie schoben das Aero-Mobil in die Scheune zurück, und Pantaleon widmete sich der Maschine und überprüfte ihre Bestandteile. Eine Strebe war aus ihrer Verankerung gesprungen, und im Benzintank schien ein kleines Leck zu sein. Carriscant trat zurück und ließ Pantaleon sich um seine Erfindung kümmern.

In einer Ecke der Scheune, fiel ihm auf, war ein kleiner Wohnbereich eingerichtet: ein niedriges Feldbett, ein Tisch mit einer Kanne und einem Wasserkrug drauf, und eine Lampe. Er schlenderte hinüber. Auf einem Blechteller lagen ein Kanten Brot und ein paar Fischgräten.

«Hast du jemand, der hier Wache schiebt, Panta?» fragte Carriscant halb im Scherz. «Der deine kostbare Erfindung schützt?»

«Das ist für mich», sagte Pantaleon. «Ich arbeite jetzt immer mehr die Nacht durch. Es war sinnvoller, mein Bett hier aufzuschlagen.»

Carriscant schüttelte bewundernd den Kopf. Dies war wahre Hingabe an einen Traum. Wahre Hingabe an eine Sache. Und jetzt, da er das Aero-Mobil in Bewegung gesehen hatte, kam er allmählich zu der Ansicht, daß Pantaleon Quirogas Name doch noch in die Annalen menschlichen Erfindungsgeistes eingehen könnte.

Brahms

Ihr Gesicht war 5 Zentimeter von seinem entfernt. Er fuhr mit einem Finger ihre Wange entlang und über ihre Lippen. Er fühlte sich so frei und so unendlich dankbar, und das versetzte ihn in Demut. Daß er sie so in den Armen halten konnte, daß ihr Körper gegen seinen gepreßt war, daß er die Freiheit hatte, sie zu berühren und zu streicheln, wo er wollte, erschien ihm beinahe unglaublich. Es war ein Geschenk, das größer nicht sein konnte, und er berührte sie immerzu – ihr Gesicht, ihre Brüste, ihre Arme, ihren Po –, als wollte er sich überzeugen, daß all dies wirklich war.

Sie hatten sich auf seiner festen ledernen Untersuchungscouch geliebt, nicht so ausgefallen diesmal, aber mit der gleichen behutsamen Zärtlichkeit. Keiner von ihnen war ganz nackt, wie in stillem Einvernehmen, daß seine Sprechzimmer kein geeigneter Ort für vollständige Entkleidung waren, daß dies geraubte Momente waren, die Heimlichkeiten nötig machten. Sie hatte sich bis auf ein Baumwollhemd und den Unterrock ausgezogen. Er hatte sich aller Sachen bis auf sein Hemd und seine Unterhose entledigt. Dann hatte sie sich auf die Couch zurückgelegt und den Saum ihres Unterrocks bis zur Taille hochgerafft. Er war zwischen ihre gespreizten Beine gestiegen und hatte dort, kniend, umständlich seine Unterhose aufgeknöpft, die sie dann bis zu den Knien hinunterzog.

Später, als sie zusammenlagen, hatte er ihr Hemd hochgehoben, um ihre Brüste zu entblößen, und hatte sie zärtlich, ehrfürchtig geküßt. Und jetzt starrte er ihr ins Gesicht, betrachtete dessen Züge und Linien, als müßte er sie sich für eine Prüfung einprägen.

«Ich kann's nicht glauben», sagte er. «Ich kann es nicht glauben, dich hier zu haben. Daß ich dich halten und berühren darf...»

Sie lächelte und kuschelte sich in seine Arme, ihre Hand auf seinem Brustkorb, ihre Schulter in seine Achselhöhle eingepaßt. Er bewegte sein Bein und spürte, wie sein Fuß über den Rand der Untersuchungscouch glitt. Sein Hochgefühl verblaßte sofort, als die brutalen Tatsachen ihn wieder übermannten – die Tatsachen, wo sie waren und welch kurze Zeit sie zusammensein würden. Sie schien seinen Stimmungsumschwung zu spüren und berührte sein Gesicht, streckte den Hals, um sein Kinn zu küssen.

«Was sollen wir machen?» fragte sie.

«Ich weiß es nicht», sagte er. Er rang sich ein schiefes Lächeln ab. «Wenn wir in Paris oder London wären, wäre es kein Problem. Aber in Manila...» Er hob den Blick zur Decke. «Wieso sind wir uns nicht in Europa begegnet?»

«Wien», sagte sie sehnsüchtig. «Das wäre wunderschön. Warst du schon mal in Wien?»

«Nein», sagte er traurig. Wien mit dieser Frau. Ein Schmerz ungelebten Lebens setzte sich in seinem Bauch fest. Regimenter alternativer Existenzen reihten sich auf, um ihn zu verspotten.

«Ich war im Frühling siebenundneunzig dort. Am siebten März ging ich zu einem Konzert, und Brahms war da. Er war sehr krank. Ein dünner, brauner, kranker alter Mann. Aber ich habe ihn gesehen. Sie haben seine vierte Symphonie gespielt. Kennst du sie?»

«Nein», sagte er. «Nein, leider nicht.» Er spürte eine Bitterkeit in sich. «Brahms», wiederholte er leise, als wäre das Wort ein Talisman. «Brahms. Mit dir in Wien zu sein. Zu einem Brahms-Konzert zu gehen...» Er dachte an eine kalte europäische Stadt. Ein Feuer in einem gemütlichen Raum. Draußen vielleicht Schneefall. Ein großes weißes weiches Bett, in dem

Delphine, nackt, ihn erwartete. Er stöhnte. Das waren Todesqualen, das war unerträglich, eine empörende Tortur. So war es also, wenn man wirklich liebte: himmlische Freuden und grauenhafte Qualen. Er dachte wieder an das Brahms-Konzert. Vor seinem Tod wollte er noch die vierte Symphonie hören. Er würde eines der drittklassigen Tournee-Orchester, die nach Manila kamen, bezahlen, daß es sie für ihn spielte, egal, wie schlecht. Weniger angenehme Visionen tauchten auf.

«War er mit dir zusammen?» Wenn Sieverance dabeigewesen war, dann konnte er unmöglich die Symphonie –

«Nein, ich habe ihn zu der Zeit noch gar nicht richtig gekannt. Wir haben uns erst im Jahr danach verlobt.»

Er wollte fragen, wie jemand wie sie jemanden so ... so faden heiraten konnte, so ein Nichts, jemanden, der ihrer so wenig würdig war. Um herauszufinden, wie Menschen sich in Verbindungen verstricken konnten, die so eindeutig falsch waren. Jepson Sieverance mit seiner schwachen Persönlichkeit, dem dünnen Jungenschnurrbart, der Unentschlossenheit. Angenehme Manieren hatte er wohl schon, aber wo war der Mann, der wahre Charakter, der diesen wunderbaren Schatz gewonnen hatte, diese *Göttin*? Er zügelte sich, dies war Wahnsinn. Er dachte säuerlich an seine eigene Ehe, an die müden Streitereien. Die Frage könntest du dir ebensogut selber stellen, Dummkopf. Es war allzu leicht passiert.

«Er hat sich verändert, weißt du. Jepson.»

«Ja?»

«Dieser Krieg ist daran schuld. Er ist nicht mehr derselbe Mann. Er hat irgendwas verloren. Eine gewisse Zuversicht. Großzügigkeit. Er war nämlich noch nie ein richtiger Soldat. Das war wie ein Familienunternehmen, das er weiterführen mußte. Aber jetzt wirkt er engagierter ... als Soldat, meine ich. Er glaubt eine Begabung dafür zu haben, hat er mir erzählt. Er meint, sein Vater wäre stolz auf ihn.» Sie stieß ein kleines Schnauben aus, halb verächtlich, halb belustigt. «Wieso ist das Männern so wichtig? Daß ihre Väter stolz auf sie sind? Warum gehen sie nicht ihren eigenen Weg, sind nicht sie selber?»

Er ließ die Frage für eine Weile unbeantwortet. Er wollte nicht über Sieverance sprechen. «Ich denke nie an meinen Vater», sagte er ehrlich und rief sich zum ersten Mal seit Ewigkeiten diesen milden, friedlichen Fremden ins Gedächtnis.

«Gut», sagte sie, aber er sah, daß sie immer noch an ihren Mann dachte.

«Ich hasse ihn nicht», sagte sie mit stiller Heftigkeit. «Es ist mehr eine Art Apathie ... eine Apathie des Gefühls. Ich empfinde nichts für ihn. Ich verabscheue ihn nicht richtig, wenn du verstehst, was ich meine. Fast-Verachtung. Ich bringe nicht die Energie auf, ihn zu hassen.»

Sie hielt inne, den Kopf leicht schräg gelegt, als wäre dies das erste Mal, daß sie solche Gefühle artikuliert hatte, und als sei sie überrascht, die Worte ausgesprochen zu hören. Carriscant schwieg.

Sie fuhr fort: «Aber ... was mich so zornig macht, ist, daß ich das nicht vorausgesehen habe. Daß ich so blind war. Zorn über mich selbst, meine ich. Und dann Verzweiflung.»

«Verzweiflung?»

Sie sah ihn an, ihre Augen strahlten eine reine, harte Überzeugung aus. «Ich kann nicht den Rest meines Lebens mit ihm verbringen. Mit so einem Mann. Ich kann mein Leben nicht einfach so vergeuden.»

Er berührte wieder ihr Gesicht, schob ihr eine Haarlocke aus der Stirn.

«Wieso bist du an jenem Tag zu mir gekommen?» fragte er.

«Weil ich wußte, daß du es wolltest, mit diesem ganzen Bücherunsinn. Ich wußte, du wolltest es.»

«Aber wolltest du es auch?»

Sie lächelte ihn neckend an. «Ich bin doch hier, oder?»

«Viele Männer würden dich gerne haben. Das muß dir doch klar sein.»

«Ich war ... ich war von dir fasziniert. Sogar an diesem Tag beim Bogenschießen, und dann auf der Luneta. So wütend. So böse mit dir.» Sie grinste und zeigte ihre Zähne. «Und dann hast du mich gerettet. Ich war verloren. So einfach war das. Hals über Kopf.»

Verspottete sie ihn? Das war auch etwas, was ihn erregte,

diese provozierende Art. So neu, so amerikanisch. So anders als die europäischen Frauen, die er kannte. Eine Art Kühnheit an ihr, ein riesiges Selbstbewußtsein. Und wieso hatte sie dann diesen Schoßhund geheiratet?

«Wieso hast du ihn geheiratet?» fragte er plötzlich. «Es tut mir leid. Es geht mich nichts –»

«Nein», sagte sie und lächelte reuig. «Gute Frage. Ich weiß nicht. Damals schien er mir ... nun, nicht der Beste, aber alles, was sich jemand in meiner Position vernünftigerweise erhoffen konnte. Als er mich bat, ihn zu heiraten, fielen mir keine wirklich überzeugenden Gründe ein, nein zu sagen.» Sie schmiegte sich an ihn. «Es war ein schrecklicher ... Es war ein schrecklicher Fehler.»

«Wenigstens hat er uns zusammengebracht.»

Sie streckte den Hals und küßte ihn. «Ich habe diesen Traum gehabt», sagte sie. «Eine Geschichte, die ich gehört habe, eine wahre Geschichte von einer Engländerin, die nach Indien fuhr, um zu ihrem Mann zu ziehen. Sie ging am Suezkanal an Land, in Port Said, mit einer Gruppe von Freunden. Auf dem Basar wurde sie von ihrer Gruppe getrennt, und als sie sie suchten, war sie nicht mehr zu finden. Sie war weg, verschwunden. Wurde nie mehr gesehen.»

«Und wovon handelte dein Traum?»

«Ich habe diese Theorie, daß alles geplant war und sie geflüchtet ist. Daß sie lebt und wohlauf ist und das Leben lebt, das sie schon immer leben wollte. Irgendwo anders. Alle ihre Freunde und Verwandten denken, daß sie umgebracht oder entführt wurde, aber ich habe diese Vorstellung, daß sie unter einem falschen Namen irgendwo in Australien lebt, oder in Brasilien, oder in der Türkei, oder in Moskau.»

«Du könntest auch so entkommen», sagte er. «Einfach verschwinden ... Und dann könnte ich zu dir kommen. Wir könnten irgendwo anders leben, in –»

«Sag nicht solche Sachen, Salvador. Das ist nicht fair. Bitte.»

«Nein, das könntest du wirklich. Dann könnte ich –»

Sie legte ihren Finger auf seine Lippen, um ihn zum Schweigen zu bringen. «Schhh», sagte sie.

Er schwieg.

«Hab ich dich wirklich mit diesem Pfeil getroffen?» fragte sie.

Er hielt die Hand hoch, Zeigefinger und Daumen 5 Zentimeter auseinander, und sie lachte, tief in ihrer Kehle, wodurch ihre Brüste unter ihrem Hemd zitterten. Er drückte sich gegen ihren Oberschenkel, sehr erregt.

«Delphine, wir haben noch Zeit, wir –»

«Nein, ich muß gehen.» Sie griff nach unten, und ihre Finger strichen über seine Härte. «Es tut mir leid. Wir müssen vorsichtig sein.»

«Du hast recht, du hast recht.» Er setzte sich auf, und sein ganzer Zorn kam wieder. «Wir müssen irgendeinen Weg finden. Unbedingt.»

«Laß uns nach Paris gehen», sagte sie mit vorgetäuschter Fröhlichkeit.

«Wien.»

«Salzburg.»

«Samarkand.»

«Timbuktu.»

«Irgendwohin, nur weg von hier», sagte er heftig.

Das brachte sie zum Schweigen, und sie zogen sich schnell an, ein wenig mißmutig. Solches Phantasieren war gefährlich doppelschneidig, erkannte er. Es begeisterte und deprimierte ihn in gleichem Maße.

An der Tür des Sprechzimmers küßten sie sich.

«Ich kann dich an mir riechen», sagte er. «Es wird mich wahnsinnig machen. Was sollen wir tun? Wann werde ich dich sehen?»

«Ich werde mich mit dir in Verbindung setzen, irgendwie», sagte sie plötzlich besorgt. «Vielleicht wieder bei mir zu Hause ... Ich muß mal sehen.»

«Ich liebe dich, Delphine. Ich liebe dich.»

«Sag das nicht, bitte. Es beunruhigt mich.»

«Wieso?»

«Weil ... weil ich dann nachdenken muß.» Sie nahm sein Gesicht in ihre Hände und starrte ihn an. «Ich muß dann zuviel nachdenken, und das ist schlecht.»

Sie hielten sich gegenseitig fest. Dann löste sich Carriscant sanft aus ihrer Umarmung. Er schloß die Tür auf und öffnete sie.

Pantaleon stand da, die Fingerknöchel erhoben, um anzuklopfen.

Schuld loderte aus ihnen wie ein Feuerball, das wußte Carriscant. Schuld und Schrecken. Auf ihren Mienen eingraviert wie eine grobe Karikatur.

Nachdem diese Sekunde vorbei war, bekam alles wieder den Anschein von Ordnung. Unnötigerweise stellte man sich einander vor. Pantaleon erkundigte sich in gebrochenem Englisch nach Mrs. Sieverances Gesundheit. Carriscant plapperte idiotisch daher und erfand irgendeinen Unsinn von wegen stechende Schmerzen, die einen umgehenden Besuch erfordert hätten, und versuchte, sich vorzumachen, daß ihre Wangen und Stirn nicht gerötet waren. Delphine gewann ihre Fassung so weit zurück, daß sie sich normal verabschieden konnte.

«Nehmen Sie die Treppe sehr langsam, Mrs. Sieverance», rief Carriscant ihr hinterher. «Versuchen Sie nicht zu rennen, bevor Sie gehen können.» Er rang sich ein Lachen ab und kehrte zurück in sein Büro, wo Pantaleon jetzt stand, mit dem Rücken zu ihm, scheinbar fasziniert von irgendwas, was er in dem dämmerungsdunklen Garten sehen konnte.

«Sehr angenehme Frau», sagte Carriscant. Seine Stimme klang unerträglich gespreizt, lächerlich förmlich.

«Tut mir sehr leid, Salvador», sagte Pantaleon, leise und ernst.

«Was meinst du damit?»

«Ich dachte, du wärst schon weg, dann habe ich Stimmen gehört. Du mußt mir glauben, ich würde nie spionieren, nie –» Er hielt inne. «Verzeih mir.»

Carriscant setzte sich langsam an seinen Tisch, nahm einen abgeschrägten gläsernen Briefbeschwerer in die Hand und drehte ihn zwischen seinen Fingern. Pantaleon hatte natürlich recht. Es wäre ihnen unmöglich gewesen, den Anschein aufrechtzuerhalten, als wüßten sie es nicht. Er preßte das kühle schwere Glas an seine heiße Wange.

«Es ist zwecklos, Panta», sagte er, seine Stimme plötzlich voller Erleichterung, es offen eingestehen zu können. «Ich bin hoffnungslos in sie verliebt. Hoffnungslos.»

In der Scheune

Carriscant war mit dem Ablauf inzwischen sehr vertraut. Er saß in der Scheune und stellte sich die verschiedenen Phasen ihrer Reise zu ihm vor. Delphine erscheint an ihrer Haustür mit ihrer jungen Magd Domenica, die ihre Staffelei, ihre Papierrolle und ihren Kasten Wasserfarben trägt. Sie verabschiedet sich von Schwester Aslinger, versichert ihr, daß ihre Gesundheit noch nie besser gewesen sei. Der Einspänner bringt sie dann die Straße hinunter nach Uli-Uli, wo sie die Brücke überqueren und links in die Calle de Santa Mesa einbiegen und diese für eine halbe Meile entlangfahren, bevor sie in eine schmale, von Vegetation überwucherte Gasse einbiegen, die, ziemlich großspurig, Calle Lepanto heißt. Sie halten am Ende. Auf der linken Seite können sie die niedrigen grauen Mauern des Bilibid-Gefängnisses sehen, vor ihnen liegen offenes Land und kleine vereinzelte Dörfer. Delphine und Domenica, jede mit ihrem Bündel, gehen den Fußpfad entlang in Richtung Sulican. Nach fünf Minuten bleiben sie stehen. Delphine stellt ihre Staffelei auf (der Vorwand mit den Wasserfarben war Carriscants Idee gewesen), während das Dienstmädchen eine Strohmatte im Schatten einer Palme ausbreitet und ein leichtes Picknick herrichtet. Delphine malt für eine Stunde oder so, je nach Wetter, und macht dann eine Pause. Wenn diese beendet ist, nimmt sie ihren Skizzenblock und verkündet, daß sie auf Motivsuche geht, Domenica versichernd, daß sie bis 15.30 Uhr zurück sein werde. Sie macht sich auf den Weg über die nahe liegenden Felder, bleibt in Sichtweite stehen, um ein *Carabao*-Gespann in einem Reisfeld zu skizzieren oder ein Bambusgestrüpp, das über der Windung eines *Estero* hängt. Dann geht sie über eine kleine Holzbrücke zu einer Bleiwurzhecke. Sie schiebt sich hindurch und kommt auf eine weite ebene Wiese, an deren hinterem Ende eine vor kurzem erbaute Scheune steht.

Carriscant erwartete sie schon. Er schwang das Scheunentor hinter ihr zu und verschloß es mit einem Vorhängeschloß. Sie umarmten sich und eilten dann nach hinten, am Aero-Mobil vorbei zu Pantaleons provisorischem Lager. Carriscant hatte eine Steppdecke und ein paar Laken mitgebracht, um das Bett etwas bequemer zu machen. Sie zogen sich schnell aus und ließen sich mit gebührender Vorsicht auf das Klappbett nieder (erstaunlich bequem und recht robust), und dann liebten sie sich.

Nach seinem Geständnis gegenüber Pantaleon war Carriscant auf die Idee gekommen, die Scheune für ihre Rendezvous zu benutzen. Pantaleon hatte ihm den Schlüssel bereitwillig gegeben und nur gesagt, daß er nichts mehr über die Affäre erfahren wolle, und fügte betont hinzu, daß er nachmittags nie an seinem Aero-Mobil arbeite. Carriscant wollte ihm überschwenglich danken, aber ihm wurde das Wort abgeschnitten. «Du bist mein Freund», hatte Pantaleon gesagt, «aber das heißt nicht, daß ich es billige.» Carriscant hatte es dabei belassen. Das Thema wurde nie wieder angesprochen. Was Delphine betraf, wußte Pantaleon nichts über das Arrangement. Carriscant erzählte ihr lediglich, daß er einen Zweitschlüssel bekommen habe und wisse, daß an den Nachmittagen, wo sie sich trafen, Pantaleon mit Sicherheit im Krankenhaus war.

Dies war das fünfte Mal, daß er und Delphine zusammen in der Scheune waren, und es hatten sich schon kleine Gewohnheiten eingestellt. Er brachte immer ein Geschenk mit – irgendwas Unbedeutendes, etwas Albernes –, und Delphine brachte etwas von ihrem Picknick mit – einen Apfel, einen Granatapfel, eine Hühnchenkeule. Sie liebten sich hastig, ohne große Umstände, innerhalb der ersten fünf Minuten nach ihrer Ankunft, und taten es noch mal, mit etwas mehr Muße, gegen Ende der ihr zur Verfügung stehenden Zeit. Dazwischen lagen sie zusammen auf dem Feldbett und unterhielten sich.

Sie erzählte ihm von sich. Sie war in Waterloo, New York, geboren, als einziges Kind von Dalson und Emma Blythe. Nachdem ihre Eltern bei der Epidemie von 1879 beide an Typhus gestorben waren, wurde sie von einem Onkel und einer Tante, Wallace und Mathilda Blythe, adoptiert. Er war Mathematiker und Schuldirektor in New Brunswick, New Jersey. Sie hatte eine gute Ausbildung bekommen, und eine Zeitlang gab es ältere Cousins und Cousinen, die ihr eine Art Familienleben boten, bis sie das Haus verließen. Dann wurde ihr Leben als Jugendliche zunehmend einsamer, als sie allein mit ihren alternden Pflegeeltern lebte. Eine Schulfreundin und ihre Tante, eine emanzipierte, intelligente Frau, hatten sie aus dieser schimmelnden Häuslichkeit herausgerissen und waren in den neunziger Jahren mit ihr auf einer Reihe von Sommerreisen nach Europa gefahren, wo sie, wie sie sagte, entdeckte, daß sie eine eigene Meinung und Persönlichkeit hatte, und gleichzeitig, wie begrenzt und hoffnungslos ihr Leben in New Brunswick gewesen war. Ihre Tante starb, und ihr Onkel wurde zunehmend gebrechlich. Dann, eines Abends, bei einer Dinnerparty in Manhattan, traf sie einen jungen Offizier namens Jepson Sieverance ...

Carriscant fiel das Geschenk ein, das er ihr mitgebracht hatte.

Diesmal war es eine Schachtel türkische Zigaretten, oval geformt, mit einem goldenen Doppelband an einem Ende, und Delphine erklärte sich einverstanden, eine zu probieren. Carriscant schlüpfte nackt aus dem Feldbett und holte die Streichhölzer aus seiner Jackentasche. Er hockte sich vor sie, um ihre Zigarette anzuzünden, und zündete sich dann selber eine an. Er stand auf, genoß es, nackt zu sein, in der warmen, staubigen Atmosphäre der Scheune. Dünne Keile von Sonnenlicht zwängten sich durch Lücken in den Bambuswänden und tauchten das Innere in ein weiches, trübes Licht. Er spürte die kühle, gestampfte Erde unter seinen Füßen und schlenderte zu dem Aero-Mobil hinüber, das deutliche Anzeichen zeigte, daß an ihm gearbeitet worden war. Der Motor war aus seiner Verankerung entfernt worden und lag jetzt auf Blöcken auf dem Boden, und die Antriebsketten der Propeller waren abgekoppelt. Er ging um die Maschine herum nach vorne und stieg auf den vorderen Sattel, spürte das warme Leder unter seinem Gesäß. Er drehte sich zu Delphine um, die aufrecht auf dem Feldbett saß, während sie das Ende ihrer türkischen Zigarette etwas mißbilligend betrachtete.

«Etwas stark für mich», sagte sie. Er beobachtete, wie sie die Zigarette in den Mund steckte, vorsichtig inhalierte und dann ein bläuliches Rauchwölkchen gegen die Dachbalken blies, ihr Hals gestreckt und blaß.

Sie drückte die Zigarette auf dem Boden aus. «Was machst du da oben?»

«Panta hat Schwierigkeiten mit seiner Maschine. Er hat beschlossen, den Motor seitlich anzubringen, gekippt, um die Vibrationen zu reduzieren. Er meint, daß die waagerechten Vibrationen – der Kolben – besser sind als senkrechte.»

«Das sagt mir alles nichts. Es wird nie funktionieren.» Sie warf die Decke fort, erhob sich vom Feldbett und schlenderte zu ihm hinüber. Ihr Körper war in dem trüben Licht gespenstisch blaß. Er saß den Sichelschatten unter ihren Brüsten, das dichte goldene Dreieck ihres Schamhaars dunkel zwischen ihren cremeweißen Oberschenkeln. Er spürte seine Sehnsucht nach ihr wie einen Kloß in der Kehle.

«Ein verrückter Traum», sagte sie, an sein Bein gelehnt, sie taxierte das Aero-Mobil von oben nach unten und klopfte mit dem Finger auf die Seite. Er sah das winzige Gesprenkel von Sommersprossen auf ihren nackten Schultern. «Das Ding hier wird nie fliegen.»

«Wenn wir doch nur damit fortfliegen könnten», sagte er, seine Stimme rauh vor Gefühl.

Sie beugte sich vor und küßte seine Schulter. «Dazu sage ich nur amen.» Das weiche Gewicht ihrer Brüste drückte sich platt gegen seinen Arm. Er stieg vom Sattel und zog sie an sich.

«Vielleicht könnten wir wirklich fortfliegen», sagte er wieder, vorsichtig.

«Mach die Türen auf», sagte sie lachend. «Starte die Maschine – waagerecht oder senkrecht –, wir gehen so, wie wir sind!»

Er küßte sie, auch lachend. Sie machten jetzt viele sehnsüchtige Witze darüber, immer öfter. Es war eine Art, über das Thema zu reden, ohne sich geradewegs damit zu konfrontieren. Die Späße bekamen jetzt aber zunehmend ein schmerzhaftes Gewicht, eine stillschweigende Bedeutung, die sich immer weniger ignorieren ließ, immer schwerer zu ertragen war.

«Vielleicht hat er einen Unfall in Mindanao», sagte er kühn. «Vielleicht feuert irgendein *Insurrecto* aufs Geratewohl einen Schuß auf ihn ab, und alle unsere Probleme lösen sich auf.»

«Sag nicht so was, Salvador. So sehr hasse ich ihn auch nicht. Ich will nicht, daß er tot ist. Ich will nicht, daß du so denkst.»

«Es würde die Dinge vereinfachen.»

«Aber ich kann mir das nicht einmal vorstellen. Ich will mich nicht an solchen Gedanken beteiligen.»

«Aber was wäre, wenn *du* tot wärst?» fragte er schnell. «Was wäre, wenn alle denken würden, *du* seist tot, wie diese Engländerin in Port Said?»

«Nicht.»

«Nein, ich meine das ernst. Wir würden niemandem weh tun. Was, wenn die Leute denken würden, du wärst ... ich weiß nicht – ertrunken? Bei einem Bootsunfall oder so was, aber tatsächlich bist du ans Ufer geschwommen. Dann würde er denken, du wärst tot. Und du wärst frei.»

«Träume, Salvador, Träume.»

Sie fingen an zu spekulieren, fast im Scherz, als eine Art Übung. Ein Feuer. Ein gekentertes Boot. Ein Ausflug in die Berge, von dem eine Person nie wiederkommt. Sie spielte eine Weile damit, aber dann sah er, daß die Plausibilität und die Möglichkeiten der Idee sie zu beunruhigen begannen. Aber die Idee hatte sich fest in seinen Gedanken verwurzelt.

«Komm», sagte er, und sie gingen zurück zum Feldbett. Er beobachtete sie, wie sie ihren kleinen Schwamm an seinem Faden nahm, ihn in die Flasche mit der klaren Flüssigkeit tauchte und sich dann von ihm abwandte, sich hinhockte und ihn einführte. Er rückte beiseite, um ihr Platz zu machen, als sie neben ihn ins Bett kletterte.

«Ich liebe dich», sagte er wie so oft in letzter Zeit.

«Vielleicht fliegen wir weg», sagte sie leise, als er ihr zärtlich den Hals küßte. «Irgendwann.»

Die Razzia

Die Anstrengung ließ die vier Polizisten gemeinsam aufstöhnen, als sie die große Truhe hochkant kippten, und eine kleine Lawine von Eiskörnern ergoß sich auf den Boden. Ein dumpfer Aufprall ertönte, und ein Bündel rollte heraus, in Wachstuch eingewickelt. Bobby schob es mit dem Stiefel zur Seite, während die anderen sich vergewisserten, daß in der Truhe sonst nichts weiter war als Eis.

«Was ist das?» fragte Bobby.

Carriscant hockte sich hin und entfaltete den Stoff. «Es ist eine Leber», sagte er. «Eine menschliche, glaube ich.»

«Großer Gott! Ist es Wards?»

«Wards Leber hat er zurückgeschickt. Muß von jemand anderem sein.»

Die andere Truhe wurde herausgezogen und auch hochkant gestellt. Sie fanden drei tote Hunde und den Unterleib eines undefinierbaren Affen. Carriscant sagte: «Ich habe Ihnen ja gesagt, daß das hier keine gute Idee ist.»

Die Polizisten stöberten in den zusammengedrückten Eissplittern herum auf der Suche nach weiteren Teilen. Ein halbes Dutzend andere standen in einem losen Halbkreis in Cruz' Labor herum, mit ihren Krags im Anschlag, und hielten die erstaunten und verwirrten Bediensteten in Schach. In der unteren Ecke der zweiten Truhe fanden sie einen Leinensack mit etwas, was Carriscant als zwei Herzen identifizierte, und eine menschliche Hand sowie einen Affenkopf, von dem der halbe Schädel weggeschnitten war.

«Können Sie irgendwie sagen, daß das die Hand von Braun ist?» fragte Bobby.

«Nein. Die Verfärbung macht das unmöglich. Wieso haben Sie mich hierhergebracht, Bobby?»

«Ich brauche einen Mediziner. Ich weiß nicht, was diese Fleischklumpen sind.»

«Es gibt genügend amerikanische Ärzte auf dieser Insel.»

«Ja, aber keiner von denen kennt den Fall so gut wie Sie.» Bobby ging mit einer Lampe ins Labor und kam einige Sekunden später wieder heraus.

«Wo ist das alles hin verschwunden?» protestierte er. «Das letzte Mal, als wir hierherkamen, waren diese beiden Truhen randvoll.»

«Ich glaube, Dr. Cruz hat seine Experimente vielleicht aufgegeben.»

«Wieso sollte er –»

Sie wurden von einem zornigen Ruf unterbrochen, der vom Haus kam, und bald sahen sie Cruz erscheinen, halb angezogen, sein Hemd aufgeknöpft, wodurch sein stämmiger Körper zu sehen war, mit seinem wackligen Bauch und dem dichten Pelz grauer Haare.

Cruz fluchte und brüllte, bis Bobby ihm den Durchsuchungsbefehl zeigte, den er bei sich hatte und der ihm erlaubte, Cruz' Grundstück zu durchsuchen.

«Da stecken Sie hinter, Carriscant», brüllte Cruz. «Das ist ein vorsätzlicher Versuch, meinen Ruf zu zerstören.»

«Ich habe Dr. Carriscant gebeten, mich bei dieser Razzia zu begleiten», erklärte Bobby, als Cruz' Flüche ungefähr übersetzt worden waren. «Er wollte mich nicht begleiten, aber ich habe darauf bestanden.»

Cruz baute sich vor Carriscant auf, zwischen ihnen die kleine Ansammlung menschlicher und tierischer Überreste. Die Hand lag mit der Handfläche nach oben, die Finger leicht gekrümmt, als bettele sie um Almosen.

«Sie verdächtigen mich?» fragte Cruz Bobby auf englisch.

«Ich verfolge nur jede Spur.»

Cruz deutete auf Carriscant. «Dieser Mann, dieser Mann ist ein Mann der Gewalt. Ich habe gesehen, wie er Dr. Wieland angegriffen hat. Fragen Sie Dr. Wieland. Ich habe gehört, wie er gedroht hat, Dr. Wieland umzubringen. Das kann Ihnen Wieland bestätigen.»

«Wieland ist von seinen Pflichten entbunden worden», sagte Bobby.

Cruz fing wieder an, auf spanisch zu schimpfen, wetterte gegen diese empörende Verletzung seiner Privatsphäre, sein Haushalt mitten in der Nacht aus dem Schlaf gerissen, sein Ruf beschmutzt.

Carriscant senkte den Blick und machte einen kleinen Staubhaufen mit seiner Stiefelspitze, sein Blick schweifte über die kläglichen Reste, die in einer Reihe ausgelegt waren. Die Leber begann zu tauen, und kleine Tropfen von Blut und Wasser bildeten sich um sie herum, die schon Ameisen und andere kriechende Insekten anlockten.

Der Brief

Er erkannte die Handschrift auf dem Umschlag. ‹Dr. Salvador Carriscant, San-Jeronimo-Krankenhaus. Vertraulich.› Er lächelte. Ihr letztes Treffen war erst eine Woche her. Er riß das Siegel auf, und der vertraute Büttenrand ihres Schreibpapiers wurde sichtbar. Er entfaltete das Blatt und runzelte die Stirn. ‹Auf der Luneta, heute abend› stand nur darauf, ohne Unterschrift. Er sah auf seine Uhr, plötzlich unruhig: Mittag. Was hatte sie vor?

Am Nachmittag regnete es, aber bis zum Abend hatte es wieder aufgeklart, so daß auf der Luneta viel los war. Die Kutschen kreisten, und die weißgekleideten Menschengruppen verweilten und plauderten beim Pavillon, während sich der Himmel über der Bucht mandarinenrot verfärbte. Carriscant stieg aus seiner Kutsche und ging am Straßenrand an der Kaimauer entlang. Es blies an diesem Abend eine erholsame steife Brise vom Meer her, und bei einigen Böen mußte er die Hand an die Krempe seines Panamahuts legen, damit dieser nicht davonflog. Er setzte sich auf die Mauer, um zu warten, und blickte über das silberne Wasser hinüber nach Corrigedor, drehte den Kopf herum, bis er die verstreuten Lichter von Cavite unten an der Küste sehen konnte. Er konzentrierte sich auf den Blick, versuchte, die Friedlichkeit und den seltenen Augenblick von Kühle und Trost zu genießen, aber ein kleines Beben der Vorahnung wuchs in ihm, und er spürte, wie die Sorgen in ihm brannten. Was wollte sie? Und wieso trafen sie sich hier? Er zwang sich, optimistisch zu sein: Vielleicht brachte sie ihm gute Neuigkeiten? Schwester Aslinger würde endlich weggehen. Oder vielleicht war Sieverance auf Mindanao von *Insurrectos* getötet worden. Er schämte sich über diesen letzten Gedanken, er war grausam, unbarmherzig. Es war kaum Sieverances Schuld, daß er mit Delphine verheiratet war, er war nicht gerade ausgezogen, um Salvador Carriscant im Wege zu stehen. Es war jedoch äußerst ärgerlich, mit Sieverances Glück konfrontiert zu sein. Sieverances Glück, das ihm diese Frau gebracht hatte, das ihm ein Leben mit Delphine geschenkt hatte ... Nein, er wünschte ihm nicht den Tod. Da könnte er genausogut Annaliese den Tod wünschen, dachte er. Ihnen beiden den Tod wünschen ... Und dann begann er, sich über sich selbst zu empören, darüber, welche Richtung seine Gedanken nahmen. Dies waren verzweifelte Gedanken. Es mußte andere Wege geben.

Dann sah er sie, zusammen mit einer anderen Frau, in einem Landauer. Sie trug Marineblau mit Gelb gesäumt und ein kleines Schultercape und ihre Haare hochgesteckt. Er beobachtete, wie sie beide ausstiegen und Richtung Pavillon gingen. Er stieß sich von der Mauer ab und folgte ihnen, ging um den Pavillon herum, der mit lautem Geraschel erfüllt war, als die Kapelle ihre Noten wechselte, und erschien – beiläufig, zufällig – vor ihnen.

«Mrs. Sieverance, wie geht es Ihnen?»

«Dr. Carriscant. Was für eine schöne Überraschung. Darf ich Ihnen meine Freundin Mrs. Oliver vorstellen. Dr. Carriscant, der berühmteste Chirurg von Manila.»

«Ein zwiespältiges Lob, Mrs. Sieverance. Wie das, der gesündeste Mann in einer Leprakolonie zu sein.»

«Sie wollen mich necken, Doktor», sagte sie. «Sie wissen, was ich meine.»

Man erging sich in weiterer Konversation: die Stärke des nachmittäglichen Regens und die Frische, die er mit sich brachte, der empörende Preis von Lebensmittelkonserven in Escolta, die Unmöglichkeit, in den Tropen ein vernünftiges Buffet zu veranstalten, ohne Eis, um darauf die kalten Schnitten auszulegen.

Dann sagte Delphine zu Mrs. Oliver: «Ach, Shirley, siehst

du den Jungen da drüben, der Süßigkeiten verkauft? Könntest du mir die Kokosküchlein holen, die kleinen viereckigen? Wie ist es mit Ihnen, Dr. Carriscant?»

«Nein, danke. Ich mache mir nichts draus.»

Shirley Oliver entschuldigte sich, und dann waren sie allein.

«Du siehst wundervoll aus», sagte Carriscant.

«Es gibt ein Problem», sagte sie schnell, und ihr Gesicht sah auf einmal angestrengt aus. «Meine Tage. Ich habe sie die letzten beiden Male nicht gehabt. Das ist jetzt über acht Wochen her.»

«O, mein Gott ...» Er spürte, wie seine Magenverstimmung durch Übelkeit verdrängt wurde.

«Normalerweise würde ich mir keine Sorgen machen, aber ...» Ihre Stimme stockte, und er sah an ihren Augen, wie besorgt sie war. «Ich habe sie normalerweise so regelmäßig. Du könntest deine Uhr danach –» Sie konnte nicht fortfahren. Sie wandte sich ab, um ihre Fassung wiederzugewinnen, sie schluchzte.

«Mein Gott», sagte Carriscant wieder. Er kam sich dämlich vor, begriffsstutzig wie ein Bauer. «Wir müssen Gewißheit haben.» Mrs. Oliver näherte sich mit ihrer Beute. «In der Scheune. Morgen nachmittag.»

«Ich werd's versuchen – Shirley, vielen Dank! Sicher, daß wir Sie nicht überreden können, Dr. Carriscant?»

Carriscant wartete am nächsten Nachmittag von drei bis sechs in der Scheune, aber sie kam nicht. Während er in dem modrigen Dämmerlicht der Scheune dasaß und den vorbeiziehenden Regenschauern lauschte, zuckten ihm verschiedene Pläne, einige bizarr, andere verwerflich, durch den Kopf, wie die kinematographischen Bilder, die er im Theater in Quiapo gesehen hatte – unvollkommen, ruckartig, theatralisch –, die ihm aber trotzdem etwas sagten. Das Ausbleiben ihrer Tage mußte noch nichts bedeuten – die einzige Methode, absolut sicher sein zu können, war, den Herzschlag des Fötus zu hören, aber dafür war es noch zu früh. Doch es gab keinen Zweifel an der Überzeugung in ihrer Stimme: Sie war sich absolut sicher. Er stellte ein paar schnelle Berechnungen an. Wenn zwei ausgeblieben waren ... Das erste

Mal in seinem Büro war fast neun Wochen her. Sein Mund war plötzlich trocken, schmeckte ranzig. Er begriff, daß der herrliche, unwirkliche Schwebezustand, in dem er und Delphine während der letzten beiden Monate sich befunden hatten, vorbei war, für immer. Dies war die Wasserscheide, dies war aber auch der Antrieb zum Handeln. Was tun? Es war klar, daß etwas Drastisches geschehen mußte – irgendeine Konfrontation oder eine Beichte –, aber wo würde das hinführen? Und während er nachdachte und spekulierte, wurden seine Gedanken zunehmend von dem einen Ziel beherrscht, daß er sie nicht verlieren durfte. Was immer sie taten, sollte garantieren, daß sie zusammenblieben. Diese Erkenntnis entspannte ihn etwas, es gab nicht mehr so viele Möglichkeiten. Es könnte kein Versuch unternommen werden, die Dinge zu glätten, die jeweiligen Ehepartner zu versöhnen, und jeder öffentliche Bruch würde ein weiteres Leben in Manila völlig unmöglich machen. Während er die Alternativen sichtete, ergab sich nur ein einziger gangbarer Weg – Flucht.

Kurz nach sechs verließ er die Scheune, und im abnehmenden gelben Licht sah er Pantaleon mit einer Werkzeugtasche die Wiese überqueren, im Begriff, seine nächtliche Arbeit zu beginnen. Guter alter Panta, dachte er sentimental, der liebe Pantaleon. Ein wahrer Freund.

Pantaleon warf einen sorgenvollen Blick zur Scheune. «Das tut mir leid, Salvador. Ich hoffe, ich –»

«Nein, nein. Sie ist nicht da.»

«Ist alles in Ordnung?»

«Ja. Nein. Na ja, ein bißchen müde. Ich habe nachgedacht. Ein bißchen anstrengend alles.»

«Das überrascht mich nicht», sagte Pantaleon. «Mir ist schon aufgefallen, wie fahrig du bist. Du mußt diese Sache klären. So kann das nicht weitergehen.»

«Du hast recht. Aber keine Sorge, Panta, sie wird geklärt werden.»

Das Büro des Hafenmeisters lag hinter dem Zollgebäude an der Calle Urbistondo. Carriscant stand geduldig vor einem Schalter, während ein junger chinesischer Büroangestellter mühselig in einem abgegriffenen Register eine Namensliste nach der anderen überprüfte.

«‹Nilson› sagen Sie?»

«Nein. Axel. Kapitän Nicanor Axel. Sein Schiff heißt *General Blanco*.»

«Ah, ja. Er vor drei Tagen weg. Hongkong.»

«Wie lange dauert die Fahrt nach Hongkong und zurück?»

«Das kommt darauf an, wie lange man da bleiben.»

Himmelgott. «Kapitän Axel fährt diese Route regelmäßig. Wie lange braucht er normalerweise dafür? Sie werden doch wohl sicherlich die Angaben überprüfen können.»

Schließlich (Carriscant nahm dem nervenden Jungen das Register ab) rechnete er aus, daß die *General Blanco*, wenn sie Manila vor drei Tagen verlassen hatte, mit großer Wahrscheinlichkeit binnen einer Woche zurück wäre. Das war es, was er wissen wollte. Wenn er also Axel innerhalb der nächsten paar Tage sehen konnte, könnte er die Dinge in Bewegung bringen. Er ging die Treppe vom Büro des Hafenmeisters hinunter, sein Kopf voller Daten und sich widersprechender Zukunftspläne. Er wußte nicht genau, was er eigentlich tun wollte. Wieder ging es darum, sich etwas auszudenken, einen Plan zu haben, den er Delphine vorschlagen konnte. Er zweifelte nicht daran, daß sie mit ihm gehen würde, wenn er es nur gut geplant hatte. Da war er sich absolut sicher. Er schritt aus dem Schatten heraus in das blendende Sonnenlicht des frühen Morgens zur Vorderseite des Zollgebäudes, wo sich ein *Carromato*-Stand befand. Axel war der richtige Mann für so eine Sache. Er würde genau herausfinden, was der Mann –

«Carriscant! Dr. Carriscant!»

Carriscant blieb stehen und drehte sich um, seine Augen noch geblendet von der gleißenden Sonne. Der Ruf kam vom Wasserrand. Eine schimmernde Dampfbarkasse am Pier. Er kniff die Augen zusammen und schirmte sie mit der Hand ab. Ein Flekken löste sich von den anderen dunklen Flecken auf der Barkasse und nahm langsam Gestalt an, als er auf ihn zukam, um ihn zu begrüßen.

«So ein Zufall, Sie hier anzutreffen», sagte Sieverance jovial.

«Kaum setze ich den Fuß auf den Kai, und schon sind Sie da. Hoch erfreut, Sie zu sehen.»

«Wie geht's», brachte Carriscant heraus und spürte, wie sich die Haut auf seinem Schädel zusammenzog. Ein wahnsinniger Schrei der Verzweiflung schien ihm durch den Kopf zu hallen. «Ich dachte – ich meine, Ihr Posten in Mindanao sollte doch –»

«Zum Teufel mit Mindanao», sagte Sieverance, sich vertraulich vorbeugend. «Ich bin befördert worden. Zum Colonel. Sie haben mir eine Abteilung im Kriegsministerium gegeben. Hab die Nachricht erst gestern bekommen. Ich habe Glück gehabt, daß ich noch den Dampfer erwischt habe.»

«Im Kriegsministerium?»

«Ja, dem Himmel sei Dank. Wir gehen, Carriscant. Zurück in die guten alten Staaten.»

Aus dem Augenwinkel sah Carriscant, wie Sieverance das Entladen seiner Reisetruhen beaufsichtigte. Er beugte sich vor und sagte zum *Carromato*-Fahrer:

«Calle Lagarda, gegenüber dem Palast. So schnell Sie können, bitte.»

Die kleine Kutsche fuhr mit forschem Tempo los, aber wie üblich wurden sie von dem dichten Verkehr auf der Steigung hoch zur Bridge of Spain aufgehalten. Als sie das hinter sich hatten, war es eine schnelle Fahrt die Calzada de Vidal entlang und weiter an den niedrigen Holzhütten des First-Reserve Hospital vorbei, bevor sie auf der Pasig Bridge wieder den Fluß überquerten und weiter durch San Miguel zur Calle Lagarda fuhren.

Das Dienstmädchen, das ihm öffnete, erkannte ihn nicht, wie er erleichtert feststellte, aber als er fragte, ob Señora Sieverance zu Hause sei, wurde ihm gesagt, daß sie fort sei. Er stöhnte innerlich. Er mußte sie erreichen, bevor Sieverance es tat. Jedenfalls bedeutete diese Abwesenheit, daß sie nicht gewußt haben konnte, daß ihr Mann von Mindanao zurückkehren würde. La Señora, wurde ihm gesagt, spiele Bridge bei der Señora Oliver in Ermita. Carriscant lief den Weg zurück zu seiner Droschke, ohne seinen Namen zu hinterlassen.

Das Haus der Olivers in Ermita lag in einem großen ummauerten Garten versteckt. Carriscant lief unruhig vor dem Tor herum und versuchte verzweifelt, seinem Gehirn einen überzeugenden Grund abzuringen, wieso er, Dr. Salvador Carriscant, mitten am Vormittag in Ermita eine Bridge spielende Damenrunde unterbrechen sollte. Ihm fiel nichts ein. Er ging einen schmalen, grasüberwucherten Weg neben der Gartenmauer entlang, mit dem vagen Gedanken, daß er irgendwie heimlich ihre Aufmerksamkeit auf sich lenken könnte, wenn es ihm gelänge, in den Garten zu kommen. Aber angenommen, es würde ihm gelingen, was könnte sie dann tun? Und außerdem, selbst wenn er von Busch zu Busch huschte wie irgendein verrückter Hekkenschütze, würde man ihn wahrscheinlich entdecken. Trotzdem war es seine einzige Möglichkeit, und er griff auf den oberen Rand der Mauer und zog sich hoch, um hinüberzuspähen.

Der Garten war groß und gepflegt, mit üppiger Vegetation und einem dichten, kurzgeschnittenen Rasen. Direkt vor ihm befand sich ein hübsches Gartenhaus, die Wände waren aus im Fischgrätenmuster angeordnetem Bambus und mit einem dichten Dach aus gewebten Palmenblättern bedeckt. Er hievte sich über die Mauer und sprang auf der anderen Seite hinunter. Weiter hinten im Garten, bei einem Hühnergehege, sah er ein paar Leute, Gärtner, wie er vermutete. Er benetzte einen Finger und hielt ihn hoch, um die Windrichtung zu bestimmen – es würde gehen. Er zog sein Taschentuch aus der Tasche, entzündete ein Streichholz und hielt die Flamme an einen Zipfel. Als das Taschentuch gut brannte – er konnte sehen, wie die Haare auf seiner linken Hand versengt wurden, die Flammen waren in dem Sonnenlicht fast unsichtbar –, warf er es auf das Dach des Sommerhauses. Er hoffte, es war trocken genug, um Feuer zu fangen, und blickte in den milchigen, dunstigen Himmel hoch – keine Aussicht auf Regen. Er kraxelte die Mauer hoch und hinüber, und als er wieder auf der Straße war, wies er seinen Droschkenfahrer an, zu der Kaserne in Malete hinunterzufahren und der Wache dort zu sagen, daß es in Nummer vierzehn brenne. Calle de la Galleria. Amerikanische Damen seien in Gefahr.

Von seinem Posten auf der Straße konnte er bald den Rauch vom Dach des Gartenhauses aufsteigen sehen und stellte mit Freude fest, daß der Wind ihn direkt auf das Haupthaus zublies. Aber dann wurde er doch etwas besorgt, als das Feuer richtig Nahrung gefunden hatte und zwei Meter hohe Flammen von dem prasselnden Dach hochschlugen und dichte Rauchschwaden das Haus einhüllten. Es waren immer noch keine Alarmrufe zu hören. Was machten diese Gärtner denn? Dann hörte er Rufe und ein paar Schreie, und, genau rechtzeitig, das Glockenschrillen der Wasserpumpwagen von der Kaserne. Er ging die Straße entlang zum Haupttor und sagte zwei neugierigen Straßenkindern, daß ein großes Feuer ausgebrochen sei und sie laufen sollten, um Hilfe zu holen.

Der leuchtendrote Wasserpumpwagen, mit einem halben Dutzend schwarzer Soldaten bemannt und von vier energisch trabenden Ponys gezogen, rollte rasch in die Einfahrt, als die Haustore aufgestoßen wurden und Carriscant, zusammen mit einigen besorgten und neugierigen Nachbarn, und ein zunehmender Strom hilfsbereiter Leute aus dem Viertel, ihm folgten. Schläuche wurden ausgerollt, und die Hausbewohner schienen sich auf dem hinteren Rasen versammelt zu haben, in sicherer Entfernung, um den, wie Carriscant zugeben mußte, wirklich ziemlich spektakulären Brand zu beobachten. Chinesische Bedienstete grinsten und gafften, als ein furchtloser Gärter einen nutzlosen Eimer voll Wasser auf das flackernde Palmendach schüttete. Ein halbes Dutzend amerikanischer Damen standen bei den hinteren Stufen des Hauses. Die Brigde-Party. Carriscant zog den Hut ab, als er sich näherte.

«Mrs. Oliver? Ich bin Dr. Carriscant. Ich kam gerade vorbei. Kann ich Ihnen irgendwie behilflich sein? Ist alles in Ordnung? Irgend jemand verletzt?»

«Oh, Dr. Carriscant, ja, natürlich. Nein, es ist niemand verletzt. Wir stehen nur unter Schock. Wie kann das nur passiert sein?»

«Manchmal kann sich dichte Vegetation, das trockene Dach, die Hitze der Sonne – manchmal kann sich das selbst entzünden», erfand er. «Das passiert hier manchmal.»

«Wirklich? Aber wir haben doch soviel Regen gehabt. Mein Gott.» Sie rief dem Gärtner zu, der mit einem zweiten Eimer Wasser wiederkam. «Pu Lin, hör bitte damit auf!»

Carriscant drehte sich um. Delphine stand auf der Veranda und starrte ihn mit einigem Erstaunen an.

«Morgen, Mrs. Sieverance. Ich kam grade vorbei und sah den Rauch und die Flammen.»

Sie kam die Stufen herunter zu ihm, ihre Augen jetzt schmal vor Mißtrauen. Inzwischen waren die Schläuche in Bereitschaft, und die Wasserstrahlen wurden auf die Flammen gerichtet. Die kleine Menge begann zu klatschen.

«Salvador, hast du irgendwas mit diesem –»

«Er ist wieder da. Ich bin ihm gerade am Kai begegnet. Zurück von Mindanao.»

Ihre Miene veränderte sich. Sie sah aus, als sei ihr schlecht, sie fuhr sich mit einer Hand an die Kehle. Wie er sie dafür liebte.

«Aber wie –»

«Es kommt noch schlimmer», sagte Carriscant, sich umwendend, um zu sehen, ob ihr Gespräch unbemerkt blieb. «Er hat einen neuen Posten. Zu Hause. In Amerika.»

«O mein Gott.» Sie packte unwillkürlich seinen Arm und ließ ihn sofort wieder los. In diesem Augenblick sackte das Dach des Gartenhauses mit einem Ächzen ein und trieb große weiße Rauchschwaden über den Rasen, vor denen die hustenden Schaulustigen flüchteten.

Carriscant zog sie auf die Seite. «Hör zu», sagte er in dringlichem Ton. «Du mußt nach Hause gehen. Du mußt ihm sagen, daß du glaubst, schwanger zu sein.»

«O mein Gott, ich glaube nicht –»

«Du mußt.» Er sah, daß sie wirklich verzweifelt war, aber er drängte weiter. «Wann warst du das letzte Mal mit ihm ... Ich meine ...»

Sie legte die Hände an ihre Schläfe und massierte sie. «Ach, ungefähr eine Woche, glaube ich, eine Woche vor seiner Abreise. Ja.»

«Vier Monate? Ein bißchen mehr?»

«Ja.» Ihre Stimme war leise, furchtsam. «Ich glaube.»

«Also vergiß nicht. Du bist im vierten Monat schwanger. Im vierten. Laß mich kommen, und ich werde es bestätigen. In Ordnung?»

«Salvador, ich –»

Die Leute kamen jetzt wieder, nachdem sie die durchnäßten, aschigen Überreste des Gartenhauses inspiziert hatten. Er ging hinter ihr um sie herum, die Hand an seiner Hutkrempe, als wollte er sich von ihr verabschieden. «Wir werden bald frei sein. Ich habe eine Idee. Einen brillanten Plan. Ich habe alles im Griff. Wir werden in Sicherheit sein.»

Er verabschiedete sich herzlich von Mrs. Oliver und ging aus dem Garten hinaus zu seinem wartenden *Carromato*.

Pragmatismus

Annaliese versuchte, nicht zu weinen. Ihre Hände wrangen eine Serviette, drehten und knoteten sie, entknoteten sie wieder, breiteten sie aus und glätteten sie auf dem Tisch, bevor sie wieder anfingen, sie zusammenzuknüllen. Währenddessen redete sie leise, erklärte, entschuldigte sich, kritisierte sich, kritisierte, weniger heftig, Carriscant, warf sich selbst genauso wie ihm die Schuld an begangenen Fehlern vor.

Carriscant nahm ihr sanft die Serviette aus der Hand. Sie machte ihn verrückt mit ihrer Zappelei. Sie saßen am Abendessenstisch, das Essen war schon abgeräumt. Carriscant hatte sich gerade einen großen Brandy eingeschenkt, als Annaliese sich überwand und sagte, daß sie mit ihm reden wolle. Sie hatten sich gegenübergesetzt, und sie fing an, die Serviette herumzudrehen, während er mit einigem Erstaunen ihren Entschuldigungen lauschte. Sie gebe sich selbst die Schuld, sagte sie, sie sei zu gefühllos gewesen, zu streng. Sie hasse diese Kälte, die zwischen ihnen herrsche, das Leben, das sie im Moment zusammen lebten, sei keine Ehe – schlimmer als keine Ehe.

«Ich möchte, daß wir es noch mal versuchen, Salvador, es

noch mal miteinander versuchen, wieder Mann und Frau zu sein.»

«Annaliese, ich glaube nicht –»

«Sag doch einfach nur, wir wollen es *versuchen.* Das ist doch das mindeste, was wir uns schuldig sind, oder? Ich möchte, daß es wieder so wird wie früher. Weißt du nicht mehr, als du frisch aus Europa wiedergekommen bist? Es war meine Schuld, ich weiß. Ich habe mich von dir abgewendet. Als Papa und Hannah fortgegangen sind, habe ich mich so schrecklich gefühlt. Und als dann Papa gestorben ist, habe ich mich gefühlt, als – Und du warst immer so lange weg bei deiner Arbeit. Ich habe es selber verursacht, ich weiß. Ich habe dir keine Zuneigung entgegengebracht. Ich weiß, ich habe die Fehler gemacht. Aber meine Nerven, verstehst du ...»

Carriscant versuchte zuzuhören, aber seine Gedanken schweiften immer wieder zu der Frage, ob Delphine es Severance gleich sagen oder noch ein paar Tage warten würde. Jetzt streckte Annaliese eine Hand über den Tisch. Er ergriff sie pflichtbewußt, drückte sie pflichtbewußt, sanft.

«Können wir es probieren, Salvador, können wir es probieren?»

«Natürlich, meine Liebe, es ist nie zu spät.»

«Gott segne dich. Ich verdiene dich nicht. Es tut mir leid. Es wird jetzt alles wieder gut, du wirst sehen.»

Ihre Tränen hatten sie erschöpft, und sie ging früh zu Bett. Carriscant blieb lange auf, ging seine Rechnungen durch, spielte den Plan in Gedanken durch, verfeinerte die Organisation, versuchte zu ermitteln, ob irgend etwas schiefgehen könnte. Gegen Mitternacht zog er sich in sein Arbeitszimmer zurück und war gerade im Begriff einzuschlafen, als es leicht an der Tür klopfte. Sie öffnete sich.

«Salvador, ich bin's.»

Im Zimmer war es so dunkel, daß er nur das gespenstische blasse Dreieck ihres Nachthemds sehen konnte.

«Annaliese», sagte er, bemüht, sein Erstaunen aus seiner Stimme herauszuhalten. «Was ist los?»

«Ich habe auf dich gewartet.» Das Dreieck wurde größer, als sie sich dem Bett näherte.

«Ich wollte dich nicht stören», sagte er unaufrichtig. «Du hast so müde gewirkt.»

Jetzt veränderte sich wieder die Form des Nachthemds: Es schrumpfte zu einem Quadrat, verschwand, erschien für eine kurze Sekunde wieder, dünner, und verschwand dann völlig. Er hörte das Rascheln des Moskitonetzes, als es hochgehoben wurde, und als nächstes spürte er, wie Annalieses nackter Körper sich neben ihn auf den Diwan legte.

«Wir müssen neu anfangen, mein Liebling», sagte sie.

Die absolute Dunkelheit des Raumes und ihr kleiner, bettwarmer Körper, der sich neben ihm wand, zeigten Wirkung bei ihm. Er streckte eine Hand aus. Sie stieß gegen eine ihrer kleinen Brüste, und er umfaßte sie instinktiv. Er spürte ihren Atem auf seiner Wange, und gleichzeitig glitt ihre Hand unter den Saum seines Nachthemdes und wanderte seinen Oberschenkel hoch. Er zuckte zusammen, als sie ihn packte.

«Siehst du, Salvador, ich hab's doch gewußt. Ich freue mich so, ich –»

«Keine Tränen, meine Liebe, bitte.»

Ihre Lippen waren auf seinem Gesicht, betupften es, suchten seinen Mund. In der Verwirrung der taktilen Botschaften, die sein Körper empfing, empfahl ein Teil seines Verstandes Zurückhaltung, daß es falsch sei, was hier geschah, daß dies eine Art doppelter Verrat sei. Aber sie zog ihn auf sich, und ohne nachzudenken küßte er ihre Brüste. In der Dunkelheit war sie wie ein warmes, sich windendes, anonymes Mädchen, dachte er, völlig anders als die Annaliese, die er kennengelernt hatte und inzwischen meinte kaum ertragen zu können. Eigentlich, dachte er, als sie die Beine spreizte, um ihn aufzunehmen, könnte sie irgend jemand sein. Ein etwas spitzfindiger Gedanke tröstete ihn, als er später mit ihr zusammenlag: Es war nur eine flüchtige nächtliche Begegnung, und angesichts dessen, was mit Delphine jetzt geschehen sollte, wäre es nicht günstig gewesen, sie abzuweisen. Er hatte da durchgemußt, um Verdacht zu vermeiden. Sein Gewissen war rein.

Wien, Paris, Moskau, Rom ...

«Ich habe es ihm noch nicht gesagt», sagte Delphine. Sie sah müde aus, angespannt, mit dunklen Rändern um die Augen. «Ich glaube, ich werde seine enorme Selbstgefälligkeit einfach nicht ertragen können», fuhr sie mit einiger Heftigkeit fort. «Seine Selbstzufriedenheit.»

«Habt ihr –», setzte Carriscant unüberlegt an. «Es tut mir leid», sagte er. «Ich sollte nicht fragen.» Er wußte, daß er sein eigenes Gewissen erleichtern wollte.

«Nein», sagte sie direkt. «Wenn du es wissen mußt. Er kann nicht ... Das war ein Teil des Problems zwischen uns. Er ...» Sie zog die Schultern hoch. «Er hat Schwierigkeiten, steif zu bleiben.» Sie sah ihn unerschrocken an. «*Ejaculatio praecox* ist, glaube ich, der Terminus dafür.»

«Oh.» Carriscant bemühte sich, seine Freude über diese Nachricht zu verbergen. «Dann verstehe ich das mit der Selbstgefälligkeit.»

«Er wird verrückt werden vor Freude, ekstatisch.»

«Zögere es aber nur nicht zu lange hinaus.» Er nahm ihr Gesicht in beide Hände. «Ich habe heute mit Axel gesprochen. Es gab keine Probleme, er war sogar völlig gelassen. Alles ist bereit.»

Sie saßen, völlig bekleidet, auf dem Feldbett in ihrer Scheune. Sie streckte die Arme nach ihm aus und zog ihn an sich, und sie umarmten sich schweigend einige Augenblicke lang.

Sie war immer noch angespannt. «Verstehst du jetzt, warum ich gesagt habe, daß die Sache ein für allemal beendet werden muß? Wir können nicht einfach weglaufen. Wenn ich ihm erst das von dem Kind erzähle, wird er mich nie gehen lassen. Er würde mir überallhin folgen, für immer und ewig.» Ihre Miene verfinsterte sich, als denke sie über diese Aussicht nach. «Vielleicht sollte ich ihm nichts von dem Kind erzählen.»

«Anders funktioniert der Plan nicht. Er würde sofort Verdacht schöpfen. Er würde alles innerhalb von Stunden erfahren. Dies ist die einzige Möglichkeit, daß wir wirklich frei sein können. Für immer.»

«Ich weiß, ich weiß. Es ist nur so schwierig, ich –»

«Aber sieh es doch mal von der anderen Seite: Jetzt, wo ich weiß, wie er sich fühlt, Vater zu sein, wird es um so besser klappen.» Er sah, wie sie ihm glauben wollte. «Er wird es nie erfahren. Vertrau mir.»

«Und du?»

«Ich werde sagen, daß ich für eine Woche oder so aufs Land fahre, um meine Mutter zu besuchen. Wenn sie mich suchen kommen, ist es schon zu spät.»

Sie atmete aus und sackte zusammen, ihre Schultern wurden rund, als sie sich das Gesicht rieb.

«Mein Gott», sagte sie. «Ist das zu glauben? Stell dir vor, Salvador, Wien. In ein paar Wochen sind wir in Wien.»

«Oder in Paris oder Moskau oder Rom oder Athen ...»

«Und niemand wird wissen, wer wir sind oder wo wir herkommen.»

Er lachte, die Freude sprudelte plötzlich in ihm. «Niemand wir je von den Philippinen gehört haben.»

Sie wurde wieder nüchtern. «Wir sind für den fünfundzwanzigsten nach Yokohama gebucht.»

«Das gibt uns genügend Zeit. Axel wartet, ist bereit. Ich muß ihm nur ein paar Tage vorher Bescheid sagen. Er hat überhaupt kein Theater wegen den Konditionen gemacht. Wahrscheinlich ein Routineauftrag für ihn, dieses ganze geheime Zeug.»

«Also gut», sagte sie, eine Entscheidung treffend. «Ich werde es ihm heute abend sagen.»

Sie erhob sich, nahm ihre Bleistifte und ihren Skizzenblock und blickte sich in der Scheune um. Sie ließ die Reisetasche mit der Kleidung zum Wechseln da, die sie mitbringen sollte.

«Hier werde ich dich wahrscheinlich nicht mehr wiedersehen», sagte sie, ein wenig traurig. «Und diese groteske Flugmaschine auch nicht. Armer Pantaleon.»

«Da hat er zumindest etwas, was ihn beschäftigt. Und es war ein guter Platz für uns.»

«Ja», sagte sie emphatisch. «Ja, das war es.» Dann küßte sie ihn, hart, schob ihre Zunge in seinen Mund, saugte an ihm. Sie trennten sich wieder und sahen einander an.

«Wir werden frei sein», sagte er. «Mach dir keine Sorgen.»

«Ich liebe dich, Salvador», sagte sie.

Nachdem sie gegangen war, wurde ihm klar, daß er das erste Mal diese Worte aus ihrem Munde hörte.

Eine Flasche Blut

Um neun Uhr am nächsten Morgen ließ Jepson Sieverance nach Dr. Carriscant schicken. Es regnete stark, und als Carriscant von der Kutsche zur Haustür eilte, sah er, daß Sieverance persönlich sie ihm aufhielt.

«Eine ganz wunderbare Neuigkeit», wiederholte Sieverance ständig, als er neben ihm den Flur zum Schlafzimmer entlangging. «Und ich bin sicher, sie hat recht. Frauen haben ein Gespür für solche Dinge.»

Aus irgendeinem Grund fand Carriscant die Verallgemeinerung als anstößig. «Wir werden es gleich bestätigen können», sagte Carriscant und brachte ein dünnes Lächeln zustande. Delphine hatte recht: Die sich brüstende Begeisterung des Mannes war abstoßend.

Sie war in ihrem Zimmer und wartete in einem Sessel, eine karierte Robe über ihrem Nachthemd. Sie sah ruhig aus, fand er, sehr friedlich. Sie begrüßten sich mit ihrer üblichen höflichen Herzlichkeit, und dann zog sich Sieverance freundlicherweise zurück.

«Keine Schwester Aslinger?» fragte Carriscant.

«Ich mußte sie gehen lassen.»

Er beugte sich vor und drückte ihr flüchtig die Lippen auf die Stirn. Er konnte Sieverance draußen im Flur auf und ab gehen hören, bereits die Parodie eines hoffnungsvollen Vaters, fand er. Er senkte seine Stimme.

«Es ist alles für den zwanzigsten organisiert», sagte er. «Axel ist bereit. Ich werde alles vorbereitet haben.»

«Ich weiß, was ich tun muß.»

Er öffnete seine Tasche, holte eine braune Arzneiflasche

hervor und gab sie ihr. «Hier. Das wirst du brauchen, damit es echt aussieht.»

«Was ist das?»

«Blut.» Er berührte ihren Arm, ihr Gesicht. Sie küßte seine Fingerspitzen, als sie ihren Mund streiften.

«Du weißt, daß du nichts mitnehmen kannst. Du mußt mir sagen, was du noch an Kleidung, Puder, Rouge und so brauchst. Das Nötigste ...»

«In Ordnung. Ein völlig neuer Anfang», sagte sie lächelnd.

«Gut. Das gefällt mir.»

«Ich werde dafür sorgen, daß alles auf dem Schiff ist.» Er hielt inne, als ihm die Realität dessen, was er sie zu tun bat, richtig klar wurde. «Wirst du nichts vermissen?»

«Meine Bücher, nehme ich an. Aber Bücher kann ich mir immer wieder kaufen.»

«Axel meint, er kann uns innerhalb von sechs oder sieben Tagen nach Singapur bringen. Wir können dann jedes Schiff nehmen, das Richtung Westen nach Suez fährt. Wenn wir erst mal im Mittelmeer sind ...»

«... können wir von Bord gehen, wo wir wollen.» Ihr Blick schweifte in die Ferne, als richte sie ihn wieder auf diese magischen Städte, die in ihren Fluchtphantasien auftauchten. «Was ist mit Geld?» fragte sie, plötzlich wieder praktisch.

«Ich habe genug. Hör zu, laß mich die Details erledigen. Du wirst genug durchzumachen haben.»

«Mir wird doch nichts passieren, oder? Ich meine, es kann doch nichts schiefgehen, oder?»

«Nichts. Und denk daran, wir begehen kein Verbrechen. Wir tun nichts Unrechtes.»

«Nichts Unrechtes nach dem Gesetz.» Sie sah ernst aus. «Was ist mit dir und deiner ... Ich frage dich nie nach ihr. Ich habe das Gefühl, daß ich nicht –»

«Das fällt mir nicht schwer», sagte er tapfer. «Die ganze Sache ist schon seit Jahren reine Heuchelei gewesen. Ein großer Fehler. Ich glaube nicht, daß sie allzu überrascht sein wird.» Die Worte kamen ihm so leicht über die Zunge, fand er. «Ich gehe jetzt mal lieber und überbringe ihm die frohe Botschaft.»

Sieverance wartete im Wohnzimmer.

«Herzlichen Glückwunsch», sagte Carriscant und kam sich dabei seltsam offiziell vor. «Ihre Frau erwartet ein Kind. Sie ist fast im fünften Monat schwanger.»

Sieverance war überwältigt, aber wenigstens weinte er nicht, dachte Carriscant. Er schaffte es, das Haus zu verlassen, ohne auf das Wohl des Kindes trinken zu müssen.

Das Spielzeug

Nicanor nahm den kleinen Jutesack mit Conant-Silberdollars erstaunt entgegen. Carriscant dachte, es war die erste Gefühlsregung, die er je auf diesem undurchdringlich schmutzigen Gesicht gesehen hatte. Die Augen weiteten sich, und das Weiß leuchtete unnatürlich gebleicht in den tiefen dunklen Augenhöhlen auf.

«Das ist mehr als großzügig, Dr. Carriscant.»

«Nur eine Anzahlung. Sie bekommen noch mal das gleiche, sowie wir in Singapur an Land gehen. Sie sollen wissen, wie wichtig mir das hier ist und wie sehr ich auf Ihre absolute Verschwiegenheit zähle.»

«Aber selbstverständlich», sagte Axel und kratzte sich nervös an der Nase. Die Nagelsichel war ganz schwarz neben dem stumpfen Perlmuttrosa des Nagels. Der ganze Nagel war schwarz umrandet, wie mit einem Stift. Aber seine blonden Haare sahen irgendwie immer sauber aus. Wie schaffte er das bloß?

Axel wurde sich bewußt, daß er taxiert wurde. «Ist irgendwas nicht in Ordnung?»

«Nein, nein. Und Sie können mir garantieren, daß es keine anderen Passagiere geben wird?»

«Hundertprozentig.»

«Und daß Sie mindestens zwei Monate lang nicht nach Manila zurückkehren werden, nachdem Sie die beiden Passagiere in Singapur abgesetzt haben?»

«Selbstredend.» Axel streckte seine schmierige Hand aus, und Carriscant schüttelte sie. Die Handfläche und die Finger waren mit einer erstaunlich harten Hornhaut überzogen, wie aus Bimsstein geschnitzt. Sonderbarerweise hatte Carriscant das Gefühl, daß er ihm vertrauen konnte.

«Darf ich fragen, wer diese Passagiere sind?» erkundigte sich Axel etwas scheu.

«Ein Herr und eine Dame. Ich glaube, wir sollten es im Moment dabei belassen.»

Axel nickte hastig. «Also dann bis zum zwanzigsten», sagte er.

Carriscant verstaute einen Koffer mit Kleidung in der kleinen Kabine, die zur Verfügung gestellt worden war, und ging wieder hoch auf das stinkende Deck. Aus einem der vorderen Frachträume stiegen dünne Dampfsäulen auf. Es war eine heiße, übelriechende Nacht, und die gesamte feuchte Wärme Manilas schien sich um dieses widerliche Schiff versammelt zu haben. Auf der anderen Seite der sirupartigen, schmierigen Gewässer des Pasig brannten die Lichter an Fort Santiago, eine verschwommene Aureole von Feuchtigkeit lag um die von Motten bestürmten Birnen. Carriscant empfand die Ungeheuerlichkeit dessen, was er und Delphine im Begriff waren zu tun. Dann ging die fürchterliche Beklommenheit wieder vorüber, als er da stand, fast auf magische Art und Weise, wie ihm schien, und machte einer seltsamen jugendlichen Aufwallung von Begeisterung Platz, einer Vision zurückweichender Horizonte, von Welten, die darauf warteten, erforscht zu werden.

«Auf Wiedersehen, Doktor», sagte Axel. «Wir werden für Sie bereit sein.» Er korrigierte sich. «Für Ihre Passagiere.»

«Und kein Wort an Udo, klar?» warnte Carriscant ihn. Axel war kein Dummkopf. Carriscant verabschiedete sich und ging behutsam über die durchhängenden Planken zwischen den vertäuten *Cascos* zum Kai, über das schwarze Wasser, das gegen die Holzrümpfe klatschte. Er ging bis Escolta hoch und rief ein *Carromato.* Es hatte ihn niemand gesehen.

Wieder in seinem Sprechzimmer, ging Carriscant in seiner neuen ruhigen Stimmung noch einmal die Details des Plans durch, zum tausendsten Mal, wie ihm schien. Delphine hatte ihren Freundinnen von ihrer Schwangerschaft erzählt und war ganz damit beschäftigt, den Haushalt für ihre Rückkehr nach Amerika zusammenzupacken. Alles war so gut vorbereitet wie möglich. Carriscant hatte die Krankenhausverwaltung informiert, daß er sich zwei Wochen Urlaub nehmen wolle und am 21. Mai in den Süden fahren würde, um seine Mutter zu besuchen. Annaliese hatte bei dieser Nachricht etwas protestiert und angeboten, ihn zu begleiten, aber da nur dürftige Zuneigung zwischen Schwiegertochter und Schwiegermutter bestand, wußte er, daß es ihr leicht auszureden wäre.

Er streckte seine Hand aus, mit der Handfläche nach unten, die Finger gespreizt. Keinerlei Zittern. Chirurgenhände. Er sann über sein neues Leben mit Ruhe und zurückgehaltener Erregung nach. Er und Delphine würden sich irgendwo in Europa niederlassen, ihr Kind großziehen, und er würde wieder zum Skalpell greifen. Nach diesem Nest endlich wieder im Zentrum medizinischer Qualität zu sein: Was es für Herausforderungen geben würde, welchen Ruf er sich erwerben könnte! Wenn dies tatsächlich das goldene Zeitalter der Chirurgie war, wie die großen Chirurgen behaupteten, dann war es nur angemessen, daß er ... Er bremste sich. Er sollte seinen Ehrgeiz zügeln. Es wäre ungünstig, allzu berühmt zu werden. Vielleicht mußte er seine Träume von Ruhm begraben – ein kleiner Preis, den er zu zahlen hätte, räumte er ein, ein kleiner Preis.

Er goß sich aus der Rumflasche, die er in seinem Schrank aufbewahrte, ein Glas ein und zwang sich, sich zu entspannen. Alles war in Ordnung. Er mußte bloß die nächsten paar Tage so normal wie möglich durchleben. Er würde mit der einzigen Frau, die er je wirklich geliebt hatte, ein neues Leben in Europa beginnen. Er war, so sagte er sich, der glücklichste Mensch auf Erden. Er grinste. Sieverances Glück hatte sich schließlich doch als Carriscants Glück erwiesen, und Carriscants Glück stand kurz davor, zum Zuge zu kommen.

Er füllte gerade wieder sein Glas, als Pantaleon an die Tür klopfte und hereinkam. Er hatte eine Zeitung in der Hand und wirkte aufgeregt.

«Wir haben keine andere Wahl, Salvador. Das Schicksal verlangt, daß wir handeln.»

«Immer mit der Ruhe. Wovon redest du?»

Pantaleon breitete die Zeitung auf dem Tisch aus. Es war eine Ausgabe des *Figaro*, etwa fünf Wochen alt. Pantaleon zeigte auf eine Ankündigung auf Seite sieben, von ‹Le Jury du Prix Amberway-Richault›.

«Mein Französisch ist nicht gut genug. Und außerdem ist das doch ein bißchen veraltet, oder?»

«Ich weiß. Und als Abonnent und Teilnehmer soll ich stets informiert werden. Aber wen kümmert schon so ein ‹Trottel auf den Philippinen›? Ein Glück, daß ich diese Zeitung geschickt kriege. Sonst hätte alles verloren sein können.»

Er beruhigte sich und begann zu übersetzen: «Hör zu: ‹Ein spektakulärer Wettkampf, ein Wettkampf in der Luft – eine flugtechnische Herausforderung – für den Amberway-Richault-Preis wird am 13. Mai 1903 im Bois de Boulogne stattfinden ...› Jetzt kommt was über die Regeln. Äh ... ‹Vier Flugmaschinen werden daran teilnehmen ...› Jetzt kommt der wichtige Teil: ‹mit der erwarteten Teilnahme von Monsieur Ferdinand Ferber und seiner Ferber Nummer 6 ...› Dann kommt eine Liste der anderen Flieger: Cody, Karl Jatho, Levavasseur. Unglaublich, nicht?»

«Ich verstehe nicht, Panta. Was –»

«Das ist der Preis, den ich versuche zu gewinnen.»

«Das weiß ich.»

«Na ja, ich muß es jetzt machen, oder? Vor dem dreizehnten. Ich hab's ausgerechnet. Ich brauche die Zeit, um ein Telegramm nach Paris zu schicken. Bestätigung der Zeugen, Fotografen, und so weiter. Irgendwann zwischen jetzt und dem einundzwanzigsten müßte reichen.» Er lächelte und packte Carriscants Arm. «Kannst du dir die in Paris vorstellen, Salvador? – ‹Aus den Philippinen kommt soeben die Meldung, daß nach einem für gültig erklärten Flugversuch Dr. Pantaleon Quiroga der Gewinner des Amberway-Richault-Preises ist.› Kannst du dir die Wirkung vorstellen? Das wird einschlagen wie eine Bombe. Umwälzend!»

«Nun ja, wenn du dir das so vorstellst, aber ich sehe nicht, wie –»

Der Griff um Carriscants Arm wurde fester. «Wir werden es machen, Salvador. Noch ein paar letzte Vorbereitungen, und sowie dieser elende Regen aufhört, machen wir's.»

«Nein, nein, nein. Ich hab dir doch gesagt, Panta. Ich gehe nicht in diesem Ding da hoch.» Er lachte. «Engagier einen deiner anderen Freunde.»

Pantaleons Gesicht war erstarrt, sein Mund stand leicht offen, und Carriscant sah, wie sich sein Körper sichtbar anspannte. «Nein, Salvador», sagte er mit ruhiger Stimme. «Ich hab dir doch schon gesagt, ich kann niemand anderem vertrauen. Das Aero-Mobil wird in ein paar Tagen fertig sein. Ich glaube, wir könnten den Versuch schon am dreizehnten machen, wenn das Wetter mitspielt. Es wird völlig sicher sein.»

«Nein, Panta, ich mache es nicht.» Carriscant hatte den neurotischen Ton von Wahnsinn in Pantaleons Stimme vernommen. Seine Besessenheit hatte ihm sämtliche Vernunft ausgetrieben. Er sprach energisch und ließ ihm keine Chance, etwas falsch zu deuten. «Ich werde es nicht tun. Ich werde dir helfen, wo ich kann. Aber ich werde nicht mit hochgehen.»

Pantaleon sah ihn verbittert und verzweifelt an, mit zusammengebissenen Kiefern, die Finger einer Hand klopften die Jakkenknöpfe einen nach dem andern ab.

«Bitte zwing mich nicht dazu, dich an deine Verpflichtung mir gegenüber zu erinnern», sagte Pantaleon. «Ich war von Anfang an entschlossen, daß wir beide es sein sollen. Alle Berechnungen gehen von deinem Gewicht aus. Präzision ist entscheidend. Und du weißt genau, was getan werden muß.»

«Panta, du könntest einem zehnjährigen Kind in einer Stunde beibringen, was da zu tun ist. Dieses Beharren darauf, daß ich dein Partner sein soll, ist unsinnig.»

«Und wieso hast du mich dann glauben lassen, daß du helfen würdest?»

«Das habe ich nie gesagt.»

«Du hast auch nie gesagt, daß du es nicht tun würdest. Du hast mitgemacht. Hast mich im Glauben gelassen, du wärst da.»

«Weil ich dich mag, deswegen. Ich hatte keine Sekunde lang gedacht, daß wir soweit kommen würden. Ich wollte nicht hart sein. Ich dachte, es wäre für dich nur ein harmloser Zeitvertreib, ein Spielzeug –»

«Ein *Spielzeug*?» Carriscant sah, daß er jetzt wütend war. Er war zu weit gegangen.

«Es tut mir leid. Mir war nicht klar gewesen, daß es dir so wichtig ist.»

«Und was ist mit deiner Verpflichtung mir gegenüber?»

«Was für eine Verpflichtung, um Himmels willen?»

«Daß du alles erreicht hast, hast du mir zu verdanken. Ohne mich wärst du nicht besser als dieser Metzger Cruz. Durch mein Können konntest du gedeihen.»

Carriscant traute seinen Ohren nicht. Was waren das für Wahnvorstellungen? Welche Phantasien wurden jetzt aufgetischt? Er spürte, wie angesichts dieser grotesken Behauptung sein eigener Zorn wach wurde.

«Wovon redest du? Bist du verrückt?»

«Du schneidest und nähst, du schneidest und nähst, mehr machst du nicht. Nicht mehr als ein fingerfertiger Schneider. Die ganze Magie liegt in der Anästhesie. Ohne diesen verzauberten Schlaf wärt ihr immer noch Barbiergehilfen, Medizinmänner, würdet ihr die Leute umbringen.»

«Verzauberter Schlaf? Verzauberter Schlaf?» Carriscant spürte, wie seine Wirbelsäule hart wurde von einem scharfen, heftigen Zorn. Er hatte noch nie derlei Unsinn gehört. Die Wahnvorstellungen eines Enttäuschten. «Du hast wohl den Verstand verloren. Du bist bloß Chemiker. Du mischst deine Lösungen und läßt sie auf eine Gazemaske tropfen. Wie kannst du es wagen, solchen widerlichen Unsinn von dir zu geben? Unserer Freundschaft zuliebe will ich vergessen, daß ich das gehört habe. Aber rede nie, nie wieder so mit mir.»

Er wandte sich von ihm ab, schockiert, tief gekränkt. Der Mann war verloren.

«Du akzeptierst nicht, daß du mir etwas schuldig bist?»

«Nicht mehr als das, was zwischen Kollegen existiert.» Er drehte sich wieder zu ihm um, wütend. «Was schuldest du mir eigentlich, wenn wir schon davon reden? Was meinst du, wie du deine kostbare Flugmaschine bezahlt hast, deine Scheune, deine hölzerne Startbahn? Dank der Honorare, die du verdienst, weil du für Salvador Carriscant arbeitest!» Seine Stimme war zu einem Brüllen geworden. Sein ganzer Körper zuckte krampfartig, seine Fäuste waren geballt. Sie standen sich gegenüber, ihre Gesichter häßlich vor Stolz und Haß. Es war erstaunlich, wie sich eine jahrelange Freundschaft innerhalb von Sekunden auflösen konnte, dachte Carriscant, wie eine Schimäre verschwinden konnte. Er fühlte sich verzweifelt unglücklich und zutiefst unbehaglich. Er zog die Finger an seinen Wangen herunter. Das mußte jetzt beendet werden, bevor alles unwiderruflich verloren war.

«Panta, das ist ein schreckliches Mißverständnis. Laß uns nicht unsere Freundschaft –»

«Und was ist mit deinen anderen Verpflichtungen mir gegenüber?» Seine Stimme war unversöhnlich, ungerührt.

«Was für andere Verpflichtungen, um Himmels willen?»

«Daß ich dir erlaubt habe, mit deiner Konkubine in meinem Bett Unzucht zu treiben.»

«Ach, um Gottes willen, sei ein Mann, Pantaleon!»

«Wenn du dich weigerst, mein Partner im Aero-Mobil zu sein, sehe ich mich gezwungen, Colonel Sieverance über die Untreue seiner Frau in Kenntnis zu setzen.»

Die absurde Formalität der Ausdrucksweise ließ die fürchterliche Bedrohung um so wirklicher erscheinen. Carriscant spürte, wie sich eine schreckliche, lähmende Angst in ihm ausbreitete, ihn schwächte, ihn mit einer entsetzlichen Unsicherheit infizierte bezüglich allem, was er als sicher betrachtet hatte. Er ging zu dem dunklen Fenster und blickte in den Garten hinaus, sah nur sein eigenes entmutigtes Spiegelbild, das zurückstarrte.

«Unter diesen Umständen bleibt mir keine Wahl.»

«Gut! Hervorragend!» Pantaleons Stimme pulsierte wieder, seine ganze alte Begeisterung war auf einmal wieder da. Carriscant drehte sich langsam, ungläubig um. Pantaleon schritt strahlend durch den Raum auf ihn zu, eine Hand ausgestreckt. Ohne zu überlegen, ergriff Carriscant sie zaghaft.

«Ich freue mich so, Salvador, ich freue mich so. Wir werden diese schreckliche Angelegenheit nie wieder erwähnen. Jetzt ist alles bestens, so, wie es sein sollte.»

Er schüttelte immer noch Carriscants Hand. «Du wirst sehen, mein Freund, dieser Preis wird deinen Namen unsterblich machen.»

Eine Beerdigung

Ephraim Ward und Maximilian Braun wurden in strömendem Regen begraben. Die Gräber auf dem Militärfriedhof in Paco waren halb voll mit Wasser, und die hinuntergelassenen Särge schwammen für einen Augenblick, bevor sie mit einem zähflüssigen Gurgeln untergingen. Karamelfarbene Blasen schwammen auf der Oberfläche, und dann platschten die ersten Schaufelladungen Erde und Kies hinein. Carriscant zog den Umschlag mit den Totenscheinen der beiden Männer aus seiner Tasche und gab ihn Paton Bobby.

«Bevor ich's vergesse», sagte er.

Bobby steckte den Umschlag in seine Jacke. «Danke», sagte er. «Erhebende kleine Zeremonie.»

Bis auf die Sargträger und den Army-Kaplan waren Carriscant und Bobby die einzigen Anwesenden. Sie trotteten zurück durch die Pfützen, vorbei an den schimmeligen Reihen von Holzkreuzen zu Bobbys Automobil, eine Neuerwerbung für die Polizei, ein hübscher kleiner Charron 628. Sie stiegen ein und saßen trübsinnig da, während die Totengräber das Grab zuschütteten und zwei frische Holzkreuze einhämmerten. Bobby winkte dem Kaplan ein Auf-Wiedersehen zu, als dessen Kutsche aus dem Friedhof rollte und auf der Straße davonfuhr, die ihn zur Kaserne in Pasay zurückbringen würde, eine Meile oder so entfernt.

Bobby zog eine Zigarre hervor und zündete sie mit verstimmter Miene an. Hinter der zerfransten Reihe von Bananenstauden, die die nördliche Begrenzung des Friedhofs markierten, war die lange schmale Form der Concordia-Zigarrenfabrik zu erkennen. Einen müßigen Moment lang fragte sich Carriscant, ob die Zigarre, die Bobby rauchte, dort hergestellt worden war, und fragte sich weiter, ob irgendeine Bedeutung aus dieser morbiden Verbindung von Fabrik, Raucher und Friedhof zu ziehen war. Sein müdes Gehirn fand keine, und so ließ er den Gedanken fallen.

«Es fuchst mich», sagte Bobby langsam, «es fuchst mich zutiefst, daß wir diese Morde niemandem anhängen konnten. Da liegen zwei ermordete amerikanische Jungs in ihrem Grab in diesem gottverlassenen Loch, und die Mörder laufen da draußen immer noch frei herum.» Er hielt inne. «Und das fuchst mich. Verdammt.»

Carriscant zuckte die Achseln. «Sie haben Ihr Bestes getan», sagte er. «Der Fall war unmöglich zu lösen. Niemand kann Sie da kritisieren.»

«Na ja ... Haben Sie die Frau beerdigt?»

«Letzte Woche. Niemand hat sich gemeldet, der sie kannte.»

«Das hat mir wirklich den Rest gegeben. Ich meine, wo ist da die Verbindung? Wie kriegt man das zusammen?»

«Gar nicht. Ich glaube, der Tod der Frau hatte mit den anderen beiden nichts zu tun.»

«Na ja», sagte Bobby brummig. Er sah wieder unbehaglich aus, und Carriscant fragte sich wieder, wieso Bobby das Skalpell neben die Leiche gelegt hatte. Bei dem Geräusch von Wagenrädern drehte er sich um und sah eine Victoria mit ausgeklapptem Dach in den Friedhof einbiegen und neben ihnen halten.

Sieverance lehnte sich heraus. «Ich bin wohl zu spät gekommen», sagte er. «Tut mir leid.»

Sie sahen zu, wie er zu den Gräbern ging und für ein paar Minuten mit gebeugtem Kopf dastand. Dann kehrte er zu ihnen zurück. Er sah angemessen fromm aus.

«Sehr schade», sagte er. «Braun war ein prachtvoller Soldat. Ein richtiger Profi. Da kann einem wirklich schlecht werden. Man überlebt alles, was die Plains-Indianer einem entgegenwerfen können, und dann wird man von irgendeinem verdammten Gugu zersäbelt.» Seine Empörung wirkte etwas gewollt, fand

Carriscant, etwas zurechtgebastelt. Sie hörten geduldig zu, während Sieverance einige von Brauns militärischen Taten gegen die Oglalas und die Unkpapa Sioux beschrieb.

«Eine verdammte Schande», sagte Bobby mitfühlend. «Eine verdammte Riesenschande.»

«Ich werde mich mal wieder auf den Weg machen», sagte Sieverance. «Übrigens, Carriscant, Mrs. Sieverance geht es gut, in Bestform.»

«Das freut mich aber.»

Sie blickten ihm hinterher. Bobby nahm einen langen langsamen Zug an seiner Zigarre. «Es erstaunt mich immer wieder», sagte er, «wie so ein mickriger kleiner Wichser es schafft, Colonel zu werden.»

«Ich nehme an, wenn Ihr Papa General und mit Teddy Roosevelt befreundet ist, könnte das was damit zu tun haben ...»

«Was Sie nicht sagen ...»

«Haben Sie ihm gesagt, daß wir die Männer begraben?»

«Sicher. Ich hab mir gedacht, er wird Taft darüber informieren müssen.»

«Ja ...» Carriscant dachte weiter. «Haben Sie ihm je gesagt, daß der ‹Brown›, den wir gefunden haben, der ‹Braun› war, der in seinem Regiment gewesen war?»

«Nein. Nein, ich glaube nicht», sagte Bobby nachdenklich. «Ich schätze, er wird Erkundigungen eingeholt haben. Wieso?»

«Reine Neugier.»

Als er wieder in Manila war, fand Carriscant eine Nachricht von Pantaleon auf seinem Tisch. Es hatte weitere Probleme mit dem Flanquin-Motor gegeben. Der Flugversuch vom 13. Mai war jetzt verschoben. Er sollte jetzt am 15. Mai stattfinden.

Der letzte Flug des Pantaleon Quiroga

Am Morgen des 15. Mai 1903 wachte er lange vor Morgengrauen auf. Er hatte leichte Kopfschmerzen, und er blieb eine Weile still im Bett liegen, beobachtete, wie der Raum langsam heller wurde, und zwang sich, nicht weiter als bis zur nächsten Stunde zu denken. Wenn er den Tag in diesem Tempo anging, mit dieser absoluten Konzentration auf den gegenwärtigen Augenblick, könnte er ihn vielleicht überleben, sagte er sich.

Neben ihm lag Annaliese. Sie schlief noch, mit offenem Mund, aus dem kleine murmelnde Schnarchlaute kamen. Er hatte diese letzten paar Nächte im ehelichen Bett mit ihr verbracht, um nicht den Verdacht zu schüren, daß ihre Versöhnung nicht ehrlich gemeint sei, und als er unter den Laken herausglitt, kam ihm der Gedanke, daß er nicht mehr lange darin schlafen würde. Das versetzte ihm einen kleinen traurigen Stich, der aber gleich von einer Aufwallung der Aufregung verdrängt wurde, als er die Zukunft betrachtete, die ihn erwartete. Er empfand keine Feindseligkeit gegenüber Annaliese, kein Bedauern, sie zu verlassen, aber er gab schon zu, daß ihre ‹Versöhnung› das, was er im Begriff war zu tun, für sie sehr viel härter machte. Aber es gab keine Möglichkeit, das zu verhindern.

Er zog sich an und ließ sich, ohne zu frühstücken, zum Krankenhaus fahren. Es war schon schwierig genug, die Stunden und Tage zu zählen, ohne daß die zusätzliche Aussicht auf Pantaleons Sturm auf den Amberway-Richault-Preis die Dinge noch komplizierter machte. Er tröstete sich mit dem Gedanken, daß mit Sicherheit irgend etwas nicht klappen würde und eine weitere Verschiebung erforderlich wäre. Er würde vielleicht selber ein bißchen Sabotage betreiben, dachte er, wenn sich die Gelegenheit bot. Aber egal, was geschah, er mußte so tun, als würde er teilnehmen, um Pantaleons Drohung zu neutralisieren. Es würde jedenfalls einige Stunden des langen Tages besetzen, ihn ablenken.

Im San Jeronimo traf er seine letzten Vorkehrungen. Er überprüfte die Dienstpläne des Nachtpersonals für den 20. Mai, überzeugte sich, daß seine OP-Schwestern am entscheidenden Tag freibekommen hatten, und versicherte sich, daß bestimmte Schlüsselbestandteile des Plans an ihrem vorgesehenen Platz waren.

Als er sich auf den Weg zur Scheune machte, spürte er, wie sich ein starkes Gefühl zielgerichteter Ruhe über ihn legte, nur von einem Gefühl der Verärgerung über Pantaleon getrübt und dessen absurde Besessenheit vom motorbetriebenen Schwerer-als-Luft-Fliegen. Er hatte auf Regen gehofft, und tatsächlich nieselte es leicht, und der Tag war schon bedeckt und drückend. Als Constancio ihn über die Colgante Bridge fuhr, sah er die Abbiegung, die nach San Miguel und zur Calle Lagarda führte. Er fragte sich, wie sie zurechtkam, wie sich die Anspannung des Wartens auf sie auswirkte ... Aber wieder spürte er, wie ihn eine stille Zuversicht überkam. Sie war auch stark, sie wußten beide genau, was sie taten, gemeinsam würden sie es schaffen.

Zu seiner Überraschung war die Straße zur Scheune belebt mit Fußgängern, und einige Dutzend Kutschen standen am Rand des Weges, wo der Fußpfad auf die Wiese führte. Er hatte ein paar offizielle Zeugen erwartet, aber das hier hatte alle Anzeichen einer größeren Menschenmenge. Als er sich durch die Lücke in der Bleiwurzhecke schob, war er erstaunt, über hundert Leute zu sehen, die entlang des westlichen Wiesenrandes standen oder saßen. Am östlichen Rand war ein abgesperrter Bereich mit Klappstühlen, wo, wie er annahm, die Zeugen und die Juroren Platz nehmen sollten. Die Scheune war mit Palmenwedeln, bunten Fähnchen und Leinen voller flatternder Wimpel verschönert – rot, moosgrün und butterblumengelb. Er schob sich durch eine große Gruppe von Gratulanten und Journalisten und stand dann plötzlich vor dem Aero-Mobil selbst, das in der Öffnung der Scheune stand. Die Tore standen weit offen. Auf die Nase gemalt stand in einer kursiven kobaltblauen Schrift *Aero-movil numero uno. Dr. Pantaleon Quiroga/Dr. Salvador Carriscant.*

Pantaleon posierte gerade für die Fotografen, eine Hand auf eine Höhenruderstrebe gestützt. Er trug einen knöchellangen ledernen Automobilmantel und eine flache Tweedmütze, die er umgedreht hatte. Er sah höchst sonderbar aus, aber irgend etwas an seinem Aufzug ließ die Aussicht auf den Flug plötzlich erschreckend wirklich erscheinen, und zum ersten Mal verspürte Carriscant einen Stich von Angst in seiner Brust. Dies könnte, könnte vielleicht tatsächlich passieren, dachte er, und er fühlte, wie sich ihm der Magen umdrehte. Das Aero-Mobil, das ein zufälliger Sonnenstrahl gerade zum Glänzen brachte, wirkte auf einmal modern und funktionstüchtig. Die beiden Propeller glänzten frisch lackiert, das waagerecht angebrachte Triebwerk war geölt und gestrichen worden und sah fabrikneu aus. Die fünf Fahrradreifen des Fahrwerks waren geschwärzt, und die Speichen waren weiß herausgeputzt. Er mußte zugeben, die Maschine wirkte grauenhaft überzeugend; durch ihre Konstruktion, ihre unschöne funktionale Form, sah sie aus, als sei sie fähig, den ersten Flug in der Geschichte der Menschheit zu vollführen. Es machte auf einmal Sinn, eine Tatsache, die er vorher nie eingeräumt hätte, und sein Magen rumorte, während sein Mund schlagartig trocken wurde.

Pantaleon sah ihn und eilte vor, um ihn aus der Menge zu ziehen. Sein braunes Gesicht war straff vor unterdrückter Erregung, und in seinen Augen standen Tränen. Er umarmte Carriscant, küßte ihn auf beide Wangen, während um sie herum Blitzlichtpulver mit dumpfen Magnesium-*Wumps* explodierte.

«Bist du nicht ein bißchen zu warm angezogen?» fragte Carriscant.

«Salvador, was hast du denn da an?» Pantaleon blickte ihn entsetzt von oben bis unten an.

Carriscant betrachtete seinen weißen Leinenanzug, seine schwarzen englischen Schuhe, seine Hand fuhr nervös zu seiner gepunkteten Fliege.

«Ich habe nicht nachgedacht», sagte er. «Ich habe mich wie an einem normalen Arbeitstag gekleidet.»

«Haben Sie das gehört?» rief Pantaleon den versammelten Journalisten zu. «Mein lieber Kollege hier hat sich wie an einem ‹normalen Arbeitstag› gekleidet. Welche Seelenruhe und Zuversicht! Welcher *elan*, wie die Franzosen sagen. Dies ist der

Geist, der die Philippinen an die vorderste Front des großen Luftfahrtabenteuers stellen wird!»

Die Journalisten kritzelten das alles in ihre Notizblöcke, und Pantaleon übersetzte für die englischsprachigen Zeitungen. Carriscant hatte ihn noch nie so selbstsicher erlebt, soviel Eifer, soviel missionarisches Savoir-faire zeigen sehen.

«Alles ist in Ordnung», sagte Pantaleon ruhig zu ihm. «Ideal eingestellt. Ich habe gestern abend die Maschine zehn Minuten lang laufen lassen. Zwitschert nur so.»

Ein Regenschauer trieb sie in die Scheune, wo Carriscant die Fragen der Journalisten so mürrisch und gelangweilt wie möglich beantwortete. Nein, er empfinde keine wirkliche Begeisterung fürs Fliegen. Es sei einfach nur ein Gefallen für einen Freund, was ihn hierhergebracht habe. Nein, er glaube nicht, daß in einer Flugmaschine zu fliegen schädlich für die Gesundheit sei.

«Wir sind schließlich alle schon mal auf einen Baum geklettert», sagte er, «und Dr. Quiroga hat mir versichert, daß wir uns nicht mehr als vier Meter in die Luft erheben werden. Auf einen vier Meter hohen Baum zu klettern, kann man kaum als lebensbedrohend bezeichnen.»

«Es sei denn, man fällt herunter», sagte der Mann von der *Manila Times.* Das fanden alle sehr komisch.

Pantaleon stellte ihn den offiziellen Juroren vor: Da war Henry K. Gallo, Präsident des Army and Navy Clubs, Agapita Castaneda von der Philippine Commission, Señor Alejandro Gimson, der stellvertretende Chefredakteur von *El Renacimiento,* Rafael Martinez Mascardo, Kurator des Museo de Ateneo, Mr. Tiam Liam von der Chinesischen Handelskammer und Captain Gaspar Barboza, der brasilianische Konsul.

Carriscant war von Pantaleons organisatorischen Fähigkeiten tief beeindruckt. Heute offenbarten sich bei diesem Mann Seiten, von denen er nie etwas geahnt hatte.

«Ich wollte einen repräsentativen Querschnitt haben», erklärte Pantaleon. «Ihre Unterschriften auf der Beglaubigungsurkunde werden sich sehr eindrucksvoll ausmachen, nicht?» Er lächelte und sah auf seine Uhr. «Wir warten nur noch auf den letzten – einen Amerikaner – vom Regierungsbüro. Ich dachte, es wäre wichtig, einen Amerikaner zu haben.»

«Wen hast du?» fragte Carriscant. Seine Übelkeit war wiedergekehrt, sie kam und ging in Wellen. Er wünschte sich allmählich, er hätte etwas gefrühstückt.

«Ich weiß nicht. Sie haben gesagt, sie schicken jemanden vorbei. Geht's dir nicht gut?»

«Ich bin etwas hungrig.»

«Ich habe nur etwas Bier da. Und Champagner für danach.»

«Bier ist in Ordnung.» Carriscant trank eine Flasche kohlensäurehaltiges San-Miguel-Bier – *la mas sobrosa y sustanciosa* stand auf dem Etikett – und verbrachte die nächsten fünf Minuten damit, leise vor sich hin zu rülpsen. Die Menschenmenge draußen, die ihre Regenschirme aufgespannt hatte, war auf über zweihundert angewachsen. Kleine Jungs, die mit steifborstigen Bürsten ausgerüstet waren, fegten jegliches Wasser, das sich auf der hölzernen Startbahn sammelte, sogleich weg. Carriscant fiel auf, daß die Guavenbäume am Ende des Geländes gefällt worden waren, und mitten im Reisfeld dahinter war ein großes Quadrat weiße Leinwand, das zwischen zwei Stangen gespannt war. Das markierte die angestrebte Distanz, nahm er an, und nicht weit davon entfernt sah er eine kleine Gruppe von Leuten, die sich wahrscheinlich dort versammelt hatten, um den historischen Moment besser miterleben zu können. Zum ersten Mal stellte er sich eine wichtige, praktische Frage: Wenn sie es wirklich schaffen sollten, vom Boden zu kommen und weit genug zu fliegen, um die Markierung zu erreichen, wo und wie würden sie wieder herunterkommen? Er gab diesen Punkt Pantaleon mit einiger Dringlichkeit zu bedenken.

«Oh, im Reisfeld», sagte Pantaleon. «Ich habe den Bauern im voraus bezahlt. Der Schlamm und das Wasser werden für eine weiche Landung sorgen. Keine Angst, ich werde nichts probieren, was über die Forderungen dieses Wettbewerbs hinausgeht.»

«Gut.»

«Das Drehen und Landen können wir uns für eine andere Gelegenheit aufheben.»

«Mmm.» Aus dem Augenwinkel entdeckte er einen amerikanischen Soldaten, der unheimlicherweise wie Sieverance aussah.

«Morgen, Carriscant», rief Sieverance fröhlich und kam herübergeschritten. «Ich muß sagen, daß ist sehr furchtlos von Ihnen.» Er begrüßte Pantaleon. «Dr. Quiroga, schön, Sie zu sehen. Ich soll Ihnen von Gouverneur Taft viel Glück wünschen und die besten Grüße ausrichten.»

«Tut mir wirklich leid», sagte Pantaleon später zu Carriscant, als Sieverance wieder gegangen war. «Ich hatte keine Ahnung, daß sie ihn schicken würden, glaub mir, Salvador.»

«Ich nehme an, er war neugierig», sagte Carriscant. Sieverance zu sehen hatte ihn nicht so aus der Fassung gebracht, wie er es erwartet hatte. «Oje, sieht aus, als würde der Regen jetzt richtig anfangen.»

Aber das Gewitter ging vorüber, und zehn Minuten später strahlte die Sonne, die Holzplanken der Startbahn dampften sichtlich, als sie sich aufwärmten. Das Aero-Mobil wurde wieder aus der Scheune und zu seiner Startposition gerollt. Pantaleon stieg auf eine Trittleiter und hielt eine kurze Ansprache.

«Wir sind Männer des neuen Jahrhunderts», las er von einem Blatt Papier ab, «und es ist daher unsere erstrangige Aufgabe, nach vorne zu sehen. Die Herausforderung des motorgetriebenen Schwerer-als-Luft-Fluges ist das größte Ziel, das sich die Menschheit in den kommenden Jahren setzen wird. Mir erscheint es angemessen, daß dieser Versuch, den Amberway-Richault-Preis zu gewinnen, von zwei Chirurgen unternommen wird, von zwei Männern, die den wissenschaftlichen Geist des neuen Jahrhunderts verkörpern. Wir, die wir die innersten Nischen des menschlichen Körpers erforschen, sollten nicht die weiteren Grenzen dieser Erdkugel vernachlässigen. Ich möchte meinem lieben Freund, Dr. Salvador Carriscant, für seine Unterstützung und Energie danken. Ich danke Ihnen allen, daß Sie hier erschienen sind an diesem für unser Land so historischen Tag. Gott segne das philippinische Volk und unser Unternehmen.» Dies wurde mit beträchtlichem Beifall quittiert.

Es war soweit. Wie in einem Traum sah sich Carriscant auf den hinteren Sattel in der Nase des Aero-Mobil, klettern. Die beiden Verwindungshebel ragten vor ihm hoch, und ohne nachzudenken packte er sie fest, zog sie hin und her, worauf sich der Schwanz entsprechend drehte. Eine leise Salve Blitzlichtpuder begrüßte diese spontane Geste. Hinter ihm begann Pantaleon den Propeller zu drehen. Carriscant betete ernstlich um ein Treibstoffleck, aber beim dritten Versuch sprangen die Kolben an, und das schrille, zornige Brüllen des Flanquin hallte in seinen Ohren. Er spürte, wie die Vibrationen sein Rückgrat hochwanderten, und plötzlich wünschte er sich, er hätte andere Kleider an. Er kam sich völlig lächerlich vor in seinem weißen Leinenanzug und seinen glänzenden englischen Budapestern. Pantaleon kam in seinem Ledermantel um den Flügel herum, als der zweite Propeller sich zu drehen begann. Er stieg auf den vorderen Sattel und steckte die Füße in die Steigbügelregler. Er drehte sich zu Carriscant herum, mit leuchtenden Augen und zwei dunkleren Flecken auf seinem braunen Gesicht, das vor Aufregung glühte.

«Danke, mein Freund», sagte er gerührt. «Diese ganze Verstimmung liegt jetzt hinter uns. Bitte sag mir, daß es so ist.»

«Völlig vergessen, Panta.» Er hielt inne. «Und du bist dir sicher, daß das hier nicht gefährlich ist?»

«In einem *Carromato* zu fahren ist riskanter», sagte Pantaleon mit seelenruhiger Zuversicht. «Also, denk daran, erst wenn ich nach dem Luftfänger greife, übernimmst du die Verwindungssteuerung. Sonst brauchst du nichts zu tun.»

«In Ordnung.»

Pantaleon griff zu den beiden Griffen über seiner Schulter hoch und drückte sie, womit er die lange Klappe an der Führungskante ganz hochstellte. Dann drehte er die Drossel ganz auf, und das Aero-Mobil begann heftig zu dröhnen und zu zittern. Er gab dem Jungen das Zeichen, die hölzernen Bremsblöcke wegzuziehen, und löste die Bremsen an den Fahrradrädern.

Das Aero-Mobil schoß mit einem brutalen Ruck nach vorn. Carriscant wurde nach hinten geschleudert, und als der Peitschenschlageffekt ihn wieder nach vorne schleuderte, knallte er mit der Nase heftig gegen Pantaleons Rücken, zwischen seine

Schulterblätter. Er sah kaum noch etwas, als seine Augen sich mit salzigen Tränen füllten, und er spürte die heißen Blutstöße, die ihm aus den Nasenlöchern schossen.

Er war sich des ungeheuren Krachs des Motors und des hohlen Trommelns der Räder auf den Planken der Startbahn bewußt, als die Maschine an Geschwindigkeit gewann. Als er seine Augen freiblinzelte, sah er den dunklen, tropfenden Spritzer seines Blutes auf dem Rücken von Pantaleons Mantel, und entsetzt stellte er fest, daß seine ganze Vorderseite blutrot triefte, daß sich in den Falten seines Schoßes Lachen gebildet hatten und immer noch mehr aus seiner Nase sprudelte.

«Anhalten!» schrie er. «Du mußt anhalten!»

Pantaleon saß völlig versunken vornübergebeugt über seinen Steuerhebeln, wie ein Rennradfahrer beim Finish. Carriscant spürte jetzt, wie die Geschwindigkeit ihrer Fahrt die Fäden von Blut und Rotz von seiner Nase wegriß. Der hintere Teil der Maschine wurde nun besprenkelt. Die schweren Tropfen trommelten auf den gespannten Stoff. Dann nahm der Krach plötzlich ab, und ihm wurde klar, daß das Dröhnen der Räder aufgehört hatte. Unter seinem linken Oberschenkel sah er, wie der kreuzförmige Schatten des Aero-Mobils allmählich schrumpfte. Zu seinem absoluten Entsetzen begriff er, daß sie sich in die Luft erhoben hatten.

Vor ihm begann Pantaleon zu juchzen und zu krächzen wie irgendein verrückter, gequälter Vogel. Hinunterblickend sah er die weißen Scheiben der gefällten Bäume am Ende der Wiese unter ihnen vorbeisausen, und er begriff, daß sie erheblich höher als vier Meter über dem Boden waren. Der Motor klang auch unnatürlich angestrengt, als die Vorwärtsbewegung nachließ und durch eine Art traumartigen Auftrieb ersetzt wurde. Das Aero-Mobil schien fast senkrecht in die Luft zu steigen, wie eine Möwe, die auf einem warmen Aufwind segelt.

«Wir sind zu hoch!» brüllte Carriscant.

Pantaleon drehte sich um, riß entsetzt den Mund auf und wäre beinahe von seinem Sattel gefallen beim Anblick seines blutüberströmten Passagiers.

«Mein Gott! Was ist passiert?»

«Wir sind zu hoch, verdammt noch mal», schrie Carriscant ihm ins Gesicht.

«Betätige die Hebel!»

Durch die Panik wurde Carriscant plötzlich gehorsam, und er packte die beiden Verwindungshebel und spürte, wie die Vibration der Flugmaschine sich auf seinen Körper übertrug. Pantaleon griff nach oben und packte die Griffe der Luftfängerklappen. Und zog sie herunter.

Die Maschine erbebte, und das Aero-Mobil kippte nervös auf die Seite.

«Muttergottes!» rief Pantaleon erschrocken.

Carriscant spürte, wie sich einer der Verwindungshebel aus seinem Griff riß, und die Maschine begann, in einem sich beschleunigenden seitlichen Gleitflug nach links abzusinken. Carriscant griff nach vorn und zog an dem Griff. Er ließ sich nicht bewegen, klemmte fest.

«Wir sind dran vorbei!» kreischte Pantaleon und deutete nach unten.

Auf der rechten Seite sah Carriscant das weiße Leinwandquadrat unter dem unteren Flügel verschwinden. Sie waren immer noch höher als der Bambus, höher als die Palmen. Fünfzig, sechzig Fuß, dachte er. O mein Gott. Aber die linksseitigen Flügel zeigten immer noch nach unten, und es bestand kein Zweifel, daß sie Sekunde um Sekunde mehr kippten.

Plötzlich erstarb der Motor. Das angestrengte Brüllen wurde durch ein angenehmes Pfeifen und Knarren ersetzt, als der Wind über die gespannten Drähte und die hölzerne Armatur der Flugmaschine sang, die sich unter diesen ungewohnten Belastungen ausdehnte und zusammenzog.

«Was ist los?» brüllte er Pantaleon ins Ohr.

«Wir haben es geschafft, mein Freund! Wir haben es geschafft!» schluchzte Pantaleon.

Auf der rechten Seite sah Carriscant den Belvedere des Sampaloc-Klosters und dachte plötzlich – ‹tieffliegende Taube›. Vor ihm, über Pantaleons bebende Schultern, sah er die dichte grüne Masse der Uferbäume, die den Verlauf des San-Roque-*Estero* markierten.

Sie flogen immer tiefer, und der Ton der singenden Drähte wurde schriller und weniger angenehm.

Zu seinem absoluten Entsetzen sah er, daß Pantaleon sich nicht mehr darum kümmerte, seine Steuerhebel zu betätigen. Er hatte das Gesicht in den Händen vergraben, während er in seinem Triumph heftig schluchzte, in seiner Ekstase heulte und lachte.

Carriscant zerrte vergeblich an seiner festgeklemmten Verwindungssteuerung.

Sie sausten im Sturzflug über einen entsetzten Bauern in seinem *Carabao*-Karren.

Eine dichte Baumwand raste ihnen entgegen.

Die letzten Laute, die er hörte, waren Pantaleons heftige Schluchzer und das ätherische Pfeifen der gespannten Drähte.

Den Aufprall hatte er nicht gespürt, aber er konnte nicht lange bewußtlos gewesen sein. Er kam wieder zu sich, atemlos, auf dem Rücken liegend, eine schreckliche Stille in den Ohren. Er wurde sich einer grauenhaften unvertrauten Kühle in seinen Beinen bewußt, von der Hüfte abwärts. Sein erster Gedanke war: Ich bin gelähmt und werde nie mit Delphine zusammenleben können. Nach ein paar Sekunden glimmender, bitterer Verzweiflung hob er den Kopf, und dann wurde ihm klar, daß seine Beine unter Wasser waren, während sein Oberkörper auf einer halbmondförmigen Sandbank lag, die sich durch eine Uferströmung des San Roque gebildet hatte. Dann bekam er einen erneuten Schreck durch die blutdurchtränkte Vorderseite seines Anzuges, ein funkelndes Rot in der dunstigen Sonne. Ich muß literweise Blut verloren haben, dachte er. Er faßte sich an die Nase: sie tat weh, war aber nicht gebrochen. Er rollte sich auf den Bauch und kroch aus dem Wasser heraus. Dann erbrach er das ganze Bier, das er, vor Ewigkeiten, wie ihm schien, getrunken hatte. Er wischte sich den Mund mit seinem Ärmel ab und stand sehr behutsam auf.

Das Aero-Mobil war zwanzig Meter entfernt, ein zerdrückter, traurig aussehender Haufen. Die Flügel waren abgebrochen und am Rumpf zurückgefaltet durch den Zusammenstoß mit den beiden Bäumen, durch die es gestürzt war. Carriscant näherte sich mit unsicheren Schritten. Sein gesamter Körper begann zu schmerzen. Von Pantaleon war nichts zu sehen.

Er hockte sich an den Wasserrand und wusch sich das Blut aus dem Gesicht. Er sagte sich, daß er jeden Moment diese törichte, begeisterte Stimme sagen hören würde: «Mein Gott, Salvador, was habe ich dir gesagt! Wir sind die berühmtesten Männer unserer Zeit!» Aber alles, was an sein Ohr drang, war das verstörte Zwitschern der Wasservögel und das sonore Läuten der Klosterglocke in Sampaloc, die die benommenen Bürger aufrief, den Männern zu Hilfe zu eilen, die mit ihrer Maschine vom Himmel gefallen waren.

Er hob den Blick und sah Pantaleons Gesicht zwischen dem Gras auf der anderen Seite des Stroms. Seine Augen waren weit aufgerissen, erstaunt, und der Mund stand offen. Nur daß alles falsch angeordnet war. Wie ein Gesicht in einem Löffel, war das Kinn über dem Mund, der seinerseits über der Nase war. Sein Gesicht stand auf dem Kopf, aber es war noch schlimmer, denn er sah, als er durch den Strom watete, um den zerbrochenen Körper seines Freundes zu holen, daß es am falschen Platz war. Es spähte mit erstauntem Blick zu ihm hoch durch die verdrehte Beuge seines rechten Armes.

Flucht

Der Jungfernflug des *Aero-movil numero uno* dauerte ungefähr siebzehn Sekunden, und Beobachter schätzten, daß es auf dem höchsten Punkt seiner Steigung eine Höhe von 80 Fuß erreicht hatte und eine Entfernung von 2800 Fuß auf einer stark linksgeneigten Flugbahn zurückgelegt hatte. Unglücklicherweise, wie Carriscant später erfuhr, sahen die Regeln des Amberway-Richault-Preises vor, daß eine Zerstörung der Flugmaschine oder Verletzung oder Tod des Fliegers zu einer Disqualifizierung des Versuchs führten. Der Hauptjuror, Mr. Gallo, fand die ganze Episode höchst bedauerlich und hoffte, daß Dr. Carriscant die Pionierarbeit seines Kollegen fortsetzen würde. Er lud ihn ein, das erste Komitee des Aero-Clubs von Manila zu bilden. Carriscant erklärte sich mit einem trüben Nikken sofort einverstanden. Angesichts Pantaleons Tod und außergewöhnlicher Leistung fühlte er sich zutiefst erschüttert und demütig, gleichzeitig von einem heftigen Gefühl von Verlust und ehrfurchtsvoller Bewunderung ergriffen.

Nachdem er auf der Polizeiwache von Sampaloc seine Aussage gemacht und gesehen hatte, wie Pantaleons mit einer Decke verhüllter Leichnam hereingetragen wurde, kehrte er zur Scheune zurück, wo das Gelände jetzt menschenleer war. Die Menge hatte sich zerstreut. Er fragte sich, wie vielen von ihnen klar war, daß der Aero-Mobilist bei seinem Versuch, den Amberway-Richault-Preis zu gewinnen, ums Leben gekommen war. Carriscant ging betrübt die hölzerne Startbahn hinauf und hinunter und versuchte, mit dem, was passiert war, fertig zu werden, versuchte, diese endlosen Sekunden der Angst und des Schreckens zu ordnen und zu verstehen. Wenigstens hatte Panta dieses Hochgefühl, nach dem er sich so gesehnt hatte, durch seinen Körper strömen fühlen. Carriscant erinnerte sich an seine verrückten Triumphschreie, als sie wirklich zum ersten Mal flogen, erinnerte sich an sein Schluchzen hilfloser Dankbarkeit, als sie auf die Bäume des San-Roque-*Estero* zustürzten. Wenigstens war Pantaleon glücklich gestorben, in vollem Bewußtsein dessen, daß er etwas Monumentales und Triumphales erreicht hatte. Es gab schlimmere Tode als diesen, dachte er, schlimmere Arten zu sterben, und er spürte, wie seine Trauer zu schwinden begann, und wurde sich gleichzeitig bewußt, daß in ihm etwas Neues erblühte, ein Hochgefühl, das nicht zu unterdrücken war und ihn förmlich verwandelte. Daß sein eigenes Leben verschont geblieben war, erschien ihm jetzt wie ein Wunder, und obwohl er wußte, daß er immer noch ein paar Tränen für seinen verlorenen Freund vergießen würde, flüsterte eine Stimme in ihm begeistert: ‹Du lebst, *lebst*, LEBST!› Ob es reiner Zufall war oder göttliche Fügung, er faßte es als ein klares Zeichen auf. Carriscants Glück ... Carriscants Glück hielt an. Salvador Carriscant und Delphine Blythe Sieverance waren dazu bestimmt zusammenzusein. Alles, was in den nächsten paar Tagen geschehen sollte, würde nach Plan verlaufen. Er wußte, mit einer grimmigen, leidenschaftlichen Sicherheit, daß jetzt alles gutgehen würde.

Am nächsten Morgen wachte er steif und zerschlagen auf. Auf seinem linken Oberschenkel war ein großer blauer Striemen, und seine linke Schulter knackte hörbar und schmerzte, wenn er die Hand über Brusthöhe hob. Er stand die nächsten Tage mit der Benommenheit eines Schlafwandlers durch, hielt sich beharrlich und sorgfältig an die Routine seiner Arbeit und seines häuslichen Lebens, konzentrierte sich ganz auf jede anstehende Aufgabe, wie unbedeutend und banal sie auch war. Am Morgen des 20. Mai stand er früh auf und ging wie gewöhnlich ins San Jeronimo. Er kehrte am Nachmittag zurück, wissend, daß Annaliese nicht da sein würde, und schrieb ihr eine Nachricht, daß er eine lange und komplizierte Operation haben würde und wahrscheinlich bis spät im Krankenhaus bleiben müsse und daß sie nicht wegen ihm aufbleiben solle. Am Ende des Nachmittags, bevor er ging, warf er einen letzten Blick durch sein stilles Haus und fragte sich, ob es irgendeinen kleinen Gegenstand oder kostbaren persönlichen Besitz gab, den er mitnehmen wollte, aber ihm fiel nichts Besonderes ein. Er erinnerte sich an Delphines Bemerkungen, daß man nichts besaß, daß Eigentum nur für einen kurzen Zeitraum vom Vorrat der Welt geborgt wurde, und er beschloß, mit leeren Händen fortzugehen. Er würde sein Haus verlassen, ohne etwas anderes mitzunehmen als die Kleidungsstücke, die er am Leib trug. Er würde genauso einen neuen Anfang machen wie die Frau, die er liebte.

Der Spätdienst im Krankenhaus verlief wie üblich. Er versuchte, sich zu beschäftigen, zu vermeiden, auf seine Uhr zu sehen oder auf irgendeine der Wanduhren, die an den Flurkreuzungen hingen. Andere Mitglieder des Krankenhauspersonals, die wußten, daß er zwei Wochen Urlaub nehmen wollte, wünschten ihm einen angenehmen Aufenthalt in San Teodor, einige bemerkten sogar, daß er müde aussehe und eindeutig Erholung brauche. Die Nachricht von Pantaleons Tod hatte alle bedrückt, und die Stimmung war düster.

Gegen neun Uhr abends überkam ihn plötzlich Müdigkeit nach den seelischen und körperlichen Anstrengungen der letzten Tage, und er schlief im Sessel in seinem Sprechzimmer ein.

Er träumte von Pantaleon. Ein tadellos gekleideter Pantaleon, der eine suppentellergroße Medaille von einem winzigen Potentaten entgegennahm. Pantaleon, der wie ein Vogel flog, mit grazil flatternden Armen, während er über dem Belvedere in Sampaloc kreiste und heiser wie ein Rabe krächzte. Pantaleon, wie er vor der Scheune eine Rede hält und die Schönheiten von jemandem preist, der sich verdächtig nach Delphine anhört. Dann ein Durcheinander von Bildern des Fluges: die frisch geschnittenen Baumstümpfe der Guavenbäume, die unter dem Flügel wegrutschen; Sieverance in seiner Uniform, wie er den anderen Juroren die Hand schüttelt; der Schock auf Pantaleons Gesicht, als er die blutdurchtränkte Kleidung seines Mitfliegers entdeckte. Dann sah er das verdrehte, umgekehrte Starren des toten Pantaleon, dessen Lippen sich bewegten, als er eine der Bemerkungen machte, die er immer vor einer Operation von sich gab: «Der Frühling ist da, Salvador», sagte er leise. «Es ist Zeit, den Reis zu pflanzen.»

Er erwachte abrupt, war sofort hellwach, und sah auf die Uhr. Er ging durch die dunklen Stationen, vorbei an den schlafenden Patienten, grüßte leise die Nonnen auf ihren Stationen, fühlte sich wach und bereit. Es war nur ein Minimum an Personal da, das Dienst tat. In der Eingangshalle am Haupttor lagen ein paar Pfleger herum und schnarchten. Es waren keine anderen Ärzte im Krankenhaus, nur eine diensthabende Schwester saß an ihrem Holztisch und bestickte geduldig eine Musselin-*Camisa*. Das San Jeronimo war nicht für Notfälle außerhalb der normalen Dienstzeiten eingerichtet.

Er kehrte über den OP-Saal zu seinem Büro zurück, nur um sich noch einmal zu überzeugen, daß alles bereit war. Während er da stand, spürte er, wie ihn ein Schauer der Erwartung durchfuhr, ein dünner Faden der Erregung, der seinen Körper belebte. Es konnte jetzt nicht mehr lange dauern. Er war bereit.

In seinem Büro erledigte er noch seine restliche Schreibarbeit und räumte seinen Schreibtisch auf. In Señora Diaz' Schreibtischschublade legte er einen versiegelten Brief – mit der Anweisung, daß er nach einer Woche Annaliese übergeben werden solle –, in welchem stand, daß er sie verlassen habe, für immer, um sich auf die Suche nach einem neuen Leben zu machen. Er fragte sich jetzt, ob es richtig war, diesen Ton anzuschlagen. Wenn Annaliese dachte, er sei zu seiner Mutter gegangen, und nach zwei Wochen immer noch nichts von ihm gehört hatte, würde sie sich Sorgen machen. Bis sie erfuhr, daß er nie dort gewesen war, wäre es schon zu spät. Man würde Nachforschungen anstellen, die Polizei benachrichtigen, aber man würde kein Lebenszeichen von ihm finden. Vielleicht war er unten am Hafen gesehen worden? War er ums Leben gekommen? Wenn nicht das, warum sollte er weglaufen? Auf diese Fragen würde es nie irgendwelche Antworten geben, und vielleicht wäre dieses Schweigen für Annaliese barmherziger. Sie könnte sich dann in ihrer Trauer und Verwirrung die Erklärung zusammenbasteln, die sie am meisten tröstete. Er ging zu Señora Diaz' Schreibtisch und zerriß den Brief.

Er war nicht wenig überrascht, wie gelassen er über die Trennung von Annaliese nachdachte. Er hatte keine Schuldgefühle. Es war für sie gesorgt, sie würde einen großen Teil seines Geldes und Eigentums bekommen. Ihre Ehe war schon seit vielen Monaten eine Farce gewesen, und er verspürte keine Liebe für sie. Es war doch sicher barmherziger, ihr ein Rätsel zu hinterlassen als das Wissen brutaler Zurückweisung?

Er hörte den Pfleger im Laufschritt über den Hof zu seinem Büro rennen. Es war ein Uhr fünfunddreißig morgens. Es ging los.

Er öffnete die Tür.

«Ein Mann und eine Frau, Doktor. *Americanos.* Sie ist sehr krank.»

Carriscant rannte mit dem Pfleger zur Empfangshalle.

Er polterte in die Halle hinein. Sieverance stand da, halb angezogen, sein Hemd am Hals offen. In seinen Armen hielt er Delphine, blaß und stöhnend, in eine Decke gewickelt.

«Gott sei Dank, daß Sie da sind, Doktor», sagte Sieverance. «Ein grauenhafter Unfall, grauenhaft.»

Delphine wurde auf einen hölzernen Karren gelegt, und Carriscant tat das, was in so einem Fall üblich war, er spähte in ihre Augen, betastete ihre Stirn, überprüfte ihren Puls. Sie war blaß und fiebrig von dem Kordit, das er ihr zum Schlucken gegeben hatte. Mit leiser, brechender Stimme erklärte Sieverance, wie sie nachts aufgestanden sei, und dann, zehn Minuten später, habe er sie aus dem Badezimmer rufen hören, wo er sie auf dem Boden liegend vorgefunden habe.

«In einer Blutlache. Überall Blut. Aus einer inneren Wunde.»

«Bringt sie in den OP», wies Carriscant die Pfleger an.

Die Bahre wurde fortgerollt, und die beiden Männer folgten, während sie schnell durch die trüben Korridore zu Carriscants OP geschoben wurde.

«Ich wollte gerade gehen. Hat Ihre Frau noch irgendwas gesagt?» Carriscant sah ernst aus, als rechne er mit dem Schlimmsten. Bis jetzt verlief alles sehr befriedigend.

«Schreckliche Schmerzen im Bauch, hat sie gesagt. Mit dem Kind –»

«Ich bin sicher, das hat was damit – Das müssen wir erst sehen, Colonel. Wir werden unser Bestes tun.»

Sie kamen im OP an, und Delphine, die schwach stöhnte und sich wie unter Schmerzen wand, wurde auf den Operationstisch gehoben. Die beiden Pfleger traten zurück und warteten auf weitere Anweisungen. Carriscant gab Delphine eine Spritze mit einer schwachen Salzlösung. Sie schien auf wunderbare Weise die Schmerzen zu lindern. Er sagte den Pflegern, sie sollten bei ihr wachen, und führte Sieverance zurück zu seinem Sprechzimmer, wo er den verzweifelten Mann auf einen Stuhl drückte und ihm ein Glas Rum einschenkte, in das er heimlich ein paar Tropfen Chlorhydrat-Sirup tat. Sieverance kippte es hinunter.

«Ich komme wieder, sowie ich weiß, was ihr fehlt», sagte er.

Sieverance sah ihn entsetzt und vertrauensvoll an. Es ist so leicht, dieses Vertrauen einzuflößen, dachte Carriscant. Wie sehr sie uns vertrauen wollen! Und er wußte, daß es dieses Vertrauen war, das ihm in dieser Stunde zum Erfolg verhelfen würde. Carriscant gab Sieverance die Rumflasche und sagte ihm, er solle soviel trinken, wie er wolle.

Wieder im OP, entließ Carriscant die Pfleger.

Nachdem sie gegangen waren, wartete er noch ein paar Augenblicke, bis er sprach. Er berührte ihren Arm, und sie öffnete die Augen.

«Läuft bestens», sagte er. «Bestens.»

Carriscant rüttelte Sieverance wach. Seine Augenlider waren schwer, sein Mund schlaff. Er konnte sich wegen des Chlorals kaum konzentrieren. Carriscant hockte sich neben seinen Stuhl, seine Miene gefaßt, ernst. Er trug seinen OP-Kittel.

«Das Kind können wir nicht retten», sagte er. «Aber wir müssen der Mutter zuliebe operieren.»

«O Gott ...» Sieverance wischte sich Speichelfäden vom Kinn, während sein stumpfes Gehirn versuchte, das aufzunehmen. «Ich kann nicht, ich kann nicht ...» Er schüttelte den Kopf, und Tränen begannen ihm aus den Augen zu kullern.

«Bleiben Sie hier», sagte Carriscant. «Schlafen Sie. Es wird eine lange Nacht werden. Ich rufe Sie, sowie wir Bescheid wissen.»

Er umklammerte Delphines Hand und drückte sie, ihr in die Augen blickend.

«Nur noch, ein, zwei Stunden.»

«Du kümmerst dich um mich.»

«Wenn die Sonne aufgeht, stechen wir in See.»

Sie lächelte ihn an. «Dann los.»

Behutsam legte er die Gazemaske über ihr Gesicht und ließ das Chloroform aus der Flasche heruntertropfen.

Carriscant warf den Deckel der Truhe auf und schaufelte eine lange Kuhle in das Eis. Er hob Delphines bewußtlosen Körper von dem Karren und legte sie in die flache Vertiefung, dann schob und drückte er die Eissplitter wieder über ihren Körper, bis sie fast bedeckt war. Er schob einen Ärmel ihres Nachthemds hoch und steckte ihr ein Thermometer in die Achselhöhle. Dieser Bereich gehörte zu den heikelsten Phasen seines Plans. Er wollte sie betäubt vor Kälte haben, buchstäblich bis auf die Knochen gefroren, aber nicht so kalt, daß es ihren Körpersystemen schaden könnte. Er hatte eigentlich keine Ahnung, wie weit er ihre Körpertemperatur gefahrlos senken konnte, aber wenn es darum ging, einen Tod vorzutäuschen, wußte er, daß ein Körper, dem jede Spur menschlicher Wärme fehlte, den Zweck sehr viel überzeugender erfüllen würde als einer, in dem noch Wärme strömte. Er hoffte, sein Instinkt würde ihm sagen, wenn die Situation kritisch zu werden drohte.

Er saß geduldig neben ihr, während sie abkühlte, tropfte von Zeit zu Zeit noch mehr Chloroform auf die Gazemaske. Er maß regelmäßig ihren Puls. Sie war schon von dem Kordit, das sie genommen hatte, blaß, und durch die Kälte, die sie allmählich durchdrang, sah sie schon ganz blutleer aus, aus ihrem Gesicht und ihren Lippen war jegliche Farbe gewichen. Ihre Hände fühlten sich steif und leblos an, ihre Haut schien die Konsistenz von Ton anzunehmen. Als ihre Temperatur mehrere Grad unter normal gefallen war und die Kälte und Blässe ihres Körpers unignorierbar besorgniserregend wurden, hob er sie aus ihrem Eisbett heraus und rollte sie zum OP zurück. Es war absolut keine sichtbare Bewegung ihres flachen Atmens festzustellen. Er gab ihr noch mal eine Dosis Chloroform und verstreute dann bluttränkte Tupfer auf dem Boden unter dem OP-Tisch und in Behältern auf den Instrumentenschalen. Er warf die Dampfsterilisationsgeräte an und schaltete die Bogenlampen über dem Tisch ein. Er schmierte Blut aus einer Flasche auf seinen Kittel und tröpfelte ein paar strategische Tropfen auf Hände und Unterarme. In dem gleißenden Licht lag sie völlig reglos da, ihr Gesicht fast zu blau erblaßt. Er entfernte die Gazemaske und kippte ihren Kopf, so daß ihr Mund schlaff geöffnet war. Er steckte zwei kleine Eisstücke in ihre Wangen. Dann bedeckte er ihr Gesicht mit dem Zipfel des Operationstuches. Er ließ den Blick durch das OP schweifen und überzeugte sich, daß es alle Anzeichen einer hastigen Notoperation aufwies. Es fehlte nur noch ein weiteres Detail. Er ging zur Leichenhalle und hob den schweren Deckel von einer weiteren Truhe. Er grub in die Eissplitter hinein und holte den winzigen Körper des fünf Monate alten Fötus heraus und trug ihn zum OP. Er legte ihn auf eine fahrbare Bahre neben dem Tisch und rieb ihn mit Blut ein, bevor er ihn mit einem Tuch zudeckte. Der Fötus war nicht viel größer als seine beiden gehöhlten Hände. Sein winziges, zusammengekniffenes Mopsgesicht war zu etwas erstarrt, das wie ein schrecklicher Wutkrampf aussah. Das war sein letztes Mittel.

Es war klar, daß Sieverance mit dem Schlimmsten rechnete, selbst in seinem benommenen, betäubten Zustand. Er sah die Blutflecken auf Carriscants Kittel und den schrecklichen Ernst seiner Miene. Carriscant sah, wie dem Mann die Galle hochkam und er sich mit der Hand an die Kehle fuhr, als er verzweifelt schluckte.

«Es tut mir so leid», sagte Carriscant. «Wir konnten nichts mehr tun.»

Sieverance bemühte sich, tapfer zu sein – schließlich war er ja Soldat, dachte Carriscant, an plötzlichen Tod gewöhnt –, aber seine Augen waren tränenfeucht, und seine Stimme zitterte, als er fragte, ob er sie sehen könne. Während sie zum OP gingen, holte er in tiefen bebenden Zügen Luft, während er sich mit einer Hand ständig das Gesicht rieb.

Über den verhüllten Körper auf dem Tisch gebeugt, inmitten des grausigen Abfalls – der Tupfer, des Bluts, der glänzenden Messer, des Geruchs – wankte er, als könne er umfallen. Carriscant stützte ihn und zog einen Zipfel des Tuchs zurück.

Er stieß ein leises Stöhnen aus und stolperte. Carriscant fing ihn auf und packte seinen Arm. Sie sieht wirklich tot aus, dachte er, und eine Sekunde lang ergriff ihn Sorge, so weiß, so still. Sieverance lehnte sich über sie, ihren Namen murmelnd. Er küßte sie auf die Stirn und wich zurück, als hätte er sich verbrannt. Er berührte seine Lippen mit den Fingern.

«Jesus Herrgott», sagte er geschockt. «Gott steh mir bei ...» Er sah Carriscant mit leerem Blick an. «Sie ist so kalt ... jetzt schon ...» Er wandte sich ab. «Und das Kind?»

«Ein Mädchen.»

«Ist sie da?»

Carriscant zeigte ihm den verhüllten Fötus in der Schale. Sieverance blieb vor dem winzigen Klumpen stehen, der nicht größer war als ein Brötchen unter einer Serviette. Er hob das Tuch an und fuhr heftig zusammen, sein ganzer Körper bäumte sich auf. Er ließ das Tuch wieder sinken und stieß einen kehligen, gequälten Schrei aus, halb Stöhnen, halb Erbrechen. Er begann langsam auf die Knie zu sinken, und an diesem Punkt ging Carriscant zu ihm und fing ihn an den Schultern auf, richtete ihn auf und sagte: «Kommen Sie, Sie müssen jetzt hier weg. Quälen Sie sich nicht so. Kommen Sie mit mir.»

Er ging still fort, ohne zurückzublicken.

Während sie langsam den Hof zur Eingangshalle überquerten, fragte ihn Carriscant – den Arm um seine Schultern gelegt –, ob jemand im Haus sei.

«Die Bediensteten sind da», sagte er. «Es ist schon alles für den Umzug gepackt, aber sie sind immer noch da.»

«Wird es gehen?»

«Ich ... Ja, ich glaube schon.»

«Versuchen Sie zu schlafen», sagte Carriscant. «Ich werde dafür sorgen, daß hier alles geregelt wird.»

«Danke, Doktor, vielen Dank ... Ich glaube, ich werde zu nichts fähig sein.»

«Überlassen Sie das mir.»

«Werden Sie morgen früh da sein?»

«Ja», log Carriscant. «Ich laß nach Ihnen schicken.»

Er half Sieverance in seine Victoria. Sieverance lehnte sich zurück und schüttelte mit einiger Heftigkeit den Kopf; ob wegen der Wirkung des Chlorals oder dem Schock, in dem er sich befand, vermochte Carriscant nicht zu sagen. Er war nicht im geringsten überrascht über den vollständigen Erfolg seiner Täuschung. Es war alles eine Frage der Suggestion. Da war ein Krankenhaus in der Nacht, eine blutüberströmte Frau, eine schwere medizinische Krise. Alle möglichen Prognosen würden Sieverance durch den Kopf gehen, vor allem die schlimmste. Viele Frauen sterben an Komplikationen in der Schwangerschaft. Carriscants Bemühungen hatten lediglich die schwärzesten Ängste des Mannes hervorgeholt. Wenn man halb erwartet, daß ein Ereignis geschieht, hinterfragt man es selten, wenn es eintritt. Und außerdem vertraute Sieverance ihm, als Mann und als Arzt. Er hat in der größten Not sein ganzes Vertrauen in mich gesetzt, dachte Carriscant. Die Tatsache, daß sich seine schlimmsten Ängste bewahrheitet haben, spielt für mich keine Rolle. Mit Vertrauen wird jedes Doppelspiel leicht. Er betrachtete Sieverance jetzt, und für einen kurzen Moment, als er den Mann in seinem Zustand sah, spürte er, wie sich ein eisiges Schuldgefühl durch ihn hindurchschlängelte. Für diese raffinierte Täuschung mußte ein Preis gezahlt werden, und das war Sieverances Schmerz und Verzweiflung. Er sah zu, wie der Mann dasaß und versuchte, mit diesem brutalen Schicksalsschlag fertig zu werden, den das Leben ihm beschert hatte. Carriscant wandte sich ab, zwang sich, stark zu sein und nicht darüber nachzudenken. Es gab keine andere Möglichkeit, und er erinnerte sich ohne große Überzeugung daran, daß die Zeit eine große Heilerin war.

Sieverances Wagen fuhr los, und Carriscant ging so schnell, wie er sich traute, zum OP zurück. Delphine war noch bewußtlos, und etwas Wärme begann allmählich wieder in ihre Glieder zurückzukehren. Er zog die große Bogenlampe herab, damit die Hitze des Lichts besser in Delphines Körper eindringen konnte, und er stapelte ein paar Decken über sie. Er rieb ihre Hände und wickelte ihre Füße in heiße Handtücher. Als er sah, daß die Temperatur ständig anstieg, fing er an, die Spuren der Operation zu beseitigen.

Er klingelte nach einem Pfleger und sagte ihm, er solle einen Sarg aus dem Krankenhauslager holen. Der Mann zeigte keinerlei Neugier angesichts der Nachricht, daß eine Patientin gestorben war. Und warum sollte er auch? sagte sich Carriscant. Einen Sarg zu holen oder eine Leiche in die Leichenhalle zu rollen war zweifellos eine Aufgabe, die er viele Male, ohne zu überlegen, ausführte, vor allem wenn er für Cruz' Stationen arbeitete. So verzweifelt bemüht war er, eine Illusion des Todes zu schaffen, daß er vergessen hatte, wie normal und unbedeutend dieser an so einem Ort war.

Der Sarg kam, von zwei Pflegern auf einem Handwagen hergerollt. Als er die Tür des OPs aufmachte, gestattete er ihnen einen kurzen Blick auf Delphine auf dem Tisch, bevor er sie entließ. An der Leiche müsse noch gearbeitet werden, bevor sie in den Sarg konnte, sagte er. Er würde sie rufen, wenn alles bereit war. Wieder allein, verschloß er alle Türen, die mit dem Rest des Krankenhauses verbunden waren, und schob den Sarg in seine provisorische Leichenhalle. Er hob den Körper der ermordeten Philippinin aus ihrer Eistruhe und legte sie in den Sarg. Er holte den Fötus und legte ihn neben seine Mutter. Dann nagelte er den Sarg zu und band das erforderliche Etikett und den Umschlag mit einer Kopie des Totenscheines am oberen Griff fest.

Der Sarg stand im Flur vor dem OP, als die Pfleger kamen, um ihn abzuholen. Carriscant wies sie an, ihn zur Leichenhalle des Krankenhauses zu schaffen, von wo er am nächsten Tag zur Beerdigung abgeholt würde.

Als der Sarg weggerollt wurde, kam Carriscant der Gedanke, daß Sieverance vielleicht mit einem der einfachen, groben Särge, die das Krankenhaus bereitstellte, nicht zufrieden sein könnte. Vielleicht wollte er überhaupt nicht, daß seine Frau auf den Philippinen begraben, sondern daß sie nach Hause überführt wurde. In diesem Fall müßte die Leiche einbalsamiert werden ... Er spürte, wie sein Herz plötzlich vor Sorge einen Ruck bekam. Aber selbst wenn Sieverance das tun wollte, würde ihnen doch sicher eine Frist von ein oder zwei Tagen bleiben? Sieverance war in keiner Verfassung, gleich am nächsten Tag einen neuen Sarg zu bestellen und einen verantwortungsvollen Bestatter zu suchen. Der Totenschein war unterschrieben, die Krankenhausverwaltung würde routinemäßig die entsprechenden Behörden benachrichtigen. Es gehörte schon einiges dazu, nach dem ersten Blick auf seine tote Frau und das tote Kind, die Öffnung des Sarges anzuordnen, um sie noch einmal sehen zu können.

Aber selbst wenn, dachte Carriscant, als er zurückeilte, um Delphines Wiederbelebung fortzusetzen, selbst wenn er diese Eventualität vorausgesehen hätte, wäre es eine gewesen, die zu verhindern oder der vorzubeugen nicht in seiner Macht stand. Was auch passierte, wie groß der Alarm auch sein mochte, er und Delphine wären dann schon längst auf offener See, einen oder mehr Reisetage von Manila entfernt. Die Spur wäre verschwunden, oder zumindest eiskalt.

Doch während er zusah, wie allmählich wieder Farbe in Delphines Wangen zurückkehrte und die Wärme ihrer Hände bis in ihre Fingerspitzen strömte, wurde das Gefühl aufgeregter Erleichterung, das er jetzt allmählich verspürte, durch diesen kleinen hartnäckigen Unterton von Sorge getrübt. Sieverance war von einer unverbesserlichen Eitelkeit, die sich in jeder Bemerkung und Verhaltensweise zeigte, und es wäre sehr typisch für den Mann, seiner Frau den prächtigsten Sarg von Manila zu bestellen und eine pompöse Beerdigung zu organisieren. Er war nicht der Mann, der sich still in seinem Kummer erging.

«Wie fühlst du dich?» sagte er zu Delphine und nahm ihr süßes Gesicht in seine Hände. «Schon besser?»

«Sehr sonderbar ...», sagte sie. «Irgendwie fern ... und zerschlagen.»

Sie saß auf einem Stuhl im OP, in die Sachen gekleidet, die sie ihm Tage zuvor gegeben hatte – ein schlichtes dunkelblaues Kleid mit hochgeschlossenem Kragen. Auf dem Schoß hatte sie eine Haube mit einer tiefen Krempe, die ihr Gesicht verstecken würde.

«Schaffst du es?»

«Ja.» Sie hatte ihm noch keine einzige Frage bezüglich Sieverance gestellt und wie dieser die Nachricht von ihrem Tod aufgenommen hatte. «Ich glaube schon.»

Sie sah zu ihm auf, immer noch etwas unsicher. «Wie war es, ich meine ... hat Jepson –»

«Es lief alles wie am Schnürchen. Es gab keinen Moment des Zweifels.»

«Gut», sagte sie mit einer leisen neutralen Stimme. Als hätte sie auf irgendeinen Bericht reagiert, daß das Wetter die nächsten vierundzwanzig Stunden freundlich bleiben würde. «Gut.»

Er sah auf seine Uhr. Es war fast vier. Er half Delphine auf die Beine und führte sie einen Gang entlang zu einer Hintertür, die zum Krankenhausgarten führte. Der Mond schien und verströmte ein schwaches, grauverwaschenes Licht. Die Luft war warm und feucht, und das Zirpen der Zikaden erklang schrill aus den Büschen. Sie eilten einen Weg entlang, durch den dunklen, in tiefen Schatten liegenden Garten zu einem Hintertor, das auf die Calle Francisco führte.

Carriscant holte den Schlüssel aus der Tasche, schloß das Tor auf – die Angeln waren steif und ächzten, als die Tür aufschwang – und spähte hinaus. Die Kutsche, die er bestellt hatte, wartete bei der Kirche in fünfzig Meter Entfernung. Sie schlüpften zur Tür hinaus und gingen schnell und schweigend die Straße entlang zur Kutsche. Das Pferd schnaubte, und der schläfrige Kutscher sah sich um, als sie sich näherten. Er würde nicht darauf kommen, daß sie vom Krankenhaus kamen, stellte Carriscant dankbar fest. Er nannte ihm das Fahrtziel.

«Axel wird dich erwarten», flüsterte er ihr zu. «Er wird dich zum Schiff bringen. Ich werde kurz nach sechs da sein.»

Sie packte seine Hände. «Ich kann's nicht glauben, daß das hier wirklich passiert ist», sagte sie. «Er glaubt wirklich ... ich meine, er hat keinen Zweifel, daß ich –»

«Vollständig. Ich habe ihn gesehen, ihn getröstet. Er hat dich mit seinen eigenen Augen tot gesehen.»

«Wir sind also frei – wirklich, richtig?»

«Ja, mein Liebling.»

Er konnte sich nicht mehr beherrschen, er zog sie leicht hinter die Kutsche und legte seine Arme um sie. Er küßte ihre Lippen und preßte sie an sich. Dann waren seine Lippen auf ihrem Hals, und ihre Hände waren auf seinem Rücken, und er roch ihren Duft. Rosenwasser. Sie muß Parfüm angelegt haben. Muß etwas Parfüm dabeigehabt haben. Er spürte die Wärme ihres starken festen Körpers an seinem. Plötzlich, sonderbarerweise, wünschte er sich, er wäre ein breiterer, größerer Mann, als wäre eine größere physische Präsenz eine bessere Garantie für den Schutz, den er ihr geben konnte, der Fürsorglichkeit, die er ihr zukommen lassen konnte. Er hatte eine Vorstellung, wie sie sich zu diesem imposanteren, gewichtigeren Salvador Carriscant wandte, sich in ihn hineinschmiegte, im Windschatten seines großen Körpers Schutz suchte. Er war plötzlich ganz benommen vor Erschöpfung und aufgestauter Spannung. Sein Sehnen nach ihr schmerzte wie ein Tumor hinter seinem Brustbein, eine kleine heiße Münze aus Schmerz. Der Gedanke an ihr gemeinsames Leben lockte ihn weiter wie eine Vision, eine weiße Straße durch ein grünes und sonnenbeschienenes Land.

Er half ihr in die Kutsche. Sie warf ihm einen Kuß zu und hielt ihren Blick auf ihn gerichtet, bis die Kutsche um die Ecke verschwand. Er blieb einige Augenblicke da allein stehen und lauschte, wie das Geklapper der Pferdehufe allmählich erstarb, als sie durch die dunklen schmalen Straßen von Intramuros fuhr zur Puerta San Domingo und den nördlichen Kais des Pasig, wo Axel wartete und ihr neues Leben richtig beginnen würde.

Als er wieder zu Hause war, war an Schlaf nicht zu denken. Er saß in einem Korbsessel auf der *Azotea* und sah zu, wie die taudurchnäßten Bäume und Büsche seines Gartens im zitronigen Licht der Dämmerung langsam Gestalt annahmen. Um Viertel vor sechs ging er zum Schlafzimmer und weckte Annaliese auf. Sie stützte sich auf ihre Ellbogen auf und starrte ihn dämlich an.

«Gehst du schon?»

«Ja.» Er unterdrückte seine Ungeduld. Es mußte alles richtig gehandhabt werden. «Ich möchte frühzeitig los. Die Straßen sind in der Regenzeit immer so schlecht.»

Sie wälzte sich herum und drückte sich in ihr Kissen und machte die Augen wieder zu.

«Na gut, wenn du willst. Grüße an deine Mutter.»

«Mach ich. Wiedersehen.»

Er schloß die Haustür und ging die abgenutzten Stufen zu den *Entresuelos* hinunter. Er ging langsam zum Haupttor. Von Constancio und den anderen Dienern war nichts zu sehen, das einzige Geräusch war das Geschnaube und Geschiebe der Ponys in ihren Ställen. Er trat durch die Doppeltür auf die Straße. Nur um diese Tageszeit lag eine richtige Kühle in der Luft, die Feuchtigkeit des Tages hatte noch keine Zeit, sich zu entwickeln. Er verspürte einen leichten frischen Windzug auf Gesicht und Nakken, der ihn frösteln ließ. Er holte tief Luft. Der Rest seines Lebens war im Begriff anzufangen, und er genoß die Süße des Augenblicks in der frischen Kühle des Morgens.

Am Palacio-Ende der Straße kamen drei Männer um die Ecke. Sie gingen nicht schnell, aber trotzdem zielbewußt, die wäßrige, zitronengelbe Sonne beleuchtete die Messingknöpfe an ihren Uniformen und ließ sie hübsch aufleuchten und blitzen.

«Salvador Carriscant.»

Er drehte sich um und sah Paton Bobby mit zwei weiteren Männern von der anderen Seite die Straße entlangkommen. Er fragte sich, was hier vor sich ging und wieso Bobby ihn mit vollem Namen ansprach. Er bekam seine Antwort bald.

Bobbys quadratisches ehrliches Gesicht konnte weder seine Verlegenheit noch seine äußerste Traurigkeit verbergen.

«Salvador Carriscant –»

«Was ist hier los, Paton? Was geht hier vor?»

Bobby konnte seinen Blick nicht ertragen und sah weg.

«Wieso haben Sie das getan, Salvador?»

«Was getan?»

«Ihn umgebracht.»

«Umgebracht? Wen umgebracht, in Gottes Namen? Sind sie völlig –»

«Sieverance ... »

«Sieverance? ... »

«Im Schlaf erschossen. Zwei Kugeln ins Gehirn.»

Carriscant konnte jetzt nichts mehr sagen.

Bobby drehte sich zu ihm um und packte ihn am Arm.

«Paton, Sie denken doch nicht etwa, daß ich –»

«Salvador Carriscant –» Seine Stimme war wacklig, und er mußte sich räuspern. «Salvador Carriscant, ich verhafte Sie wegen des vorsätzlichen Mordes an Colonel Jepson George Sieverance.»

Lissabon, 1936

Mittwoch, 3. Mai

Als ich die Stadt auftauchen sah, war ich allein. Carriscant sagte, er fühle sich unwohl, und blieb unten in der Kabine, während die SS *Herzog* langsam den Tejo zu den Kais hochdampfte. Es fiel ein feiner Regen, und der Himmel war voller mausgrauer Wolken. Die Gebäude der Stadt erhoben sich über dem trüben Glanz der Flußmündung, auf ihren wogenden Hügeln gestapelt, zusammengedrängt und unbestimmbar in dem trüben Licht der Dämmerung, die gestuften Fassaden und Dächer hier und dort unterbrochen durch die barocke Kuppel einer Kirche oder die rechteckigen Zähne einer Brüstung.

Wir legten gegenüber einem Gebäude an, auf dem *Posta do Desinfaccao* stand, und der Landungssteg wurde heruntergelassen. Ich sah Zollhütten und Lagerhäuser, Eisenbahngleise und am Nordufer eine große Anhäufung von Schiffen. Dann die große Weite des Wassers und die verschwommenen grünen Hänge, die sich gen Süden erhoben. Ein gemächlicher Flußverkehr – Fähren und Schleppkähne, Barkassen und Fischerboote – kreuzte hin und her. In der Luft das periodische Kreischen der Möwen und die Rufe der Schauermänner. Ein Geruch von Öl, von Rauch, und darunterliegend etwas Frisches und Salziges, die Gegenwart des großen Ozeans, der jenseits dieser Hügelkette lag.

Carriscant gesellte sich zu mir auf Deck. Er sah etwas käsig im Gesicht aus, und war schlecht rasiert, unter seinem linken Ohr war noch ein Büschel grauer Borsten übriggeblieben.

«Ich bin froh, daß es regnet», sagte er nachdenklich, nachdem er eine Weile auf die Szene gestarrt hatte.

«Wieso? Es ist Mai, und wir sind in Europa.»

«Es paßt zu meiner Stimmung. Sonne und blauer Himmel wären falsch gewesen, das hätte ich schrecklich gefunden.»

Ich protestierte nicht. Wir lehnten uns an die Reling, warteten darauf, zum Zoll gerufen zu werden, und starrten hinaus auf das feuchte Creme- und Ockerfarbene, das Rosarot und Blaßgelb der terrassierten Gebäude, deren Terrakottadächer durch den Regen lila und braun gefärbt wurden.

«Wenn ich daran denke, daß sie da draußen ist, irgendwo», sagte er, ohne mich anzusehen.

«Ich hoffe, Sie haben recht. Wir haben einen langen Weg zurückgelegt.»

«Du mußt mir helfen, Kay», sagte er pikiert. «Ich brauche keinen Sarkasmus, ich brauche Hilfe.» Er tätschelte meine Hand auf der Geländerstange. «Deine.»

Carriscant, Carriscant. Wie sollte ich diese verwirrende neue Gegenwart in meinem Leben nennen? Meinen Vater? ... Zu unsicher. Oder Salvador? Zu intim. Oder das neutralere S. C.? Selbst nach all diesen Tagen voller Gespräche stelle ich fest, daß sich meine Gedanken über ihn mehrmals in der Stunde verändern. Bleib auf Distanz, engagier dich nicht zu sehr, gib acht, wie er versucht, dich einzuwickeln. Es bleibt bei Carriscant.

Wir kamen schnell durch den Zoll, da wir wenig Gepäck hatten. Ich hatte zwei Koffer gepackt, da ich keine Ahnung hatte, wie lange ich fort sein würde. Carriscant hatte bloß einen. Während wir mit einem Taxi zu unserem Hotel fuhren, fragte ich mich plötzlich, was wäre, wenn sie Lissabon verlassen hatte? Wir folgten einer Spur, die fast zehn Jahre alt war. Was, wenn sie uns durch ganz Europa führte? Die Vorstellung beunruhigte mich nicht so sehr, wie ich erwartet hatte. Die Tatsache, daß ich hier war, hing unmittelbar mit meinem Mangel an Rationalität und sogenanntem gesunden Menschenverstand zusammen. Es war etwas spät, um jetzt zu verlangen, daß Logik und Vorsicht meine Losungen sein sollten.

Unser Hotel ist das Francfort in der Rua do Santo Justa, mittlere Kategorie, ‹oberer Durchschnitt›, heißt es im Führer, mit einem Restaurant und nur ein paar Straßen vom Rossio entfernt. Wir haben zwei Zimmer nebeneinander im dritten Stock, ziemlich groß und sauber mit schlichten, zweckmäßigen Möbeln. Am Ende des Flurs ist ein Badezimmer. Der junge Mann an der Rezeption, João, der gut englisch sprach, war uns behilflich bei der Besorgung von Ausweisen. Er gab uns die Adresse eines Fotografen. Er hatte die typische blasse, wächserne Haut jener Menschen, die in geschlossenen Räumen in künstlichem Licht arbeiten, und seine feinen Züge wurden durch einen schwarzen Zahn verdorben, wenn er lächelte. Der Aufzug war winzig, ein kleiner Käfig kunstvoll gewundenen Metalls, in dem wir drei nur mit Mühe Platz fanden. Ich stand dicht hinter João, seine glänzende schwarze Jacke nur Zentimeter von meinen Augen entfernt. Er verströmte einen starken Kampfergeruch, der in dem engen Raum bei Carriscant einen Niesanfall auslöste, der den ganzen Fahrstuhl ins Schwanken brachte.

Der Prozeß gegen Salvador Carriscant war erstaunlich kurz. Des Mordes an Sieverance und der Beihilfe zum Mord an Ward und Braun beschuldigt, wurde er im ersten Punkt freigesprochen und im zweiten für schuldig befunden. Er wurde zu zwanzig Jahren Gefängnis verurteilt und im Bilibid-Gefängnis eingekerkert. Von seinem Zellenfenster konnte er, an einem klaren Tag, in der Ferne das erblassende Dach der Scheune sehen, wo Pantaleon Quiroga seine Flugmaschine gebaut hatte.

Es war Bobbys Idee gewesen, die zweite Beschuldigung, die Beihilfe zum Mord, mit hinzuzunehmen, überzeugt wie er war, daß der Tod aller drei Soldaten zusammenhing. Beim Kreuzverhör vor Gericht wurde Bobbys Theorie deutlich. Er war sich sicher, daß Pantaleon der Mörder war und Carriscant Beihilfe geleistet hatte. Es war der Fundort der Leichen, an den Schlüsselplätzen des ersten Kriegstages, was ihn zu der unerschütterlichen Schlußfolgerung geführt hatte, daß das Motiv politisch war, zumindest von einem Gedanken ideologischer oder nationalistischer Rache angetrieben. Bei der Anklage gegen Carriscant wegen des Mordes an Sieverance war es schwerer, den Beweis zu führen, da es keinen triftigen Grund zu geben schien, warum er die Tat begangen haben sollte. Die Anklagevertretung bemühte sich sehr zu beweisen, daß, wegen des unerwarteten Todes seines Mitverschwörers, Carriscant gezwungen gewesen wäre, die Sache selber zu erledigen. Der wichtigste Beweispunkt war eine Gazemaske, die im Haus der Sieverances entdeckt wurde und aus dem San-Jeronimo-Krankenhaus stammte. Es wurde gegen Carriscant auch angeführt, daß er kein Alibi für die Zeit zwischen vier und sechs Uhr morgens hatte, von der Zeit, als er beim Verlassen des Krankenhauses gesehen wurde, bis er Annaliese weckte. Seine Erklärung – daß er auf seiner *Azotea* gesessen und nachgedacht habe – wurde als lächerlich abgetan. Es gab ein weiteres Beweisstück, das gegen ihn sprach: Im Papierkorb seiner Sekretärin wurde ein zerrissener Brief gefunden, der, wie sich herausstellte, als er zusammengesetzt wurde, an Annaliese gerichtet war und in dem Carriscant ihr mitteilte, daß er sie verlassen wolle, um ein neues Leben zu beginnen. Dies wurde von der Anklagevertretung, nicht sehr überzeugend, als ein stillschweigendes Schuldeingeständnis gewertet, ein Zeichen, daß die Mordserie vorüber und der Täter im Begriff war zu fliehen. Carriscant gab zu, daß er Eheprobleme hatte und daß er den Brief in einem Augenblick der Verzweiflung geschrieben habe. Anstatt aus dem Land zu fliehen, so sagte Carriscant aus, sei er gerade im Begriff gewesen, seine kranke Mutter in Batangas zu besuchen. Der Polizeichef Bobby habe ihn verhaftet, gerade als er seinen Kutscher wecken wollte, um ihm zu sagen, daß er den Wagen reisefertig machen solle. Der Gedanke, daß er, nachdem er die ganze Nacht um Mrs. Sieverances Leben gekämpft hatte, ihrem Mann nach Hause gefolgt wäre, um ihn zu ermorden, sei, so argumentierte die Verteidigung, einfach nicht nachvollziehbar, und wenn die Anklagevertretung nicht irgendeinen Grund nennen konnte, wieso Salvador Carriscant eine so bizarre Tat begangen haben sollte, dann sei dieser Anklagepunkt nicht wert, berücksichtigt zu werden, und solle fallengelassen werden.

Carriscant erinnerte sich an den Gerichtssaal mit den neu installierten elektrischen Ventilatoren, die ständig ausfielen. In einer Minute raschelte eine richtige Brise in den beschwerten

Papieren auf den Tischen der Anwälte, und in der nächsten gab es einen scharfen Knall, und es roch verbrannt, und Taschentücher gingen an feuchte Stirnen und glatte, vom Kragen wundgescheuerte Hälse. Es wurde eine Pause angeordnet, während der ein nervöser Handwerker eine Trittleiter bestieg, um die widerspenstige Maschinerie zu untersuchen. Schließlich, nach sieben Unterbrechungen an einem Tag, ordnete der Richter an, daß die Ventilatoren ausgeschaltet werden sollten. Die Fenster wurden so weit wie möglich aufgerissen, und dann ging es in dem üblichen brütenden Mief weiter.

Er erinnerte sich, wie Bobby im Zeugenstand schamlos Meineid beging, indem er, mit phänomenaler Detailerinnerung, erzählte, wie er das Skalpell neben der Leiche der Ermordeten gefunden habe – «ein Skalpell, das vom Angeklagten selbst als eines aus dem San Jeronimo identifiziert wurde. Er erinnerte sich auch an das Getuschel und die unverhohlene Neugier der Leute, jeden Morgen, wenn er den Gerichtssaal betrat, getragen, wie es ihm vorkam, auf einem schäumenden Geflüster von Tratsch, die öffentlichen Bänke und die Empore vollgepackt mit den sich reckenden gaffenden Gesichtern von Manilas Ausländerkolonie. Der berühmte Chirurg Dr. Carriscant zum Verschwörer, Mörder und heimlichen *Insurrecto* gewandelt ... Einmal, auf der Fahrt zurück zu seiner Zelle in Bilibid, war der Polizeiwagen gezwungen gewesen, einen Umweg durch die Seitenstraßen von Santa Cruz zu fahren, wo die örtlichen *Indios*, als sie merkten, wer sich in dem Wagen befand, ihm zujubelten; Kinder rannten dem Wagen hinterher und riefen ‹Carriscant! Carriscant!›, bis sich die Gefängnistore hinter ihm schlossen.

Carriscants Anwalt, ein *Ilustrado* namens Felix de la Rama, war ein junger Mann von schmächtiger Statur und unbeeindruckender Art, mit einem langen Hals und einem vorstehenden Adamsapfel. Zum Glück war seine Stimme ungewöhnlich tief. Sie erklang in einem weisen Bariton aus seinem Mund und verlieh allem, was er sagte, etwas Überlegtes, Erfahrenes. Jede Bemerkung, wie unbedeutend sie auch sein mochte, schien in Gravitas und Autorität geköchelt worden zu sein. Das machte wahrscheinlich den entscheidenden Unterschied aus, sinnierte

Carriscant. An solchen Nebensächlichkeiten hängt unser Schicksal.

De la Rama hämmerte hartnäckig auf den Unwahrscheinlichkeiten in der Mordanklage herum, aber dabei vernachlässigte er es, die Mängel in der zweiten Beschuldigung zu enthüllen. Im Verlauf des Prozesses wurden alle möglichen Spekulationen angeführt, warum Pantaleon Quiroga amerikanische Soldaten umbringen wollte, und es gelang der Anklage, ein halbüberzeugendes Bild dieser beiden prominenten Chirurgen zu zeichnen, die von einem enttäuschten *Insurrecto*-Eifer infiziert waren und versuchten, entweder unter der kolonialen Besatzungsmacht Terror zu verbreiten oder irgendeine Rache für die Niederlage der Aufständischen zu üben. Am Schluß triumphierten sowohl Vernunft als auch Phantasie. Die Geschworenen (acht Amerikaner, ein Chinese und drei *Mestizos*) verwarfen die Mordanklage und befanden dann, fast zum Ausgleich, Carriscant des minderen Verbrechens für schuldig. Der Richter (Richter Charles K. Weller) nahm die Gelegenheit war, eine exemplarische Strafe zu verhängen.

De la Rama war besonders wirkungsvoll gewesen, als es darum ging, den Schaden zu verringern, der durch die Entdeckung der Gazemaske entstanden war. Er stritt nicht ab, daß sie tatsächlich von Carriscant persönlich ins Haus der Sieverances gebracht worden sein könnte – es sei sogar sehr wahrscheinlich, da der Angeklagte während Mrs. Sieverances Genesung ein regelmäßiger Besucher gewesen war. Außerdem müsse berücksichtigt werden, daß Schwester Aslinger dort ebenfalls einige Wochen lang gewohnt hatte. Das Stück Gaze war ein ganz gewöhnliches medizinisches Utensil, und niemand könne mit Bestimmtheit sagen, wann es in den Haushalt gebracht worden war.

Carriscant erzählte mir, er habe die Prozeßfarce teilnahmslos durchgesessen und einfach die Tage abgehakt. Er konnte seinem Glück nicht glauben, daß bei dem ganzen Theater und Skandal um seine Verhaftung und seinen Prozeß Delphine Sieverances ‹Tod› so gut wie vergessen worden war. Folgendes war passiert: Nachdem Jepson Sieverance tot war, hatte niemand daran gedacht, die eingesargte Leiche aus der Leichenhalle des San Jeronimo einzufordern oder irgendwelche Arrangements zu treffen. Erst vier Tage nach Carriscants Verhaftung erinnerte sich Delphines Freundin Mrs. Oliver plötzlich wieder und fand, daß irgend jemand für eine Beerdigung sorgen sollte. Dies wurde diskret und sehr eilig getan, da das warme und feuchte Wetter die Zersetzung des Körpers beträchtlich beschleunigt hatte. Die Beerdigung fand am nächsten Tag statt, und der Leichnam wurde auf dem Paco-Friedhof in einer kleinen Zeremonie begraben, an der ein paar Freundinnen teilnahmen und, als ein Zeichen von Respekt, Mrs. William Taft. Sieverances Leichnam wurde einbalsamiert und nach Hause zu seiner Familie überführt, wo er mit vollen militärischen Ehren beerdigt wurde.

Carriscant erklärte sich dies mit Bobbys Besessenheit. Er war derart davon überzeugt, daß Pantaleon Quiroga der Mörder von Ward und Braun war, daß die einzige Erklärung für den Mord an Sieverance war, daß er von einem Komplizen ausgeführt worden sein mußte, und Salvador Carriscant paßte leider in das Bild. Die letzte Person, die mit Sieverance gesehen worden war, war Carriscant – wie er sich mit ihm vor dem San Jeronimo unterhielt. Die Gazemaske, das Fehlen eines Alibis und, für Bobby, die Erinnerung an die Zeugenaussage des alten Mannes, der behauptet hatte, Carriscant in der Nacht von Brauns Tod unterwegs gesehen zu haben, reichten aus, um die Verhaftung vorzunehmen. In andere Richtungen – etwa, daß zwischen dem letzten Mord und den beiden vorhergegangenen möglicherweise keine Verbindung bestand – wurde nie ermittelt. Der Tod von Delphine Sieverance durch Frühgeburt und der Mord an ihrem Mann durch Rebellen wurde von der vornehmen Gesellschaft von Manila als eine grauenhafte Doppeltragödie betrachtet, als ein beeindruckendes Beispiel für die Bürde des weißen Mannes, und niemand versuchte, irgendeine Verbindung zu suchen, die zwischen den beiden bestanden haben könnte. Und so saß Carriscant still und unkooperativ im Gerichtssaal, genau wissend, wer für den Tod von Colonel Jepson Sieverance verantwortlich war (obwohl ihm das Motiv rätselhaft war), und ebenfalls wissend, daß jeder Versuch, zu protestieren oder seine eigene Unschuld zu beweisen, fürchterliche

Folgen haben mußte. Während versteckte Andeutungen, unglückliche Umstände und billiges Räsonieren langsam ein Geflecht von Schuld um ihn webte, wurde so, mit jedem weiteren Tag und jeder weiteren Woche, die Freiheit der wahren Schuldigen gesicherter. Und diese Freiheit wurde absolut an dem Tag, als er verurteilt und der Fall abgeschlossen wurde.

Carriscant verbrachte acht Jahre hinter den grauen Mauern von Bilibid, bevor er auf die Insel Guam verlegt wurde, in ein Gefangenenlager für frühere *Insurrectos* (noch im Jahr 1913 wurden in den Bergen von Mindanao Schlachten geschlagen), das vom amerikanischen Militär unterhalten wurde. 1919, nachdem er sechzehn Jahre seiner Haftzeit abgesessen hatte, wurde er auf Bewährung entlassen und ließ sich in Capiz auf Panay Island nieder, wo er am Hauptplatz dieses hübschen Provinzstädtchens ein kleines Restaurant eröffnete. Er war immer noch verpflichtet, sich bis zum Ablauf seiner Haftzeit einmal im Monat bei den Behörden in Iloilo zu melden. Er kehrte nie wieder nach Manila zurück und lebte still und vergessen in Capiz, wo ihm sein Restaurant ‹La Esperanza› ein anständiges Einkommen einbrachte. Erst im Jahr 1935, als er das Haus des ehemaligen portugiesischen Geschäftsführers der dortigen Zuckerraffinerie erwarb und auf einen Stapel alter Illustrierten stieß, die er beiläufig durchblätterte, dachte er daran wegzuziehen.

Ich fragte Carriscant, wie er seine sechzehn Jahre Haft überstanden habe. «Eigentlich durch zwei Dinge», sagte er. «Obwohl ich dir sagen muß, daß die Zustände nicht so schlimm waren, vor allem nicht auf Guam. Es war dort eher wie eine Farm, und am Schluß habe ich die Küchen des Lagers geleitet.» Das erste war das Wissen, daß wenigstens Delphine frei war, daß sie entkommen war und irgendwo das neue Leben lebte, das sie beide geplant hatten. «Ich war der einzige Mensch auf der ganzen Welt, der wußte, daß sie nicht auf dem Paco-Friedhof begraben lag. Das war ein großes Geheimnis, ein Geheimnis, das sich zu bewahren lohnte. Es hat mich getröstet. Solange ich das Geheimnis bewahrte, war sie in Sicherheit. Es hat mir geholfen, das zu wissen.»

«Was war das zweite?»

«Du.»

Liebe ist kein Gefühl. Sie gehört nicht zu dieser Kategorie körperlicher Erfahrung, zu der zum Beispiel Schmerz zählen würde. Liebe und Schmerz sind überhaupt nicht das gleiche. Liebe wird auf die Probe gestellt – aber Schmerz nicht. Von Schmerz sagt man nicht wie von der Liebe: «Das war kein wirklicher Schmerz, sonst wäre er nicht so schnell verschwunden.»

Es war Udo Leys gewesen, der Carriscant von Annalieses Schwangerschaft erzählte. Udo starb im Jahr 1905, und in den Jahren bis zu seinem Tod war er Carriscants einziger Besucher in Bilibid. Einen Monat nach der Urteilsverkündung eröffnete er ihm, daß Annaliese die Philippinen verlassen wolle.

«Sie geht nach Deutschland zurück», erzählte Udo ihm mit trüber Miene. «Ich sag ihr, tu's nicht, aber sie sagt, sie kann hier nicht leben. Die Schande, der Skandal. Jeder kennt sie als die Frau, die mit dem Mörder verheiratet ist.»

«Aber ich wurde nicht des Mordes für schuldig befunden.»

«Salvador, ich muß dir sagen, alle reden so, als hättest du es getan.»

«Du lieber Gott ... Jedenfalls tut es mir leid wegen Annaliese. Ich wußte, daß es für sie schwer werden würde.» Er überlegte eine Weile. «Ich würde sie gerne sehen, bevor sie geht.»

«Ach, Salvador, sie will dich nie wieder sehen. Nie wieder, sagt sie. Sie hat sogar ihre Arbeit beim Bischof aufgegeben. Sie bleibt im Haus, sie kann niemandem in die Augen sehen.»

«Hast du ihr meinen letzten Brief gegeben?»

«Sie hat ihn zerrissen, vor meinen Augen. Sie will dich nicht sehen.»

«Arme Annaliese ... Ich hätte daran denken müssen, wie schwer es für sie sein würde hierzubleiben.»

«Hör zu, für mich ist es auch nicht leicht», protestierte Udo sanft. «Alle reden darüber, jeder fragt sich, wie und warum, warum diese Männer als Opfer ausgesucht wurden ... Ein *cause celebre*, Salvador. Die werden noch jahrelang darüber reden.»

«Ich habe es nicht getan, Udo. Ich habe überhaupt nichts getan. Ich bin ein unschuldiger Mann.»

«Natürlich bist du das. *Ich* weiß das. Aber du kannst nie verhindern, daß die Leute reden.» Er lächelte entschuldigend. «Jedenfalls wird es besser für das Kind sein, wenn es nicht in dieser Atmosphäre aufwächst.»

«Was für ein Kind?»

Udo runzelte die Stirn. «Hat Annaliese dir nicht geschrieben? Sie ist schwanger.»

Wir aßen im Hotel. Ein Lammeintopf, der mir nicht schmeckte, aber den Carriscant zu einem der besten erklärte, den er je probiert habe.

«Lamm ist grobes, fasriges Fleisch mit einem starken Geschmack. Dieses Gericht versucht nicht, irgendwas anderes zu sein. Knoblauch, Kartoffeln, Karotten und Kohl, was kann man mehr verlangen?» Seit er wieder festen Boden unter den Füßen hatte, war sein Appetit zurückgekehrt. Der Nachtisch war ein flaches Dreieck Kuchen, eine Art schwerer Schwamm, der mit Sirup aus einem gringoldenen Kännchen serviert wurde. Die Gäste waren alle fein angezogen, die Eßtische waren mit sauberen Tüchern gedeckt, das Besteck war abgenutzt, aber gut geputzt.

«Das Hotel gefällt mir», sagte Carriscant und löffelte sich noch mehr Sirup über den Kuchen. «Ich könnte hier leben.»

Erwachsensein. Wenn die Aussicht auf physische oder sinnliche Exzesse nicht mehr verlockend ist. Fühle ich mich deswegen erwachsen? Ist das der Grund, warum ich mich neben Salvador Carriscant so alt fühle?

Donnerstag, 4. Mai

Ich sitze am Kieferntisch in meinem Zimmer und starre auf die Straße hinaus, auf der die Straßenbahnen mit Gerassel und elektrischem Britzeln vorbeifahren. Ihr Kommen wird durch ein Singen der elektrischen Drähte angekündigt, eine Art geisterhaftes monotones Pfeifen. Heute scheint matt die Sonne, und neue zarte grüne Blätter flattern tapfer in der kühlen Brise, die von der Flußmündung her weht.

Also: S. C.s Version geht folgendermaßen: Während der vorgetäuschten Versöhnungszeit mit Annaliese schliefen sie miteinander. Er sprach nur von dem einem Mal, als sie in sein Arbeitszimmer gekommen war, aber er sagte, er habe wieder ‹das eheliche Bett eingenommen›. Es ist nicht abwegig anzunehmen, daß es dazu kam. Annaliese wurde schwanger, wurde sich ihres Zustandes aber wahrscheinlich erst nach der Verhaftung und dem Prozeß bewußt. Nach seiner Verhaftung sah sie ihn nie wieder. Nachdem sie auf den nicht abgeschickten Abschiedsbrief aufmerksam gemacht worden war, weigerte sie sich, als Zuhörerin zu den Gerichtsverhandlungen zu gehen oder ihn im Gefängnis zu besuchen. Irgendwann gegen Ende 1903 verließ sie Manila und ging nach Deutsch-Neuguinea. Sagen wir also, das Kind wurde Anfang Mai 1903 gezeugt ... Es wäre im Januar 1904 geboren worden. Mein Geburtstag ist der 9. Januar 1904.

Mein Kopf füllt sich mit lauten Fragen, wenn ich versuche, mit diesen Tatsachen klarzukommen. Wie kam es dazu, daß sie in Deutsch-Neuguinea landete? Carriscant sagt, Udo Leys habe ihm gesagt, sie wolle nach Deutschland zurück ... Wie hat sie Hugh Paget kennengelernt? War sie zur Zeit meiner Geburt schon mit ihm verheiratet, oder heiratete er sie später und adoptierte das kleine Mädchen als sein eigenes? ... Mir kommt der Gedanke, daß Hugh Paget vielleicht nur eine bequeme Fiktion ist. Ein altes Foto von einem Geistlichen, das sie irgendwo gefunden hatte. Eine passende traurige Geschichte, die man einem netten Burschen wie Rudolf Fischer erzählen konnte, eine saubere Erklärung für die Anwesenheit einer kleinen Tochter.

Meine Mutter ist nicht dumm. Hinter einem Trauerflor läßt sich manches verbergen ...

Hugh Paget. Mein englischer Vater.

Frage: Woher wußte Carriscant meinen Namen? Wie wußte er, daß er mich in Los Angeles suchen mußte?

Wir gingen Carriscant einen neuen Anzug kaufen – seine Idee. Wir fanden einen Schneider in der Rua Conceição, und Carriscant kaufte einen dreiteiligen Anzug von der Stange. Er war dunkelblau mit dünnen roten und weißen Streifen, ein zweireihiges Jackett und eine Weste mit kleinen Aufschlägen. Dazu kauften wir ein cremefarbenes Hemd mit weichem Kragen und eine braune Krawatte. Die Hosenbeine mußten um ein paar Zentimeter gekürzt werden, was gleich vor Ort geschah, während wir warteten. Er sah gut darin aus. Ein gesunder, breitschultriger alter Mann, und durch das cremefarbene Hemd kamen die Olivtöne seiner Haut gut zur Geltung. Und auf einmal sehe ich den jungen Chirurgen in Manila – selbstbewußt, talentiert und so ganz und gar von sich selbst überzeugt. Carriscant feiert den Anlaß, indem er sich die Haare schneiden und eine Rasur verpassen läßt. Ich stehe draußen vor dem Friseurladen und sehe zu, wie die dicken Schaumflocken auf sein Gesicht gelegt werden, sehe das vorsichtige Schaben, das die Bahnen glatter Haut freilegt. Carriscant betrachtet sich im Spiegel, seine Finger am Kinn ziehen und schieben, prüfen die Rasur. Er macht sich für jemanden schick – nicht für mich – und will so gut wie möglich aussehen.

Am Nachmittag gehen wir zu einem Nebengebäude der amerikanischen Gesandtschaft, einem neuen Gebäude aus goldbraunem Stein, in der Rua do Alecrim, wo wir eine Verabredung mit einem Mr. Shelburne Dillingham haben, dem Zweiten Sekretär. Der Gesandte selbst, ein Mr. James Marion Minnigarde, besuchte gerade das Konsulat in Porto. Außerdem war er erst vor kurzem hierher versetzt worden. Wir mußten mit jemandem reden, der schon seit einigen Jahren in Lissabon war, der mit dem Betrieb der Gesandtschaft in den zwanziger Jahren zumindest vertraut wäre.

Mr. Dillingham war ein ernster junger Mann mit einem ziemlichen Überbiß, den er dadurch zu verbergen suchte, daß er seine Unterlippe vor- und hochschob, um seine vorstehenden Zähne zu verdecken, was ihn seltsam aggressiv aussehen ließ. Dieses labiale Manöver faszinierte mich derart, daß ich, wie ich feststellte, seinen Worten kaum Beachtung schenkte. Ich konzentrierte mich wieder.

«– Ich bin mir ziemlich sicher, daß der Aishlie-Cup 1930 oder 1931 eingestellt wurde», sagte er. Er lächelte mich an. «Ich bin erst seit drei Jahren hier.»

Carriscant schob sein Foto über den Tisch. «Dies ist die Frau, die uns interessiert. Ich bin sicher, sie war die Frau eines Botschaftsangehörigen hier.»

Dillingham betrachtete das Bild aufmerksam. «Sehr elegante Frau», sagte er. «Wie alt ist sie auf dem Bild ungefähr?»

«Anfang fünfzig.»

«Mal sehen.» Er ging zu seinem Bücherregal und zog ein schlankes marineblaues Buch aus einer Reihe ebenso gebundener Bände heraus. Auf dem Einband war ein Goldsiegel und eine Aufschrift: *Department of State, Außendienstliste, 1927.* Er blätterte die Seiten durch.

«Der Gesandte im Jahr 1927 war Warrick Aishlie, und wir wissen, daß die fragliche Dame nicht Mrs. Aishlie ist ... Die einzigen anderen Diplomaten von einem Alter, daß sie eine Frau um die Fünfzig haben könnten, sind ...» Er ging die Liste durch. «Hmmm, Mr. Parker Gade, Vizekonsul in Funchal, und Commander Mason Shoemaker, der Luftattaché der Marine.» Er stieß ein beeindrucktes Geräusch aus. «Das war 1927 ganz schön fortschrittlich für uns. Und jetzt», er griff nach dem Dienstverzeichnis von 1936, «wollen wir mal sehen, wo sie heute sind.»

«Marinekommandeur?» sagte Carriscant, das Foto wieder an sich nehmend. «Könnte er das da auf dem Bild sein?»

«Das kann ich Ihnen nicht sagen, Sir», sagte Dillingham, während er im Index nachsah. «Kein Hinweis. Beide Herren scheinen inzwischen in Pension gegangen zu sein. Oder sind verstorben.» Er machte ein unglückliches Gesicht. «Ich könnte ein Telegramm ans State Department schicken, aber ich bin mir ziemlich sicher, daß sie keine persönlichen Daten weitergeben.»

Carriscant sah plötzlich niedergeschlagen und unglücklich aus, rückte unbehaglich auf seinem Platz herum, seine Finger zogen am Kragen seines neuen Hemdes, und es tat mir leid, daß seine Hoffnungen so schnell geweckt und wieder zunichte gemacht worden waren.

«Gibt es denn hier niemanden in der Gesandtschaft, der im Jahr 1927 da war?» fragte ich. «Es muß doch irgendeinen Mitarbeiter geben, der schon 1927 da war.»

«Gute Frage», sagte Dillingham und warf mir einen bewundernden Blick zu. «Bitte entschuldigen Sie mich einen Moment.»

Carriscant erhob sich und ging ans Fenster, um auf den kleinen Hof draußen hinunterzublicken. Ich gesellte mich zu ihm. Ein paar kleine zerzauste Tauben pickten am Stamm eines Limonenbaumes herum, pickten auf eine zögerliche, unbeteiligte Art zwischen kargen Grashalmen herum, als sei schon die Suche nach Nahrung genug, um ihren Hunger zu stillen.

«Wenn sie diesen Marinekommandeur geheiratet hat, dann könnte sie überall sein», sagte ich sanft.

«Nein», sagte Carriscant mit unerschütterlicher Zuversicht. «Sie ist hier, da bin ich mir sicher.»

Ich wandte mich verzweifelt ab. Er gehörte zu den Leuten, die nur auf die harte Art lernten.

Dillingham kam zusammen mit einem älteren Portugiesen in einem schwarzen Anzug wieder. Er hatte graue Haare, die streng aus der Stirn zurückgekämmt waren und mit irgendeiner schauderhaft klebrigen Schmiere oder Creme festgeklebt waren. Er trug eine kleine runde Schildpattbrille und einen säuberlich gestutzten Zahnbürstenschnurrbart, der irritierenderweise kupferrot gefärbt war.

«Senhor Liceu», stellte Dillingham vor. «Unser geschätzter Kanzleischreiber. Ist schon seit Ewigkeiten hier.»

Senhor Liceu schüttelte uns die Hände, neigte seinen Oberkörper jedesmal um einen kleinen Winkel nach vorne. Carriscant zeigte ihm das Foto und fragte ihn, ob er Commander Shoemaker identifizieren könne.

Er tat es, ohne zu zögern. «Das ist Commander Shoemaker», sagte er. «Sehr gut getroffen.» Sein Englisch war hervorragend.

Carriscant zeigte auf Delphine. «Und ist das hier Mrs. Shoemaker?»

Bei irgendeiner Erinnerung unterdrückte Liceu ein Lächeln. «Nein, Sir, es gab keine Mrs. Shoemaker. Der Commander war ein überzeugter Junggeselle.»

«Erkennen Sie diese Dame?»

«Nein, leider nicht. Ich war an jenem Tag dort, ich kann mich noch gut daran erinnern. Ich war ein großer Bewunderer von Senhorita Barrera.» Er lächelte traurig. «Ich glaube, ich hatte nur Augen für sie. Diese Dame war wahrscheinlich Commander Shoemakers Gast. Oder Mr. Aishlies.»

Verzweiflung schlich wieder in Carriscants Gesicht zurück.

«Könnte diese Dame Französin gewesen sein?» fragte Liceu und runzelte die Stirn. «Ich erinnere mich an eine sehr elegante französische Dame bei einem der Empfänge.»

«Ich glaube nicht.» Carriscant zuckte die Achseln. «Es sei denn, sie hat einen Franzosen geheiratet.»

«Ich werde mich bei ein paar meiner Kollegen erkundigen», bot Liceu an. «Vielleicht erinnert sich jemand. Es war ein großer Tag für die Gesandtschaft. Höchst denkwürdig. Es gibt vielleicht andere mit besserem Erinnerungsvermögen als meinem.»

Wir dankten beiden und verließen den Ort in etwas bedrückter Stimmung. Wir gingen langsam die Stufen hinunter. Es wurde allmählich Abend, und die Straßenlampen waren angeschaltet. Am Himmel zeigten sich ein paar rosa angehauchte Wolken. Ein Taxi fuhr vor, und ein junger Mann mit starker Akne stieg aus. Er brauchte einige Zeit, um in seinen Taschen nach Kleingeld zu suchen, während das Taxi geduldig am Bordstein wartete. Ich spürte, wie Carriscants Niedergeschlagenheit sich wie ein Schal um meine Schulter legte. Ich mußte etwas sagen.

«Wie heißt es doch gleich? ‹Zur veilchenblauen Stunde, irgendwas wie ein Taxi, das vor der Tür tuckert› ... Nein, ‹die menschliche Maschine, die wie ein Taxi vor der Tür tuckert›.»

«Wovon redest du um Himmels willen?» fuhr Carriscant mich fast an.

«Bloß eine Gedichtzeile. Ist mir gerade eingefallen. ‹Zur veilchenblauen Stunde usw.›.» Ich deutete auf den rosiggefärbten Abendhimmel. «Nichts Wichtiges. Nur die Verbindung zwischen dem Lichteffekt und dem Taxi da. Beachten Sie es nicht.»

Er starrte mich an, ein langsames Lächeln breitete sich auf seinem Gesicht aus. «Zur veilchenblauen Stunde», sagte er. «Begreifst du denn nicht?»

«Was? Nein.»

«Veilchen.»

Freitag, 5. Mai

Den ganzen Vormittag lang zogen wir durch die Baixa und gingen von einem Süßwarenladen zum anderen auf der Suche nach einem, der kandierte Veilchen verkaufte. Von sechs *Confeiteiros* fanden wir nur einen, der sie auf Lager hatte. Wir kehrten mit João vom Hotel wieder, der für uns dolmetschte.

«Sie verkaufen viele Sorten von Süßigkeiten», sagte João unnötigerweise, als wir uns in dem kleinen Laden umsahen. Er war eng und dunkel und sah eher wie eine Apotheke aus, mit seinen mit verzierten Glasflaschen vollgestopften Regalen, einige davon grün und blau gefärbt. «Aber sie haben keine regelmäßigen Bestellungen für die Veilchen. Sie liefern sie nicht an bestimmte Kunden.»

«Was ist mit Stammkunden?»

João beriet sich mit dem verwunderten Paar, das den Laden führte. Ja, sie hatten einige Stammkunden. Sie spähten neugierig auf Carriscants Bild. Nein, sie kannten die Frau nicht.

Keineswegs entmutigt ließ sich Carriscant den Namen des Großhändlers geben, der dem Laden das Konfekt lieferte. Von ihm würde er eine Liste anderer Abnehmer in der Stadt bekommen, erklärte er.

Ich begann mir allmählich ein wenig Sorgen zu machen. Wenn es jemals jemanden gegeben hatte, der sich an einen Strohhalm klammerte ... Carriscant blieb hartnäckig, nahm ihnen das Versprechen ab, daß sie jeden, der das Konfekt kaufte, bitten würden, ihnen Name und Adresse dazulassen. Sie würden es versuchen, sagten sie, offensichtlich von der Ernsthaftigkeit seines Wunsches beeindruckt, aber sie warnten ihn, daß nicht jeder bereit wäre, diese Angaben zu machen.

Wir fanden ein kleines Café in der Nähe, das Café Adamastor, und kehrten dort zu einer Erfrischung ein. Es war wenig mehr als ein rauchgeschwärzter Raum mit einer langen Zinktheke, die über die gesamte Länge der hinteren Wand verlief, darüber ein Regal, auf dem kleine, gedrungene Fässer aufgereiht waren, mit Zapfen ausgestattet, die mit *Moscatel, Clarete, Ginebra* beschriftet waren. An der Decke war ein kleiner Ventilator, der senkrecht an einer hängenden Stange montiert war, so daß er der Schraubenwelle eines Außenbordmotors ähnelte. Er drehte sich langsam im Kreis, womit gewährleistet war, daß der Zigarettenrauch jeden Winkel des Raumes erreichte.

Wir setzten uns an einen runden Tisch mit Marmorplatte. Ich bestellte einen Vinho Verde, Carriscant einen Cognac. Ich schlürfte gierig an meinem kalten Wein. Er schmeckte frisch und jung, wie zerstoßenes Gras. Ich holte meine Zigaretten heraus.

«Ich glaube, das solltest du lieber nicht tun, Kay.»

«Was?»

«Rauchen.»

«Hier rauchen doch alle. Warum soll ich dann nicht rauchen?»

«Von den Frauen raucht keine ... Ich habe das Gefühl, es gehört sich nicht.»

«Nun, dann werde ich Pionierarbeit leisten», sagte ich herausfordernd und zündete meine Picayune an. Doch Carriscants Gefühl war richtig gewesen. Für ein paar Minuten wurde ich zum Gegenstand faszinierter Blicke und Tuscheleien.

«Wir sind einen großen Schritt weitergekommen», sagte Carriscant mit aufrichtiger Begeisterung. «Einen großen Schritt. Ich werde täglich bei diesem Laden vorbeischauen. Ich werde andere in der Stadt finden. Wir sollten anfangen, eine Namensliste aufzustellen.»

Ich fühlte mich unbeschreiblich müde angesichts der Aussicht, jeden Lissaboner Liebhaber von kandierten Veilchen ausfindig zu machen.

«Dr. Carriscant. Sie können doch nicht –»

«Wie oft habe ich es dir schon gesagt, Kay? Ich wünschte, du würdest Vater zu mir sagen.»

«Das fällt mir schwer. Das wissen Sie.»

«Ich sehe nicht, warum. Dann wenigstens ‹Salvador›. Wir sind Freunde, Kay, gute Kumpel, du und ich. Ich möchte nicht das Gefühl haben, daß ich hier nur geduldet werde. Ich glaube, ich trinke noch einen Cognac. Und du?»

Sonnabend, 6. Mai

Wir fanden noch zwei weitere Süßigkeitenläden, die kandierte Veilchen führten, der eine war ein Tabakhändler an der Praça do Commercio, der andere im Bairro Alto. Da wir nicht in der Lage waren, uns mit unserer komplizierten Bitte verständlich zu machen, beschlossen wir, später noch einmal mit João wiederzukommen.

Ich brachte Carriscant dazu, eine andere Methode auszuprobieren, Delphine zu finden. Ich schlug vor, die Fotografie vergrößern zu lassen und eine Anzeige in die Zeitung zu setzen, mit der Bitte, sich mit uns am Commercio in Verbindung zu setzen, wenn jemand Delphine erkannte. Wir könnten sogar eine Belohnung anbieten, schlug ich vor. Er fand die Idee gut, und so beendeten wir unseren Tag mit einem Besuch im Atelier des Fotografen, wo wir die Bilder für unsere Ausweise hatten machen lassen und wo die Vergrößerung umgehend gemacht wurde.

Bei unserer Rückkehr ins Hotel fanden wir eine Nachricht von der amerikanischen Gesandtschaft vor, von Senhor Liceu, wunderschön geschrieben in feinster Sonntagsschrift. Ein Kollege im Büro meinte, daß die Frau, die bei der Einweihung des Aishlie-Cups unter den Ehrengästen gewesen war, keine Französin, sondern Portugiesin gewesen sei. Er habe damals mit ihr gesprochen und ihren Namen als Senhora Lopes do Livio im Gedächtnis behalten. ‹Ein melodiöser Name›, hatte Senhor Liceu hinzugefügt, ‹weswegen er ihn sich gemerkt hatte.› Diese Tatsache wurde bestätigt, als sie das offizielle Gästebuch des Tages fanden. Aber es stand keine Adresse neben dem Namen.

«Portugiesin?» sagte Carriscant. «Da muß irgendein Versehen vorliegen.»

João zufolge gab es drei Lopes de Livio im Telefonbuch von Lissabon. Der eine war Coiffeur, der zweite wohnte in der Alfama – «Ich glaube nicht, daß eine so elegante Dame dort wohnen würde», betonte João –, die dritte befand sich in einem vornehmen Viertel in der Nähe des *Jardim botanico*. Wir beschlossen, am nächsten Morgen weiterzuforschen.

Nach dem Abendessen schlenderten wir Arm in Arm für einen Digestif zum Café Martinho, das am Rossio lag, zwischen dem Bahnhof und dem Nationaltheater. Wir gingen durch die schwachbeleuchteten Straßen auf den riesigen Platz, auf dem es noch laut war vom Lärm der Straßenbahnen und Taxis, vom Rufen der Lotterieverkäufer und Schuhputzer, von Leuten, die scharenweise um die Springbrunnen und das Denkmal herumspazierten. Die Caféfenster glühten orange unter ihren verblaßten Markisen, und jenseits des klassischen Baus des Theaters erhob sich die Stadt auf einem ihrer höheren Hügel, ein loser Haufen funkelnder Lichter im leuchtenden Dunkel. Zum ersten Mal verspürte ich die authentische Erregung des Reisens, dieses seltsame Gefühl, an einem fremden Ort zu sein. Wir, anonyme Ausländer in dieser gastfreundlichen, vergammelten Stadt, bummelten gemeinsam mit ihren müßiggängerischen Bewohnern herum, ohne deren Gelächter und Geplauder zu verstehen. Ich war in Europa, erinnerte ich mich, wenn auch an seinem allerwestlichsten Rand, und ich fand, ich sollte diese Reise genießen, für die ich bezahlte und die ich, weiß Gott, brauchte, und aufhören, mich wie die tolerante Anstandsdame eines gereizten und exzentrischen alten Mannes aufzuführen. Aber dieser gereizte und exzentrische alte Mann amüsierte sich auch gut, wie ich sah, als er forsch über den Platz schritt, stolz in seinem neuen Anzug, der diffusen Wärme des Martinho entgegen, aus dessen offenen Türen der Duft gerösteten Kaffees herausschwebte.

Das Martinho war ein wunderbar geräumiges Etablissement. Ein großer Raum mit massiven Säulen, ornamentierten Gesimsen und hohen vergoldeten Spiegeln. Die Leute saßen an langen Reihen von Marmortischen, die so regelmäßig wie in einer Schulklasse aufgestellt waren. Hängende Lampen mit Milchglasschirmen sprossen wie welkende Tulpen aus den mittleren Säulen und verbreiteten ein diffuses gelbes Licht. Die Kellner waren alle stämmige Männer mittleren Alters mit langen weißen Schürzen und üppigen Schnurrbärten. Das Lokal war sehr voll, voller Männer, die ihre Hüte aufbehielten und die, was ich sehr seltsam fand, dasaßen mit einer Hand auf dem Spazierstock, während sie tranken und plauderten, als könnten sie jeden Moment aufspringen und in die Nacht hinausschreiten.

Wir fanden einen Tisch für zwei auf einer Seite des Raumes, unter einem barock gearbeiteten Spiegel, dessen Seiten von zwei goldenen Karyatiden gebildet wurden, barbrüstige, mädchenhafte Schönheiten, die aus einem Knäuel von Lianen und tropischen Früchten hervortauchten. Wir bestellten Kaffee und einen Cognac für Carriscant und lehnten uns zurück, um die Szene zu betrachten.

«Das ist Leben», sagte Carriscant und schüttete den Cognac in seine Tasse Kaffee. Er sah mich verschmitzt an. «In Los Angeles findest du so was nicht.»

«Deshalb reist man ja», sagte ich etwas frostig, über seine gönnerhafte Art verärgert. «Wie langweilig wäre es, wenn jeder neue Ort nur eine Kopie deiner Heimat darstellen würde. Jemand aus Lissabon geht nicht nach Los Angeles, um ein Café Martinho zu suchen.»

«Er würde sich aber freuen, eins zu finden», sagte Carriscant selbstzufrieden.

Wir schwiegen, da ich beschloß, die Diskussion nicht fortzusetzen.

«Woher haben Sie gewußt», fragte ich abrupt, weil ich mich über ihn ärgerte, da er mir die Aufregung und Freude, die ich beim Überqueren des Rossio empfunden hatte, verdorben hatte, «daß ich in Los Angeles lebe? Woher haben Sie gewußt, daß Mutter dort hingezogen war?»

Mein Ton überraschte ihn, und er sah erschrocken aus. «Das hat Udo mir erzählt», sagte er. «Annaliese hatte ihm bis zu seinem Tod immer einmal im Monat geschrieben.» Er hielt inne, sich erinnernd. «Der Bischof hat unsere Ehe sehr schnell annulliert. Dann hat Udo mir erzählt, daß sie einen Amerikaner namens Fischer geheiratet hätte, einen Coir-Importeur aus Los Angeles. Als ich erst mal dort war, war es nicht schwer, sie aufzuspüren. Oder dich.»

«Was ist mit Hugh Paget?»

«Ich weiß nichts von einem Hugh Paget.»

Ich spürte, wie sich das Gewicht meiner Unzufriedenheit auf mich legte, das Gefühl, mit einer Biographie verbunden zu sein, die aus Halbwahrheiten und opportunistisch Erfundenem zusammengebraut war. Jetzt tauchten weitere Unsicherheiten und Mehrdeutigkeiten in Carriscants Geschichte auf, die mich plagten, mich ängstlich und unbehaglich fühlen ließen. In vielerlei Hinsicht war Carriscant so ehrlich und schonungslos, wie ich noch nie jemanden erlebt hatte. Er schien nichts zurückgehalten zu haben, hatte mir Details und Intimitäten erzählt, nach denen ich selber nie gefragt hätte. Aber letztendlich war es *seine* Geschichte, und er hatte freie Hand, zu betonen und wegzulassen, was er wollte, auszuwählen, zu formen und zu verbiegen ...

Ich schlürfte meinen Kaffee, blickte ihn über den Tassenrand an, während sein flinker Blick durch den Raum schweifte. Er drehte sich zu mir um, begegnete lächelnd meinem Blick und hob seine Tasse zum Gruß. Er war bei guter Laune.

«Vielen Dank für alles, Kay, ich glaube, morgen werden wir –»

«Wer hat Ward und Braun umgebracht?»

Die Frage kam aus mir herausgeplatzt, unbeabsichtigt, spontan, während meine Gedanken die Geschichte durchstöberten, die er mir erzählt hatte. Carriscant zuckte nicht zusammen. Er dachte darüber nach, zupfte an einem Ohrläppchen und setzte seine Tasse ohne ein Klappern auf die Untertasse ab. Er zuckte die Achseln.

«Das weiß ich genausowenig wie du ... Wer war es denn deiner Meinung nach? Ich habe dir alles erzählt, was ich weiß.»

«Das behaupten Sie. Aber das kann nicht stimmen. Es muß irgendwelche Dinge geben, die Sie vergessen oder nicht für relevant gehalten haben.»

«Natürlich.» Zu meiner vagen Überraschung meinte ich bei ihm jetzt eine Freude zu spüren, als er sich zurücklehnte, eine Art verschmitztes Vergnügen über die Richtung, die meine Fragen nahmen. «Paß auf, ich habe dir die Geschichte erzählt, die du mich gebeten hast, dir zu erzählen – über mich und Delphine –, warum wir diese Reise hier unternehmen. Aber wer weiß?» Er hielt inne, ein tolerantes Lächeln auf seinen Lippen. «Du findest vielleicht die Antwort auf andere Fragen. Es ist alles da, wenn du weißt, wo du es suchen mußt.»

Das machte mich neugierig. «Was? Sie meinen, so was wie Hinweise?»

«Ja und nein. Das gilt für uns beide. Ich bin sicher, indem ich dir erzählt habe, was passiert ist, sind da Verbindungen aufgetaucht, die ich nicht erkannt habe. Das muß so sein. Vielleicht können wir sie entdecken. Zwei Köpfe sind besser als einer.»

Das kam mir wie eine indirekte Herausforderung vor. Ich wünschte, ich hätte meine Aufzeichnungen bei mir, aber als ich anfing nachzudenken, begannen sich bestimmte Hinweise, bestimmte Auslassungen zu offenbaren.

«Denk nach, Kay, denk richtig nach. Was habe ich vergessen? Jetzt, wo du die ganze Geschichte kennst und zurückschauen kannst, was kommt dir da wesentlich vor?»

Ich überlegte eine Weile, bis ich auf etwas stieß. Eine völlig harmlose Bemerkung am Anfang, die Art von beiläufiger Parenthese, die zu dem Zeitpunkt völlig unbedeutend zu sein schien.

Ich sah ihn fest an. «Sie haben irgendwann mal gesagt, daß Sie Sieverance schon mal gesehen hätten. Bevor Sie ihm an diesem Tag im Ayuntamiento begegnet sind.»

Er runzelte die Stirn und blickte zur Decke. «Nein, habe ich nicht. Ich habe gesagt, ich habe mich gefragt, ob wir uns schon mal begegnet waren. Er hat mich an jemanden erinnert.»

«An wen?»

«Das ist eine lange Geschichte. Sie hat sich ein gutes Stück vor der Zeit ereignet, als ich Delphine kennenlernte. Ich weiß nicht, ob sie für diese ganze Sache von Belang ist.»

«Lassen Sie mich das doch beurteilen.»

«In Ordnung.» Er sah mich listig an und gab dem Kellner ein Zeichen, uns noch einen Kaffee zu bringen. Ich bestellte für mich ein Glas Portwein dazu.

«Erinnerst du dich, als ich meine Mutter in San Teodoro besucht habe ... Ich hatte sie seit einiger Zeit nicht mehr gesehen, nicht mehr seit meinem letzten Besuch, der, glaube ich, im Februar 1902 gewesen war. Ich ging zu ihr, weil ich mir Sorgen darüber machte, was in den südlichen Provinzen passierte, in Südluzon. Der Krieg war noch im Gange. Nach Balangija hatten die Kämpfe –»

«Was ist Balangija?»

«Das ist ein Ort. Achtundvierzig amerikanische Soldaten wurden dort von *Insurrectos* massakriert, auf der Insel Samar. General Smith gab den Befehl aus, daß alle waffenfähigen Filipinos, die sich nicht ergaben, erschossen werden sollten.» Carriscant lächelte müde. «General Smith ging von der Annahme aus, daß jeder männliche Filipino über zehn in der Lage sei, Waffen zu tragen.» Er spreizte seine Hände. «Es geriet alles außer Kontrolle. Man nahm an, daß der Krieg so gut wie vorbei wäre, als Aguinado gefangengenommen worden war. Von wegen. Die ersten Monate von 1902 waren eine schlimme Zeit, in gewisser Weise die schlimmste. Natürlich nicht für uns in Manila, aber in Südluzon – in Cavite, Batangas, Tabayas – wurde heftig gekämpft. Es gab dort einen prächtigen *Insurrecto*-General, Esteban Elpidio –»

«Pantaleons Onkel.»

«Ja. Man hat eine Strafexpedition ausgeschickt, die von dem jungen General Franklin Bell geleitet wurde. Die Menschen wurden in Militärzonen konzentriert, außerhalb dieser Zonen wurden sämtliche Lebensmittel vernichtet. Wenn ein amerikanischer Soldat getötet wurde, wurde ein philippinischer Gefangener durch Los ausgewählt und hingerichtet. Als sie im April Elpidio schließlich erwischten, war der Krieg im Prinzip vorbei, aber im Februar gab es noch viele Probleme ... »

Und so erzählte mir Carriscant von der Reise in den Süden, die er gemacht hatte, um seine Mutter zu besuchen. Er war in seiner mit Proviant beladenen Kutsche gefahren, die von Constancio kutschiert wurde. Die Fahrt hinunter nach Los Banos an der Laguna de Bay verlief ohne Zwischenfälle. Als sie ins Inland nach San Teodoro einbogen, gelangten sie in eines der Gebiete, die unter militärischer Kontrolle standen und in denen eine Ausgangssperre verhängt war. Sie erreichten das Dorf vor Einbruch der Nacht, und Carriscant war sicher im Haus seiner Mutter, als die Ausgangssperre um zwanzig Uhr in Kraft trat.

Doch am nächsten Morgen erschien keiner vom Hauspersonal, und seine Mutter, besorgt, bat ihn, ins Dorf zu fahren und sich zu erkundigen. Sie war besonders in Sorge, weil ihr Majordomo Flaviano absolut zuverlässig war. Und wenn er krank gewesen wäre, wäre sein Sohn Ortega gekommen, um Bescheid zu sagen.

Als Carriscant mit Constancio in San Teodoro eintraf, war das Dorf völlig verlassen. Es waren Kochfeuer für das Frühstück entfacht und ein paar Marktstände unter der alten Akazie auf dem Platz aufgebaut worden, aber außer ein herumirrenden paar Hühnern und schnüffelnden Hunden gab es keine Spur von den Einwohnern.

Dann fanden sie eine alte Frau, die sich hinter der Holzkirche versteckt hatte. Sie erzählte ihnen, daß die *Americanos* in aller Frühe gekommen seien und alle im Dorf – Männer, Frauen und Kinder – zusammengetrieben und sie den Pfad hinauf zum Fluß gebracht hätten, zu der Straße nach Santa Rosa.

Carriscant ließ Constancio bei ihr und folgte dem Pfad. Er wußte, daß er über einen kleinen Bach führte, der in die Laguna mündete. Er war zehn Minuten gegangen, als er den ersten Schuß hörte. Dann zwei weitere. Dann eine Pause von einigen Sekunden, bis ein weiterer Schuß ertönte. Er verließ den Pfad und wechselte durch das Unterholz in die Richtung, aus der die

Schüsse kamen. Unterwegs zählte er weitere fünf Schüsse. Insgesamt waren es neun.

Er kam zu einer Lichtung, wo es die Holzbrücke über den kleinen Fluß gab. Dort waren, zusammengekauert, dreizehn Männer und Jungs, die von mehreren Dutzend amerikanischer Soldaten bewacht wurden, große Männer, bärtig, in ihren flekkigen blauen Hemden und eingebeulten breitkrempigen Hüten. Ein Stück abseits auf der Brücke standen drei weitere amerikanische Soldaten. Unter der Brücke weitete sich der Fluß zu einem gestauten Teich, und um diesen herum waren die weiblichen Dorfbewohner versammelt, einige sehr alte Männer und die Kinder unter zehn. Im Teich trieben neun Körper am Rand des Dammes.

Von seinem Aussichtspunkt zwischen den Bäumen über der Lichtung beobachtete Carriscant, wie die Männer und Jungs einer nach dem anderen auf die Brücke geführt wurden. Der Offizier legte seine Pistole auf den Kopf des Gefangenen an und rief mit klarer Stimme: «Balangiga nicht vergessen!» und erschoß ihn. Die Leiche wurde dann von den anderen beiden Männern über die Brüstung gehievt und sanft stromabwärts zu den anderen getrieben, die am Rande des Dammes schwammen, von der trägen Strömung zusammengeschoben wie weiche Baumstämme.

Die Atmosphäre war seltsam ruhig. Die Sonne brannte von einem milchigen, dunstigen Himmel, und die Rufe der Vögel wurden durch den Krach der Schüsse zum Schweigen gebracht. Von der Gruppe, die am Teich versammelt war, kam ein leichtes Stöhnen, und einige der kleinsten Kinder weinten. Aber die Männer und Jungs warteten schweigend darauf, ausgesucht zu werden, mit gesenkten Köpfen. Während der Offizier seine Pistole neu lud, machten die anderen beiden Männer weiter. Und immer wieder derselbe Ruf, ‹Balangiga nicht vergessen!›, bevor der Schuß ertönte. Dies ging so weiter, bis alle Männer und Jungs erschossen worden waren, dann schulterten die Amerikaner ihre Gewehre und ihre Rucksäcke und marschierten die Straße hinunter Richtung Santa Rosa. Sowohl Flaviano als auch Ortega waren unter den Opfern gewesen. Carriscant erfuhr später, daß der Trupp am Vorabend beschossen worden war, während er etwa eine Meile von San Teodoro entfernt biwakierte. Zwei Männer waren getötet und vier verwundet worden. Der Überfall auf die Dorfbewohner war die Vergeltung dafür. Zweiundzwanzig Männer und Jungen waren umgebracht worden.

Carriscant berichtete mir das alles mit ruhiger, leidenschaftsloser Stimme. Wir saßen schweigend da, nachdem er geendet hatte, während ich versuchte, mir über die Implikationen von alldem klar zu werden.

«Glauben Sie», fragte ich ihn, «daß der Offizier Sieverance war?»

«Ich weiß es nicht. Sieverance hat mich auf jeden Fall an ihn erinnert. Dieser Offizier war bärtig, aber blond, wie Sieverance. Auch etwas an seiner Haltung stimmte überein. Ich konnte mir nicht sicher sein. Ich fragte Delphine einmal, ob Sieverance jemals in Batangas gedient habe, aber sie sagte, sie habe keine Ahnung.» Er zuckte die Achseln. «Es gab eine Ähnlichkeit, aber ich war ziemlich weit entfernt, vierzig, fünfzig Meter.»

«War es Sieverances Einheit? Kennen Sie den Namen der Einheit?»

«Nein.»

«Haben Sie es berichtet?»

Carriscant verzog das Gesicht. «Du darfst nicht vergessen, daß in jenen Monaten vierundfünfzigtausend Menschen in Batangas gestorben sind. Getötet oder an Krankheit, Hunger, Cholera gestorben. Meine Mutter protestierte schriftlich bei General Bell, erhielt aber keine Antwort. Solche Zwischenfälle waren an der Tagesordnung.» Er hielt inne und sagte dann vorsichtig: «Der einzige, dem ich es erzählt habe, war Pantaleon.»

«Wieso?»

«Ich mußte es jemandem erzählen.»

«Einige amerikanische Offiziere wurden wegen Greueltaten verurteilt.»

«Und General Smith wurde sogar unehrenhaft entlassen. Leider hatte ich keine Namen, keine Information. Und das Massaker von San Teodoro galt als Kleinkram. In Batangas wurde eine Gruppe von dreizehnhundert Gefangenen über sechs Tage systematisch umgebracht, nachdem sie vorher ihr eigenes Grab ausgehoben hatten. Es war ein häßlicher kleiner Krieg.» Er seufzte. «In gewisser Weise ist es ganz gut, daß die Welt ihn vergessen hat.»

Wir sahen uns an. Seine Miene verriet nichts. Seine Züge waren starr, seine Augen müde, als hätte ihn das Erzählen seiner Geschichte erschöpft.

«Bist du jetzt klüger?» fragte er.

«Nein. Aber Sie haben meine Frage nicht beantwortet. Wer hat Ward und Braun umgebracht?»

«Ich dachte, das sei klar. Es muß Cruz gewesen sein.»

«Cruz? Ist das Ihr Ernst?»

«Der Mann war verrückt. Er haßte Amerikaner. Er war besessen von seiner Herzoperation. Vergiß nicht, er hatte absichtlich einen Einschnitt in das Herz dieses Mannes gemacht, um ein paar Herznähte machen zu können. Ich glaube, Cruz wurde sowieso langsam verrückt. Der Krieg, der Verlust der Kolonie. Und meine Anwesenheit im Krankenhaus bedeutete, daß sein Ruf dahinschmolz, und so wurde er davon besessen, sich auf andere Art und Weise einen Namen zu machen. Und in jenen Zeiten war das Herz das Organ, das uns am meisten frustriert hat. Das ist die einzige Erklärung für die Verstümmelungen. Ich erinnere mich, daß er mir einmal gesagt hat, daß er europäische Herzen brauche, ich weiß nicht, warum, irgendein wildes Vorurteil wahrscheinlich. Ich glaube aber nicht, daß er die Frau umgebracht hat. Das war Zufall. Ein Tondo-Mord, der Verwirrung stiftete.»

Ich seufzte, unsicher, beunruhigt von dieser schockierenden Geschichte. Eines sonnigen Morgens in San Teodoro ...

Carriscant beugte sich vor, sein Kinn auf den Knöcheln seiner verschränkten Hände, und starrte mich an.

«Ich hoffe, du hast nichts dagegen, wenn ich das sage, Kay. Du bist eine attraktive Frau, aber du solltest nicht noch mehr zunehmen. Wollen wir gehen?»

Ich sitze in meinem Zimmer, gebadet, fertig fürs Bett, und schreibe die Namen der Toten auf. Ward, Braun, die namenlose Frau, Sieverance. Dann mache ich eine andere Liste.

PANTALEON QUIROGA
DR. ISIDRO CRUZ
JEPSON SIEVERANCE

Ich bin mir nicht sicher, warum ich das mache oder was ich damit zu erreichen hoffe, mein Gehirn ist benebelt und träge nach all diesen neuen Informationen, aber ich muß die Dinge aufschreiben, wie sie mir in den Sinn kommen, fast als Übung, einfach mögliche Schlußfolgerungen in Gang zu bringen, um zu sehen, ob der Name auf dem Blatt, in krassem Schwarzweiß, mir etwas sagen wird. Ich betrachte die Optionen.

Pantaleon – Paton Bobbys Verdächtiger. Er wußte von den Massakern, er wußte von Carriscants Verdacht bezüglich Sieverance. Waren Ward und Braun die anderen beiden Soldaten auf der Brücke? Vielleicht hatte Pantaleon durch seine Verbindung mit General Elpidio Zugang zu solchen Informationen. Aber es fiel mir schwer, mir Pantaleon als eine fünfte Kolonne der *Insurrectos* vorzustellen.

Carricants Verdächtiger war Cruz, der starke amerikanische Herzen für seine Experimente suchte. Aber wieso die Leichen an den Schlüsselorten der ersten Kriegstage liegen lassen? Oder war das bloß Zufall? Fast jeder Ort um Manila herum hatte irgendeine Bedeutung, im Lichte des Februars 1899 betrachtet. Cruz schien tatsächlich etwas wahnsinnig gewesen zu sein, aber ich fand es schwer, zu glauben, daß er in seinem Bedürfnis, sich einen Namen zu machen, so weit gehen würde. Aber Bobby hatte ihn eindeutig auch verdächtigt. Warum hätte er sonst eine Razzia in seinem Labor veranstaltet? . . .

Mein Tip war Jepson Sieverance. Es war so eine Ahnung. Carriscant erzählte mir, daß eine offizielle Kommission – die Lodge Commission –, die die Greueltaten nach Balangiga untersuchte, das ganze Jahr 1902 über getagt hatte. Sieverance, ein ehrgeiziger junger Offizier, könnte es für günstig befunden haben, seine beiden Komplizen zu beseitigen. Oder vielleicht wurde er von Braun und Ward irgendwie erpreßt? Natürlich angenommen, daß der Mann, den Carriscant gesehen hatte, überhaupt Sieverance gewesen war, und Carriscant war nie ganz davon überzeugt gewesen ... Andererseits hat Sieverance bestimmt keinen Selbstmord begangen. Aber wir wußten ja, wer ihn umgebracht hatte. Oder nicht?

Ich scheine keinen Schritt weiterzukommen. Ich schreibe einen weiteren Namen auf:

SALVADOR CARRISCANT

Morgen werden wir der Senhora Lopes de Livio einen Besuch abstatten. Wir werden sehen, welche Enthüllungen uns der neue Tag bringt.

Sonntag, 7. Mai

Unser Frühstück im Speisesaal bestand aus kleinen harten Brötchen und Honig, dazu eine riesige Kanne Kaffee. Carriscant wirkte überhaupt nicht nervös und aß drei Brötchen mit der Begeisterung eines Feinschmeckers und erkundigte sich beim Kellner, ob es sich um Kleehonig handele.

«Ich schmecke es. Du nicht? Den Klee», sagte er zu mir. «Ein Duft, eine Schicht unter der Oberfläche. Aber wenn nicht Klee, dann Lavendel, oder vielleicht Ginster.»

Der Kellner konnte ihm nicht helfen, und für mich schmeckte der Honig nach Honig. Außerdem hatte ich keinen Hunger. Ich aß nicht mehr als ein halbes Brötchen, trank eine Tasse Kaffee und rauchte eine Zigarette, früher am Tag als üblich. Ich fragte Carriscant, ob wir vorher anrufen oder eine Nachricht schicken sollten, um zu erklären, wer wir waren, aber er zog es vor, den Besuch unangekündigt zu machen.

«Angenommen, sie ist es gar nicht», sagte er. «Wir wollen nicht ihre Zeit verschwenden. Wir gehen einfach vorbei, das ist das beste. Ist sonntags bestimmt zu Hause.» Ich ließ ihm seinen Willen. Seine Stimmung war ruhig, fast heiter, während ich eine seltsame Vorahnung verspürte, als wäre ich im Begriff einen

Arzt oder Spezialisten aufzusuchen, um Tatsachen zu erfahren, die ich lieber nicht wüßte.

Gegen Mittag trafen wir uns am Hoteleingang und riefen ein Taxi. Der Tag war frisch und sonnig, und der Streifen Himmel zwischen den Gebäuden war von einem makellosen ausgewaschenen Blau. João eilte mit einem Regenschirm hinter der Rezeption hervor. Er bestand darauf, daß wir ihn mitnahmen. «Am Nachmittag wird es Regen geben», sagte er bestimmt. «Besser, darauf vorbereitet zu sein.»

Wir baten den Taxifahrer, uns vor den Toren des botanischen Gartens abzusetzen, und wir gingen die kurze Strecke zu Senhora Lopes do Livios Haus zu Fuß. Sie wohnte im zweiten Stock eines großen Wohnblocks mit kunstvollen schmiedeeisernen Balkons. Ein hoher Bogendurchgang führte zu einem schmalen Kopfsteinpflasterhof. Links war die Eingangshalle, wo ein gebeugter alter Portier auf einem Streifen roten Teppichs stand, der zum Aufzug führte. Die Wände waren von einer kleinen Sammlung Blumentöpfe mit staubigen, unterernährten Farnen gesäumt, die sich abmühten, in der ewigen Düsterkeit zu wachsen. Wir beschlossen, die Treppe zum zweiten Stock hinaufzugehen – Carriscants Vorschlag. Ich glaube, er spürte allmählich zum ersten Mal den enormen Druck dieser Begegnung, und die Möglichkeit, die Dinge auch nur für ein paar Sekunden zu verzögern, war plötzlich sehr wünschenswert.

Ich streckte die Hand aus, um die Klingel zu drücken – die sich unter einer abgenutzten und polierten Kupfertafel befand, die den Namen ‹Lopes do Livio› trug –, aber Carriscants Berührung meines Ellbogens ließ mich zögern.

«Wie sehe ich aus?» fragte er.

«Sehr gut», sagte ich. «Wirklich gutaussehend und vornehm.» Er lächelte mich breit an, seine Freude war so spürbar, und mein Herz öffnete sich ihm. Ich beugte mich vor und küßte ihn auf die Wange. Er war höchst überrascht, und seine Hand ging sofort an die Stelle, wo meine Lippen ihn berührt hatten, als hätte ich ihn mit Farbe betupft oder mit einer Nadel gestochen.

«Gott segne dich, Kay», sagte er gerührt. «Ich weiß nicht, was ich ohne dich getan hätte.»

«Nicht der Rede wert», sagte ich. «Vielleicht ist sie es ja gar nicht. Möglicherweise müssen wir noch eine ganze Zeitlang die Süßwarenläden Europas abklappern.»

Ich klingelte, und nach einigen Augenblicken hörten wir Schritte, und die Tür wurde von einem jungen Mann geöffnet, der etwa in meinem Alter war. Er war groß gewachsen, hatte widerspenstige lockige Haare, die in einen makellosen Mittelscheitel gezwungen waren, und volle, ziemlich aufgeworfene Lippen. Er hatte eine vorsichtige, mißtrauische Art, er schien seinen Körper ein bißchen zurückzubiegen, als habe er Angst vor irgendeinem Akt der Aggression.

Er sagte ein paar Worte auf portugiesisch zu uns.

«Sprechen Sie Englisch?» fragte ich.

«Ja, einigermaßen», sagte er mit einem leichten Akzent. «Sind Sie Engländer?»

«Wir sind Amerikaner. Wir würden gerne Senhora Lopes do Livio sprechen, wenn das möglich ist.»

«Ich bedaure. Meiner Mutter geht es nicht gut. Sie empfängt keinen Besuch.»

Ich spürte, wie sich Carriscant neben mir anspannte.

«Ich bin ein sehr alter Freund», sagte Carriscant. «Ich bin extra aus den Vereinigten Staaten gekommen, um sie wiederzusehen.»

Der Mann runzelte die Stirn. «Davon hat sie mir nichts erzählt.»

«Sie weiß nicht, daß ich komme. Ich habe einige Zeit gebraucht, sie zu finden.»

«Ich weiß nicht, ob meine Mutter Freunde in Amerika hatte ...» Sein Mißtrauen war hellwach. Auf einmal waren wir lästige Vertreter, Hausierer, die nicht den Boteneingang benutzt hatten.

«Wenn Sie ihr sagen, daß Dr. Salvador Carriscant gekommen ist, um sie zu sehen, bin ich sicher, wird sie mir einen Moment ihrer Zeit schenken.»

Die Überzeugtheit und leichte Feindseligkeit in Carriscants Stimme reichte aus, um uns Einlaß zu verschaffen, obwohl das Widerstreben des jungen Mannes spürbar war. Er führte uns in ein großes blaßgrünes Wohnzimmer, schwach erleuchtet, die Läden waren halb zugezogen. Der Stil der Einrichtung war alt, und die geblümten grünen Samtvorhänge an den drei langen Fenstern waren fadenscheinig. Aber die Proportionen des Raumes stimmten, und die Möbel waren von guter Qualität, geschmackvoll arrangiert. An den Wänden hingen dunkle, mit Firnis überzogene Porträts bärtiger Militärs. Ich fragte mich, ob das die Vorfahren der Lopes do Livios waren. Wir nahmen auf vergoldeten Lehnsesseln Platz, saßen sittsam da, die Hände auf den Knien, wie Bewerber vor einem Vorstellungsgespräch.

«Nervös?» fragte Carriscant.

«Nein ... Eigentlich, doch, sehr.»

«Ich bin starr vor Angst», sagte er mit einem Grinsen. «Mein Blut hat sich in Eiswasser verwandelt.»

Wir warteten gute zehn Minuten, bevor der junge Mann wiederkam. Sein Verhalten hatte sich nicht verändert.

«Meine Mutter wird Sie empfangen», sagte er, eindeutig verärgert über diese Entscheidung. «Aber ich möchte Sie bitten, nur kurze Zeit zu bleiben. Sie wird schnell müde. Bitte folgen Sie mir.»

«Ich warte hier», sagte ich zu Carriscant.

Er nahm meine Hand. «Nein, tust du nicht», sagte er und zog mich hoch. «Du mußt bei mir bleiben.»

Wir hielten uns die Hand, als wir einen überraschend langen Flur entlanggeführt wurden – die Wohnung war riesig –, lose Parkettbohlen klickten dumpf unter unseren Füßen wie Würfel, die in einem Lederbecher geschüttelt werden. Der ernste junge Mann klopfte leicht an eine Tür und hielt sie uns auf. Und jetzt spürte ich, wie die Angst mich durchströmte, eine Angst eher um Carriscant als um mich. Jede Facette, jeder Aspekt seines Lebens war seit über dreißig Jahren von der Möglichkeit bestimmt worden, daß sich dieser Augenblick eines Tages ereignen könnte, und jetzt waren wir hier. Die Aussicht, daß es ihn irgendwie enttäuschen könnte – oder schlimmer: ihn zerstören könnte –, war fast unerträglich. Er drückte meine Hand, und wir betraten gemeinsam den Raum.

Ich sah folgendes: Eine alte Dame saß in einem Sessel vor

einem Fenster, mit Musselinvorhängen, von dem man in der Ferne den botanischen Garten sah. Das abgedämpfte Licht, das auf ihr Gesicht fiel, war weich und perlig. Sie war dünn, und ihre Gesichtszüge waren mit dem Alter scharf geworden, ihre Haut war gespannt und mit Falten durchzogen, sah aber immer noch gesund aus, die Nase war hervorstehend, die Augen dunkel und wachsam. Ihre grauen Haare waren lose nach hinten zu einem Knoten gebunden. Sie war immer noch schön, dachte ich, auf eine strenge Art, auf diese halbversteckte Art, die man bei bestimmten alten Frauen findet und einem noch erlaubt, die junge Frau zu sehen, die sie einst gewesen waren. Sie wirkte viel älter als Carriscant. Ihre Hände lagen auf ihrem Schoß, oder vielmehr in der Luft über ihrem Schoß, zitterten sichtlich, unnatürlich. Daumen und Zeigefinger ihrer rechten Hand vollführten ständig kleine Bewegungen, als würden sie eine Pille drehen.

Carriscant ging auf sie zu, während ich auf die Seite trat.

«Salvador?» sagte sie mit leiser Stimme, ihr amerikanischer Akzent kaum noch erkennbar.

«Ja, Delphine.»

«Versteck dich nicht so im Schatten. Ich kann dich nicht sehen.»

«Hier bin ich.»

Sie betrachtete ihn. «Du hast einen Bauch.»

«Großer Appetit, du kennst mich doch.»

Er kniete neben ihrem Sessel nieder und nahm ihre zitternde Hand in seine, ihre Köpfe begegneten sich. Sie küßten sich, lange und langsam, voll von einer keuschen und selbstlosen Leidenschaft, einer wirklichen und sanften Fleischlichkeit. Ich dachte an ihren letzten gemeinsamen Kuß in der Dunkelheit der Calle Francisco, in Intramuros, in Manila im Jahr 1903 ... Eine ganze Generation lag dazwischen, ein halbes Leben war seitdem vergangen. Sie trennten sich. Sie berührte Carriscants Gesicht mit bebenden Fingern. Er drückte ihre Handfläche an seinen Mund.

«Mutter, bitte, das ist unerträglich!» sagte der junge Mann laut. Ich konnte den Schock auf seinem Gesicht sehen, beunruhigt, solche Leidenschaft in alten Menschen zu sehen.

«Ach, halt den Mund, Nando», sagte sie, ohne den Blick von Carriscant zu wenden. «Sei nicht so prüde.»

Carriscant berührte ihr Kinn mit seinen Fingerknöcheln, berührte ihren Hals. «Wunderschöne Delphine», sagte er verträumt. «Wie schön du aussiehst.»

«Wer ist das?» fragte sie und richtete ihren Blick auf mich.

«Meine Tochter Kay. Sie hat mir geholfen, dich zu finden.»

Ich trat vor, um ihre sich bewegende Hand zu ergreifen – so leicht –, und starrte in ihr Gesicht. Es war ein höchst seltsames Gefühl, jemandem, den ich so intim kannte, zum ersten Mal zu begegnen, es war, wie einer Figur aus einem Roman oder irgendeiner schon längst gestorbenen historischen Persönlichkeit in Fleisch und Blut zu begegnen.

«Sie sehen ihm ähnlich, wissen Sie das?» sagte sie. «Ganz deutlich.»

Ich murmelte ein paar Worte der Begrüßung, wie erfreut ich sei, sie endlich kennenzulernen.

Carriscant erhob sich. «Jetzt möchte ich, daß du uns allein läßt», sagte er. «Delphine und ich haben uns viel zu erzählen.»

«Mutter, ich glaube nicht –»

«Bitte verlaß uns, Nando», sagte sie energisch. Was er auf der Stelle tat, mit theatralischer, beleidigter Miene.

Carriscant begleitete mich zur Tür.

«Du hast mir nie richtig geglaubt», flüsterte er, ein Lächeln auf dem Gesicht, «stimmt's?»

Der Kellner öffnete die Flasche und goß den Wein in zwei Gläser. Er war gelb und kalt, und in der warmen Sonne beschlugen die Gläser sofort, es bildeten sich schnell kleine Verdunstungstropfen. Wir griffen nach unseren Gläsern, hoben sie, stießen kurz an, und Carriscant sagte zu mir: «Auf uns, Kay. Auf uns.»

Er und Delphine waren eine gute Stunde allein, während ich im grünen Wohnzimmer wartete. Als er schließlich wiederkam, wischte er sich offen Tränen aus den Augen, aber er lächelte auch, und als wir die Wohnung verließen, war sein Gesicht friedlich und zuversichtlich.

«Der liebenswürdige Nando ist nicht mein Sohn», sagte er

beinahe sofort, als wir die Treppe zur düsteren Eingangshalle hinuntergingen. «Wie ich dir mit großer Freude mitteilen kann.»

In der Rua do Pedro V fanden wir ein Taxi, und Carriscant wies den Fahrer an, uns zu einem Café zu bringen, wo man einen Blick auf den Fluß hatte. Wir wurden ins Barrio Alto hochgefahren und bei einem unscheinbaren Lokal namens Café Pacifico abgesetzt, das aber, wie sich herausstellte, eine hübsche Terrasse hatte mit einer prächtigen Aussicht auf die breite Flußmündung und die Hügel hinter Almada. Wir setzten uns und bestellten eine Flasche Wein – «den teuersten und kältesten» –, und während wir darauf warteten, bedienten wir uns von einem Teller Oliven, der uns gebracht wurde, als wir uns hinsetzten.

«Sie hat Ihnen das Foto aus der Illustrierten geschickt, stimmt's?» fragte ich mit freundlicher, aber ernster Stimme. Es mußten jetzt gewisse Dinge geklärt werden.

«Natürlich.» Er sah mich an, fast enttäuscht, daß ich so lange gebraucht hatte dahinterzukommen. «Sie hat es ans San Jeronimo geschickt. Mein einziger verbliebener Verbündeter in der Krankenhausverwaltung sorgte dafür, daß es mich erreichte. Das dauerte ungefähr drei Monate.»

«Wieso haben Sie mir das nicht erzählt?»

«Na ja ... » Er lächelte mich entschuldigend an. «Ich dachte, es würde dramatischer wirken, mehr wie eine Herausforderung, so wie ich es dir erzählt habe. Daß es dich mehr begeistern würde.» Er zuckte die Achseln. «Vielleicht hätte ich es dir sagen sollen.»

«Es war offenbar irgendein geheimer Hilferuf.»

«Ja. Oder eine Prüfung. Wollte sichergehen. Nur um zu sehen, ob ich noch da war, ob ich mich noch erinnerte. Seine Miene wurde traurig. «Ich bin sicher, es war der Ausbruch der Krankheit, der dazu geführt hat. Von wegen, daß die Zeit abläuft und so.»

«Oder Schuldgefühle?»

«Nein, Kay, nein.»

«Sie haben also alles stehen und liegen ... »

«Mehr oder weniger.» Er hielt inne. «Ich werde diesen Tag

nie vergessen. Mein jüngster Sohn kam hereingerannt und wedelte mit diesem Umschlag herum und fragte, ob er die schöne Briefmarke haben könne. Ich traute meinen Augen nicht – »

« Ein Sohn? »

Wieder dieser listige Blick. Wie er mit seinen Enthüllungen geizte! « Ich habe zwei », sagte er. « Und eine kleine Tochter. Ich bin seit vierzehn Jahren verheiratet. Meine Frau – Mayang – kümmert sich um das Restaurant. »

Ich spürte eine verwirrte, amüsierte Wut in mir wie eine Blase aufsteigen. Sie platzte, völlig harmlos. « Und Sie werden zu ihnen zurückgehen? »

« Natürlich », sagte er, beinahe gekränkt. « Ich hoffe, du kommst uns bald besuchen. »

Ich sagte, das würde ich tun. Wieso nicht? Jetzt schien alles möglich. Carriscant würde mich höchstwahrscheinlich in seiner Küche Kartoffeln schälen lassen.

« Sie hat sechs Wochen lang in Singapur auf mich gewartet », sagte Carriscant, und sein Blick richtete sich auf etwas in der Ferne. « Dann hörte sie von dem Prozeß und wußte, daß ich nicht kommen würde. Sie hatte dort eine Fehlgeburt. Ein Junge. »

« Ein Junge? »

« Ja. Und Axel ging mit ihr bis nach Europa, hat sie dort sicher hingebracht, sagt sie. » Carriscant lächelte. « Wahrscheinlich war er in sie verliebt, der arme verschmierte Nicanor ... » Er schlürfte an seinem Wein. « Sie ging nach Wien, wie ich es gewußt hatte, das hatten wir geplant, und sie lebte einige Jahre dort. Sie heiratete einen Österreicher – ich habe nicht nach seinem Namen gefragt –, aber er wurde im Krieg getötet. Lopes do Livio lernte sie 1920 in Spanien kennen, in Santander. Er war Witwer; der Junge, Fernando, war aus seiner ersten Ehe. Do Livio starb vor sechs Jahren. Seitdem kümmert sich Nando um sie. Sie sind sich sehr nahe, sagt sie, er ist ihr völlig ergeben. Sie wohnt seit 1923 in Lissabon. Sie hat die österreichische Staatsbürgerschaft. Niemand kennt ihre Vergangenheit, nicht einmal ihre beiden Ehemänner, keiner von beiden. »

Wir tranken noch etwas Wein, er war streng und scharf, und

Carriscant goß die Gläser voll. Im Landesinnern bauten sich Gebirge dunkler pflaumengrauer Wolken auf, während im Westen, über dem Atlantik, die Nachmittagssonne mit diesem silbrig-schieferartigen Leuchten schien, das man über großen Ozeanen findet, das Licht reflektiert von der riesigen Weite sich verschiebender Wassermassen. Wir saßen eine Weile lang schweigend da und beobachteten einen kleinen weißen Dampfer, der seine Kielwasserspur über die flache windstille Fläche des *Mar de Palha*, des Strohmeeres zog, während er träge auf den Hafen bei der Alfama zusteuerte.

Ich war voller Trauer um Salvador Carriscant. Er befand sich in der seltenen und schrecklichen Lage, eine Stunde lang eine Ahnung von dem Leben erfahren zu haben, das er gelebt haben könnte. Er hatte sich mit voller Wucht dem Was-gewesen-sein-Könnte stellen müssen. Das ist etwas, was uns allen passieren kann in Augenblicken der Verzweiflung. Diese Möglichkeiten existieren für uns aber nur als Träumereien oder als wehmütiger Rückblick. Doch für Carriscant war das Vorgestellte Fleisch geworden, verkörpert in der gebrechlichen, zitternden alten Dame, mit der er sich an diesem Nachmittag unterhalten hatte. Wenn nur, wenn nur, wenn nur ...

«Sie hat Sieverance getötet», sagte er. «Sie hat es mir gesagt. Nachdem wir uns getrennt hatten, ist sie noch mal nach Hause gefahren, um ihr Theaterstück zu holen ... » Er schüttelte ungläubig den Kopf. «Es war ein Unfall. Sie schlich sich gerade wieder heraus, als er sie überraschte. Er hatte seinen Revolver gezogen, weil er sie für einen Einbrecher hielt. Sie versuchte wegzulaufen, es kam zu einem Handgemenge, als er sie daran zu hindern versuchte, und dann ging die Waffe los.»

Ich dachte darüber nach. Du hörst am frühen Morgen ein Geräusch in deinem eigenen Haus, du bewaffnest dich mit einem Revolver, aber der Einbrecher entpuppt sich als deine tote Gattin, die du erst einige Stunden zuvor kalt und blaß neben dem Leichnam deines totgeborenen Kindes liegen gesehen hast ... Man hat kein *Handgemenge* mit ihr, schien mir. Du würdest vielleicht schreien, du könntest vor Schrecken zusammenbrechen. Aber würdest du kämpfen?

«Ich dachte», sagte ich sanft, «daß Sieverance erschossen im Bett gefunden wurde.»

Carriscant sah mich listig an. «Dann muß sie ihn dorthingeschleppt haben.»

«Weiß sie, was mit Ihnen passiert war?»

«Sie wußte über den Prozeß Bescheid. Das war, als sie beschloß, Singapur zu verlassen. Sie hat einfach angenommen ...» Er verstummte. «Sie wußte, daß wir nie mehr zusammensein würden.»

Die Wolken bauen sich im Osten auf, eine riesige violette Wand, eine massive Präsenz in dem Panorama, während wir weiter sitzen, gewärmt von der Sonne, die vom Ozean zu uns herüberscheint.

Ich überlegte genau, bevor ich weitersprach. «Ich glaube ihr nicht, Salvador», sagte ich mit einer gemessenen, leisen Stimme. «Ich glaub's einfach nicht. Sie ist zurückgegangen, um Sieverance umzubringen. Um absolut sicherzugehen. Es war das ungeheuerlichste Risiko. Ich verstehe, warum sie es tun wollte, aber wenn sie es nicht getan hätte, wenn sie direkt zum Hafen gefahren wäre, gleich zu Axel ... Sehen Sie denn nicht? Dann wäre alles nach Plan verlaufen. Das ist die einzige Erklärung, die einen –»

«Oh, nein, nein, nein. Es war ein Versehen, ein schrecklicher Unfall.» Er sagte dies mit einfacher Überzeugung und sah mich dabei fest an. «Ich glaube ihr.»

«Ich nicht.»

«Was glaubst du denn?»

Es trat eine Stille ein, bevor ich beschloß zu reden.

«Daß Sie Sieverance getötet haben. Um sie zu befreien. Um sicherzugehen.»

Er lachte. «Kay, Kay», sagte er zärtlich. «Ich liebe dich dafür. Das läßt mich so edel erscheinen.» Er tätschelte meine Hand. «Sie hat mir gerade alles gestanden. Gehen wir zu ihr zurück und fragen sie, wenn du willst.»

Er wußte, daß ich das nicht tun würde, es war keine überzeugende Geste, und ich blieb voller Zweifel. Ich ließ es auf sich beruhen. Was würden meine Schlußfolgerungen nützen, meine durchdachte Ermittlungsarbeit? Was wissen wir sowieso über andere Menschen, über die Phantasien des menschlichen Herzens? Carriscants Glaube war fest und beständig. Sein Glaube an Delphine Sieverance und an das, was sie in jener Nacht getan hatte, war nicht absurder als irgendeine der anderen Vorstellungen, mit denen wir unser wackliges Leben stützen. Und er war glücklich, das war wichtig. Er hatte erreicht, was er sich vorgenommen hatte – keine geringe Leistung –, und er hatte die Frau, die er all diese Jahre geliebt hatte, noch einmal gesehen.

«Werden Sie sie wiedersehen?» fragte ich.

«Nein. Sie hat mich gebeten, es nicht zu tun, und ich war einverstanden. Außerdem will ich es auch gar nicht. Ich brauche es nicht.» Er atmete aus, und ich spürte, wie die Trauer ihn durchbohrte. «Sie wird bald sterben», sagte er bleiern. «Sie hat Schüttellähmung, *Paralysis agitans*, sie kann kaum mehr gehen. Sie freut sich darauf, kann es kaum abwarten zu sterben, sagt sie. Aber sie ist froh, daß sie mich gesehen hat, froh, daß wir wieder zusammen waren. Ich glaube, das hat ihr enorm geholfen.»

Seine Augen füllten sich mit Tränen, ich sah sie schimmern und sich am Augenlid wölben, als er an sie dachte und an ihren bevorstehenden Tod. Und das lockte auch meine Tränen hervor, und ich spürte, wie das Salz brannte. Ich war voller Zweifel, voller sich widersprechender Versionen und Erklärungen dieser sonderbaren und komplexen Geschichte, die man mir erzählt hatte. Aber wenigstens wußte ich jetzt, daß es einen Mann namens Salvador Carriscant gegeben hatte und er eine Frau namens Delphine Sieverance geliebt hatte. Soviel wenigstens konnte ich bestätigen, nachdem ich es mit eigenen Augen gesehen hatte, und vielleicht war das das Wichtigste. Und was den Rest betraf, so hatte ich meine Theorien, meine dunklen Gedanken, meinen Verdacht, meine Version der Ereignisse, wie sie sich vor all diesen Jahren in Manila abgespielt hatten. Aber wozu war das wichtig? Ich saß hier auf dieser sonnigen Terrasse und blickte auf das Strohmeer hinaus, auf die Spur des Dampfers, das Glas gelben Weins in der Hand, und ich stellte fest, daß ich Salvador Carriscant, meinen Vater, beneidete. Um sein Glück. Er hat geliebt. Diese Tatsache war in allem enthalten, was er getan hatte, seit er sie kennengelernt und sie ihn verlassen hatte. Es war eine wirkliche Gegenwart in seinem chaotischen, verrückten Leben, aber unsichtbar, unter der Oberfläche verborgen wie sanft wogende grüne Felder Seegras unter einer stürmisch aufgepeitschten See. Und ich war auch Zeugin der Tatsache, daß er diese alte Dame mit den dunklen Augen und den zitternden Händen immer noch liebte. Und daher war sein Leben lebenswert. Und darum beneide ich ihn. Ich habe auch einmal geliebt: mein blaues Kind, Coleman. Aber Coleman ist gestorben. Und Delphine wird sterben. Wie wir alle.

«Sieh dir das an», sagte Carriscant und deutete auf die Szene vor uns. «Das ist sehr selten, diese Lichttäuschung. Ganz wundervoll.»

Die lilablaue Masse der Gewitterwolken schien den sich wölbenden Himmel zu beherrschen, aber immer schien die Sonne in unsere Gesichter, während das geladene Licht sich um uns herum verdichtete und sich verfärbte. Mein Finger zog eine Spur durch die kalte perlige Feuchtigkeit auf der schwitzenden Flasche. Der kleine Dampfer hatte den Kai unter der Alfama fast erreicht. Von den geschäftigen Straßen unter uns stieg schwach der Lärm von Verkehr und Stimmen auf, und ich roch das moschusartige Bouquet des Weins, als ich das Glas an meinen Mund führte und einen großen Schluck nahm.

Was macht also den Unterschied aus – hier und jetzt – auf dieser Terrasse in dieser beredten blauen Stunde, gefangen zwischen den Ewigkeiten von Sonne und Regen, gehalten in diesem bestimmten Augenblick? Ich sehe hinüber zu Salvador Carriscant, der mich anlächelt, sein altes breites Gesicht strahlend vor seinem ungeheuren Glück, und ich kenne die Antwort.

Abenteuer

Mario Puzo
Der Pate *Roman*
(rororo 1442)
Ein atemberaubender Gangsterroman aus der New Yorker Unterwelt, der zum aufsehenerregenden Bestseller wurde. Ein Presseurteil: «Ein Roman wie ein Vulkan. Ein einziger Ausbruch von Vitalität, Intelligenz und Gewalttätigkeit, von Freundschaft, Treue und Verrat, von grausamen Morden, großen Geschäften, Sex und Liebe.»

Mamma Lucia *Roman*
(rororo 1528)
Animalisch in ihrer Sanftmut, aufopfernd in ihrer Fürsorge, streng und wachsam in ihrer Liebe – das ist Lucia Santa Angeluzzi-Corbo, Mamma Lucia, die im italienischen Viertel von New York um das tägliche Brot ihrer sechs Kinder kämpft.

Rudolf Braunburg
Hongkong International *Roman*
(rororo12820)
Ein aufregender Roman aus der Welt der Flieger und Passagiere vom Bestsellerautor und früheren Flugkapitän Rudolf Braunburg.

Rückenflug *Roman*
rororo 12333)
Während der Trainingstage beim internationalen Kunstfliegertreffen stimmt sich der bekannte Journalist Achim Reimers auf die spannungsgeladene Atmosphäre ein und macht auf seinen Streifzügen merkwürdige Beobachungen. Bald muß er erkennen, daß er sich ahnungslos in einem gefährlichen Spionagenetz verfangen hat.

rororo Unterhaltung

Josef Martin Bauer
So weit die Füße tragen
(rororo 1667)
Ein Kriegsgefangener auf der Flucht von Sibirien durch den Ural und Kaukasas bis nach Persien. «Diese Odyssee durch Steppe und Eis, durch die Maschen der Wächter und Häscher dauerte volle drei Jahre – wohl einer der aufregendsten und zugleich einsamsten Alleingänge, die die Geschichte des individuellen Abenteuers kennt.»
Saarländischer Rundfunk

James Dickey
Flußfahrt *Roman*
(rororo 12722)
Harmols wie ein Pfadfinderunternehmen beginnt der Wochenendausflug von vier gutsituierten Duchschnittsbürgern - schon am nächsten Tag jedoch verwandelt sich die Kanufahrt in einen Alptraum...
Unter dem Titel «Beim Sterben ist jeder der erste» verfilmt mit Burt Reynolds.

3293/2

Rabenschwarz

Roald Dahl
Roald Dahl's Buch der Schauergeschichten
(rororo 12629)
Die Zimmertemperatur sinkt? Nach Meinung des Experten Harry Price («Spukhäuser in England») ist das ein sicheres Anzeichen dafür, daß ein Gespenst im Raum ist. - Wer aber könnte ein besserer Führer durch die schaurige Welt der Geister sein als Roald Dahl, dessen literarische «Wechselbäder zwischen Gruseln und Schmunzeln» (Hessischer Rundfunk) bereits Millionen Lesern wohlige Schauer über den Rücken laufen ließen?

John Collier
Mitternachtsblaue Geschichten
(rororo 1559)
Diese fünfzehn merkwürdigen Geschichten sind Glanzstücke durchtriebenen Einfallsreichtums, funkelnden Witzes und teuflischer Pointen.
«Mit den mitternachtsblauen Geschichten versüßt Collier die Lesestunden im fahlen Schein der Nachttischlampe... Zwischen Henry Slezar und Roald Dahl hat auch John Collier mit seinen doppelbödigen Geschichten einen festen Platz im Bücherregal.»
Berliner Morgenpost

Denk nichts Böses *Dreizehn neue mitternachtsblaue Geschichten*
(rororo 5751)
«Es gehört zu Colliers Talent, den Leser am Schluß seiner unterhaltsamen Kurzgeschichten jedesmal zu verblüffen.»
Hessische Allgemeine

rororo Unterhaltung

Harry Kressing
Der Koch *Roman*
(rororo 12300)
Wer Kochrezepte sucht, der wird sie in diesem Buch nicht finden. Was jene Gestalt, die sich in dem Städtchen Cobb als Koch verdingt, unter den Mitgliedern zweier Familien mit ihren Künsten anrichtet, das darf mit Fug als Satanswerk bezeichnet werden. Dabei beginnt alles ganz harmlos...
«Ein Musterstück schwarzer Unterhaltung!»
Die Zeit

3307/2

Literatur für KopfHörer

Wer nicht lesen will, kann hören - eine Auswahl von Rowohlt's Hörcassetten:

Simone de Beauvoir
Eine gebrochene Frau
Erika Pluhar liest
2 Toncassetten im Schuber
(66012)

Wolfgang Borchert
Erzählungen
Marius Müller-Westernhagen liest
Die Hundeblume. Nachts schlafen die Ratten noch. Die Küchenuhr. Schischyphusch
1 Toncassette im Schuber
(66011)

Albert Camus
Der Fremde
Bruno Ganz liest
3 Toncassetten im Schuber
(66024)

Truman Capote
Frühstück bei Tiffany
Ingrid Andree liest
3 Toncassetten im Schuber
(66023)

Roald Dahl
Küßchen, Küßchen!
Eva Mattes liest
Die Wirtin. Der Weg zum Himmel. Mrs. Bixby und der Mantel des Obersten
1 Toncassette im Schuber
(66001)

Louise Erdrich
Liebeszauber
Elisabeth Trissenaar liest
Die größten Angler der Welt
2 Toncassetten im Schuber
(66013)

Elke Heidenreich
Kolonien der Liebe
Elke Heidenreich liest
1 Toncassette im Schuber
(66030)

3298/1

Jean-Paul Sartre
Die Kindheit des Chefs
Christian Brückner liest
3 Toncassetten im Schuber
(66014)

Henry Miller
Lachen, Liebe, Nächte
Hans Michael Rehberg liest
Astrologisches Frikassee
2 Toncassetten im Schuber
(66010)

Vladimir Nabokov
Der Zauberer
Armin Müller-Stahl liest
2 Toncassetten im Schuber
(66005)

Kurt Tucholsky
Schloß Gripsholm
Uwe Friedrichsen liest
4 Toncassetten im Schuber
(66006)

rororo Toncassetten werden produziert von Bernd Liebner. Ein Gesamtverzeichnis der Reihe finden Sie in der *Rowohlt Revue*. Jedes Vierteljahr neu. Kostenlos in Ihrer Buchhandlung.

rororo

Romane und Erzählungen

Barbara Taylor Bradford
Bewahrt den Traum *Roman*
(rororo 12794 und als gebundene Ausgabe im Wunderlich Verlag)
Eine bewegende Familiensaga: die Erfolgsautorin erzählt mit Charme und Einfühlungsvermögen vor allem die Geschichte zweier Frauen, die sich ihren Platz in einer männlichen Welt erkämpfen.
Und greifen nach den Sternen
Roman
(rororo 13064)
Wer Liebe sät *Roman*
(rororo 12865 und als gebundene Ausgabe im Wunderlich Verlag)

Barbara Chase-Riboud
Die Frau aus Virginia *Roman*
(rororo 5574)
Die mitreißende Liebesgeschichte des amerikanischen Präsidenten Thomas Jefferson und der schönen Mulattin Sally Hemings.

Marga Berck
Sommer in Lesmona
(rororo 1818)
Diese Briefe der Jahrhundertwende, geschrieben von einem jungen Mädchen aus reichem Hanseatenhaus, fügen sich zusammen zu einem meisterhaften Roman zum unerschöpflichen Thema erste Liebe.

Diane Pearson
Der Sommer der Barschinskys
Roman
(rororo 12540)
Die Erfolgsautorin von «Csárdás» hat mit diesem Roman wieder eines jener seltenen Bücher geschrieben, die eigentlich keine letzte Seite haben dürften.

rororo Unterhaltung

Dorothy Dunnett
Die Farben des Reichtums
Der Aufstieg des Hauses Niccolò. Roman
656 Seiten. Gebunden im Wunderlich Verlag und als rororo 12855
«Spionagethriller, Liebesgeschichte, spannendes Lehrbuch (wie lebten die Menschen vor 500 Jahren?) - einer der schönsten historischen Romane seit langem.» *Brigitte*
Der Frühling des Widders
Die Machtentfaltung des Hauseses Niccolò. Roman
640 Seiten. Gebunden im Wunderlich Verlag
Das Spiel der Skorpione
Niccolò und der Kampf um Zypern. Roman
784 Seiten. Gebunden im Wunderlich Verlag

Marti Leimbach
Wen die Götter lieben *Roman*
272 Seiten. Gebunden im Wunderlich Verlag und als rororo 13000
Das Buch zum Film «Entscheidung aus Liebe». Die Geschichte von Hilary und Viktor.

3287/2